人民艺术家·王蒙
创作70年全稿

小说编

微型小说　翻译小说

· 20 ·

人民文学出版社

王　蒙

目 录

微 型 小 说

脚的问候 …………………………………………（3）
南京板鸭 …………………………………………（6）
赛跑与摔跤 ………………………………………（9）
抢位子与空位子 …………………………………（11）
不准倒垃圾 ………………………………………（12）
请务必鼓掌 ………………………………………（13）
谁的乒乓球打得好 ………………………………（14）
吃臭豆腐者的自我辩护 …………………………（16）
小小小小小 ………………………………………（17）
互助 ………………………………………………（18）
越说越对 …………………………………………（19）
牢骚满腹 …………………………………………（21）
不如酸辣汤 ………………………………………（22）
青蛙的痢疾 ………………………………………（23）
煮鸡蛋和广播操 …………………………………（25）
龙舍里的千里马 …………………………………（27）
我们是同类 ………………………………………（28）
她本来长得不丑 …………………………………（29）

1

常胜的歌手 …………………………………………………（31）
鸭的喜剧 …………………………………………………（32）
变成天鹅之后 ……………………………………………（33）
失恋的乌鸦二姐 …………………………………………（34）
听来的故事一抄 …………………………………………（36）
扯皮处的解散 ……………………………………………（37）
雄辩症 ……………………………………………………（39）
维护团结的人 ……………………………………………（40）
食欲问题 …………………………………………………（41）
筝波 ………………………………………………………（42）
在白椒鸡旁 ………………………………………………（45）
爽流 ………………………………………………………（48）
只有两家 …………………………………………………（50）
壁虎与爱情 ………………………………………………（52）
果汁 ………………………………………………………（55）
饭前 ………………………………………………………（57）
玫瑰大师及其他 …………………………………………（59）
欲读斋志异 ………………………………………………（65）
成语新编 …………………………………………………（82）
老王系列 …………………………………………………（103）

翻 译 小 说

奔腾在伊犁河上 ……… 马合木提·买合买提（维吾尔族）原著（421）
自我矫治 ………………………… 约翰·契佛〔美国〕原著（427）
恋歌 ……………………………… 约翰·契佛〔美国〕原著（438）
天鹅 …………………………… 詹·傅瑞姆〔新西兰〕原著（454）
天地之间 ……………………… 帕·格里斯〔新西兰〕原著（461）
白雪公主 ……………………… 伊恩·夏普〔新西兰〕原著（466）

天赐马 …………………… 伊恩·夏普〔新西兰〕原著(468)

简明三联画 ………………… 弗朗西斯·庞德〔新西兰〕原著(470)

八角形 …………………… 弗朗西斯·庞德〔新西兰〕原著(472)

费伯镇 …………………… 詹尼弗·康普顿〔新西兰〕原著(474)

七年 ……………………… 爱德维琪·丹尼凯特〔美国〕原著(482)

微 型 小 说

脚 的 问 候

饭后,语言学院的几个教师凑在一起闲聊,话题不知怎么的集中到各民族的不同的见面礼节上来了。大家谈到汉族的作揖、万福,满族的打千、请安,维吾尔族的抚胸、叉手,日本、朝鲜的九十度鞠躬,十八世纪欧洲贵妇人的屈膝礼,还有各国的军礼,最后归结到握手——这已经成为国际最通行的礼节了。

"你们知道用脚来问好的么?"东语系波斯语讲师、素有"老夫子"之称的郝世路说道。

什么?用脚问好?他的这一句话使大家一怔。这是哪个国家、哪个民族的礼节呢?伊朗、中东、西亚,没听说过有这样的习惯,即使是南美的足球队员,他们的脚是那样发达和灵活,也不能一见面就互相踢两脚啊……

"胡扯!"一位女老师说。她是一个很有风度的、有点骄气和娇气的女性,说话也就有权随便一些。

"就是胡说!"随着她的话,大家七嘴八舌,你唱我和,把"老夫子"奚落了一顿。

但是郝世路很认真。等嘲笑的声音平息了,他用低沉的嗓音讲了下面的故事。

在那考验的日子,呼啦一下,一个早上我们全被"揪"了出来。牛鬼蛇神、洋奴、残渣余孽、寄生虫、砸烂狗头、反动透顶、十恶不赦、丑恶面目……霎时间各种名词像雨点一样地浇来。作为搞语言的,我曾为我们祖国的语言中有那么多美好的、崇高的字眼儿而心醉、而赞叹,如今我才知道,汉语中原来还有那么多过去很少使用的凶恶的词汇。这些词儿的每一个,都能像利刃一样地穿透我的心胸,而我面对的是几十把这样的利刃。

我被关进了牛棚,被游斗……不过这并不是最可怕的。最可怕的是,我听说我们的系总支书记侯瑞峰也遭到了同样的命运。

老侯,一九三二年的党员,腰里有两粒子弹。他每天自学外语到深夜,虽然他的发音实在糟糕,但是他的朗读的声音我最爱听。他曾经亲自给学生宿舍修理门窗……他是我无比信赖和尊敬的党的工作者。如今,他被揪、被斗、被拳打脚踢,用的竟也是党的名义。

我决定自杀。我可以忍受侮辱和折磨,却不能忍受党的组织和党的干部遭受践踏。这使我失去了希望。

决定自杀后,我的一切感觉都麻木了,血液也停止了循环。这时,全院开批斗大会,高台上站满了挨斗的人。我被按捺着,做出那个时髦的姿势,我既不感到头皮和脖子疼痛,也听不见轰轰轰的声音。

就在这时,我的右腿肚子被轻轻地一击,又一击,又一击,不像无意识的碰撞——它很有节奏,更不像动武——它那么温和。难道是幻觉?不,它继续轻柔地传达到我的对一切强刺激都木然无觉的中枢神经。

我睁开了眼睛。由于是低着头,目光只能从裤腿缝隙中向后看去,我看到了一条穿着褪了色的旧军裤的腿在轻踢着我的右腿。

是他!

我猛地一转头,恰恰赶上他也猛地一抬头,然后,我们飞快地恢复了"低头认罪"的姿势。没有人注意我们,我们的目光已经交换过了。

一股暖流流遍了我的全身,原来他在挨斗的时候还在关怀着我。

他正好站在我的后面,他的头、臂、腰都被扭曲,于是,他用脚的敲击传达他的鼓励和安慰。

党存在着!党活动着!她被侮辱、被扭曲、被冒名顶替,然而,她没有屈服,没有被埋葬。她工作着,团结着,教育着知识分子……

我也提起了脚,轻轻地向后踢去。我的脚后跟触到了侯书记的腿……整个大会过程中,我们就用这种方式互相问候着、"谈"着心。

当然,我没自杀。我活着,看到了林彪、"四人帮"的覆亡,看到了党和人民群众的决定性的胜利。

郝世路讲完了,大家沉默着。女老师流下了泪。无声中大家得出了一致的意见:没有什么礼节比这次脚的问候更有价值和意义的了。

1978 年

南 京 板 鸭

老妈妈在择豆芽菜，心思却在那只南京板鸭上。孩子的舅舅带来了一只上好的南京板鸭。故乡的美味引起了回忆、乡愁，更引起了唾液和胃液的大量分泌。同时，也出了一个难题：怎样把它吃下去？

说的不是烹调和食用方法，而是如何选择一个隆重的时刻、隆重的场合隆重地享用板鸭。

请几个客人吧，儿子媳妇偏偏和友人们没有这种吃喝来往。娘儿仨自己吃掉，未免太轻率，做好了送一部分给邻居，又舍不得。

对，儿子和媳妇结婚已经四个月了。说不定再有半年就能抱上孙子，等孙儿过满月的时候，我们吃南京板鸭……幸福的想象使老妈妈乐得睁不开眼。

且慢！孙子在哪里呢？没有一点消息，又不好去问。现在搞什么"计划"，如果他们的计划是在三年——五年以后……吹了。

咚咚咚咚咚……

一阵急促的、异乎寻常的紧张的脚步声打断了老妈妈的甜蜜的胡思乱想。这脚步声的频率超出了人类所可能达到的，听了使人毛骨悚然。

咚咚咚，脚步声越来越近，从一层楼跑到六层楼来了。砰的一声，门开了，进来一个神色仓皇、个子不高的清瘦女人，她立刻拉紧了门，喃喃地说了一句："我不是坏人，救救我……"径直向里间屋——儿子和媳妇的寝室跑去了。

什么人？疯子、强盗、鬼魂？都不像。

老妈妈盛豆芽的筐箩翻掉了，豆芽撒了一地。她也簌簌发抖。

幸好，媳妇回来了。媳妇是拔丝厂的工人，工厂就在这幢居民楼斜对门，老妈妈前言不搭后语地叙述了家中发生的事情。

媳妇是治保组长、女子篮球队的队长，她才不信邪呢。她顺手抄起一根擀面杖，推门进了里屋。

不速之客已经上了床，钻到被子里，连头都蒙上了，只露出了一绺头发，还是黑油油的。女性的同情心使媳妇放下了擀面杖。再说，坏人钻被窝干什么呢？多半是个可怜的精神病患者，但她仍然警惕地叉开两腿，站在离床一米远的地方，厉声喝道："出来！什么人？"

那女人伸出了头，憔悴的长脸，眼睛虽大却毫无神采，疲惫、惊恐，使她像一个老妇了。她说："请相信，我不是坏人。我叫文美君，电影厂的编剧。有几个坏家伙要把我押到××去，他们打我，侮辱我，我受不了。我趁他们不注意跑掉了。如果你们能保护我几个小时，他们就会走的。到夜晚，我上火车去北京，到那里我要控告他们……"

女人的声音善良而且文雅，她那副瘦弱的样子倒也不像歹徒，文美君的名字似曾相识。这时，传来了楼下的一片嘶喊，还有敲锣声。

媳妇推开了楼窗，只听有人喊道："抓黑线人物喽！抓大毒草的作者喽！抓逃跑的牛鬼蛇神文美君喽！"

"喂！"媳妇喊道："你们要抓的是个什么罪犯呀？"

"文美君！是毒草电影《草儿青青》的作者，她是黑线上的！"传来嘶哑的回答，"你们怎么，看见她了么，三十多岁，女的，瘦子……"

"我们？"媳妇重复一句。《草儿青青》这四个字，使媳妇惊呆了，一片光辉照亮了她的眼睛和心。恋爱的时候，她和他一共看过三遍《草儿青青》，她会唱里面的全部插曲。她和他和电影里的人物生活在一起，笑在一起，流泪在一起。《草儿青青》，这是她的爱情、她的青春、她的对于幸福生活的向往的象征。难道，它就是这个其貌不扬的、蓬首垢面的女人创作的？

她的目光碰到了不速之客的目光。客人面如死灰的脸上,刹那间昙花一现地显出了一个骄傲的、喜悦的笑容。

"喂,你们看到她了没有啊？"底下的哑嗓子不耐烦了。

"我们要看见,就捆上给你们送去！"媳妇冠冕堂皇地大声喊着,把窗户砰的一声关上了。

这时儿子也回来了。他很冷静,很从容。听完叙述以后,他走向旧书架子,翻出一本《大众电影》。

"就是它！上面有我！"文美君抢着说。她光着脚从床上下来,从这家的男主人手里夺过《大众电影》,翻出一幅彩色插页,上方是周总理接见《草儿青青》摄制组的照片。

"这就是我！"她指着照片上一个很潇洒的、相当年轻的女人说。儿子和媳妇凑了过去,果然,尽管照片上的人要漂亮得多,但显然,她们是一个人。

文美君容光焕发了,儿子、媳妇和老妈妈也容光焕发了。这是党的光,青春的光,艺术的光。霎时间,整个屋子被这光辉照亮了。

"真是难得的贵客啊,平时请也请不来啊……"儿子尊敬地说。

"您的电影写得太好了,希望您多写这样的电影！"媳妇兴奋地拥抱了客人一下。

"我也看过您的电影,老太太们也爱看……"老妈妈慈祥地说,她抚摸着文美君的头发。

"谢谢……"泪花在女作家的眼眶里闪烁。

"抓黑线人物喽……"喊声渐渐远去,消失了。

"妈妈,您好好做一顿饭吧,我去买酒！"儿子大声说,笑声震动着天花板。

妈妈最懂得孩子的心意,她挽起袖子,笑嘻嘻地向着挂着南京板鸭的贮藏室走去了。

1978 年

赛 跑 与 摔 跤

话说某年某月，A 地与 B 地都开展起来了赛跑运动。

A 地跑得最快的人叫做 A 甲，屡得冠军，人们议论纷纷。盖人皆好胜，活着才有意思，A 乙、A 丙、A 丁等运动员，对 A 甲甚不服气，于是都加紧了锻炼，提高了跑速。

A 甲见此情况不敢怠慢，放弃了休假，推迟了婚期，为保持冠军荣誉而咬牙流汗。结果 A 甲、A 乙、A 丙、A 丁等数位运动员，你争我赶，各不相让，愈跑愈快。

风气所及，A 地的老人小孩，以至瞎子跛子也在力所能及的范围内练起跑步、竞走来了，一个个龙腾虎跃，甚见精神。

B 地跑得最快的是 B 甲，同样，B 乙、B 丙、B 丁等甚不服气，赛了几次，都赶不上 B 甲。

B 乙心生一计，他不去练跑（因为他觉得跑也追不上 B 甲）而去练使绊子。信号枪一响，他飞出一脚横在 B 甲腿前，果然把 B 甲绊了一个马趴。结果，B 甲与 B 乙都没能跑快，B 丙得了第一。

见此情状，B 乙在下一次比赛时又改绊 B 丙。这样绊了几次，几个人都火了，眼睛也红了，也忘了是谁起的头了，互相都处心积虑地去暗算别人。

于是，B 地的赛跑出现了奇观，信号枪一响，不见有人冲向前去，但见你绊我的腿，我抄你的拐子，以及搂腰的、拽裤腿的、扔石头子儿的，无奇不有，劈里啪啦，响过之后倒的倒，歪的歪，滚的滚，爬的爬。谁也不用想走动一步,更不用说跑了。

体委某负责人见到这种情况,便因地制宜地加以疏导,建议 B 地暂停赛跑,改为开展摔跤与拳击比赛。欲知 B 地运动员是否在摔跤、拳击方面取得了优异成绩,且听下回分解。

抢位子与空位子

有一个音乐大厅,上下三层共设有七千四百一十二个座位。这一天内部观摩,只发了四十张票,于是大厅管理人员宣布不对号,自由选坐。但这儿的人有一种习惯,老看着旁人的座位眼红,第一个入场的观众入门以后坐到了×排×号后,第二个人进去了,非让第一个人让开不可。第一个人不干。第三个人进来了,仗着自己块头大,一屁股就往第一个人身上坐。第一个一面喊叫一面挥拳,第二个人也去拉第三个人。这时第四个人也冲上来了,然后第五个、第六个,你挤我,我攘你,混战一团。最后音乐会宣布取消,四十个人又抢着在同一个时间走一个门,又是一番混战,结果致残五名,重伤二十六名,轻伤九名。

其实空位子多得很,出入口及太平门也很宽敞,即使块头大的那位先生需要一人坐五个座位,也没有什么困难。

不 准 倒 垃 圾

A 地与 B 地开展卫生竞赛,特别是在清扫垃圾方面,两个地区的居民都花了很大力气,查卫生那一天,两地都是一尘不染,双双得了红旗。

为了巩固卫生成绩,A 地负责人——简称 A 长,到处张贴布告:"此处严禁倒垃圾,违者重罚!"结果居民们端着垃圾桶绕地区三周而不可倒,便干脆乱扔乱倒。A 长到处捉人罚款,于是居民们改为天黑以后偷着倒,深夜倒,黎明之前倒。结果是 A 长又累又气,狼狈不堪,而 A 地遍地垃圾。

B 长只在一处贴了一张招贴:"此处可倒垃圾",并且安排了集中清除这里的垃圾的办法。结果可以想象,除了那个指定的垃圾站外,哪儿也没有垃圾。

请务必鼓掌

E地的群众都很热情,不论是看演出、听报告、欢迎检查团、联欢、迎送外宾,都热烈地鼓掌。后来调来一位科长,科长在每次活动前都召集大家训话:"一定要热烈鼓掌!鼓掌的时候,绝不允许中途停止!拍肿了手也要继续拍!鼓不鼓掌是态度问题,立场问题……"每次活动结束,大家热烈鼓掌之后,他总要上台号召大家:"让我们为了×××再次鼓掌!""让我们为了……再再次鼓掌!""……再再再次鼓掌……"

两年之后我再到E地时,发现那里的人对一切都冷冷淡淡。不论有什么喜事,谁也不鼓掌,有的已经忘记什么叫鼓掌和怎么样鼓掌了。

谁的乒乓球打得好

F地的乒乓球运动员展开了一场大论战。

FA说:"一定要发扬直拍正反手两面快攻的光荣传统!别忘了在第二十六届世界乒乓球锦标赛上我国乒乓健儿是怎么打响的!背离了这个传统,就一定会走到歪门邪道上去!"

FB说:"胡说,难道你那么健忘,忘记了张燮林了么?古有气功、太极拳,今有张燮林!以柔克刚,才是我们民族的最深奥、最独特、最奇绝的乒乓技巧!"

FC说:"真是一帮老朽!难道你们没有听说过弧圈形加力上旋球么?不思进取,不吸收新事物,还打个什么球!"

FD大笑说:"算了吧,算了吧!弧圈形上旋球是六十年代的产物,现在早已过时了,时至今日还拿弧圈球唬人,真是丢丑也!"

FE愤愤不平,涨红了脸,他质问道:"我就不会拉弧圈球,你能把我怎么样?推挡才是打乒乓的基本功,推挡也最能为人民群众所接受、所利用!你们不踏踏实实地练推挡,偏偏赶浪头搞花式子,你们那球艺,我不但不学,我连看都不看!"

FF慢条斯理地说:"幼稚!幼稚!夫天下之势,合久必分,分久必合。乒乓之势,横久必直,直久必横。自英吉利而至于匈牙利,而至于日本国而至于中华而至于瑞典之本格森……而至于今,显然,横拍已是大势所趋,舍此大道而论小技,何益之有哉!"

FQ念念有词说:"反正我的球路最正,我的球技最好。球路不正的,打赢了也是输了,球路正的,打输了也是赢了。"

FK大喊大叫:"传统的球技全是扯蛋!干脆咱们用脚丫子打,用后脑勺打,用屁股打……"

FX一言不发,但他把FK的话记到小本儿上了,以备日后大批判之用。

忽然,有一位L先生若有所悟,他叫道:"各位大师不要争了,各位能人不要争了,咱们组织一次比赛吧,不论什么技巧,咱们还是看比分吧!"

欲知乒乓球赛能否组织得起来,且听下回分解。

吃臭豆腐者的自我辩护

　　G地的一个小伙子去了一趟北京,发现前门大街六必居卖的臭豆腐很有滋味,便带了一瓶回去。由于G地从无吃臭豆腐的习惯,而臭豆腐的气味又确实不好,故而这个小伙子被起诉了,法院判决书上说:"该犯嗜食腐物,腐烂透顶……"

　　小伙子不服,申诉说:"我虽然吃了一瓶臭豆腐,但我都已消化吸收。不信请法医检查我的周身,从头发至脚后跟,全部是皮肤、肌肉、血脉、神经……而并没有因吃过臭豆腐而长出臭豆腐。正像您们吃了鸡蛋,也并未长出小鸡来一样。"

小小小小小……

H省的地方戏——H剧——近年来日趋衰落,其情况如下:

大约一百年前,这里出现了一位天才演员,艺名"香又红",唱、做、念、打,无一不精,风靡一时。香又红渐渐老了,不能上台了,人们最喜爱的演员是香又红的掌门大弟子小香又红。小香又红不仅在艺功上与香又红惟妙惟肖,而且连长相、嗜好、习惯也与香又红极似。香又红是瓜子脸,小香又红也是瓜子脸,香又红抽水烟袋,小香又红也抽水烟袋,香又红左眼皮下有一个痦子,小香又红也在左眼皮下画了一个痦子等等。小香又红老了以后,占领舞台的是小小香又红。现在呢,H剧的台柱子是小小小小香又红。

按照微积分的原理,如此小小小小小小下去,就趋向于零了。

互　　助

　　I 君跻身文坛,盖有年矣,但总是"红"不起来,颇感寂寞。于是,他找到了各种关系,以盛宴重礼把著名的评论家 J 君招待了一次。J 君有感于其情之盛,慨然允诺说:"现在他们对你太冷落了,就是不公平!我一定要写一篇推荐你的作品的文章,登到大报上,你的作品的优点是……"

　　I 君不等 J 君说完,慌忙摆手摇头,他说:"千万不必!千万不必!我只乞求您写一篇义正词严的文章把我批一个狗血淋头!积数十年之经验,我深知凡被你批了的,都可以风行全国,名震环球!而你也可以获得另一方面的美誉和利益,那才叫相反相成,相得益彰!"

越 说 越 对

M 地召集了一次夏令冷饮会议。

MA 提出了改进桂花酸梅汤生产工艺的新方案,并对冷饮点的设施提出了一些意见。

MB 提出了关于扩大冷牛奶与酸牛奶的货源问题的建议。

MC 建议大力增加鲜啤酒、黑啤酒、淡色啤酒的生产以及供应。

MD 发表了生产高档汽水的设想。

ME 要求恢复我国北方传统食品果子干。

MX 站起身来,敲响了桌子,伸出右手的食指,用告诫的语气说道:"先生们,朋友们,当我们讨论饮料问题的时候,我们一时一刻也不应该忘记人类的基本的、主要的、根本的、最重要的、任何时候都不能忽视的饮料。不是别的,不是啤酒,不是果子露,不是酸奶,不是汽水,而是水!就是 H_2O,就是 water! 离开了水而谈饮料,这就颠倒了主从先后的关系,这就陷入了混乱。这样,人们发展下去就会喝尿,喝石炭酸,喝机器润滑油。为什么呢,因为他忘记了从水出发,以水为核心,紧紧地抱住水不放!这样下去,是可忍孰不可忍?"

从 MA 到 ME 面面相觑,不知如何是好。MF 眼珠一转,也大叫道:"我完全同意 MX 的论点,而且我还要强调一句,光喝水是不行的,人类为了维持自己的生存还必须吃饭!不论吃白面还是吃大米,不论吃蔬菜还是吃鱼虾,反正不吃不行!不吃饭而光喝水,请想想看会发生什么严重的后果!所以,第一……"

MA 有点激动,他解开扣子敞开了怀,喊道:"我严正声明,我从来不反对吃饭和喝水,过去不反对,今天不反对,明天后天和大后天也不会反对……"说着,他从口袋里掏出一个烧饼,又用杯子倒了一杯凉水,当众吃喝起来。

MB 异军突起,他质问道:"要注意,仅仅吃饭和喝水是远远不够的,我们必须穿衣!穿衣才能御寒,穿衣才能遮体,不穿衣就无异于禽兽!"

…………

本讨论在进行中。

牢骚满腹

我的挚友 N 君来了一封信,信上说:

亲爱的 W,我活不下去了!我不知道生活为什么这样折磨我!早晨我去买早点,却发现早点铺里根本没有安装篮球筐架。我去买一张报纸,却发现卖报的人不是双眼皮。在汽车站我等汽车,等了两个小时也没有一辆我所希望的 1234567890 号巴士开来。进了办公室以后,我大吃一惊,原来桌子上连一碗馄饨也没摆着。我接了一个电话,打电话的人竟然没有得过奥林匹克跳高冠军。我用玻璃杯给自己倒了一杯茶,忽然想起那个采茶的农妇说不定对丈夫不贞。

……结果,我没吃早点,没买报,没坐汽车,没进办公室,没接电话,没喝茶……什么都不顺心!我准备自杀了……

(注意,如果给你送信的邮递员身高不够一米九,就把此信烧掉好了!)

不如酸辣汤

烹调学教授 O 博士在品尝了冰激凌后指出:"缺乏酸辣汤的香味儿!"在吃了鱼香肉丝以后批评说:"一点也不清爽!"在吃了拔丝苹果以后指出:"缺乏动物性蛋白质!"在吃了红烧海参以后摇摇头:"比老豆腐贵得太多!"喝完豆汁以后叹息说:"哪里比得上茅台酒!"吃完涮羊肉以后他大发雷霆地质问道:"为什么不把它做成冷食呢?"

原题《不如酸辣汤及其他(十一则)》,
发表于《花城》1981 年第 4 期

青蛙的痢疾

一只青蛙因为偷吃生葡萄过多而得了细菌性痢疾,它肠胃绞痛,不思饮食,胸满恶心,头晕目眩,匍匐在收割后的稻田里,用它那混浊呆滞的眼睛望着世界,喘息着,悲叹着。

胆小而又好学的兔子从稻田里穿过,听到了青蛙的呻吟声,它弄不清这声音里包含着什么样的哲理、经验和深意。它看见了微微颤抖着的青蛙的身体,它弄不清这抖动里表达着怎样的奥妙、成熟和沉稳。它恭而敬之地请教说:"大师,请不要吝惜您的智慧和学识,给小可一点教训,用您那大慈大悲大彻大悟的光辉,超度一下我那冥顽黑暗的灵魂吧!"

青蛙有气无力,愤愤不平地说道:

"世界简直已经到了末日,只有你还算'孺子可教'!你看看这天空,肯定是吃多了消化不良!到处是金星乱舞,到处是葡萄的幻影,它是这样肿胀,这样沉重!而这地面呢,正在下坠,在便秘,在蹭稀,在痉挛,它疼得一抽一抽地乱抖。你再看这太阳,太阳也失去了光辉,而且摇摇晃晃,恐怕马上就会从天上落下来,落到地上就会引起一场大火,把河水烧干!还有我身旁的稻田,不但没有结任何谷穗,而且是这样冷酷、混乱,散发着一种腐败的痢疾病动物特有的气息。天上飞着的呢,又都是一些苍蝇,渺小,卑贱,嗡嗡嗡嗡,没有节拍,没有和弦,没有根底……"

这时,一只百灵来到稻田的上空,唱起歌来。

"青蛙大师,您看啊,这儿有一只百灵!"兔子说。

"我怎么看不见?我怎么看不出来?你以为你说它是百灵它就是百灵吗?你算什么东西!即使真的是百灵,它也是苍蝇变的,你难道看不出来吗?"

兔子吓得缩成了一团,忽听青蛙惨叫一声:

"世界毁灭了!"

兔子顿时两眼漆黑,陷入了绝望的恐怖之中,但仅仅十秒钟以后,它就睁开了眼睛,发现天空仍然是天空,地面仍然是地面,太阳绝无坠落之虞,而农民,正在附近的稻场上打稻谷。百灵鸟呢,唱得更加欢乐。只有尊敬的患了痢疾病的青蛙,已经溘然仙逝。

煮鸡蛋和广播操

我的爸爸博学多艺，诲人不倦，多年来，他亲自培养我、训练我，想把我造就成为一个人才。

他教我文学，他最喜欢的一本书是《唐诗三百首》，在他的训练下，我已经做到倒背如流了。每当我试图读一本新书的时候，他就会发怒，他愤愤地质问说："难道你自认为你已经把三百首唐诗全部学通了么？你难道自认为已经融会贯通了三百首唐诗的全部奥妙、技法、韵律、对偶、炼字、炼意、诗眼、诗味、境界、品格……以及其他等等了么？难道你认为你的诗已经比李白、杜甫、孟浩然、王维、李商隐、杜牧……写得还好，你的水平已经超过了那些诗仙诗圣了么？你难道认为唐诗已经过时了么？"

他教我唱歌，他最喜欢的一支歌是《苏武牧羊》，每当我试图学唱一支别的歌的时候，他就愤怒地质问道："难道你认为你已经把《苏武牧羊》唱好了，唱到家了，可以打一百一十分了么……"

他教我体操——广播体操第一套。每当我想学习新的五套广播操的时候，他就振振有词，言之成理地问道，"难道第一套操你已经做够了，再不需要改进，再不需要练习了？难道第一套操已经配不上你这个一米六的小个子了？难道……"

他给我吃煮鸡蛋。当我提出是不是可以吃炒鸡蛋或者鸡蛋羹的时候，他驳斥我说："难道你就不需要煮鸡蛋了么？你难道要抛弃供给了你那么多的卡路里和动物性蛋白以及维生素 A 和 D 的煮鸡蛋了吗?"

在爸爸的雄辩的"难道"下,我至今只看过一本书:《唐诗三百首》。只会唱一支歌:《苏武牧羊》。只会做一套体操:第一套广播体操。只吃过一种菜肴:煮鸡蛋。

龙舍里的千里马

五年前,在一个乡下的牛栏里我与这位千里马曾有一面之缘,由于饥饿和寒冷,它当时是卑琐的,瑟缩的,垂头丧气的,低声下气的。它跑起来只能达到牛的速度,连毛驴也不愿与它为伍,而拉起犁来,它又远远没有牛的力气大,所以,它虽然关在牛栏里,却是牛中的等外品。

后来来了几位伯乐,慧眼认出了这位千里马,喂给它两斗燕麦,它马上出色地跑了几圈,把所有牛、驴、骡、猪惊呆了。

后来它参加了马群,马们隆重地举行了一次欢迎大会,欢迎它归队。

后来在一次赛马中它赢得了冠军。于是人们又把它从马厩中请了出来,专门为它盖了一所龙舍——千里马是天上的龙谪下来的嘛。它吃的不再是燕麦和青草,而是富强粉、小站米、鱼肝油、葡萄糖酸钙。每到夏天,饮以啤酒矿泉水。每到冬天,饮以茅台和五粮液。

有一次一匹凡马走错了路,进入了它的龙舍,被它一蹶子踢了出去。

它迅速地发胖了,声大气粗,大腹便便,当然,跑不动了。我已经看到了它的前途,屠宰场和熏马肉。我为它不寒而栗。

我 们 是 同 类

一天晚上,夜莺正在唱歌,蛇向它宣读了自己的论文,论证这条蛇乃是夜莺的同类。

论文说,它这条蛇的蛇蛋,原来是与夜莺的鸟蛋排列在一起的,也就是说,它们是同乡。其次,它们是接受同一个太阳的照射才孵化的。这么说,它们是同宗。第三,它们都喜欢夜间唱歌,而且歌声(按照这条蛇的观点)是颇为相似的。第四,它们都喜欢在花园里活动。第五,它们都不喜欢冬天和冰雪。第六,它们都喜欢玫瑰花。这足以证明,它们是同好,同道。第七……

夜莺厌烦地说:"即使你的论文里能找出一千个千真万确的论据,我也无法承认你不是一条蛇,而是一只夜莺。"

蛇又拿出了另一篇论文,论述它并不是一条蛇,其他的蛇绝对不可能是它的同类。它的论据是:一,它的颜色与众蛇不同。二,它的尺寸与众蛇不同。三,它的形状与众蛇不同。四,它的癖好也与众蛇不同……

可怜的夜莺听这种议论听得累了,它倒在玫瑰花上,睡着了。

蛇嗖地爬了过来,只一口,就把它的同乡、同类吞下去了。

她本来长得不丑

我的一位女邻居的相貌,给我的最初印象,本来是相当不错的。可惜她太喜欢就审美问题发表理论性的见解。例如她常常对我说:

"我就不喜欢高鼻子。我们是中国人,要那么大的鼻子,纯粹是崇洋媚外。大象的鼻子倒是大,但是那好看吗?鼻子大的人多半都目空一切,自命不凡……"

她说得太多,使我不由得多看了几眼她的鼻子,这才发现,原来她的鼻子有些扁平。

她还爱说:"头发太黑了,效果并不好。为什么这样说呢?现在时兴染发,如果你的头发又黑又亮,人家也许会认为你是染的。到了外国,各式各样的假发就更普遍了,你花一点钱,就可以长上你所需要的头发。要粗有粗,要细有细。要疏有疏,要密有密,要黑有黑,要红有红,要黄有黄。"她又补充说:"所以说,把头发作为判断一个女人美不美的标准之一的时代,已经过去了。"

她说得太多了,我不由得注意了一下她的头发。原来,她的头发是有点稀疏、干枯、褐黄,好像是得了霉锈病的荞麦。

她又说:"'一双鞋,衬半截',这样的俗话我才不信。鞋对于一个人来说毕竟是次要的,红军二万五千里长征的时候穿的就是草鞋嘛,他们那个时候能到王府井鞋店买高跟皮鞋吗?对于一个女人来说,鞋的好坏,还不如口罩更重要,一个雪白的口罩,显示着文明、卫生、礼貌、细心、尊重别人、明智、富裕、现代化、讲科学、含蓄、乐观、有分寸、冷静、克制、持重。而一双好鞋意味着什么呢？只能意味着粗俗、浅薄、奢华、作态、扭捏、卖弄风情！"

她的理论使我注意到，尽管她戴着一个雪白的口罩，但是她的鞋极蠢，不合脚，而且她走起路来还显出脚有些畸形，多半是八字脚加平足。

随着她的美学理论的发挥，我终于认清了，她的相貌实在是不宜奉承。

常胜的歌手

有一位歌手,有一次她唱完了歌,竟没有一个人鼓掌。于是她在开会的时候说道:"掌声究竟能说明什么问题呢?难道掌声是美?是艺术?是黄金?掌声到底卖几分钱一斤?被观众鼓了几声掌就飘飘然,就忘乎所以,就选成了歌星,就坐飞机,就灌唱片,这简直是胡闹!是对灵魂的腐蚀!你不信,如果我扭起屁股唱黄歌儿,比她得到的掌声还多!"

她还建议,对观众进行一次调查分析,分类排队,以证明掌声的无价值或反价值。

后来她又唱了一次歌,全场掌声雷动。她在会上又说开了:"歌曲是让人听的,如果人家不爱听,内容再好,曲调再好又有什么用?群众的眼睛是雪亮的,群众的心里是有一杆秤的。离开了群众的喜闻乐见,就是不搞大众化、只搞小众化,就是出了方向性差错,就是孤家寡人、自我欣赏、钻牛角尖、穷途末路、难以自拔!在音乐厅里,我听到的不只是掌声,而且是一颗颗火热的心的跳动!"

过了一阵子,音乐工作者开会,谈到歌曲演唱中的不健康的倾向和群众的趣味都需要疏导,欣赏水平需要提高。她便举出了那一次她唱歌无人鼓掌作为例子,她宣称:"顶住了!顶住了!我顶住了!"

过了一阵子,音乐工作者又开会,谈到受欢迎的群众歌曲还是创作、演唱得太少。她又举出了她另一次唱歌掌声如雷的例子,宣称:"早就做了!早就做了!我早就做了!"

鸭 的 喜 剧

　　自从安徒生的《丑小鸭》的故事发表以来,鸭群就出现了骚动。
　　"我早就说过,我本来是一只白天鹅,但是我受到了冷落、轻视、误解,我的青春就这样白白地逝去了!还我青春!还我白天鹅的羽毛和翅膀!还我白天鹅的荣誉和骄傲!"老公鸭说。
　　"完全是由于农夫的有眼无珠,加上火鸡的嫉贤妒能!使我们贫困、潦倒,而且被称为'鸭子'。'鸭子'是什么意思呢,中国人认为笨是'鸭子'的特征。难道我们笨吗?虽然我现在不知道一加二等于几,难道这是我的过错吗?有谁培养过我吗?有谁送我上过大学吗?"母鸭也呱呱地叫起来了。
　　"我想我已经变成一只天鹅了,不信可以去湖水边照照镜子。"一只秃毛小鸭叫着走到了湖边,照了又照,硬是没有天鹅的倩影出现。它苦恼了一会儿,终于发现了其中道理,它大叫着告诉别人说,"这个湖水不公平!这个湖水开了后门!这个湖水接受了天鹅送的蛤蟆肉,所以把它们照得那样光彩照人,而把我们照得这样灰不溜秋!"
　　"打倒湖水!打倒农夫!打倒火鸡!打倒中国人!"群鸭愈来愈愤怒了,叫成一团。
　　农夫过来用竹竿打了一下为首的公鸭,立刻就安静下来了。
　　真正的当过"丑小鸭"的那只天鹅,正从蓝天上飞过,在与白云相问候呢。

变成天鹅之后

　　从另一方面来说,"丑小鸭"变成天鹅——或者更正确一些说,当它被确认为天鹅以后,又怎么样了呢?

　　它的丑小鸭的经历是动人的、美丽的、崇高的和令人怜爱的。

　　它功成名就,真的得到了天鹅的美称和天鹅的一切优越性之后,它的生活还那么可爱、那么动人吗?

　　如果它从此"抖"起来了,看不起鸭哥们儿了,叼起一只大雪茄来了,喜欢起骂人来了,要求起吃"特餐"来了,而且还到处喊叫"我是天鹅!我曾被当做丑小鸭!我是天鹅!混蛋们把我看成了丑小鸭"呢?

　　……即使是真正的老牌天鹅也罢,何必把"天鹅"挂在嘴上呢?

失恋的乌鸦二姐

乌鸦二姐爱上了乌鸦大哥,它们形影不离,比翼齐飞,如胶似漆,一唱一和。

"看,天是多么蓝,风是多么柔,云是多么轻!"它们的二重唱十分悦耳。

"看,天是多么蓝,风是多么柔,云是多么轻!"一群幼鸦围绕着它们贤伉俪飞翔,欢呼歌唱。

谁想得到,乌鸦大哥受到了西方"新潮流"的影响,要搞什么"性的解放",竟不辞而别,把乌鸦二姐甩了。

乌鸦二姐悲痛欲绝,她唱道:"昏天黑地,凄风苦雨,狼心狗肺,虚情假意,茫茫鸦世,何曾有美、善、真、青春和正义?"

"昏天黑地,凄风苦……"小鸦们应和着唱着,但不如早先那首颂歌唱得响亮,因为尽管它们富有同情心,却不能完全理解鸦二姐的心情。而且,它们随着月龄的增长,开始有了一些弗洛伊德式的微妙心理。

待到小鸦们你成双,我成对,自由对象,而且学着电影银幕上的样子互相依偎"啃咬"起来以后,从鸦二姐那里听到的却是一片咒骂:

"该死!该死!该死!"

"看这种轻狂!看这种臭美!看这种醉生梦死!难道不知道色即是空,空即是色?多深刻!"

"爱情这个婊子！爱情这个土匪！爱情这个狐狸精！爱情这个巫婆！只有高于爱情的人才能得到正果！"

"爱情这个魔鬼！爱情这个苦海！爱情这个毒酒！爱情这块脏抹布！我才不稀罕这种俗气！"

"你们又飞上了,你们又对上了,你们又唱上了！你们以为你们比我飞得好,对得好,唱得好吗？那才不见得哩！我当年,阔多啦！你们闹了半天,哪有半点新意？真让人笑掉大牙！全是老一套！全是我早就经历过的迷幻！"

"该死！该死！该死！"

小鸦们初时惊诧莫名,后来就习以为常了。它们这才开始懂得了失恋的苦味,它们对鸦二姐颇表同情。再说,小鸦们正忙于飞、对、唱、"咬"……顾不上过多地管鸦二姐的事情。它们太忙了。

原题《失恋的乌鸦及其他（十则）》,
发表于《延河》1982年第1期

听来的故事一抄

下面这个故事是我听来的,据说源于六十年代的一个出版物,译自非洲的一个寓言。只因为它太妙、太贴题了,我才抄录在这里。这不是我的创作,希望编辑部计算稿酬时将这几行字减去——

有一个牢骚满腹的人躺在核桃树下叹气,他骂道:"有这个世界是多么不公正啊!什么公道,什么正义,全是拆烂污!现代迷信!原始的蒙昧主义!就看这堂堂的核桃树吧,它根深干直,枝繁叶茂,威风凛凛,仪表堂堂,然而它结出的核桃果呢,还没有鸡蛋大!这简直是荒唐!简直是愚蠢!简直是对树的尊严的挑战、侮辱!而再看看那边的南瓜吧,细细的软软的蔓子,没有骨气,没有节操,没有年轮的光荣,没有木质部,直不起腰来,绝对不是栋梁之材,与泥土狗屎为伍……它倒结出了金灿灿的大南瓜,比我的脑袋还大三倍!"

正当他义愤填膺地为核桃树鸣不平,讨伐大南瓜的暴发的时候,一阵小风,吹落了一个核桃果,落到了他脑门子上,"叭"的一响。

他吓了一跳,霎时间心脏停止了跳动。良久,他苏醒过来,摸摸脑袋,安然无恙,不但没有漏洞裂纹,连个小包也没有。

他不由得衷心赞美:"赞美全知全能的上苍,光荣归于我主!多么公平的世界啊,上苍的智慧与慈爱无处不在。请想一想,如果核桃果果真长得如同南瓜大,砸到我的脑袋瓜上,我不是就呜呼哀哉尚飨古得拜了吗?"

1983 年

扯 皮 处 的 解 散

牛皮厂扯皮处举行第一百零六次例会。会议由托处长主持,参加会的有十二个副处长和一名秘书。会议宣布开始后,托处长突然发现最爱闹意见的第十三副处长没有前来,忙叫秘书派车去接,因此只得休会二十分钟。

第十三副处长到达后立即大发牢骚,认为开会不通知他并非偶然。"太不正常了!太不正常!"他说。

托处长宣布这次会议的议程是讨论扯青蛙皮的最新工艺并评选扯皮先进人物。第一副处长介绍了滚身扯皮法、叹气扯皮法、会议扯皮法、文牍扯皮法、太极扯皮法、哼哼扯皮法等等新工艺的推行情况。

第二副处长建议暂停讨论工艺问题,因为由他负责拟稿的一个关于在上厕所期间不得打篮球和饺子馅里不得掺有马粪和小豆冰棍的书面通知亟待下发。此通知已传阅四个月,各正副处长均签名表示同意,掌管印章的第三副处长却迟迟不肯盖章,因而影响了厕所的环境保护和扯饺子皮的质量。

第三副处长立即说明,他每盖一个章需费时一个月左右,否则会人为地造成前紧后松、月计划完成不平衡、盖完章后无事可做的现象,影响大局。

第四副处长插言说,发给副处长以上干部用的公用自行车只有三辆,而处长、副处长共有十四人,人多车少的现象日益严重。他建议:一、起草一个申请追加自行车的报告打印四十份。二、把车少人多的情况汇总,写一个单行材料。三、把现有的车拆开,每个处长发给零点四二八个车轮。如有剩余,留成归己。

第六副处长建议增补两名年富力强的副处长,扩大处编制,处下增设六个科:初扯科,复扯科,齐扯科,闲扯科,乱扯科,暗扯科。

第七副处长提出了增加扯皮的财务预算问题,并建议采取包干制。

第八副处长提出了派遣代表团出国考察的计划……以汲取欧美扯皮学最新成就。

这时候来了一个电话,叫秘书去取文件。

秘书走后,立即休会,因为在座的只剩下了处长、副处长,却没有做具体工作的人了。

秘书回来,宣读文件道:

"着令立即撤销扯皮处建制。该处所有工作人员,立即集训待命。"

处长、副处长面面相觑。最后,不知是谁说了一句:"早该这样了。"

原题《扯皮处的解散(四则)》,
发表于《小说界》1982 年第 2 期

雄 辩 症

一位医生向我介绍,他在门诊中接触了一位雄辩症病人。

医生说:"请坐。"病人说:"为什么要坐呢?难道你要剥夺我的不坐权吗?"

医生无可奈何,倒了一杯水,说:"请喝水吧。"病人说:"这样谈问题是片面的,因而是荒谬的。并不是所有的水都能喝,你如果在水里掺上氰化钾,就绝对不能喝。"

医生说:"我这里并没有放毒药嘛。你放心!"病人说:"谁说你放了毒药了呢?难道我诬告你放了毒药?难道检察院起诉书上说你放了毒药?我没说你放毒药,而你说我说你放了毒药,你这才是放了比毒药还毒药的毒药!"

医生毫无办法,便叹了口气,换一个话题说:"今天天气不错。"病人说:"纯粹胡说八道!你这里天气不错,并不等于全世界在今天都是好天气。例如北极,今天天气就很坏,刮着大风,漫漫长夜,冰山正在撞击……"

医生忍不住反驳说:"我们这里并不是北极嘛。"病人说:"但你不应该否认北极的存在。你否认北极的存在,就是歪曲事实真相,就是别有用心。"

医生说:"你走吧。"病人说:"你无权命令我走。你是医院,不是公安机关,你不可能逮捕我,你不可能枪毙我。"

……经过多方调查,才知道这位病人当年参加过"四人帮"梁效的写作班子,估计可能是一种后遗症。

维护团结的人

艾团结悄没声息地走进了老王的家,他压低了声音,对老王说:"老王,不要理他。宰相肚子里撑大船,不跟他一般见识。"

老王莫名其妙地眨眨眼睛,他正忙着打家具,没注意老艾的话。

"其实你也早知道了,你不会计较的,你的水平不一样嘛。"

老王低下头,拾掇刨子。

艾团结弯下腰,凑过身去说:"你知道,老周说你的鼻子是假的。"

老王鼻子哼一下,没言语。

艾团结把脸凑得更近一些,哈出来的热气冲到老王的耳朵上,"老周说,你的鼻子是从他家垃圾堆里捡的,用猪皮胶粘在脸上的。"

老王抬起了头。

"老周还说,你把你原来的鼻子卖给走私商了,没有缴纳赋税。"

老王皱起了眉。

艾团结说:"不必生气,不必生气。我们都知道嘛,你的鼻子是一等品,是珍品,是原作。他那样说,只能证明他的无知。你是不会计较的,你是不会计较的……"

老王又低下了头,同时开始琢磨:"老周背后讲我的坏话究竟是什么意思呢?"

艾团结临走的时候强调说:"一定要以团结为重,一定要以团结为重。"

艾团结离开了老王,又去找老周"维护团结"去了。

食 欲 问 题

老李的孩子有一次因为中午饭吃得太多,晚饭只吃了二两。

老李紧张起来,从此,当他孩子吃饭的时候他就在旁解说:

"对!对!太好了!就是要这样吃!是的,要放在嘴里,不能放在耳朵里。是的,要用牙齿咀嚼,嚼过的东西才容易消化。为什么嚼过的东西才容易消化呢?第一,把食物切割研磨细碎。第二,混合唾液。就是说,使食物与唾液充分混合起来。第三,口腔黏膜可以吸收一部分营养,例如葡萄糖。好,好,好,还要吃肉,哎,再吃一块,嚼,咽,好极了!真让你爸爸高兴!再来点动物性蛋白!真长劲!什么,不吃了?那可不行……"

老李热情地、科学地给他儿子讲了许多为什么要吃饭、怎样吃饭的道理,目的是希望儿子吃得更多一些,成长得更快一些。

结果,不知为什么,孩子一吃饭就愁眉苦脸,就心怀恐惧,就捂耳朵,最后竟发起歇斯底里,牙关紧闭,拒绝进食。这可把老李吓坏了,他觉得自己道理讲得太不充分了,他准备购买一些关于吃饭的重要性的幻灯片、电视录像带、科教影片,放映给他的孩子看。

1983 年

筝　波

　　一个绿光耀眼的湖。为什么叫琵琶湖？这里并没有琵琶的铿锵与机敏，也不像琵琶那样冲动。

　　如果由他来起名，他愿称它为"筝湖"，俯瞰湖，确实像一个筝，即使不太像，你也可以有意把它想象成为一个筝。这含情脉脉的湖的涟漪，多像孤独而又连绵的筝的声波。

　　为了起草一个重要的报告，他已经在湖畔旅社住了好多天了。他已经四十多岁了，他已经起草过许多报告了。少年时候，他曾梦想成为诗人，成为小说家，成为中国的屠格涅夫。时至今日，一想起《贵族之家》和《前夜》，他的心还要怦怦地跳。

　　从他起草的报告里是很难看出屠格涅夫的。"在……下""我们必须……""任何对于……的背离，都是错误的……"他现在习惯的是这样的文体，按统一口径。只有最细心的文体家，才能从他起草的报告的修辞的讲究与逻辑的缜密中看出他的才能来。

　　然而，这样的报告是必要的，总不能开大会的时候由领导同志朗诵一段屠格涅夫体的抒情散文。

　　所以，他专心致志地起草他的报告。他在小餐厅吃饭。在小餐厅吃饭的人并不多。这一天，对面桌子上坐了一位妇女，他觉得这位女同志一坐下来便向他甜甜地一笑。

　　连续三天过去了，每天三顿饭，女同志与他相对吃饭已经有九次了，至少也向他笑了九次。她衣着大方，神态雍容。其实她已经很年长了,然而乍一看,仍然是那么幽雅和温存,生命还在她的身上大放光芒。他得知,原来这就是大翻译家、外国文学专家谢琳。他为之倾倒的那些屠格涅夫的著作,都是经她的转述。他早就知道这个名字了,却一直无缘见她。

当谢琳向他微笑的时候,他不由得也报以礼貌的微笑。每次吃饭的时候,两个人都这样互相笑一下,然后谁也不搭理谁,他觉得不自然。

他是十一岁开始读谢琳翻译的作品的,可以估计,如今谢琳大概快要六十岁了,如果不是比六十岁更大。然而她仍然那样堂皇而且矜持,姑且不说美丽不美丽。这实在使人惊叹。

他决定与谢琳攀谈。为什么要失之交臂?为什么不更加热情地回答人家的微笑?人家是前辈,又是女同志,没有等待人家俯就的道理。由于写报告很累,这一天饭前,他在湖边散了一会儿步。湖水的炫目的绿光,引动了他的某种情绪。他准备去告诉谢琳:"我从小就爱读您翻译的书。在我的心中,您和屠格涅夫差不多是一个人。我现在就在您所在的S市市委办公厅工作。"不,不必提市委办公厅,他转念又想。

就在他这样津津有味地想着的时候,谁想到对面谢琳走来了,从湖光和树影里走来了。谢琳像通常那样,在距离他六七米的时候便展示她那高贵而又亲切的笑容。

筝的几条弦同时颤响了,也许还有琵琶。绿光闪烁着。

"您好——"他向前赶了两步,向谢琳招呼道。

他马上意识到自己的错误,他还没有来得及伸出手来。这是很奇怪的,就在他走近谢琳的一刹那,他立即发现谢琳的眼光里根本没有他,谢琳只是在看湖,对着湖微笑。微笑只不过是谢琳的仪表的一部分。最令人惊异的是,当他走近,问一声"您好"的时候,谢琳脸上的笑容并没有消失,甚至于谢琳还应答着他的问好,把头微微地点了一下。如果不用高速摄像机把她的这个动作录制下来再慢慢地放几遍，他无法断定谢琳是否真的略点了一下头。但与此同时，他分明看到了谢琳眼睛里的回避、烦乱，也许还有厌恶的神色。她显然不想与陌生人随便搭话。何况他身上没有任何出众动人之处，他的外表是这样平凡，与谢琳相比，或者可以说是寒碜。

他没有觉得受辱，只是觉得惭愧，他还是太不了解这些高级知识分子了。谢琳的微笑，既是亲切，更是骄矜，既是装饰，也是盔甲。还有她那似有似无的微笑点头及点头中的烦乱……无怪乎她译的屠格涅夫著作是那样传神呢。

一年以后，在提拔中青年干部的时代潮流中，他被选定为S市市委分管文教工作的书记。就职不久，赶上一个节日，市里召集了一个文艺界知名人士的茶话会，按每人四块钱的标准，每个桌上摆着清茶、水果、点心、花生米。

来了许多他素来敬重的头面人物。谢琳也来了，还是那样庄重而又亲切。他在茶话会上致了词，比他熟悉的"报告"要活泼一些，比他过去熟悉的屠格涅夫要干巴一些。他的致词引起一片鼓掌声。

致词以后，大家喝茶，交谈。他非常注意全面照顾会场，与这个点点头，与那个握握手，这儿笑笑，那儿说说。他的样子轻松如意，也多少有一点风度了。其实，他既紧张又疲劳。

最后他发现身后似乎站着一个人，他一回头，原来是谢琳，容光焕发、微笑不已的谢琳。

他连忙站起来："谢琳同志，您好，我……"

他仍然没有来得及说出一年前在琵琶湖边想说的话。因为谢琳同志已经热情地握住了他的手，而且非常谦恭有礼地甚至有点讨好地说：

"请今后多指导……"

然后，谢琳同志走了，仍然是风度翩翩。筝弦好像又响起来了。"她大概根本没有认出我来。"他想。他定定神，为同桌的几位前辈续茶水。

在白椒鸡旁

　　一九六七年三月,造反队突然在广场上贴出了攻击他的大字报。"毒蛇""恶狼""叛徒""魔鬼""歪曲""狰狞""狂妄""利令智昏""打断脊梁骨"……这样的一些字眼确实是字字千钧。他被拉去游了一次街,差点没被小将打破脑袋。

　　他一咬牙,跑了。他买了火车票,悄悄来到北京,住在他的一个年长的亲戚那里,避避风。住了三个月,没有发生什么事,他安心一点了。

　　这天下午,他和他的亲戚去已经改名为"工农兵饭店"的萃华楼吃饭。已经是五点钟了,由于快到夏至的节令,天显得还很早,太阳还老高,饭馆里还没有许多人。

　　进来一位大眼睛、宽肩膀的汉子。他巡视了一下四周,明明还有许多空桌,汉子却不去坐,直走到他和亲戚所在的桌子对面,问他们:"我坐在这里,行吗?"

　　当然,他们只能表示欢迎,但是他有些紧张。"会不会是来揪我的呢?"一想到这里,他的脸色就变了。筷子底下的拼盘里的形状和颜色排列得都很好看的菜肴,也立刻失去了滋味。

　　汉子掏出手绢擦了擦额头上的汗,轻轻叹了口气,抬起头,用一种纯真清澈的目光看着他们。只这一瞥,汉子便取得了他们的信任。他长出了一口气,血液恢复了运行,心率与血压正常。

　　汉子起身到酒柜去,不一会儿,端来一盘白椒鸡,一盘海蜇,一升啤酒,一杯白酒。

"简直像个饕餮鬼。"他想。特别是当汉子告诉服务员,还要一个焦熘肉片,一个干烧鱼,一个沙锅鸡块和七两米饭的时候,他惊奇得睁大了眼睛。这是示威吗?他一个人要的比他们两个人还多。

汉子穿的衣服不太清洁,然而崭新,而且是毛料子。他的眼角与额头有很深的皱纹,头发已经花白。他的目光不俗。逃亡已经三个月的他,已经好久没有见过这样镇静、深思、忧郁而又坚强的目光了。

汉子飞快地喝完了差不多半升酒,吃完了大半只白椒鸡。"这是这儿的名菜。"他指着鸡说,"我太饿了,从早晨就没有吃饭。"他抱歉地笑了笑。是的,即使在史无前例的高潮中,在大城市,饭量与地位应该成为反比的观念还没有与"四旧"一起被破除。

这不是与陌生人谈话的年月,这不是闲谈的年月,更不是任意敞开心扉的年月。汉子的主动自我介绍,使同桌的这二位有些惊奇,他们礼貌地微笑着。

"还没睡醒就被揪起来了。"汉子说,津津有味地嚼着鸡的翅膀。"把我推到卡车上就走,我也不知道到了什么地方,反正是敲锣打鼓喊口号,说是要打倒我。"他憨憨地一笑,呷了一口白酒,把海蜇嚼得吱吱地响。"其实,要打倒我也不必费这么大劲……"他的笑声嘹亮。

逃亡的他却有点发毛,脊背上冒冷气。他看看四周,四周也确非无人,还好,似乎没有什么人注意他们。

"斗争会还没开成,就被另一派冲了会场。"汉子又解释说,咕嘟咕嘟,啤酒包了圆儿。"又把我揉到一个吉普车里去了,好像还挨了一拳头。"

和我们说这些干什么?逃亡的他如芒刺在背。

焦熘肉片上来了,汉子拿着玻璃升子又去买来一升啤酒,他吃得那样馋,那样香,简直叫人嫉妒。逃亡的他从"文化大革命"一开始就没有这样有声有色地吃过饭。

汉子的脸喝得略略有点发红了,眼睛也更加明亮。"……又换了几个会场,说我是修正主义,执行刘少奇司令部的路线,还说我招降纳叛……"鱼也来了,他吃鱼也很内行,刺吐出来,肉咽进去,鱼鳍鱼尾鱼头,他都不放过。"可始终没有批成,老是互相冲……"

"噢,真是饿坏了!"逃亡的他总算搭了一句碴儿。

"可不是!从中午我就向他们提出申请,我要吃饭。为了搞运动,我必须吃饭!为了触及灵魂,我必须吃饭!我当书记,必须吃饭!拉下马来当反面教员,也必须吃饭!你们说是不是?"

"实话。不管怎么样,饭是要吃的。"年长的亲戚也搭了一句。

"小将还是通情达理的。"桌上的四个盘子已经空了三个了,"从十二点谈判到四点半,最后我向他们提出了严重抗议,我指出他们不让我吃饭完全违背了毛主席的革命路线。结果他们同意了给我放两个钟头的假,六点四十以前,我要赶回去报到。"

"还要回去?"

"是的。"汉子伸了伸左臂,看了看表,"还早。哈,就剩下萃华楼啦,还有几个菜。像恩成居,现在只卖大锅炒黄瓜片啦。"汉子有点今昔之感,喝完了最后一口白酒,用砂锅里的鸡汤泡着米饭,大口地吞吃着。

"一定要吃好,一定要身体好。"他举起了一个手指头。这么半天,只有这一下又像个当领导的了。"这次运动里,你会有很多体会,很多收获的,但是一定要身体好。"他好像是作了一个总结,作完了这个总结以后,他安静些了。

逃亡的他和亲戚已经吃完了,但是他们不好意思起身,觉得应该再陪一陪这位不期而遇的陌生人。他已经赢得了他们的好感,当然。

那人吃完了饭,点起了一支烟。他让烟给他们吸,及至知道这两个人都不吸烟时,他露出了遗憾的表情。他很懂礼貌地主动与他们告别,略带歉意地解释说:"我吃饭的时候喜欢说话,这也是习惯了。过去,总是一边吃着饭,一边谈工作。"

他们互相握了手,离开了。

从此,这个汉子的印象留在他脑海里,大概永远不会磨灭了。

爽　流

　　当她看到大作曲家、音乐家协会的负责人刘君立从上海牌汽车上走下来，倚着车门四下张望的时候，她感到了意外的狂喜。想不到竟有缘在这里见到他！她真想跑过去。

　　刘君立的深思而又亲切的眼光，似乎正在寻找，目光正慢慢地移向她这边。她立在那里不知道是不是躲开点更好，她的脚好像生了根，挪不动了。

　　然而，刘君立看到了她，显然，这不是假象。他在打量她，在想着什么。看呀，他抬脚一步又一步朝她这边走来了。

　　她战栗了，眼泪涌上了她的眼窝。

　　这是一个伟大和奇妙的灵魂。刘君立的器乐作品的旋律、节奏、和声和力度里，似乎包容着她全部身心。那不仅是刘君立的，而且是她的，是我们这个时代的许多青年的（多奇怪！）灵魂。那又不完全是现在的她，而是她向往的、比现在的她更真实也更好一点的她。听刘君立的器乐的时候，她的每一个细胞都变成了音符，她的每一根神经都变成了音波，她好像升入了另一个世界。

　　然而，她自己是那样笨拙。她演奏不好一首乐曲，她唱不好一首歌。她没有考上音乐学院，又耽误了考理工科。勉勉强强，她总算有了一个泥饭碗，不是全民所有制的。

　　一年以前，不肯放弃音乐的她，有幸在区工人文化宫的一次音乐小组的集会上见到刘君立。当别的既聪敏又活泼的年轻的工人音乐爱好者包围住大音乐家和他说这说那的时候,她好像一个只买到了后排戏票的垂头丧气的观众,在后排瑟缩着。谢谢大音乐家,他发现了她,主动向她伸出了手。是宽宏还是怜惜?反正大音乐家有水晶一样的眼睛,金子一样的心。

他居然又认出了我!一个死一样地爱音乐又死一样地没有音乐才能的她,竟然在一次握手(中间还隔着好几个人)之后给他留下某种印象。天啊!

他走来了,一步一步地走近了。她露出了笑容,像天使。他开口了,他分明在向我开口了。

热浪使她顿时变得坚强了,荣耀感和幸福感使她增加了自信,她抢先伸出了手:"刘君立老师,您好!"

她的举动和声音,使刘君立一怔,但又不足为奇。他木然地握了伸向他的她的手。他眨了眨眼,有点迷惑,他的话却是现成的:"同志,劳驾,我跟您打听一下,到新化居民楼九区十七栋应该怎么走?"

原来……她好像看到了司机在向另外的人打听。像是又一股清凉的潮流冲刷了过来。好爽快呀!她稳住了自己。

"从这儿往西到红绿灯路口,往南拐大概有四十米,您看到一个售货亭——卖炸油饼的,您再往西拐,见到电线杆子,您数,第三栋楼就是新化九区十七楼。"她的回答条理分明,清清楚楚。

刘君立在默念她的指示,她负责地重复了一遍,不等道谢,转身就走。她似乎觉察到,刘君立在原地站了一会儿,司机叫了他一声。也可能刘君立在回忆究竟什么时候与她见过面,也许刘君立(如果他足够世故的话)在后悔,本来也可以寒暄两句再问路,然而这已经是不必要的了。她到菜店买韭菜花去了。她忽然有一种模模糊糊的预感,她好像得到了点什么。也许,今后她会生活得更好一点呢。

1983 年

只 有 两 家

　　一九七七年我因事去到新疆一个地区的一个小县,住在县革委会的招待所里。我们这个房间住着三个人,一位锡伯族青年,一位县一级的局长,还有我。局长用眼睛那么一瞄,便当仁不让地在室内树立了自己的领导地位,讲话常带一种教育别人、告诫别人乃至做结论的口气。

　　三个人中最喜欢讲话的是虎背熊腰的锡伯族小伙子,他不住嘴地向我吹,锡伯人怎样强悍,怎样慷慨好客,怎样豪爽,一顿饭吃一斤半面条,三个人吃一只羊,一个人喝一瓶白酒,一位锡伯好汉一个人一天连割带捆割了七亩麦子。对于后者,我略略提出了一点疑义。因为我拼死拼活未能割完一亩小麦。锡伯后生激动起来,他大声说:"什么?我们锡伯人,妇女小孩一天割两亩麦子,割不完两亩你就不算人!"

　　正当我哑口无言感到惭愧、叹服并想到自己改造的路确实还很长很长的时候,局长发话了:

　　"你们锡伯人吃不吃猪肉?"局长眉头紧蹙,神态严厉。

　　锡伯后生翻了翻眼,有些理亏似的说:"吃——啊。"

　　"吃猪肉还搞个锡伯族做甚!"局长把手一挥,取消了锡伯族存在的根据。

　　锡伯后生蔫了下去,完全不像与我说话时那样神气了。我也觉得诚惶诚恐,不知道说什么好。给他讲讲民族形成的几个要素?讲讲新疆境内民族的分布与历史？讲讲采用满文满语的锡伯族从我国东北迁到新疆来的故事？这些似乎都是"资产阶级知识分子"的那一套……

回到乌鲁木齐以后，我把局长划分民族的理论与实践讲给我的一位好友，一位突厥学者。好友大笑："妙极了！世界上的民族千千万万，概括起来只有两家，一家是吃猪肉民族，一家是不吃猪肉民族！"他笑出了眼泪。

我也服了，把大千世界划成两家，真是一种无与伦比的"智慧"。

发表于《北京晚报》1986年9月1日

壁 虎 与 爱 情

他们俩结婚了。

经过了许多年的等待、渴望、痛苦、误解、坚持,他们终于光明正大、美满幸福地结合在一起了。一向温柔少语的碧园几乎是带着醉意向众多的宾客说道,我从来是把音乐当做生命,现在,有了天梁,我简直不知道还要音乐做什么。我祝所有的朋友都和我一样幸福!

一个年纪有一把的教师说,我们已经不可能有这样的幸福了。大家轰的一声笑了起来,笑得都很会心。

让我们怎么样描写天梁和碧园的成婚之夜呢?为了避免对年轻读者的不良影响,还是回到那些失去了一切生动性和刺激性的空话套话、陈词滥调上来吧:"如鱼得水""如胶似漆""倒凤颠鸾""淋漓酣畅",总而言之,他们的灵与肉都得到了许多人终其一生都没有得到过的完满幸福。然后,天梁坠入了黑甜乡。这样的睡眠,应该说是上帝给人的奖赏了。

就在天梁睡得最香、最美、最舒展、最放松的时候,碧园推醒了他。他已经推也推不醒了。碧园一次又一次地加力,最后给自己叫着号子"哼哟嗬、嗨呦嗬"地用了五分钟时间才推得天梁出了点声。

天梁睡着,只觉得发生了地震、山洪、泥石流,只觉得自己挨了大棒、枪托、拳王阿里的重拳击打,又像是大路上撞上了载重卡车。他醒了,瞪着充满血丝的双眼,不知道究竟发生了什么事,他呻吟了两声翻过身去,又睡着了。

碧园一怒,从床上一跃而起,披上一床毛毯,走出新房,到小客厅里去了。

大约又过了十几分钟,天梁睡梦中觉得不大对劲,艰苦困难地醒了过来。迷迷糊糊一看,新娘子没了!一愣一惊,眨眨眼睛坐了起来:碧园!碧园!他叫着,没有回答。他一下坐了起来,出溜到地上,打个趔趄差点没摔倒。鞋子也顾不上穿,光着脚摇摇摆摆走了出来。碧园!碧园!你怎么了?他问,声音里流露着疲倦、困惑,也还有几分不满。

经过了一个过程,碧园才说出了麻烦的真相,在卧房的天花板上,她发现了一只壁虎,俗话叫蝎了虎子。

天梁笑了,笑中又颇带几分无可奈何。一只蝎了虎子,一只蝎了虎子,这又算什么呢?有什么可大惊小怪的呢?有什么妨碍呢?又不是一条毒蛇,也不是一只真蝎真虎。天梁搂着碧园回到卧室,打开所有的灯,上下寻找,实在没有壁虎的踪迹。"睡吧睡吧,说不定你刚才看花了眼啦。"天梁说。

"我刚要睡就看到了蝎了虎子,它往下爬,还出声,它难看极了,我特别害怕。从小我就特别怕这些虫子。我叫你你也不管我……"说着,碧园几乎流下了眼泪。

"没事了,没事了,蝎了虎子已经叫我赶跑啦。"天梁安慰着碧园,熄了灯搂着碧园继续睡觉。

天梁刚睡着,碧园又叫他推他。他挣扎着起来,迷迷糊糊似乎确实看见一个蝎了虎子。

拿根棍儿去打吧,等拿起了棍子蝎了虎子又找不着了。如是者三,好不容易找到了蝎了虎子,抡棍打去,却没有打着。再打第二下,蝎了虎子又不见了。"算了吧!"天梁说,"蝎了虎子还是益虫呢!"但是碧园不答应,她坚持她不能与蝎了虎子同室共眠。她再次披上毛毯准备离开卧室,被天梁拦住。他们辩论了一会儿,又上下左右、里里外外地搜索了一回,无结果地睡下了。又起来了……

……第二天他们忙于款待络绎不绝地前来贺喜的亲戚和宾客。他们的脸上呈现着倦容。一些刻薄小子便互相挤眼,说一些轻浮的话。还有一位懂预测学、星相学,据说是料事如神的铁口半仙给他们相了一回面,回去后对自己的心腹说:"别看现在这么兴奋,将来他们俩还不一定过得怎么样呢?"

原题《壁虎与爱情(等三篇)》,
发表于《珠海》1992年第2期

果　　汁

　　他俩到公园去了。星期天的公园人山人海,比庙会还要拥挤。他们一边摩肩接踵地散步,一边摇头叹气,中国实在人太多了!可又有什么办法呢?

　　在路过一个售货亭的时候,妻挤了过去,注视着各种瓶装的和软包装的饮料。丈夫赶紧拉走了她。

　　"你拉我走干什么?"妻问。

　　"这些个饮料质量太差,又放颜色又放香精,再加糖精和防腐剂,还挺贵的,买它干什么?"夫说。

　　"逛公园嘛!再说,说明上写着呢,都是鲜果汁做的,没有那些对人体有害的东西。"妻争辩说。她觉得丈夫多疑了,好像还有点抠门儿。好不容易逛一回公园,起码也要喝点果汁,吃个冰激凌呀什么的。

　　不顾丈夫的劝阻,也不管饮料的包装如何的差,妻强行买了两包橘子果汁,自己一包,给了丈夫一包。丈夫无可奈何地摇了摇头。丈夫拿出管来,捅进眼儿里,正要吸吮,妻子拦住了他。丈夫不解地扬起了头。

　　"等等。"妻说,"让我们找个地方坐下,舒舒服服地喝。"

　　您可真讲究。丈夫心里想,没说出来。

　　他们为找坐的地方又费了许多周折,丈夫越无可无不可,妻子就越认真。丈夫觉得妻子未免啰嗦,妻子觉得丈夫未免太缺少情趣:如果丈夫是和另一个有社会地位的、漂亮入时的女人在一起,他会一边走着道一边喝果汁吗?想到这里,妻子眉头皱起来了。

他们终于找到了一块大石头,坐了下来。石头在一株大槐树下,一阵清爽的风,令人心旷神怡,丈夫也服气了。妻是正确的,费点事也罢,这不是很好吗,这不是好多了吗?女人啊!

就在这时来了垃圾车,清洁工又是扫地又是翻倒果皮箱。他们还没有看清是怎么回事,尘土和恶臭立即扑了过来。这一切都不可思议地凑巧和迅速,使他们简直反应不过来。

他们没有喝好这次果汁,妻子有点闷闷不乐,尤其是她看到了丈夫在尘土中的幸灾乐祸的笑容。丈夫觉得妻子太天真,太脱离实际,太乌托邦:一切都还是刚刚起步,生活是现实的,而现实又是平淡的。讲讲究究地去喝鲜果汁吗?拿上外汇券去香格里拉吧。当然,那是以后的事啦。

"生活呀,本来是可以更美好一些的。"妻想,她偷偷擦了一下眼角,觉得有点孤独。

饭　　前

　　这实在是一件小得不能再小的事。然而,就是这样一件小事让她十分烦恼。丈夫性喜节省,丈夫下过乡,丈夫从来喜读"锄禾日当午,汗滴禾下土,谁知盘中餐,粒粒皆辛苦"的诗句。所有这些都是优点,这是毫无疑义的。可是,他这种优良的品质却常常败坏他们的情绪。

　　那天是中秋节,妻子下午提前下了班,回家进了厨房。她精心设计和制作了三盘两碗、荤素冷热,特别是经过名家指点的"佛跳墙"。她自认为是她的炊艺成果的一个高峰,也是他们家餐桌上的一座丰碑。到了开饭时间,她的丈夫、两个孩子、大孩子的朋友,在饭桌旁坐好。妻子给大家倒好葡萄酒,正要举杯祝贺节日的时候,丈夫突然离开了座位。妻子完全知道他要做什么,便制止道:坐好坐好,过节大家好好吃一顿,再说今天也没别的,您就凑合着吃吧。她把脸转向了丈夫,还笑了一下。

　　丈夫其实微笑着的,他当然知道妻子的目的是为了叫大家吃好,他当然知道妻子今天下了功夫,要露一手,他更知道她在这种情况下,她会把剩饭藏起来,不让他吃。他们是谁跟谁呀,"银婚"都过了,谁还不了解谁呢?

　　丈夫一面笑着,一面搜索冰箱碗柜,知妻莫若夫,妻子的"坚壁清野"的花样其实都是小儿科。他毫不费力地打开碗柜里的大提盒,掀开盖,早有预见地取出了一小碗头天晚上吃剩下的拌面条。

"你不要吃它!"妻子来了点火,她离位去抓住了丈夫的手。"你为什么要扫大家的兴?你没有看到都举着酒杯等着和你碰杯吗?是晚吃一点剩饭损失大呢,还是叫大家都不高兴、你自己吃不好,甚至吃坏了肚子损失大呢?"

丈夫放低了声音,亲切、耐心而又雄辩地做着说服教育工作:"我吃了这碗面,又会有什么不好呢?这怎么会妨碍干杯呢?你们吃新炒出来的菜觉得很愉快,是吧?这是很崇高的很文明的习惯,我愿向你们致敬!我吃完剩的,再吃新的,我也会感到特别的愉快、心安理得,干脆说我这样做才感到幸福。亲爱的,你为什么要制止我呢?你为什么要生气呢?你没有下过乡,你不知道中国农村的艰难,你不知道粮食是怎么来的,这些并没有什么可责备的。我不想说你,你确实也算不上铺张浪费,中秋节嘛,为什么不可以吃好一些呢?我也不准备以我的标准来要求你们,我并不要求你们和我一样吃剩饭,你们难道要反过来责备我吗?"

妻不知道怎么和他辩论好。妻哭了,气闷地回到桌边,青着脸坐了一会儿,回卧房去了。

他们的中秋晚餐,不算成功。

玫瑰大师及其他

玫瑰大师栽培的玫瑰四远驰名,他布置的玫瑰大厅堪称欧洲大陆上的一珠璀璨。有一次英国女王和荷兰女王慕名前来赏盛,到了约定的时间却见不到这位大师。一找,原来他正在厨房里与四个女佣吵架。见到本国的皇室文员,他诉苦不迭:一个女佣买菜账目不符,第二个女佣与大厨有染,第三个女佣说话用了脏字(动词),第四个女佣偷吃了他给两位女王准备的布丁。大师非常激动,义愤填膺,滔滔不绝,他解释说:"不,绝不能让步!决不!你让她们一回她们就会骑在你的脖子上拉屎,她们就会以为你怕了她们!女人?女人怎么样?女人恶起来更不得了……"直用了十五分钟使本国皇室文员彻底地理解了他的苦处,同情了他的境遇,附和谴责了四个该死的女人。然后,玫瑰大师洗脸梳妆更衣打领带,来到玫瑰大厅,当然,女王已经离去。

兹后又有几起贵宾来访的事件,不是遇到大师在厨房里与人争吵,就是在厕所里与人打斗,还有一次是在牛栏与牛乱吼,大师见人便说他养的牛得了英吉利疯牛症,耿耿于怀而永不释然。

大师创造出了最好的玫瑰,布置了在欧洲乃至世界光芒四射的大厅,却一辈子徘徊在自己设计和建造的美的殿堂外面。

善狗与恶狗

　　保斯喂养着两只狗,一名顾德,一名拜德。顾德性善,见了人就欢叫起舞,摇尾吐舌,令人愉快;拜德性恶,见了人就龇牙吠咬,咬住就不撒嘴,不在被咬者的骨头上留下清清楚楚的牙印决不罢休。保斯几次给拜德讲看清楚对象再咬的道理,拜德就是不听,它只知道咬,有咬无类。保斯怒,将拜德关入后院,准备向动物保护协会申请特准:以人类公敌罪给拜德静脉注射空气,送它上天。

　　孰料那天晚上闹飞贼,顾德见贼人从房顶飞跃而下,道是贵客,便欢呼踊跃,跳蹦绕圈,发出呢喃声音,去舔贼人的皮鞋帮,被贼人飞起一脚踢到了狗鞭。顾德惨叫卧地,不能起立。贼人由于不熟悉地形,误开了后院关得严严的门。拜德一声狼嗥,狗毛耸立,不分青红皂白,见贼就咬,咬上就不撒嘴,咬倒了还在咬,一直咬到众家丁前来将贼抓获。

　　主人喜,决定每月给拜德额外奖赏生牛肉二十公斤,羊排骨二十公斤,猪头肉二十公斤,并在拜德脖子上系了一根红丝带。对顾德则十分失望,饥一顿饱一顿,有一搭没一搭,扔给它一点残渣剩饭,平常根本不用正眼看它。顾德由于被踢中了要害,从此无精打采,耷耳垂尾,偶尔叫几声,发发怀善不遇的牢骚。

　　拜德自恃功高,见人就咬,见人就叫,见肉就夺,不可一世。它连续咬了几次过往行人与邮递员、花匠、厨师,都被保斯庇护,赔钱了事。后来,拜德又咬伤了多位客人。保斯渐恼,把拜德训斥了一回,并减少了它的伙食补贴标准。谁想得到,几天后,没有吃上可口的骨头,拜德不快,干脆窜到街中心去咬人,其中一名是儿童,一名是市长的小姐,一名是大法官本人。保斯大怒,顺手拿起一根木棍打了拜德一棒子。谁想到拜德果然发了恶性,扑向主人,咬了主人迎面骨,留下深深的两个狗牙印子。害得保斯大喊反了反了,去医院清洗包扎敷药处理，并打破伤风针与预防狂犬病针剂。

从医院回来，保斯吩咐人将拜德锁起，再用绳子五花大绑，把拜德吊到了树上，准备处以绞立决——按照该国法律，只要有两个人证签字画押，咬主人的狗可以立即处决。

行刑时，保斯突然改变了主意。下令赦免拜德，只是用锁链将其锁起，关入后院，下令每天喂它面包屑二百克——半饥半饱，反正不会饿死。"只怕将来还有用得着它的时候呢。"保斯对管家说。

谁是朋友？

知更雀竞选跨年度花腔女高音，为此拜访了所有评委：乌鸦、猫头鹰、云雀、黄鹂、白鹤、青蛙、高脚蚊、叫驴等。二十三个评委中共有十八名接受了知更雀的礼物，明确无误地向它保证评选时将投它的票，知更雀自觉有了把握，便提前举行了庆贺派对，并表示将再接再厉提高声乐水平，冲出亚洲走向世界云云。

谁知它没评上，只获得了五票。知更雀就此左思右想，百思不得其解：莫非恰恰是那十八个评委坑骗了它？倒是那不曾向它做出保证的果蝇、杜鹃、啄木鸟、鹭鸶、家燕投了它的票？

它想不明白。

失艺得意

那先生自幼拜师学习杂技。先学软功，无奈腰肢太硬，不得已。改学踢毽子，无奈眼神不济，踢不准。改学魔术，无奈手法拙劣，变什么漏什么。再改学水流星、学耍坛子、学走钢丝、学钻圈、学马戏，俱不得。

于是那先生退出杂技学校改读普通小学，又因三门主课不及格而辍学。

"此儿废矣！"那家亲友见之而摇头叹息，固爱莫能助也。

若干年月后，那先生考入杂技团任团长助理，因他对杂技诸行均不陌生，说起什么头头是道，论起什么句句在理，一张口就滔滔不绝，一抬手就戳到点子上，对各行当评头论足，对各演员指手画脚，字字十环靶心，无不精当佳妙，很快被认为是真正的杂技通才，专门家组织家天生的老板。那先生乃任全国杂技管理署署长，准将级。而当初学踢毽学坛子学戏法的诸位高才生仍然在十数年如一日地耍着毽子坛子箱子……见那先生而连连鞠躬，不胜艳羡之至。

里外二绅士

里先生一次看到自己的小学同窗外先生在街上买廉价处理的鸭梨，乃与之绝交，发表声明曰："俗矣哉，买迪尔（my dear）外！何贪蝇头小利而忘乎所以也，何有失绅士风度而堕入引车卖浆辈也，何抠唆吝啬一至于斯也夫！"

不久，外先生在证券市场门口看到里先生神色匆匆地走出来，密斯特外大不忿曰："世有五十步而笑百步者也，孰料今日竟有以一千步而笑十五步者，妄也枉也罔也！吾非陶朱公洛克匪勒，时有口腹之需，常无善舞之袖，物不厌其美精，价但求其低廉，此非人之常情事之常理乎？夫天命之谓性，率性之谓道，吃梨而寻低价，一言以蔽之，思无邪而行有道，何俗之有？何秽之有？不若里某，昼思阿堵物，夜梦黄金屋，常有非分想，窃做投机术，不劳而思获，不做而思发，不拍拖而思上床，此非俗也，此鄙恶也，犯罪也！俗非罪，唯窃以为不可鄙不可恶也。可乎哉，不可也。"

于是里外二绅士交恶。

忽一日，该市城防司令为其孙儿过百岁，设宴于东罗马帝国古堡遗址。里先生被邀，里曰："此等俗事固鄙人切齿痛恨不共戴天者也，君何得不知？雅乎哉？不雅也。俗乎哉？甚俗也。可从俗乎？

断乎不可！一世清名泰山重,留得青山不烧柴;是可忍孰不可忍！"

前来说项之司令公关小姐乃近前款款软语曰:"此次前去,当延君首席,君之座位在红长官之左,白大人之右,青夫人之前,黄秘书之侧,并加 A 级马弁保镖——特殊礼遇也。古人云小隐隐于野,大隐隐于朝,大智若愚,大雅若俗,大言若讷,大勇若鼠,真高士不拒世俗,真名家不离群氓,莫失莫忘,仙寿恒昌,不离不弃,芳龄永继。天下之强莫强于柔,天下之坚莫坚于弱,兹之谓乎？"

里先生乃诺。

外先生亦被邀,外先生大怒,斥道:"本人闲云野鹤,仙风道骨,不食人间烟火久矣,大胆！竟敢以此恶事相扰！"

公关小姐靠过去,以丰胸摩擦外君肩膊,楚楚曰:"此次前往,当请君在宴会上致词,君大可利用这个机会批评社会的腐恶,表达自己决不屈服战斗到底的心意,知其黑,守其白,出淤泥而不染,濯清涟而不妖,众人皆醉而我独醒,众人皆浊而我独清,识时务者为俊杰,大丈夫能屈能伸,大善者大恶,大隐者大显,大诚者大伪,嗟乎嗟乎,何不潇洒走一回？"外曰:"诺。"

…………

宴后,里君曰:"可笑外某,坐在第二桌居然不退席,降价甩卖,一至于斯！"

外君曰:"我是在席间讲了话的:决不做交易,决不当俘虏,怒发冲冠,凭栏处潇潇雨歇……何里某之但知夹菜灌酒吞羹放屁打嗝也夫！"

蛋糕巨匠

古有蛋糕之邦,全国喜食蛋糕,视蛋糕为吉祥物营养品艺术品科学品祭奠品文化之高峰历史之结晶与民族之精气神之最最最也。有蛋糕巨匠达达,出身王室,从蛋艺多年,自视甚高而未得其红。乃多年不做蛋糕,遍学三大洋五大洲蛋糕技艺、蛋学理论、涉猎蛋学档案五百余吨。另加以静坐屏息,坐禅瑜伽,顿悟奇缘,终成正果。乃做特大蛋糕,为此蛋糕用玫瑰花瓣五吨,野生干果十二吨,各种药材无数,历时三年始得蛋糕样品。此蛋糕通体透亮,昼夜发光,如神物也。

达达喜,举行派对,遍请上层精英,公主王子,勋爵大公,将军国手,巨贾伟士……洋洋乎济济乎天为之低昂而地为之动摇矣。

没想到众宾客各有其热:或追求异性,或盯住白兰地酒,或寻找要人搞鸡尾谈判,或趁机大搞公关或趁机谈判生意……没有什么人注意他的蛋糕,甚至他前去一一询问对蛋糕的吃感也只得到了少量应付式的称赞。

达达闷闷不乐。便再做一样糕,遍请蛋界诸精英学者技师与蛋糕批评家。普遍反映是好虽好,只是不像蛋糕了,蛋糕姓蛋,不能姓药姓菜姓花姓果姓糖姓怪……达达怒,不敢言。待宾客走后,他大发歇斯底里,摔了一大堆餐具。

达达再做一大样糕,招待无家可归的贫穷儿童免费食之,他受到左翼人士盛赞,但违反了慈善管理法,被罚款数千元。

从此达达夹恼伤寒,然后患慢性病。渐不起。

有通人曰:"达达之蛋糕固巧夺天工,不祥也。蛋糕蛋糕,亦五谷杂粮之属,吃后化做秽物者也,怎可如此铺张?人妒之,犹可说,天妒之,不可活。"

达达闻此说,大喜,长叹,腹痛,骤泻,排黑水数升。后数月,达达愈,从此不做蛋糕,毁掉一切技术档案,提前退休,靠领取救济金生活,偶食别人做的蛋糕,均是好好好,赞不绝口,广结善缘,无欲无争,颐养天年。

赞曰:

  蛋糕本姓淡,糕蛋岂能高?能高方能淡,淡淡始高高。

发表于《北京文学》1997年第3期

欲读斋志异

讲演术

有一个崇尚讲演的国度。每年国王亲自主持讲演比赛,获胜的立即封为知府道台官员发给住房十三间和金发美女一个,做妻做妾、转租转卖,一概不问。

这样,这个国家的讲演术就特别发达。一个个声若洪钟,舌如巧簧,论则高屋建瓴,辩则刺刀见红,颂则日月齐辉,斥则风云变色,哀则惨云愁雾,喜则牛欢蛇舞。气象万千,无所不至其极。二次世界大战中,希特勒氏曾亲率铁十字军伐入此国,见此国无衣无食,无舟无车,无枪无炮,但有滔滔讲演之声不绝于耳,希魔大惊,下令三军后撤四百公里。

经过二次世界大战的考验,此国形象更加别致辉煌,唯国王渐老,体力日衰。一日午饭后,陛下坐在躺椅上读译成该国语言的《文学自由谈》,心旷神怡,不知不觉睡去。醒来后得了中风之症,半身偏瘫,十指麻木。王后正宫便从历届讲演获胜的学子中选出五名最优者,请他们向国王单独发表医疗演说——这个国家的惯例是碰到难题(包括水旱灾、交通事故、传染疾病等)便请人发表演说,对症下语,常奏奇效。

第一号演讲者说国王之功德超天盖地,国王之辛劳胜母似父,国王之病实非病,而系上帝恩宠,是上帝请国王小有调息。不久将生龙活虎,二次青春,驰骋沙场,治天下于股掌之上。国王听后甚悦,示意他退到一旁,等待领赏。

二号前来,痛斥一号佞说,指出狐媚误国,不仅内宫。病为细菌之作用,邪祟之侵袭,陛下元气受损,不可大意。应请柏林外科大夫与峨眉道士会诊,东西文化冲撞互补,开刀手术捉妖画符,盘尼西林、银针刺耳,志在有为,沉疴方能化险,人神自可共庆。国王听得恳切,前额微汗,不免首肯,挥手令其退下,等待领赏。

三号系一大头小儿,头戴博士帽,身穿元帅服,背着手走到国王面前,用食指指着国王的鼻子,不屑地说道:"讲演就是放屁!听讲演就是听屁!奖赏讲演者就是奖赏屁篓!依愚高见,干脆把一号二号以及我本人全枪毙!"

国王听着别致,颇有刺激,小腹咕咕,果然放出一记恶毒瓦斯,便觉清爽了不少。龙心大悦,令此聪慧小儿退下,等待奖赏。

四号出场,满口鸟语龙吟,犬吠马嘶,虫鸣蛙叫,没有一个字能被国王听懂。国王由疑惑而崇敬,由崇敬而畏惧,由畏惧而五体投地。心想吾国有此仙人怪杰外向型教授,朕愿足矣,何愁鸟兽不治?令其退下等赏。

五号出场,头戴钢盔,脸包橡皮,身穿坦克服,出场后一声不吭,一个手势动作没有,俨如死木桩然。国王初则急躁,继而愤怒,欲治其欺君之罪。终而领悟,天何言哉,天何言哉,不言者,至言也。不言而大,无为而治,匪医而愈,吉兆也乎?令其退下待奖。

五名讲演家退下,国王犯了犹豫,一号忠于正统,二号直面人生,三号现代意识,四号勇敢开拓,五号深刻玄秘。该奖哪个呢,难分轩轾。奖金为黄金百两,每人发百分之二十即二十两可也。住房十三间,每人两间剩下三间作练嘴功房亦可说得过去。唯金发美女仅一名,分给谁也摆不平,留下不安定因素。且此国礼仪传统,最重居室做爱之伦,给谁好呢?

急出一身大汗。果然,国王从此病好了,于是朝野同庆,放假三天。到了第四天,陛下举行御前会议,讨论美女归属。众良臣七嘴八舌,莫衷一是。或曰令美女自择。或曰否,败坏风俗之多米诺骨牌反应固不可不察也。或曰此女该杀。或曰否,何可出此下策?或曰占阄,从天意。或曰否,天早已下放权力给人间了啊!

争执不下,请教神州作家河北王氏。王氏笑曰:何不将此疑难移交《口袋小说》杂志读者公决?

陛下称善。《口袋小说》创办人天津卫冯君曰:"这不有哏儿了嘛,您老!"

灵 气

话说早唐年间,常熟城里住着一个书生,赵姓,单名灵,自幼聪慧异常,能音韵,喜读诗。凡春去冬来,夏暑秋凉,人间聚散,花木荣枯,蝶鸟虫鱼,风霜雨露,皆观之于目而感之于心,咏之于口而书之于诗。早吟诗,晚吟诗,午吟诗,夜半失眠醒来,仍是吟诗。所吟诗又多扑朔迷离,佶屈聱牙,无人能解,更无人能喜。为吟诗荒了学业,废了功名,误了婚配,恼了父母高堂与亲朋师友。父母为之延请阜内外名医,或诊之为诗痨,虚热阳亢阴衰之症。或诊之为诗癫,阴盛阳衰实寒之属。或诊之为诗痞,心水滥而肝火失。或诊之为诗痔,邪祟侵腹之疑难杂症耳。所服汤药丸药,所用膏药洗药,车载斗量,耗尽家私,父母二老气恼而亡。

灵侍候父母殡葬完毕后,将仅余房产尽数变卖,迁入一农家草舍,每日啜粥度日。苦在诗中,乐在诗中,与世事两相遗忘。或曰人不堪其忧,灵也不改其乐。赵灵也益发现出一派特立独行、宁穷杀绝不媚俗的清高劲儿。唯内心深处也常有失落感、荒谬感、孤独感。眼见日复一日,年复一年,身外空无一物,但有食之不能果腹、衣之不能蔽体的诗稿,不免也叹息一番:

呜呼!

公道安在，安在公道，
　　赵家才子，才子即赵，
　　有道无道，无道有道，
　　萧萧西风，西风萧萧！

　　他问自己：莫非我犯了选择上的错误，未能实现自我之价值乎？何不办公司，腰缠尽外汇？何不走西洋，闹他博士后？何不求高官，炙手应可热？何不混文坛，捞个理事做？何不寻花柳，新潮亦可贺？独写狗屁诗，斯人徒寂寞！

　　愈是惴惴耿耿戚戚，愈是铁下一条心来，不知有他，但知有诗。高倡诗人应是空谷兰，不应是生命中不可承受之轻重，不应是霍乱中的爱情，搞得诗人一写诗，上帝就笑个气促。

　　这日写诗至深夜四时，写来写去，都写乱了。把旧作写一遍以为是新作，把新作再写一遍，以为又是一篇新作。又把普希金、拜伦、惠特曼诸作签上"天下唯一诗人赵灵"的名字。疲惫间，迷离恍惚之中，一阵清风过后，见一女子穿法国巴黎皮尔丹时装款款袅袅扭腰摆股而来。

　　"你好，诗人……"

　　"你……好……"赵灵噤住了。对方艳若天仙，声如柔脂。

　　"我喜欢你的诗……"

　　"真的……"

　　"为什么不呢？"

　　"您从哪里来？"

　　"不要问我从哪里来。"

　　"您是橄榄树！"

　　"我只是崇拜您的一朵解忧花！"

　　"真的？"

　　"为什么不呢？"

　　"为什么？"

"您是真正的诗人。上下五千年,纵横八万里,只有您是诗人。没有您就没有诗,没有您就没有诗心、诗趣……"

"啊,我的知音!"

"啊,我的诗人!"

赵灵为美女吟诗一夜,泪流满面。天色微明时,女子不见,仍有异香满室,更闻诗声绕梁,数日不绝。

赵灵乘着一夜的激情,挥毫写来,成数韵。拿到坊间,众人赞不绝口,堪称雅俗共赏,老幼咸宜,传统与前卫兼备,温情与理性并举。卖了好价钱,打酒买肉,美美地啃了一顿。不久,被聘为某诗报主编。

从此每天想念美女知音,将想念写成诗。每天幻梦知音美女,将幻梦写成诗。每天祝福知音美女,将祝福写成诗。一年出版《想念集》《回忆集》《幻梦集》《祝福集》凡四册。声誉兴旺,生意渥隆,与海内外书商订立出版合同四十余份。不久,就任诗人商人联谊会第八主席。一年后赵灵感觉灵感渐渐枯萎,而且思念成疾,茶不思饭不想,消瘦如凋零的落叶,最后,有出气无入气,只剩了一句话:"你什么时候来呀,我的好人!"一夜,清风过后,美女又来。赵灵一跃而起,虎虎有生气,与女谈诗论文,吟之咏之而又歌之舞之。舞到高兴处,美女一挥手来了电子乐队,女将赵诗改成摇滚乐歌词,高唱一夜。二人相应相和,相亲相爱,无所不至,不及于乱,美女黎明即去。

随之,赵灵诗兴如山崩,文思如泉涌,信手拈来,皆成妙句。到处朗诵、讲学、受奖、授奖,其姓名亦列入羊津刀桥哈释与弟伦比亚大学所编《世界名人录》,为此,他自己写了个消息,由古华社发了通稿,还真登了一报。或问众人,何昔冷落赵某如斯而今趋之若蝇乎?答曰:一年多来,您老的诗大有灵气。赵灵心知其由,秘而不宣。呜呼,诗而无灵气毋宁无诗!

赵灵思女若渴。终于得到机会第三次见到此知音:

"告诉我,下次什么时候来?"

"不,我不知道。"

"骗人,如果你想来,你会来的……"

"谁说的……"

"我说的……"

"好吧好吧。下次我早一点来。"

"明天……"

"明天不可能。世界上需要照顾的诗人太多。"

"下星期。"

"也不行……"

"下个月,最晚下个月……"

美女笑而不答,随一阵清风化去。

赵灵坚信她会为他的所求感动,一个月后会来的。便每天掐掐算算,等待一个月时间的过去,为迎接她的到来而精心写作。并且雇了一干人为他搞房屋内装修,安装了天花地板,塑料壁纸,地毯窗帘,沙发茶几。购买了香草话梅,干果朱古力,油浸橄榄,傻子瓜子儿。

一个月过去了,女不来。赵灵凄凉。

两个月过去了,女不来。赵灵痛苦。

三个月过去了,女不来。赵灵疯狂。

四个月过去了,女不来。赵灵愤慨。

八个月赵灵暴怒。十个月赵灵恶毒如蛇蝎。十二个月赵灵凶狠如虎狼。

是夜,美女来了。赵灵一见面就捅去一刀。美女倒地,流出血如清水。

第二天,美女尸体不见了。

赵灵不再写诗,并把过去积存的诗稿全部付之一炬。

又两年,赵灵更名为赵令。赵令因昔日文采风流而见赏于上。又因今日创作态度严肃搁笔不写而尤受赞赏。他被召见封官,官至文部尚书。至今常熟市有赵文部祠堂,初学写诗或久写不红者常趋而拜之,或谓颇有灵验云。

摩光尼国轶事

话说汉唐之间,西天有摩尼十五佛国,曰摩德尼、摩刹尼、摩净尼、摩希尼、摩回尼、摩心尼、摩罗尼、摩提尼、摩娑尼、摩光尼、摩海尼、摩众尼、摩法尼、摩风尼、摩天尼,名扬四海。

如今单说那摩光尼国,有一长老,又尊称为佛祖,高寿一百二十一岁,鹤发童颜,心如明镜,精研典籍,通达人生。诸凡天文地理之属,兴衰存亡之辨,养生治国,交友择臣,吞吐导引,吟诵祷告,此岸彼岸之学问、见识、经验、修养,均达到了登峰造极、莫可企及的程度。此国僧民老幼男女君臣,凡事问长老,诸事得解决,万事亨通,国运昌隆,那十四国无不敬佩羡慕。此长老法名智海是也。

智海授业解惑,弟子七千,内中八十一贤人,十八圣人,俱是真传,各有千秋。一日智海忽感天启,知道自己已不久人世,便择日沐浴焚香,请了八十一贤人及国君大臣料理后事。先问十八圣人,哪个可继己业。皆做屁滚尿流之状,曰无人可继。再问老大如何,老二至老十八俱曰不可,老大有缺点。便问老二如何,老大及老三至老十八俱曰不可,老二有毛病。老三乎?老大老二及老四至老十八曰否,老三有失误。老四老五直至老十八,皆被否定。一面否定一面又说,师父说了算,师父说了算。便问国君大臣,国君大臣亦不敢置喙。

智海一阵痉挛,知大限已到,便指一指庭中老榆树曰:"我圆寂后你们听他的便是了!"说罢无疾而终。做道场一百零八日。

第一百零九日,老榆树升任佛祖,铙钹齐鸣,金光显耀,僧俗同诵,山河共庆。摩尼诸国与中国使节前来参加庆典,见新长老是一榆树,高深莫测,惶恐觳觫,五体投地,惊羡而退。老榆树任佛祖后,虽不言而大道行焉,四时做焉,八纲存焉。众人凡有疑难,皆沐浴焚香,跪于榆树南面,口述所疑之事,述毕,风起,树梢动。若是树梢呈南北方向摇动,是点头首肯也,则可之行之。若是树梢呈东西方向摇动,是摇头不准也,则弃之非之。诸事这样去做,无一不验,神灵无爽,天下太平,人民和睦,国泰民安,君臣称善,四方敬重,环宇清宁。

如此凡二百五十年,摩光尼国大治,充摩尼共同体首领,领导新潮流。

又二百五十年,海运畅通,智海弟子第十八圣人之第十八代门徒崇阳赴海外求学。五年后回国,疾呼榆树非佛,吾国之事实属荒唐。众人怒,欲诛崇阳,系之大狱。三次临刑前跪拜请示佛祖,榆佛俱摇头不准。国君闻而怒,密遣杀手杀崇阳于狱中。国君违背了佛祖旨意!佛祖是树不是佛!国君对不对?榆树佛不佛?众说纷纭,莫衷一是。于是派别林立,旗帜蜂起。各种小痞子、大流氓、野心家、赌徒、骗子、捐客、白痴、偏执狂都跳了出来,就榆树的德、法、权与国君的举措以及崇阳的功过发表宣言,出版了四十万种小册子,成立了八百多个研究会。终于文斗变成武斗,酿成内战惨剧,尸横遍野,血流成河。

其后一千年,摩尼十五国不知所终。

孝 子

孝国本名严正,以孝立国得名。孝国孝廉名申极孝。有五子,曰大孝、曰至孝、曰忠孝、曰哀孝、曰苦孝。五孝子一个比一个孝,登峰造极,无以复加。

申极孝四十岁时,大孝买来人参蜂王精,至孝送来针药胎盘素,忠孝则力陈此两样用多了易上火,配齐了西洋参加麝香、天麻、地黄,谓唯这样用药才能补而不躁,预防癌变。哀孝更在黑市上换了外汇,购来东洋造按摩椅,一通电,各关节俱被揉来推去,遍体酥麻,血脉流通,延年益寿。苦孝见状不敢怠慢,献血凡六次,晕倒八次,用所获银两为乃父购得了各种健身器械,哑铃、健身球、拉力器。大孝见状道声惭愧,送来汉医研究院制订的营养食谱,并按谱供餐。至孝性起,包了海滨疗养院一个床位和甲级西餐伙食,恭请老父受用。忠孝则请来法国按摩师,并谓电按摩椅伤中气,只有美女按摩才能阴阳协调,五行康适。忠孝此举引起了四孝兄弟的激烈抨击,谓引美女来按摩父体,无异毒害老父,是可忍孰不可忍?

如此这般,五孝齐努力,直把一个老父孝得不知如何是好。申极孝每天又吃人参又吃西洋参,又按摩又玩健身球,又吃营养餐又练哑铃,又住疗养院又注射胎盘素,这般如此,只觉得头晕脑涨,腹满脾虚,上滞下泻,内火外寒,病不打一处来。终于,在四十七岁上卧床不起了。

大孝大惊,请来中国名医,扎针拔罐,气功推拿,汤药草药,狗皮膏药,丸散膏丹,药枕药帽。一月过去,略有见效,未能根本好转。

至孝至怒,谓中国是第三世界,能有什么现代医学?有也是伪医学。他不惜重金从美利坚合众国请来多克特儿,光检查身体就用了三个月时间,CT、B超、钡餐切片、针刺脊髓、脑电心电、脑流血流、大小二便、取痰取发、听肺听心、摄影透视、电脑验光、黑尾黑箱,三个月后申极孝只有入的气没有出的气了。美国多克特儿诊断说此公患的是爱皮西爱克思外贼综合并发症。无特效药,可服用阿司匹林与卧床休息。

忠孝甚忠,顾不得与中国大夫美国多克特儿周旋,见父亲一天瘦似一天,心痛难熬,每日子午时间向上苍祈祷,只求借阳寿于老爹。一日最为激动之时,用利刃割下自己屁股上一块肥肉,熬了汤一跛一拐地给父亲送去,两眼泣血,献股汤于老父。申极孝饮了一口,哇地呕吐出来。

哀孝哀哭,哭声震天,哭声惊动了满朝文武,奏明圣君。圣君指示:第一要采取一切措施给申极孝治病,不许治坏,只许治好。第二要授予申极孝桃李奖及育英堂主称号。第三要将哀孝选入翰林院,并为之铸铜像半身。三项指示传到,太医太傅百余人为申极孝会诊,闹腾得申极孝口吐白沫,眼翻白珠。苦孝叫苦连天,将父亲的病、大哥的迷信中医、二哥的崇美拜洋、三哥的愚昧迷信、四哥的沽名钓誉,全部写成了纪实文学。纪实文学发表后,共得到来信一千二百封,各种处方九百零四十四个,他将这些编辑成册,献给父亲,然后到国外领取文学奖金去了。

终于,五孝俱尽,老父一命呜呼。死后哀荣难以尽述,五孝事迹亦难以尽述。最后最后,将老父埋在了中国广东的一块风水宝地之上。

不久前,笔者在我国深圳特区碰到了申极孝君。笔者大惊,问道:"先生仙逝多年,奈何来此地淘金?"申君摆手示意我莫要高声,道:"孝子离开我后我即大好,逃出棺木坟冢,落荒此处,先生中原文士,定当发扬人道之主义,莫叫我老儿再落入孝子之手也。"

奇 才 谱

话说猴年马月,葛地国君诣奇即位,号令天下,招募人才。或谓何谓人才?人人皆说自己是人才,谁又是非人才呢?葛君曰:"能行常人不能行事者,是为人才。人才者,奇才是也。"便派人走遍天涯海角,寻觅人才。

钦差大臣行至甲城,听说该城有一位甲异先生,奇人也。先生每夜子时可行走于水面之上,身如浮萍,是轻功也。唯不喜围观,如有人围观,则秘而不行。甲城有一小童,一夜起身解溲,睹其异,传了出来。一而十而百而千,大众传播,方知其神异之处。问之,甲异先生笑而不答。钦差大臣大喜,往访,见甲异羽扇纶巾,仙风道骨,仪表颇是不俗,予千金,礼聘之。

钦差大臣行至乙城,听说该城有一位乙异先生,亦奇人也。先生每于酒后执一长钉从头顶钉入己脑,从脚掌取出,而先生面不改色心不跳,是软功也。唯不喜围观,如有人围观,则秘而不钉。乙城有一小童,一日误入其室,亲睹其状,大骇,一传十,十传百,百传千。或问之,乙异先生笑而不答。钦差大臣大喜,赴其家而访之,见乙异面貌奇特,鼻翻唇裂,声如霹雳,令人胆寒。钦差大臣赠乙异先生千金,聘之。

钦差大臣行至丙城,有丙城县令来接,谓丙城确有奇人,丙异先生也。先生每于梦中释其魂出泥丸宫,登月摘星,与嫦娥交欢,归说月中诸事,闻者无不佩服。钦差大臣喜,往访之,方知丙异先生侏儒其形,头顶似有深洞,端的形态异于常人。大臣礼聘千金,丙异先生愉快地接受了邀请。

又有丁异先生能生吞牛羊。戊异先生能口鼻喷火。己异先生能掐诀陷身。庚异先生能不食不饮,自泄自啖自足。辛异先生能招鬼魂。钦差大臣俱聘之。

十大奇才聘到葛地,诣奇君见此十人高的高矮的矮,美的美丑的丑,胖的胖瘦的瘦,黑的黑白的白,不免暗暗称奇,心想吾国有此等异人,何患不繁荣富强走向世界!遂令外务大臣在新闻记者吹风会上将这些消息适当透露,若隐若现,半推半就,似伪似真,吊杀记者胃口。各报都发消息,消息益发扑朔迷离,邻国异之,对葛国倍加敬重。

自诣奇君招募十大奇才消息传出后,葛地盛产奇才,奇才愈来愈多,每天都有自荐之人才赴王宫,自陈并表演其异。有自抉其目抛入井中又复得者。有用手指在钢板上钻洞者。有尿一泡尿而变成人头马白兰地者。有吃掉一张桌子而吐出一柄手榴弹者。有身体能伸能缩,伸则丈二有余,缩则三寸不足者……异彩纷呈,百花齐放,百家争鸣,令人炫目。

诣奇君初则喜,继则疑,终而怒。责令酷吏审核,有言不符实或言过其实者腰斩之、车裂之、凌迟之,以治欺君罔上之罪。共查出吹牛皮放大炮虚报成绩者三百人,杀无赦。另有三千人查不出破绽,确有异才,报告诣奇君请赏。

其后真正奇才达三万,达三十万,达三百万……其后,除了被查出作伪而被处死者外,全是奇才。奖金发了又发,奖金额降了又降,乃使国库空虚,通货膨胀。且葛地无复有人耕织,无复有人冶炼,无复有人市易,无复有人征战,无复有人引车卖浆……

其后若干年,葛地国君无疾而亡。

马 小 六

有马小六者,志在青云,钻营吹嘘,串门送礼,表忠心,报动态,以至吮痈舐痔,伸手要官,讹诈欺骗,无所不用其极。年逾不惑,未得半点功名,情结入癌,一病不起。

马小六娶妻邹氏,有贤名,见夫君沉疴,药石无功,心知究里。秘召其子、女、亲朋众人,告曰:"吾夫可怜杀!一生志在官职,未有所获,一病至此!可怜小妇人将雏携驹,生计无着。欲一同随夫而去,又虑绝其血脉,是不忠不义不传统之事也。乃求各位,即日起以主任或首长称之,以慰其志。吾固知吾国上邦,严禁谎语。主任者,吾家之主任焉。首长者,吾户之首长也。皇天后土,吾人固未尝妄语也。如何?"说毕,扑通跪倒,行大礼。众人曰:"善。"

言毕邹氏回小六室,端起一碗冰糖水,呼道:"郎君,官人,您老委任成主任了!马主任,马主任,请用冰糖水!"

马小六病重,但有出的气没有进的气。邹氏连呼"马主任"六十次,马小六一缕芳魂,渐从那黑暗缥缈之中回到旧日呆惯了的皮囊,闻有"马主任"亲切声音,便觉一丝暖流从足三里处贯入脐旁二寸天枢穴,一点生机入腑,几丝活力传身,冰凉之手足亦渐渐有了暖意,眼皮欲睁未睁。邹氏狂呼"首长",马小六动了动眼皮,忽然想到,自己辛苦二十年,今生与"首长""主任"无缘矣,想到这里,一阵憋闷,口吐鲜血,昏死过去。邹氏不惊不惧不懈,又喊"马主任""首长"三百次,终于将马小六唤醒,邹氏做惊喜状说道:"郎君,昨天来了电报,你已被上级任命成正主任了！这碗冰糖水，就是专给正主任的照顾！"马小六称善，立刻脸上出现了血色。

自喝了主任级冰糖水后，马小六又连续服用首长专用的酵母片、去痛片、肠衣、狗皮膏药，身体一天好似一天。子女前来，不喊爸爸爹爹大大父亲，只喊主任、首长。邻居前来，不喊老马小马伙计哥们儿，也只称主任、首长。马小六闻之肝肠俱热，竟在重病四十天后又下了地。邹氏有个统计，盖每喊马小六主任一百次或首长五十次，马小六可增加体重一百克，效验如神。

一个月后，马小六恢复健康，当晚对邹氏进行了病后第一次恩爱云雨。爱到狂处，马小六问道："达玲，请问我这主任是什么委员会什么工作室的主任呢？"急切间邹氏未能回答，支支吾吾。马小六便生疑心，阳不能举，不欢而散。

其日，马小六急问其爱子马小小六："孩子，告诉我，我究竟是哪儿的主任？"马小小六答曰："还能是哪儿的？咱们家的主任呗！"马小六狼眼圆睁，鼠眉倒竖，喝问："我究竟是哪儿的首长？"马小小六答曰："咱……们……家……的……首首首……长！"言毕，颤抖不已。"啊……我之上帝！"马小六大叫一声，昏死过去。

经急救，马小六奄奄一息，进入弥留状态，但有垂泪之份儿，说不出话来。

邹氏跪于马小六病床前，徐徐陈道："夫君听了，您老乃是无穷大宇宙帝国皇帝陛下直属地球联邦北半球共同体英雄共和国大总统麾下首都上井市永进区幸福路四十五号大白楼四单元六层甲九号模范家庭之终身首长主任是也！"

马小六听了此话，是死是活，是还阳是归阴，是有所安慰满足还是终于失望绝望，是鼓气还是泄气……此处甚是关节，甚是要紧。而按最新小说做法，小说做到这里，也就该收了，叫做欲知后事如何，且听下回分解！

良 缘

在大洋渺渺、高山巍巍之邦,有邦名"关心"位于拉拉峰之北,扯扯谷之南,吵吵河之东,嘻嘻湖之西。此郡抱朴守真,不受工业文明之污染,专尚人初性善之爱情。

话说斯年斯时,斯郡有美少年名大卫第二,又有美女名纳维斯,沉鲸落隼,闭日羞星,成为全国喜爱趋奉的明星。谚云:"大卫第二胜大卫,纳维斯是维纳斯。"于是他郡有一百四十二位学者名流爵士、四十六家报刊、二十三所科研机构上书郡主,并将副本送到本人手中,建议——不,干脆是要求大卫第二与纳维斯永结百年之好,以树立全郡全地球全银河系的爱情典范、婚姻典范、家庭伦理典范、美学典范与人种优生典范。功在世界,乐在自己,何苦而不为也。

按,大卫第二与纳维斯早已互相爱慕互相吸引互相碰撞互相放电,迸发出人的光辉情的火焰爱的岩浆生命的霹雳。又有舆论公意的推动,顺风顺水,合情合心,便择吉日良辰在郡主钦定的教士主持下举行了婚礼。凤凰于飞,鸳鸯盘颈,结成佳偶。众文人学士在鼻烟壶学会主持下撰文,以此"良缘"为题材展开了征文比赛。之后,又由花露水纸巾公司主持举行了发奖仪式。获奖篇目如下:

一等奖二名:《爱的脉冲率》《幸福,幸福,你的熵效应在哪个移民局》。

二等奖四名:《乾坤大放电》《谁说我们不潇洒》《论纳维斯与大卫第二的婚姻关系的稳固性必然性与非随机性》《笛戈拉巴落灵牛勒姆》(此题目含义不详)。

三等奖一百名,鼓励奖五百名,题略。所有获奖文章搜集成书,由冰激凌托拉斯资助在郡内外出版,并且组织翻译推销。出版商估计,此书有可能在五十年后走红。

不幸,评奖后三周,大卫第二与纳维斯因吃热狗时要不要加洋葱而发生争执。大卫第二喜吃洋葱,雄辩地提出:"如果你真爱我你就应该也吃洋葱。"纳维斯大恸,说:"人家为爱人可以牺牲生命,你却连几片洋葱也不肯牺牲,可见你爱我是假的,那些吹捧与科研文章也是假的。"于是二人怒目而视,皱鼻而吠并发出咆哮之声。第二步彼此声明:"你使我不能忍受!""我们的相互选择是一个悲剧!"第三步干脆动手厮打起来。大卫第二额头凸出了青包,纳维斯的一只眼睛红肿出血。

坏消息传出,举郡震惊。三周前征文评奖仪式上未能得中的文人学士闻讯极为关注激动。于是改由啤酒厂主持,以"谬缘"为题展开了征文评比活动。最后由绿计司(即长了绿霉的干酪)学会主持了发奖仪式,获奖篇目如下:

一等奖:《后弗洛伊德主义与大卫第二纳维斯龃龉的黑箱背景》《我的名字叫孤独》。

二等奖:《论所谓良缘的偶然感随机感不稳定感与破裂的必然感》《爱呀爱呀早把我们爱累了》《鳄鱼星座与热狗洋葱的神秘契合》《哈莫斯帕欧几番切哩》(此题目含义不详,故评为二等奖)。

三等奖、鼓励奖不计其数。一位科学分析家分析,这些作品虽然都否定那个"良缘",但理论参照系不同,计有星相学、心理学、社会学、病理学、符号学、感觉学……诸派,于是各派又撰文论辩起来。

这边各派论辩时,原来赞扬"良缘"的学者文士或垂头丧气,牢骚满腹,哀叹怀才不遇。或不甘寂寞,披挂上阵,坚持原观点并援引最新消息,证明一对小男女正在和解,"良缘"仍是良缘而不是"谬缘"。或转而否定良缘,并发表谈话,讲述新的道理。

大卫第二与纳维斯的情感关系成了全郡学术界文艺圈的热点,人们清晨见面或通电话时已不再叫"哈啰",而是先问:"和好了吗?"或者:"离婚了吗?"

终于,大卫第二与纳维斯和好如初,而且更加有情有义。二位苦于成为新闻追逐与科研兼文学描写的对象,特别是不愿成为征文比赛与企业赞助的题目，便做了整容变形手术，隐姓埋名，迁居凉凉岭冷冷洼小小村微微室。

大卫第二与纳维斯失踪的消息传出，引起了征文的第三次浪潮。第三次征文由哪里赞助？不是尼龙袜厂就是水产学会，第三次征文的命题呢？凭着感觉找吧。

无底先生

古有无底先生，豪富也，喜收藏，凡是美女好马良物，俱思购之归己。遇有不肯出售者，他买通各界人等，或软攻其心，或强攻其身，为达目的，百战不殆。有赵员外蓄小妾，能喷火做掌上舞。无底先生出千金欲购，赵员外不肯。无底先生拟出万金，赵员外仍不首肯。无底先生通过公共关系手段，昼夜二十四小时不停向赵员外游说，使赵员外发疯，去医院接受心理治疗。又有各色人等昼夜二十四小时侦察赵的行踪。终于发现赵家有一瓶人头马白兰地，乃走私伪货，饮此，实触犯刑律之勾当也。举官，捕赵，刑之，赵大骇，一切供认不讳，判处有期徒刑七年。小妾充公，拍卖，无底先生以三十两银子购纳之。

既购，藏之金屋，乃觉嫌腻，实无趣也。又求良骏，得良骏，未骑竟日，弃之。转求房屋庭园三套马车摩托赛艇，俱得，得而厌之，不予理睬。转求家用电器，俱七星产品，购之不用，任其自生自灭。

如是凡三十年，举国人力物力天然力资源，俱姓无底氏。国君惧之，神庙求签，谓举国应属无底。国君不敢不从，举行庄严隆重之禅让仪式，仪式上由国君与各界代表联署宣布，从此该国之一切山河沟壑、男女老幼、马牛鸡犬、城镇乡村、金银铜铁、刀枪剑戟、旅馆厕所、宫室庙堂、文章典籍……直至从一等一品至二十三等三品乌纱帽，从助理研究员至特级教授之职称，悉数归无底先生所有，悉数听无底先生生杀予夺。原国君甘愿成为无底先生第一百零八位家奴。原王后王妃，悉数归无底先生受用。

无底先生大喜,赞曰:千古一人,一人万物,皆备于吾,舍吾其无!

既归而厌,患性冷淡饮食冷淡医疗保健冷淡功名事业心冷淡症,不饮不食,不思不虑,不做爱亦不进洗手间。又过五十六小时,一命呜呼。或曰自杀,或曰他杀,或曰坐化,或曰飞升,留下疑团供一批所谓纪实的不实文学报道。写此题材作家,俱获企业家奖。

举国哀悼,极尽哀荣,遗体告别仪式上朗诵了无底先生的诗作:世界归吾,吾无世界,世界非吾,吾是何物,失之不得,得之即失,生命如尘,生命如电,生命非吾,生命何属,呜呼哀哉!哀哉呜呼!

于是众文学评论家认为此诗达到古典现代的最高顶峰,补选无底先生为该国作家协会名誉大总统,并提名无底先生为国际诺尔贝切利核能大奖候选人。未获中,乃由该国作家协会提出严正抗议,并撰文谓国际诺尔贝切利核能评奖委员俱是扒灰之驴子云。

成语新编

刻舟求剑

有一位贵客在江轮的甲板上舞剑"丹凤朝阳",一个亮相,手一松,把剑落入了江水之中。

"停船,停船!"他气急败坏地大叫:"快停下船来为我捞剑!我这个剑价值连城!"看看众人漠然的神态,他解释说:"我这个剑出诸干将、莫邪,后来通西域时经过丝绸之路流落到了国外,波斯大帝曾佩戴它出征,奥斯曼帝国宰相曾悬挂它于客厅,英王乔治用重金买下,法王路易第八派了五个刺客去抢夺它……如此这般,突破了时间与空间的局限性,出口转内销才落到我的手里。看,这是文物局证明,这是税务局收据,这是工商局的批文……还不快捞!"

船长来了,问道:"您老这柄宝剑上了保险了么?"

客答:"宝剑不是左轮手枪,不存在走火的危险。再说它的价值在于积聚文化心理集体无意识工艺美术观赏保存参观展览,从不曾有过实战的考虑。中东之战中,不论是多国部队还是伊拉克都舍不得用这样贵重的宝剑开打,他们用的飞毛腿爱国者B-2都是博物馆拒绝收购乃至拒绝接受捐赠的东西。你在大英博物馆或者大都会博物馆见过导弹与轰炸机哪怕是盒子枪捷克造吗?古老的宝剑上保险开关这劳什子做甚?"

船长急得跺脚:"谁说那个开关啦!我说的是 insurance,我说的是C.P.I.C.，我说的是中国人民保险公司。你在那里保了险了没有？"

贵客咕哝道："放什么洋屁？我自己的宝剑凭什么要给保险公司交钱？我喝五粮液都没掏过钱！国务院不让宴会上喝白酒，我偏要喝！你到底停不停船？"

"停船是不可能的。现在船行峡谷，停船是危险的。这里是禁停区。停船违反交通法。停船大家都不高兴。我们的船上还有外宾，还有记者，还有来写文章糟改我们的笔杆子哩！"

"你什么态度？你对我什么态度？你怎么敢这样对我说话？"贵客发了怒。他进一步甩出一张牌："你们航运公司经理不就是张二胖吗？你们财务处长不就是小余吗？我告诉他们一句话就炒你的鱿鱼，我还是归侨台属一贯道徒呢！"

船长没有办法，只好思谋对策。便在落剑处的船帮刻上一柄剑的模样，又刻上几行字："此处有宝剑，捞上赏重金，捞不上也给钱，全凭一片心！"他问贵客："我们这样做，该行了吗？"

后来又经过了一个讲价钱的过程。决定：捞上，奖金一万元，剑主出百分之六十，船主出百分之四十。捞不上，每人次奖十五元，船主出百分之六十，剑主出百分之四十。不管谁出钱，都由轮船上的财务科开发票，可以报销。

许多自作聪明的旅客把船长嘲笑了个够，说他是傻蛋，说他是死脑筋："刻画刻字有什么用？船行每小时二十五公里，走出这么远了，下去捞个鸟！"

等到大家笑完了，船长说："你们才是呆鸟哩！现在给各旅客出个智力测验题：'为什么你们是呆鸟？'猜对了的今晚喝啤酒按七五折收费！"

船到站了，一批又一批的潜泳能手在刻舟处跳下求剑。剑没求着，却捞上来各种硬币、易拉罐、罐头瓶子、项链、金银戒指、手镯、防水手表、怀表以及各种沙石、水生动植物等。

行船了,打捞停止。又一站,又打捞一次。船到终点站,便在终点站打捞。休息保养十二小时以后,船往回开,便又在行进中的每一站打捞。

历时一年,剑虽然尚未捞上来(总有一天会捞上来的),但是捞上来的物品也算得上是洋洋大观。先是办了展览,后又分别举行了拍卖、寄卖、代售、甩卖活动。得失相较,虽然航运公司与贵客所在单位贴了些钱,不论打捞者、船工船干还是旅客都捞到了一些好处。尤其是培养了一批潜水能手,有的走向全国,有的走向世界领了奖牌,他们一致认为该船是潜泳的摇篮,船长是潜泳之母。他们的事迹,翻译成了六国文字,登载在各大报上。据悉,最近《吉尼斯世界大全》已派干练编辑人员前来采写他们开创的纪录,并准备将他们的故事拍成影片,在"正大综艺"之"世界真奇妙"节目中播放,云云。

朝三暮四

有一个动物园,养了二百五十只猴子,特成立一饲猴室,并任命侯老大为室主任。

侯老大召集众猴开会,说:"我们的食物是桃子,每猴每日定量七枚,每天早晨各吃三枚,下午各吃四枚……"

话没说完,众猴就喊起了口号:"我们要吃桃!""反对朝三暮四!""想吃多少就吃多少!""打倒动物园,砸烂饲猴室!"

侯老大给众猴解释,朝三暮四完全符合营养的需要。再说,今年风灾,桃子歉收,人吃都不够,每猴每日七枚是最高限额。众猴根本不听,侯老大想起庄子当年的启示,便说:"这样好不好,每天早上四枚,晚上……"

一听到早上吃四枚,众猴鼓起掌来。便喊口号:"侯老大好!""坚决赞成朝四暮四!"

侯老大纠正说:"不是朝四暮四,是朝四暮三!"

众猴没有注意他的话,反正都很高兴。

最难管理的猴子们都踏实了,动物园园长奖给侯老大二百块钱"管理有方奖"。

侯老二妒火中烧,便伺机去找猴子,说是如果侯老二管饲养,他每天早晨给各位吃五枚桃子,晚上吃……

不等他说完,众猴闹将起来,他们高呼:"要老二,老二好!"把侯老大轰走,接受了侯老二。

侯老三不服气,便搞朝六暮一,弄了一段。侯老四不服气,便提出一早就把七枚桃子分下去,爱怎么吃怎么吃。众猴非常高兴,侯老四终于当上了主任,众猴狂欢三天。

不久,便乱了。有的猴一上午就把七枚桃子吃光,下午又叫又打又闹,抢别的猴的桃子。

……只好从饲虎室调来了侯老五,侯老五带着一只老虎来到了饲猴室。他对众猴说:"转了一圈,咱们还是早上吃三枚,晚上吃四枚吧。夜长肚饿,晚上多吃一点是对的。而且各位猴先生猴女士莫忘,反正每猴每日七枚,不可能多呀!"

众猴很不满意。正要闹,只听虎说:"虽说我是饿虎,朝三暮四我可吃不了。像这样的猴子,早晨吃一个,晚上吃两个我也就够了。"

猴子一听,面面相觑,魂飞天外,一声不响了。

侯老五见问题已解决,便要求老虎回洞。偏偏老虎不肯回洞,表示愿意协理饲猴或猴饲养务。惹得侯老五掏出静电棒来,才把老虎请了回去。

侯老五问:"各位猴君。一天七枚桃子,到底够不够,到底缺额是多少?明年我们可以向游客申请赞助嘛!"

众猴各说各的。侯老五便请人写了一个"缺桃告示"。这张告示打动了许多乐善好施的游客的心,并且引起了国际动物保护协会的重视，一位大国的总统夫人亲自来捐赠桃子。夫人眼泪汪汪地抱着猴子亲嘴。第二年，桃子富富有余，吃得众猴得了肠炎，仍然吃不了。便附设了一个小卖部，把游客捐赠的桃子的一部分再卖给游客。不久，因为经济上账目不清的问题，侯老五又被换掉了。

守株待兔

一位农夫下工的路上看到了一只野兔，便拼命去追赶。追了一段路，只见野兔误撞村口大榕树而倒地，农夫赶紧去捉却未见踪影。于是农夫请教有学问的人这是怎么回事，有学问的人给他讲了守株待兔的故事。农夫觉得很有趣，便对妻子说："守株待兔真是个绝妙的主意，从明天起我就守株待兔了，你每天给我送二至三顿饭就行。晚上，你随意，跟我一起在树下睡觉也可以，守在房里单休息或者另外开辟新场面也行。"说完他提着简单的行李走到了树下。

一开始大家笑他是个笨伯，后来便有人说他得了神经病，又有更高明的人纠正说是"精神病"，而不是神经病。村长找他谈话，他便向村长汇报了他"待兔"伊始看到的情况："小张家的和小张打架，小张家的说是要寻死，围着树围着我跑了十五圈，小张过来追，围着树围着我跑了三圈……""马老大天不亮就背着一麻袋东西出了村，到岔路口往左拐，沿着大青河上了公路……""哈哈，李小二媳妇与赵秃子相好，让我'贼'住了。两人树底下亲嘴，啧啧有声……""赵疯子深更半夜喝醉了酒闹腾，嘴里不干不净……"村长听了，觉得这人倒也有用，纯粹是不花钱的线民、耳目，便指示有关人等，不要打搅、尽量支持他"守株待兔"。

一年过去了，两年过去了，守株待兔者其乐无穷，其他人相安无事。他妻子乘机大搞性解放，倒也新潮得可以。青年人在树下搞了一次迪斯科,他也参加跳了跳。他的事迹更是遐迩皆知,并就他的事迹成立了一个研究会,挂靠在社会科学医学联合研究所。

对这次守株待兔者的事迹的研究大体分以下几派:

一、传统文化派:认为守株待兔是传统文化的积淀,是一种传统的符号,符合文化心理、生活习惯、宗教意识、无为哲学、乐天态度、天人合一观念……等等。

二、精神分析派:认为守株待兔是一种性心理的变态,应该搜集资料,研究他小时候拉屎情况、俄狄浦斯情结、娶妻后夫妻生活情况、做梦情况、失物情况、口误情况……等等。

三、禅宗外加结构主义派:认为守株待兔是一种"不言之言""众妙之门""另有所指之能指""潜语言""智力游戏""符号创举""谓语与宾语的疏离""黑箱省略效应"……等等。

四、行为学派:认为守株待兔是"主体性退化""主体亢进——哗众取宠""超时模仿意识——伪现代派""盲目冒进或盲目无进""生命不能承受之轻""太公钓鱼,愿者上钩""待价而沽""好逸恶劳""以静制动""充分发挥了人类行为的极致——等待——的作用""慢性自戕"……等等。

五、社会功利学派……

六、宗教学暨神学学派……

七、经济学派……

八、美学学派……

九、诗艺学派……

十、逻辑学派……

十一、病理学派……

十二、十三、十四……以至于无穷。

几年后此人暴毙于树下。树上挂了一个铜牌,讲了此人故事,县旅游局确定此处为重点旅游景点,重点向港、澳、台、海外华人及东洋游客开放云云。

高山流水（知音）

  俞小牙演奏钢琴半辈子，无声无响，十分气闷。到了五十岁生日那天，他改名俞老牙，并申请到狐臭露公司赞助，搞了一次个人音乐会。为了给狐臭露做广告，他的节目单上印了下面几行字：

> 这才是真正的艺术，啊！
> 狐臭露化腐朽为神奇，
> 化骚狐为初夏的玫瑰，
> 永远的芬芳伴随着你！

  俞老牙既感谢公司老板又叹息于斯文之扫地，既兴奋于年满五十才举办的第一次个人演奏会又悲哀于同胞审美水平之低下。于是他开始弹起《热情》"苏那塔"——奏鸣曲。高尔基的《忆列宁》中是这样描写列宁同志听这个苏那塔时的反应的：

> 我爱听阿赫苏那塔，我情愿每天听它。
> 这真是奇妙的，非人间的音乐。

> 那是列宁，那是苏联，那是俄罗斯！

  俞老牙愤怒起来："而我们这儿弹《热情》是为了狐臭，为了广告，为了阿堵物！见鬼去吧，你的骗人的药水！见鬼去吧，你的误人的艺术……"他老泪纵横地痛骂着。故意不按乐谱弹，音阶、节奏、力度、和声……全都弹得一塌糊涂，他干脆握拳向琴键乱擂乱砸，趁着一连串杂音强音噪音，他破口大骂，把半个世纪学会的脏话荤话全倾泻了出来。

  掌声如雷，全场起立，暴风雨般地欢呼："俞老牙！狐臭露！狐臭露！俞老牙！牙！露！牙！露！牙！牙！露！露！露！……"

  俞老牙谢幕二十四次。最后一次，他再也受不住了，他举起了琴凳,咚地向钢琴砸去,砸完,他倒在了台上。

……俞老牙终于中风而去。狐臭露公司为纪念他,决定每年举行一次钢琴演奏会。还决定,免费向俞老牙遗孀敞开供应狐臭露终身。

噢,笔者还忘了关键一笔。由于上述演奏的成功,狐臭露闯出了名声,销量陡增百分之两千五百。公司决定,提高价格,限制产量,使产品永远处于求大于供的紧俏状况,使公司永远处于主动不败之地。公司还正在考虑,建立一个俞老牙钢琴演奏奖基金会呢。

鱼目混珠

张老爷买了一批珍珠,见其中一枚颜色暗淡,有砂眼,便把这枚废珠扔进了垃圾箱。

垃圾箱里有一大批鱼目,正在开会。见一粒废珍珠进来了,哈哈大笑,说:"欢迎你来参加我们的队伍!"

废珠怒目而视,说:"看准了,别花了眼! 我可不是鱼眼珠子,我是正牌的蚌壳里的珍珠!"

众鱼目笑得死去活来。鱼目A说:"只听说过鱼目混珠,孰知你小子弄了个珠混鱼目!"鱼目B说:"别摆你那个臭珍珠架子啦! 你说你是珍珠,珍珠为什么不躺在主人的首饰盒里,却沦落到这等地方!"鱼目C说:"真正的珍珠可以做首饰、项链、戒指……真正的鱼目都为鱼提供过优质服务。而你,你有什么用场,你说得上来吗?"

废珠答辩道:"我的用场么? 只有我能打败那些珍珠。我就是恨那些得宠的珍珠! 它们难道是完美无缺的? 珍珠甲根本就不圆,快成了桃形啦! 珍珠乙不够火候,它的生成才一个半月! 珍珠丙身上有两粒痣,放在放大镜下看得清清楚楚! 珍珠丁实际都裂了纹啦! 珍珠戊也不是什么好玩意儿……"

说得众鱼目洗耳恭听,五体投地。一个大鱼眼珠说道:"你提供的信息非常重要,我们听得太痛快啦!让我们合作吧!我们吸收你充当我们的旗手,授予你名誉鱼目称号,选举你担任鱼目联合中心的总统,还有各种兼职,随你挑选,让我们和那些欺侮了你又欺侮了我们的坏珍珠们决一雌雄!"

众鱼目热烈鼓掌,群情激奋。这枚珍珠不再推辞,带领众鱼目闹了起来。

终于,鱼目得到了重视。张老爷的珍珠被抛到了箱子底。水产公司奉命搜集鱼目,加工装潢,制成特种工艺产品高价出售。水产公司把这一批鱼目小心翼翼地收集了起来。收检的时候,看到了这枚废珠,骂道:"什么东西?居然混到鱼目里!"把它挑出来,重新丢到了垃圾堆里。废珠本来以为众鱼目会替它分辩几句,没想到,谁也没吱声。

终于,一个穷苦的捡垃圾的姑娘来到这里,发现了这颗珍珠,把它洗干净,擦亮,珍重地收藏起来。她告诉她的伙伴:"我也有一颗珍珠了!"

众贫苦的女儿看着这颗珍珠,夸奖珍珠的晶莹与纯净。珍珠惭愧地流出了一滴泪,正好弥补了砂眼。

后来这颗"含泪珍珠"价值连城。

缘木求鱼

远古时代,地球上的某个角落,有一部落,以狩猎为生,但知猎兽,不知捕鱼,更不知稼穑种植为何物。此等先民,常患饥饿之苦,饥肠辘辘,骨瘦如草,辗转疾病,咯儿屁着凉,固惨不忍睹也。

忽一日,自其他部落来一长者,携带一批食品,非肉非肝,非鹿非马,异香扑鼻,食之心旷神怡,提气增力,壮阳滋阴,强筋健骨。部落长得悉,索之尝之而惊喜莫名,遂恭恭敬敬,长跪而请教之。惜与远方长者语言不通,聆教竟日,但闻"YU"字,固知所食美味乃"YU"

也。其他一概问不出来也听不清楚。

客走,部落长下令全体男女老少全力求"YU"。于是上树的上树,下河的下河,钻林的钻林,出海的出海,登山的登山,就地爬滚的就地爬滚。求"YU"的结果是死的死,伤的伤,有的一去无回,有的中毒失语,有的误食致命,有的死无葬身之地,惨烈异常,慷慨悲壮。此固历史之不可避免的过程也。

夏去秋来,秋残冬至,求"YU"诸人,陆续归来,归还者十有一二而已。归来者都有收获,或携植物种子——大麦小麦燕麦黑稻蚕豆之属,或捧水果坚果——苹果鸭梨胡桃板栗之类,或提鱼虾,或带回鳖蟹,以及苋菜紫薇,莼菜菱藕……不计其类,数不胜数。众人不知其为何物,不知其名,但知其能吃好吃耐饥有用,咸称之为"YU"。部落长亦击掌称善,赞曰:"何'YU'之多,何'YU'类之多也!有如此这般多'YU'供我们享用,何患我部落之不发达焉!"遂正式命名所有付出无数代价新开拓的食物品类为"鱼"。鱼成为美食之称,成为开拓进取创造发现发明的符号,成为此部落之精神力量精神财富。

从此此部落人丁兴旺,繁荣发达。

又过许多万年,在此部落基础上这里兴起了泱泱伟邦,文化进步,生活美好,名扬海内外。

又过许多万年,斯邦学者考证出,他们祖先之求鱼实是闹了个大笑话:他们所食之鱼,只有水产之一小部分是鱼,其他曰粮、曰果、曰菜、曰虾、曰蟹、曰鳖、曰贝……反正都不是鱼,绝对绝对不是鱼!斯邦混淆品类,贻笑大方,缘木求鱼,千古笑柄,丢了十八辈儿的人矣!

于是国人皆曰可杀:缘木求鱼者杀无赦,种庄稼求鱼者割掉那活儿,瓜菜代鱼者断臂,虾蟹代鱼者剃阴阳头。无几,餐桌上的鱼纯而又纯矣,农林之业荒而又荒矣。斯民之肚腹渐渐瘪而又瘪矣。于是瘟疫流行,于是斯邦到了亡邦灭种的紧急关头矣。

于是有圣人出,一言九鼎:"缘木而求得者,固非鱼,亦非不可食者也。鱼与非鱼,非食与非食之意。非鱼乎?非鱼也。食之可乎?

何不可也？何不可也？何不可也？果腹者可食，耐饥者可食，长气力者可食，强体魄者可食。美食胡不食？管他那许多鸟事，噫！"

于是邦人雀跃，乃敢食诸食，食其喜食，求其能食，造其可食。斯邦乃转危为安。又若干若干年，稻粮豆麦、桃梨杏枣、四时五味、生猛海鲜……各有名目，名目悉备，名正言顺，言顺食通，食强体健，体健邦兴，母（也包括父）壮儿肥，泽被万代。又若干年，斯邦强胜，跻身先进，颇领风骚，这边风景甚好也矣。

老鼠过街，人人喊打

有一只老鼠，天资聪颖，功能奇特。又公费留学三载，自费留学两年，获得了一个博士四个硕士学位。感日月之精华，吸天地之灵气，变幻自如，俯仰随意，多学善问，多谋善断，著书立说，一代俊杰。这日，他摇身一变，变成了一位语言学家，便提倡起"语言救类论"来。他著文说："吾人鼠辈之所以名誉不佳，命运欠济，遭诬、遭辱、遭捕、遭戮也者，盖出自语言之害。吾在大洋彼岸学得新论，人类早已成为语言的奴隶，一切的一切，都有已经固定的语言模式在那里做主，人的一切其实都是按已有的语言规定来进行的。上帝死矣，语言出焉；权威灭矣，语言兴焉；大哉语言，妙哉语言，君临六合，主宰万世者也！以此说观之，吾鼠辈之灾难，全部出自'老鼠过街，人人喊打'之类的成语也。试想，吾人过街，人人喊打，吾人何存脸面？吾人何存安全？吾人何存体统？吾人何寻光明之前途与美妙之影响？吾人又如何谋取一官半职乃至假兽王而代之？欲救吾鼠，必须自改变此一成语做起，如此之忧患意识使命意识，盖不可不察也。"众鼠称善。

如何改变这个成语呢？众鼠献计，无非送礼感化、鼠疫威胁、偷梁换柱、乘虚而入、过河拆桥、卸磨杀驴、拉群结伙、大言不惭、呼风唤雨、撒豆成兵、气势汹汹、制造假象、拉旗为皮、结成死党、兵不厌诈、话不厌大、闹而优胜、厚面无皮、不入猫穴焉得猫子、哭哭笑笑、自卖

自夸诸法。经过一番周折,最后,成语词典上的有关条目总算改过来了。计有:

"老鼠过街,人人喊打"改为"老鼠过街,人人喝彩"或"老鼠过街,人人称快"或"老鼠过街,人人欢呼"等等。

"狗拿耗子,多管闲事"改为"耗子打狗,理所应该"或"耗子育狗,狗才如云"或"狗见耗子,五体投地"等。

"是猫就避鼠"改为"凡是猫都怕老鼠"或"是猫就爱鼠"或"是鼠就避猫"等。

"鼠辈"改为"鼠公""鼠贵""鼠家""鼠长""鼠兄""鼠爷"等等。

"鼠目寸光"改为"猫目寸光",以正鼠名,以报世仇。也有的出版商将此成语改为"虎目寸光"以增加成语的现代感者。

"胆小如鼠"改为"胆小如虎""胆小如象"或者"胆大如鼠""神勇如鼠"等等……

众鼠欢呼,以为从此安全荣耀。它们不再潜伏鼠洞,不再昼藏夜行,不再避猫躲狗,不再自惭形秽,而是大模大样,登堂入室,吃香喝辣,衣锦荣游,耀武扬威,颐指气使……

后来呢?

后来这一批老鼠下落不明。

焦头烂额

昔日某地有一朱大爷,为其嫡长孙过周岁生日,大宴宾客,财大气粗,手眼通天,公共关系,感情投资,冠盖如云,车马如蚁,礼宾小姐,列队欢迎,鲜花气球,乐队高奏,白鸽飞翔,灯火通明,真盛事也。

有客赞寿孩曰:"天庭饱满,地角方圆,实大富大贵之相也。"第二客赞曰:"鼻如泰山,目如明月,口如血盆,耳似水饺,固性感而集大成者也。"三客赞曰:"这不是幼儿,这实是巨人,这不是传人,这实是始祖——新的纪元新的纪录从此开端,一发而不可收矣!"朱大爷大悦,每人赏第一手股票若干,发、发、发、发,其近富也,远乎哉?不远了啊!

有客禀性愚直,喜爱直言不讳、直言谠议、直言骨鲠、直言极谏,便道:"此儿未来,吉凶未卜,天花乱坠,言过其实,庸俗阿谀,终无大用,壮夫弗为,君子不取而忿忿焉。"

朱大爷曰:"善,先生有以教我!"

直客正色道:"阿谀之徒,驱逐出境,近君子而远小人,此祖宗之所以兴也。股票收回,以惩效尤,则天下归心矣。至于令长孙,或富或贫,或贵或贱,或通或蹇,现在言之尚早。唯有一点无疑,或早或迟,或寿或夭,他小人家最后总是要死的呀!"

众宾客哗然。曰精彩。曰现代感。曰等于没有说。曰自己体会去。曰矫情。曰一鸣惊人。曰沽名钓誉。曰创新。曰伪后现代派。曰食洋古而不化。曰清谈误国。曰媚俗到了(读 liǎo)一路貉……

朱大爷初不解,继惶惑,再怒,又喜,终一笑置之,曰嘻嘻。命赏他《曾文正公家书》一卷,以供学习提高。众宾客有节奏地鼓掌,暴风雨般的欢呼经久不息。

一位有头脑的客人受到这一情势的鼓舞,抢上一步大声疾呼曰:"这些空空洞洞的讨论全他娘的是虚张声势,目前吾人面临的实际问题非他,而是——第一是火灾第二是火灾第三还是火灾!火龙出世,玉石俱焚,水火无情,天命不爽!黄牌警告,红牌在握,大难临头,大大大大大……事不好了呢!"

朱大爷与众宾客为之动容。客道:"君家烟突直,火星上青天。君家柴薪广,离灶不盈尺。火花 kiss 柴火,后果可想知。干柴遇烈火,万物皆灰烬。众相尽非相,火火终火相。乐极自生悲,万有无常相。常相非法相,曲突移薪上。寿筵改帮工,大家一齐上。众人拾柴火焰低,无柴无火清凉相!哪怕119不把班上!"

朱大爷唯唯。临时将此次过生日改为义务劳动,曲突(把烟囱改弯)移薪(把柴火搬走),受到了消防队的通报表扬。火灾得以预防,人们没有被烧得焦头烂额,但也累得焦头烂额。最后发奖的时候,有头脑的宾客获特等奖,奉承孩子的宾客获一等奖,预言孩子要死的宾客获二等奖,参加劳动的宾客获鼓励奖。

于是累得焦头烂额的宾客又气得焦头烂额。

三人行,必有吾师

说的是张、王、李、赵诸先生的青年时代。

这日,四人同行。张先生道:"或曰,三人行,必有吾师。今我辈同学攻读人体医学,功课如山,图表如磐,数字如长龙,药剂如雪片,而定理如大江流日夜。逝者如斯夫,未尝舍你我也。如此下去学未竟而发苍苍,而目茫茫,而牙齿动摇。何年何月方能出人头地,何年何月方能名扬四海,何年何月方能跻身某级某职某待遇之林?思之念之,忧心如焚,方寸混乱,食无味而寝不眠,焦躁痛苦,如熬火狱,盖无一刻之安详也。诸位仁兄,幸有以教小可则个。"

王先生说道:"医疗者,雕虫小技也,即使你能把死人治活了,评个主任也就到了头了。吾人宜另辟高速路径,于雕虫小技中求大道,求通知,求基础,求把握万端之牛耳,求睥睨群医之制高点,求颠扑不破之公理,求万古常新之要义,庶几有望矣。吾民向喜大厌小,喜虚厌实,重根轻叶,重源轻流,畏歧尚同,疑新怀旧,昼思夜想点准一个穴位,百病全除,延年益寿,视返璞归真走一圈回到出发点为最高境界。故吾人得一大道理,胜千万小道理;讲一基本原理,胜千万小原理。曰大,曰通,曰浅,曰显,曰不厌其烦,曰从头从零讲起,曰回到零点——庶近道矣。师傅领进门,修行在个人,天机不可泄露,底下的您就看着办吧,您哪。"

李先生说道:"李某才疏学浅,智商平平,管他三七二十一,感冒APC、肠炎痢特灵、肺炎盘尼西(林)、脚癣达克宁、荨麻(疹)息斯敏、泌(尿系)感(染)氟哌酸、阑尾割一刀、白(内)障等成熟,牙痛拔牙,眼痛点眼，再加上输氧输血输液，对得起父母的辛劳师长的培养也就行了。积以时日，或有功效。笨鸟先飞起，慢牛早套车，皇天或不负苦心人乎？吾无能，慎莫学吾，以吾为戒可也！"

赵先生曰："呜呼医学，穷毕生之精力，又能搞出什么来呢？大路不通小路同，正路堵塞侧路中！张贤弟果真欲有成乎，不成亦出名乎？谚云：饿死没胆的，撑死大胆的。要多唱反调，多反名家，要玄要险，要奇，要大炮轰轰轰，小炮崩崩崩，有理放三炮，没理也捅它仨窟窿，赔本赚吆喝，不费吹灰就出名！"

张先生诺诺，不知择孰而从之也。

三十年后。

王先生三十年研究人是否要吃饭，力主人皆吃饭说。从细胞学、经络学、穴位学、气血学、阴阳学、生物化学、生物电学、生物时钟学、生物放射学、特异功能学、儿科学、妇科学、老年学、公共卫生学、保健学、美容学、性学、自然哲学、饮食文化学、中华粥学、比较食品学……诸方面论述人必须吃饭的道理，得出了人不可不吃饭的重要结论。虽几经风雨，天若有情天亦老，王先生稳坐钓鱼船，战无不胜，成为人体医学基础学科的代表人物，获各色头衔三十三个。

物极必反，盛极必衰。随着天下太平，四海无事，一般人的务实心态大增，便有一些小人，因嫉妒而眼红，因眼红而口出不逊：指责王教授为空话大师、废话大王、原地推磨、误驴误己。王教授渐渐黯然失色。李医师渐渐走红，被选为牛一样的勤恳医师，十二英寸的彩色大照片套红刊登在一家报纸上。原属王教授的头衔的三十三分之二十八都归了李主任医师。

赵先生则力倡人可以不吃饭说。他发表"辟谷学"论文凡四十篇，又从古今中外搜集了不吃饭的事例七十二件——从爱比科柔到四川姑娘杨妹。他把这些故事演义成文学作品，销路极佳。近年来气功与特异功能学说走红，赵法师的理论渐渐引人注目。他写的以鼓吹人可以不吃饭为主题的小说尤其受到欢迎。赵法师获得了两次大众文学特异奖,还应邀前往东瀛讲学,吃天妇罗挣日元,本来打算与他离婚的老婆不再离婚,并因担心他将另有外遇而长期失眠,患神经官能症云云。

未几,报载一对新婚夫妇按照赵氏介绍的方法练辟谷功,最后饿死了。王教授闻讯大喜,著文批赵法师,并批评李医师只管治湿疹针眼,不管人们吃不吃饭即不管人民的死活,是舍本逐末,迷失走向,实是人可不吃饭谬说的幕后支持人。王某并趁机对上下左右都进行了攻击,谓他们对于赵某人的邪说未及时采取制止措施,实属旗帜不鲜,是非不明。而今而后,从首相到流浪汉,从医师到病号,都应无条件唯老王之马首是瞻也。

于是王先生又风光了一阵子。

唯张先生心猿意马,这山望着那山高,不断选择,不断修正,岁月蹉跎,年华老大,一事无成,唉声叹气,渐渐变成了悲观主义者了。

十室之内,必有忠信

有十家人居住在一条小河边,他们粗茶淡饭,麻衣葛裙,互有来往,互通有无,不分彼此,助人为乐,生活得很平淡,也没有什么不愉快。

这日,上边通知他们,根据"十室之内,必有忠信"的古训,已决定每十户人家当中评选出一家"忠信户"来。评选条件共十五项:一、大公无私,二、热心公益,三、奉公守法,四、言行如一,五、助人为乐,六、从不说谎,七、扶老携幼,八、家庭和睦,九、不生邪念,十、公平交易,十一、讲求卫生,十二、文明礼貌,十三、无欲无争,十四、坐怀不乱,十五、动机纯洁。上面决定,他们这十户人家中产生一个"忠信户"。忠信户发给"忠信匾"一块,由另外未评上"忠信"的九户出资制作。忠信户今后不必出勤劳务,并享受饮食、医药、行路、住房、教育、娱乐、养老……诸方面之优待云。

一开始，十家你推我让，煞是君子风度。无奈上面催评甚急。有一家便说："要不你们就评我算了。"第二家不服，便说："评你还不如评我呢。"如此这般，谁也不推让了，十家争起来了。又有一家说道："就冲你们这一争，谁也不够条件了，你们忘了要'无欲无争'了吗？你们忘了要'大公无私'了吗？争着自己当忠信，这不是与初衷南辕北辙，背道而驰了吗？"众无言。俄而笑道："这个争那个争，我看你小子争得他妈的最厉害，你狗日的花言巧语这么一白话，把我们老几位全否定了。谁不知道是你想当忠信户，让我们出钱给你买匾呀？讲忠信就不能争实惠，奔实惠就不是真忠信。你呀，你呀！"

评不出来便派人来帮助。十个指头还不一般齐呢，就算都比较忠信也还可以分个最忠信、很忠信、相当忠信、一般忠信、凑合忠信啊，怎么能评不出个幺二三，搞不出个区别对待来呢？你们给我评！评！评！

十户转而互相挑起毛病来了。互相说了一些不好听的话，传了一圈传到了当事人耳朵里，便都愤怒起来。便干脆互相抹黑，互相告密……发生了一场真正的纷争。

叹道："天下皆知善之为善，斯有不善矣。皆知美之为美，斯有不美矣。"

坐井观天

蛙君幼时，家中有一口浅浅的枯井，他喜欢常常坐进去冥思遐想，高眺远望。及长，蛙君习画，尤喜坐入枯井，或跳入水井，身围救生圈，心平气和，徐徐仰望，特坐独视，怡然自得。有时看到枝叶扶疏，有时看到花开花落，有时看到阴云一块，有时看到白云一朵，有时看到明月一轮，有时看到繁星几点……凡春夏秋冬，阴晴寒暑，风雨雷电，蚊蝇蜻蜓，蝙蝠飞鸟，树木花草，天光云色，轮廓虽小而变化无穷，均甚可观。蛙君喜而时习之，揣摩烂熟，因象生意，因意生气，因气生力，力发笔从，一幅幅亦古亦今，非古非今的奇画出世矣。

蛙君画甚为走红，以至走向世界，在香港、纽约、苏黎世的绘画拍卖市场上亮相，有一幅《莫名其妙图》，卖到 USD 二百五十元。

这一消息传来，舆论哗然。或曰，二百五十美元算什么，实是对我美术家之侮辱。毕加索之画曾卖二千五百万美元！蛙君售价不过毕老的十万分之一，实是有辱人格国格。或曰，这二百五十元也是看准了蛙君二百五，才略施小计，吊蛙的胃口，心怀叵测，别有用心。对蛙君表现，应该查一查。或曰，二百五十元是一个伟大的开端，有了二百五才有二千五、二万五、二十五万以至更多，蛙君的画确实代表了时代潮流，体现了东西方文明的撞击、融合、火花、变奏、误区、怪圈……云云。

一好事记者对蛙君进行追踪采访。蛙君幼稚，便把自己如何如何坐井观天作画一五一十地告诉了记者。记者写了报道，舆论再次哗然。或曰，某方面之所以出二百五十元，无非是妄图把吾们的艺术家全部干净彻底地赶到井里去。或曰，吾早就说过蛙某的画没有前途，怎么样？勿谓言之不预也。或曰，坐井观天，其实连二百五的画也是画不出来的。记者报道，故弄玄虚，哗众取宠，"克里空"，实违背了新闻道德与新闻纪律，必须严办，不可纵容也。或曰，蛙某坐井观天，偏注一隅，实是对艺术事业的挑战。而他的挑战居然成功了，惊世骇俗，不能掉以轻心。或曰，蛙某虽然不才，却亦不应全盘否定。坐井而画，误入歧途，能坐视不管不问不援不救乎？！

于是制定了救助蛙君系统工程计划。拉上他航海航空航天，令其知世界之大与井口之小以及以往诸画之微渺，拉上他参与各种招待会座谈会冷餐会纪念会发奖会校友会联欢会追悼会大宴会小宴会舞会今晚我们相识会……令其知世界之美妙缤纷诱惑多多。蛙君如饥似渴如醉如痴如醒醍醐灌顶暂停做画，不谈二百五的艺术而是徜徉宇宙遨游太空沉浸人生享受快乐。人皆谓蛙君好戏还在后头呢。

狐假虎威

一树林,有众兽,由众巨兽猛兽轮流做王。这日,狮王告老让贤,众兽推举老虎为王。老虎谦虚了一阵子,无奈身不由己,便只得应承。宣誓就职毕,大吼三声,喝道:"为了防止'狐假虎威'的历史悲剧重演,为了把我的祖先丢的面子找回来,现约法如下:

"一、本王出巡时,不带任何随从,亦不准任何野兽跟随,彻底杜绝尔等众兽分享朕的威风的妄想与可能性。

"二、除原配雌虎外,严禁任何兽(包括虎子虎孙)进入朕洞,彻底杜绝'不入虎穴,焉得虎子'的妄想与可能性。

"三、严禁当面奉承,阿谀拍马,马之屁股或许兽兽皆拍,而朕老虎的屁股是绝对摸也摸不得的。

"以上三章,如有违反者,嚼杀无赦,管叫他血溅十尺,片骨无存。切切此布!"

众兽震慑觳觫,莫敢仰视。继而掌声雷动,三呼万岁。

赤银狐叩首泣血,用沙瓢气声不男不女调有节奏地高呼:"保证执行,保证——执行,保——证——执——行——"

虎挥尾示意,曰:"退下!"

狐对兔叹道:"等呀等,急呀急,盼呀盼,吾们总算等到了虎王了。怎么样的智慧!怎么样的才华!怎么样的清醒!怎么样的预见!怎么样的超拔!怎么样的气概!怎么样的怎么样!"

兔说:"少奉承!注意!"

狐正色道:"当着他的面吾绝对不说这些,好话说多了没有好处。相反。吾要提醒他,要多看到自己的不足。例如,他的鼻子就没有大象长——可大象就常受吾们族兽的骗。狐假象威——你听说过这个成语吧?象鼻子虽长而嗅觉不灵敏也。而吾们的虎王⋯⋯唉,当今世界上,除了吾以外,有谁了解它呢?虎王早就指出:绝对不能上狐狸的当啊！"

次日，狐又对羊说道："您知道，吾们狐狸一向狡猾狡猾的有。但是今天，吾不能狡猾了。吾服了，服服帖帖了。在咱们的虎王面前，吾宁愿化作一摊泥、一摊水，供虎王使用。一旦虎王来了食欲，想吃狐狸，吾将何等愉快地送肉上门！吾真羡慕尔等羊类，屠宰场上备受青睐。何等的光荣，何等的幸福！而吾兽名声，历受自伊索至克雷洛夫等挨千刀儿的作家的中伤，成餐率还不如猪、狗、兔、蛙、蛇、蝎……分配不公啊，分配不公啊！吾生而为狐，这是家庭出身问题，是不能自我选择的。然而吾最痛恨的就是被认为是狐狸具有的不良作风。吾是何等的忠厚老实，吾要求恢复名誉啊！"

又次日，狐对一小虎说："千万别告诉你大爷虎王。什么什么？是你爸爸？那就更不能说了。你知道吗？你老爹这约法三章实在太精彩了。实在是划时代的。想想吧，象王狮王白熊王鲸王时期吾们这里有多少问题！他们上了狐狸多少当！他们是何等的看不清断不明，处理失当，宽严皆误！简直把吾们的树林变成了重灾难区！自从亲王殿下的父王即虎王就位以后，这才带来了多少期望！吾们胜利了！现在是吾林最好最好最好的时期到来了。吾即使肝脑涂地也报答不了虎王啊！如果他不及时提醒，吾们能改掉假虎威骗虎食的恶习吗？一切的一切，所有的所有，虎王陛下其实早就指出来了。这话跟殿下说说也就是了。吾知道，他才不喜欢兽们奉承他呢。万一他知道了，还以为吾要拍虎屁呢。话又说回来了，吾表达了吾的心意，即使受到了误解，被碎尸万段也是高兴的，其实，虎王明察秋毫，他又怎么可能误解吾呢？"

赤银狐坚持不懈地到处讲他的体会。渐渐传出了此狐与虎王有旧的说法。此狐如此不遗余力地为虎王抬轿，不是恰恰说明他们有默契、有共同利益，他们的关系非比一般吗？接着又传出了是虎王授意叫此狐到处为他鼓吹的说法。约法三章云云，都是大面上的话。他没有几个吹鼓手，行吗？没有自己的兽马，行吗？又有兽说，虎王禁止的是当面奉承,并不禁止背后歌颂,恰恰相反,世界上哪有不愿意听好话的兽王呢?不愿意听好话,莫非愿意挨骂不成?这个狡猾的狐狸呀!他一有机会就吹大王,话能不传到大王耳朵里去吗?听了之后,他能不喜欢狐狸吗?一喜欢,无旧亦有旧,无特殊关系也有了特殊关系了也。

松鼠则认为也可能是真的。我们亦不应该有一次狐假虎威的故事发生便以为所有的狐狸都要假虎威。他这样称赞虎王,又能有多少自私动机呢?从这种称颂中,老虎得到的,不是比狐狸得到的更多吗?

众兽愕然。继而互相使了个眼色:也许松鼠与狐狸是一头儿的?少说少说,言多语失,不可造次也。

这日,虎王宣布要任命一位助理,要搞公开性,不搞十几个野兽七八条尾巴。让众兽提名。众兽转了转眼珠,对了对光,一致提名赤银狐。

经过一段考验,正式宣布赤银狐为兽王助理代办。

赤银狐发表就职演说,第一条便是反对狐假虎威,第二条是反对阿谀奉承,第三条是对于象、狮、熊、鲸的问题要有一个科学的恰到好处与兽为善的认识……

据说,虎最满意的是他这第三条。因为嘛,可能是他自觉个儿比熊小,样儿比狮丑,气力没有象大,威望又没有鲸鱼高。他一直不无担心……

发表于《钟山》1991年第5、6期

老王系列

说是鸡毛蒜皮,却又余味无尽。
道是不知所语,你我熟悉万分。
不无尴尬狼狈,仍然精彩缤纷。
你道老气横秋,其实纯粹天真。
儿童最宜阅读,博士后也与闻。
哲学玄妙遐想,仍宜如厕伴君。
读罢哈哈大笑,回想痴心伤心。
彻底平头百姓,随书飘飘腾云。
有哭有喜有乐,似禅似道似神!

1. 长 啸

在湖边睡着香甜的觉,凌晨时分,老王忽然听到一声长啸,如歌唱如号哭,如呼唤如行吟,如汽笛如猛虎,如飓风如海涛,老王为之悚然、悽然、奋然、肃然。太棒了!

他想起了中国传统的啸傲林泉的说法。想不到一位啸傲者还真的"啸嗷"上了。现在的人们只知道笑傲,却不知道啸傲了。在金庸的小说之前,本来没有笑傲一词的。现在的人们,学本国语言,早就不是靠读范文与经典,而是靠网络、视听传媒、短信与通俗小说了。还有一个词儿也是后来不经意地发明的,叫做"都有一颗'红亮'的心",过去只知洪亮,谁知道个红亮呢?

然而是谁这样早去狂啸呢?太有性格了。

老王与A同学切磋,是谁会在凌晨去湖边"啸嗷"呢?A同学坚持说,这里极其安静,除了高尚住宅区的业主们外,没有他人,不会有人天不亮就去吊嗓子的。

怎么又成了吊嗓子啦?

临别前是老王跑到了湖边,他用尽力气想大喊一声,大叫一嗓,他没有叫出来。但是他听到了湖面上传来的回声,非常辽阔震撼宏伟沉雄,他狂笑一声,飘然离去。

2. 肥皂剧

老王和一些朋友谈起最近最最红火的一部三十八集电视连续剧。

甲:不看它,您又看什么去呢?几个演员怪俊的,越看脸越熟,真舍不得离开他们哪。

乙:意思还是挺好的,教人学好,教人爱国,教人做人。

丙:一不爱看电影,二不爱出去吃饭,三不爱饭后读书了,这就是老了呗。半躺在床上看肥皂剧,可好啦,看着看着就睡着了,睡醒了接着看,一点也不断线儿。瞧人家这剧本编的,瞪着两眼看不多,闭着眼睡不少。

丁:丙先生你讲的可真美好,看着看着睡着了,这是什么样的博大精深的剧本,这是什么样的祥和安谧的情调,这是什么样的无始无终的情思,这是什么样的物我两忘的境界!

戊:您老是说真的吗?

己:前两集还行,后边吧,故意拉长,横生枝节,故弄玄虚,拖拖沓沓,不合情理,前后矛盾,要不就是前后重复,胡编乱造,毫不沾边,人物忽然明白,忽然糊涂,本来一句话的事儿,硬拖上十集不解决,本来不沾边的事儿,硬扯到里头充当搅屎棍,你再一想故事压根离谱,中国的一点传统手工艺,变成了国际国内争夺血战的核心,是在争连城剑诀还是新式核子武器呢?

庚:看肥皂剧的目的是解闷,可不是较真较劲,要照您这样说,您是自己找气生吧?

辛:己兄所述,谁人不知?谁个看不出来?这就好比接待了一个你不怎么喜欢的客人。这就好比听了一个没有质量的演说。既然没有其他更好的娱乐方式,您就姑妄看之,把自己干脆白痴化,傻看傻乐傻开心,装傻充怔,看看故事,看看美貌演员,看看服装,看看室内陈设与装修,你就假设你比肥皂还肥皂,你比导演还弱智,不行吗?怕别人拿你当傻瓜卖了?小隐隐于朦胧诗,大隐隐于肥皂剧。一傻解千愁,一傻万事通!

众:您老讲得真高哇!您这是胡说八道呀!您这是反讽?您这是装模作样?您这是大智若愚?您这是大愚若智若禅若与世无争若普度众生舍我其谁?

3.颈椎病

老王读书,读着读着,突然天旋地转,头晕得要死。那天他表大舅子来,听说情况便指出,这是颈椎病:由于脖子上的那根骨头骨质增生,压迫了脖颈动脉血管,大脑小脑供血均呈不足态势,你不晕你想让谁晕去?

表哥发挥说,你那么大一个脑袋,全靠一根动脉维系,这根动脉一断,你的仇人也就一命呜呼啦。

老王心想,我并没有想让谁晕呀,也没有想折断仇人的脖颈呀。宵小对立面,有个把,大概比我还窝窝囊囊没了戏了,让人家晕啥?大款要人,没有谁对不起咱,人家有人家的条件,人家有人家的饥荒,我老王虽非圣贤,也非妒贤嫉能之丑类,自己窝囊犯不上让人家头晕,而且即使人家一个个头都晕成陀螺了,也不等于自己能兴旺发达。还有,谁又能做结论我老王就是窝囊呢?我要窝囊,能有今天吗?

头晕没诊断好,老王又因表大舅子的话自己跟自己较起劲来。

去医院跑了个不亦乐乎,照片子查颈椎,照CT查脑瘤,戴浩特查心脏,心理专家查痴呆,抽静脉血液查常规加专项……他深刻地认识了咱们的公费医疗制度的优越性。结果是什么诊断都没有确定,也都没有排除,他可能有病或无恙,他可能有 X—N 症或什么症都可能暂时没有。什么时候有?谁知道?渐渐地,他也就不怎么晕了。

这时,老王又听表大舅子的建议抓了几服中药,每天熬得遍室生香,老王的晕就这样好了。

4. 寿 命

老王去给自己的一位中学老师去祝茶寿,茶寿是日本人的说法,指九十八岁,而八十八岁是米寿。

老师住在医院里,但是精神矍铄,说是每天写作读书都在五个小时以上,即使不读不写也在不停地思考。老师说,他的计划是要活一百五十岁,他还要写十本书。老王听了佩服不已,这才是进取心,这才是老骥伏枥,这才是壮心不已,这才是生命的意义啊。

回到家,老王在报纸副刊上读到一篇文章,说是一个国家的原总统,对采访他的人说,他如果现在死了,他的寿命已经超过了他们家庭成员的平均寿命,他会感到满足。老王算了一下,这位大名鼎鼎的前总统,今年不过五十八岁。

老王非常震惊,怎么会有这样的说法?怎么会有对于寿命的满足感?一个人在生死的问题上怎么可能做到这样地心理平安?回想他自己,他是怎样地怯于做这一类的思考啊!

5. DVD

　　老王年事渐长,一个重要的标志就是每天白天精神还好,但是一旦吃罢晚餐,就觉得精力不支,除了斜靠在床头看电视,打两个电话接两个电话,再不想干别的了。

　　电视到底看了些什么,他自己也说不清楚,有时候一条新闻一看再看三看四看,有时候连看几遍都没有弄清楚原委,有时候一集电视连续剧刚看了几分钟,突然觉得对话太多或者表演太造作,改成了看体育比赛。看乒乓球吧老是中国队赢,看足球吧老是中国队输,看多了也没劲啦。

　　孩子们给他买了些DVD,让他多看点大片名片什么的。他看了几个,立即叫停。他说,看DVD是它管着我,我似乎必须从头至尾看完,连想上卫生间都有心理障碍,连打盹都觉得不该,这哪叫休息,这叫上课!还是让我胡乱一边找着一边看着一边睡着一边歇着,上哪儿找这么好的事去!

　　老王并且总结说,模糊、重叠、无序、遗忘……这些正意味着精神的充分空间,意味着逍遥自在,意味着中华文化中老庄一派……讲得孩子们瞠目结舌。他顺便告诉孩子,一家最大的海内外媒体,节目主持人竟然将"瞠"读作"堂"。

　　这一番讲说以后,老王自觉在孩子面前威信提高了许多。

6. 回　头

　　老王在街上走,碰到上知天文,下知地理,所有书架上的书都读过,前后五百年的事无不知晓的孙天师。天师问,你到哪里去呀?他回答到什么什么地方。天师说,咦,你到什么地方应该走那边的,你怎么走到这边来了?老王说,我随便遛遛。天师说,你遛弯儿应该到哪里哪里呀,你怎么在这边遛弯儿呢?

老王一句话答不出来,回头就走。天师大惊,在后头追,边追边说:"千万别往那边去,那边马上会发生一场枪战,四名抢匪和十名警察交火,那边太危险了。"

听了这话,老王跑得更快了。他跑了十分钟,估计天师走开了,便再回转身走。走了几步,他发现,天师还在那边等着他呢。

他问天师:"哪儿呢哪儿呢?哪儿有枪击?哪儿有死人?别烦我好不好?"

天师一笑,说:"瞧,您这不是回来了吗?"

7. 快乐不快乐

老王老了以后常常问自己:什么是快乐呢?什么是不快乐呢?

老王还爱问,谁有权力判断一个人——比如他老王,该不该快乐呢?一个人的快乐权是属于他自己还是属于某个新出炉的哲学博士呢?

老王还想,一个悲愤的人是不是有权力要求旁人一定要与他一样地痛不欲生呢?

一个快乐的人是不是须要为世界上乃至他的身边还有不快乐的人而惭愧,而受到良心的责备呢?

老王给一个老朋友打电话,互致问候,当老王说到自己去了桂林,逛了漓江与七星岩之后,朋友埋怨道:"瞧你还玩呢,我这里,一家子住了医院……"

老王愧悔无地,觉得是自己太轻狂了,这么大岁数了,你就忍了算啦,还快乐什么?

最近他发现了一个秘密:快乐与不快乐的划分其实很简单:夏天,一天闷热,北京人叫做憋雨,晚傍晌呼啦啦下起大雨来啦,人们是多么快乐呀!而憋了一天雨了,潮了闷了热了黏糊了,最后雨云被一阵风吹散了。期待了一两天硬是没有雨,那才不快乐呢。

这是老王的绝密发现,他不敢公之于众,他怕那些新出炉的博士(Fresh Ph. D.)批评他太没有深度太不够悲愤。

8. 较　劲

老王这两天有点自己跟自己较劲。

他在电视直播节目里看到自己最喜爱的运动员在国际比赛中获得了冠军,新的世界冠军在接受采访的时候激动地说:"我的成绩证明了,黄种人也可以跑得快,亚洲人也可以获得好成绩……"

老王觉得别扭,为什么要扯上肤色与洲籍呢?

老王与别人谈论此事,人家说:"唉,近百年来,有色人种亚洲人,受的气太多啦。"

老王说:"那人家非洲运动员呢?人家非洲人就不苦大仇深了吗?人家在这个运动项目上的成绩超过了我们,如果人家说什么什么肤色什么什么洲的人的成绩如何如何,我们会怎么想呢?"

朋友们批评老王不应该故意找别扭,得了冠军,欢庆欢迎欢呼不就结了吗?

老王想想也对,何况这运动员是那样可爱,那样酷,那样招人喜欢,那样满面春风,他简直是改革开放的新世纪的中国的形象代言人啊。

不久他又听到一位戴眼镜的新秀答记者问,说他的目标是把什么什么人(指肤色)比下去。老王吃了一惊,怎么能这样说话,新秀还是名牌大学的在校学生呢。

老王为此失眠了,他不想和别人说,免得人家说他思想各色,而且多管闲事,而且也许是立场和感情出了问题。

过了几天,他又看到一位记者问一位远道而来回乡祭祖的老人:"您那么老了,怎么还要亲自回乡祭祖?"

过了几天,他看到新闻字幕上把受到"启迪"写成受到"启涤"。

过了几天,他看到一位记者问一位宗教领袖:"你才这么小,就受到那么多崇拜,你感觉怎么样啊?"

……老王笑了,他不再与自己较劲了,他从早笑逐颜开,只是偶尔在梦中呻吟两声罢了。

9. 醉 机

老王在退休以后,学会了使用电脑,有点洋洋自得,心想,我老王是跟得上时尚的。

这天电脑突然得了怪病,不待指令自己进入网页,显示不良内容。刚收到一份老友邮件,不待阅读完毕,忽然自动删除。欲将老王喜欢的图片设置为墙纸,结果呈现的是另一张。文字处理更是千奇百怪,想打"老王",出来的却是国骂"他妈的",想打"快乐"二字,出来的却是语气词"吗呢啊呀",想打"朋友"二字,出现的却是"什么东西"。

老王大骇,请了电脑工程师来杀毒,没用。检测,查不出毛病。格式化以后重装,还是这样。

老王叹道,我的电脑喝醉了。

工程师笑道:"醉也不能醉这么长时间呀。"

老王道:"它喝的是一千零四十元一瓶的 XO。"

10. 旅 行

老王坐着一辆长途公共汽车在二级公路上旅行,颠簸的道路使他昏昏欲睡。在半醒不睡的恍惚中他梦见自己是在旅行,是在另一条国家二级公路上坐着长途公共汽车昏昏欲睡。在半醒不睡的恍惚中,他梦见自己是在旅行,是在第三条国家二级公路上坐着长途公共汽车昏昏欲睡……后来他醒了,他很庆幸,自己是真的在旅行,在旅行中梦见旅行,多么有趣,多么辛苦,多么没有新意。

11. 第一与最好

于是老王给自己出了许多类似的问题:

你第一次喝酒是什么时候,喝的什么酒?

你第一次看电影是什么时候,看的什么电影?

你第一次盯住一个女孩儿看是什么时候,她长的什么样子?

你最爱唱什么歌?第一次是在什么地方唱的?

你最爱看的是哪本书?是什么时候第一次看的?

你第一次离开北京是什么时候,是到哪里去?

你的第一次吻?第一次滑冰?第一次游泳?第一次领工资?第一次逛公园?第一次坐飞机?第一次出国?

于是老王想起了二锅头与茅台、卡通《铁扇公主》、邻居女娃、《喀秋莎》或者陕北民歌、《野草》或者《唐诗三百首》、他想到了世界与中国的许多美丽的地方,想到了夏夜、雪、阿尔卑斯山……

多想点这些可真高兴!

12. 心理测验

老王认识了一位新出炉的心理学博士,应博士的请求,老王找了一个机会请一些老同学吃饭,趁机由博士对大家作了心理学测试。博士问:"当你听到一个你不喜欢的人因病故去的时候,你们会有什么反应?"

甲:我会震惊。我会叹息人生的无常,我会感觉到过去的恩恩怨怨其实没有什么意思。

乙:我会想到自己也有这么一天,我会想到既然大家都老了,想尽办法过得快乐一点,放松一点,优雅一点算了。

丙:我会感谢上苍,我虽然已经年纪不小,但是身体还差强人意。其实我年轻时候是很多病的。

(一个朋友替他敲敲桌板,说是根据西俗,一个人是不可以随便说自己身体不错的,那样做算是 tempt the fate,就是"招惹命运",便会有不好的效果。)

丁:我想起了鲁迅,就让那些人恨我去吧,我也是一个也不原谅。

戊咕哝了一句,说是此话引用与理解都不准确。

己:我能有什么感想呢?生死亦大矣。死者已已矣,生者常凄凄。但求无愧我心。

博士说:"好好。"

13. 心理测验(续一)

博士又问了大家一个小问题:"当你的一筒牙膏快要用完的时候,你会有什么想法?"

甲:我希望快一点用完,早早换上一筒新牙膏,最好是另一种牌子的牙膏。

乙:我有点惭愧,怎么又消耗了一筒牙膏?对社会没有什么贡献,却消费得很多很快。

丙:我会回忆所有关于牙膏的广告,以及关于哪种牌子的牙膏含有毒素的报屁股文章,努力挑选一种最最功能好价格低廉的新牙膏。

丁:我十年前就用天津的一种牙膏,现在还用。牙膏用完了就完了呗,有钱就去买新牙膏呗……现在咱们当中还有心疼牙膏钱的吗?太小瞧咱们的改革开放的成绩啦!

戊:我不会有任何反应的。油盐酱醋茶,牙膏香皂擦脸油,都是易耗品,完了就补充,这有什么可反应的?连这个都反应,不怕自己累死?

己:我认为,一筒牙膏用得快完了就应该扔掉。最后挤来挤去,容易挤出一些牙膏皮的污染物来,有害健康。

老王问博士,你测试这个干吗?这能说明什么?博士说:"这也许不能说明什么。但是一个心理学博士,不是应该并且可以多搞点测试吗?"

14. 插 座

老王梦到了自己拿着一个电器的电源插头往移动插线板上插,插了半天,就是插不进去,不是这道缝窄了就是那个眼宽了,不是插线板质量太低就是插头不合标准。

什么电器呢?不详。什么插头呢?三相的还是两相的?英式大方棍还是德式圆柱?美式一大二小还是日式三小片?他也闹不明晰。什么插座呢?万能?并连?分别控制开关?带保险?他也看不清,反正既有插头也有插座,就是插不进去,通不成电。

老王气喘吁吁,心慌,虚汗,对了又对,瞄了又瞄,插了又插,就是进不去,灯也不亮。

累了一会儿,老王渐渐意识到,这不是真的吧?我怎么迷迷糊糊?我怎么东倒西歪?我怎么恍恍茫茫?我的胳臂怎么跟面条一样?莫不是一场梦?

……且慢,如果是梦?我能在梦中知晓吗?梦中认定是梦,那不就是双重梦幻了吗?梦中之梦,能是靠得住的吗?

然而,插座却因此一念而立竿见影,变软,变细,变形,变没,变得无形状、无刚性、无虚实,无大小长短了,插头也变得若有若无终于什么都不存在了。

不但插头不存在,插座也不存在,电器与电线都不存在,老王也不存在,梦也不存在,不梦就更不存在了。

……此后,有慧根的老王分析,这大概是一种后现代的思潮吧,那么多电器,电脑电视电话电冰箱电烤箱电微波炉电切片机电榨汁机电吐司(烤面包片)机电剃须刀电热水器电空调电保洁净(便后冲浴器)充电器更不要说古典的电灯泡了。浪费啊,罪恶啊,城乡差别啊,人成为物的奴隶啊。现代化的异化啊!

老王后来否定了这个思路,这个思路本身就太不人文太不民族太不中华太不全球化了。关键在于梦中知梦,知而不醒,梦中之梦,负负得正,梦与醒本无大异,梦与梦也不必相似相同。但是他老王虽愚钝,却还有几分灵异。灵异终于使坚硬的低质量的不合格的一切软化虚化蒸发消散啦!

在一次闲谈中说起此梦,多数听者哈哈大笑,并建议老王去男科挂专家门诊兼心理咨询号,使老王甚感沮丧,并产生仇视西方思潮的动机。

15. 假 牙

老王去了一趟家乡,把假牙丢在亲戚家了。

从家乡到老王现在居住的城市有三百公里。老王埋怨自己的日益昏聩,记性锐减,也就不抱希望,借此机会去治牙,技术更新,更上一层楼,闹了一口新式假牙,除了吃东西时找不到感觉以外,一切外观与真牙无异。

也好,那副假牙还是二十七年前"文革"期间,起五更排队配置的呢。孩子们催他换假牙已经很久了,幸亏有此一失,才有了满嘴新式假牙。

想不到的是不久,恰恰在他刚刚做完新牙以后,他的表侄孙从家乡送老假牙到老王这里来了。他当然很感谢,但是这副送来的假牙已经没有用处了。

他招待了一番表侄孙,充当了一回慈祖父,听了一回表爷爷长表爷爷短,他也一再表示了感谢之意。

但是表侄孙发现了老王的新式假牙,问东问西,而且理解了确认了自己的送牙并无意义。表侄孙显得失落。毕竟家乡农村是落后的呀,那里没有人知道这种新式的代理牙齿技术。

老王好几重的不安:让表侄孙耽误工作跑了一趟,显示了城乡差别,造成了年轻人的心理不平衡,让表侄孙失望,没有看到自己辛苦的成绩,没有得到做好事的快乐,拿来了无意义的旧假牙,原假牙,好比已经下台的官员,已经没有多少用场了。自己也要花费时间和金钱招待小客人,同时生怕没有招待好表侄孙……

后来表侄孙走了。后来老王还把老假牙留了一段时间,说是做纪念什么的。后来女儿说老假牙上有残留的细菌和病毒,可能传染禽流感或者丙型肝炎,后来老王授权女儿处理老假牙,后来老假牙不知所终。

后来老王说,如果牙科技术与一般的各项科学技术演进得慢一些,再慢一些,这个世界就可爱了。后来儿子说老王的认识已经达到了后现代的水平啦。

16. 英俊与潇洒

老王年轻时过冬最注意戴帽子,他信奉护身先护头的学说。近年来,由于暖冬,由于自己年岁渐大冬季很少出门,便很少用帽子了。大量帽子放在箱底尘封。

这年冬季,突然大冷起来,老王便从衣箱里顺手找了一顶帽子,戴上它去超市购物,下楼倒垃圾,饭后散步等等。

一位老邻居见到了他,叫道:"你怎么戴这样的帽子,你从前戴那顶蓝灰毛绒帽子的样子是多么英俊潇洒啊。"

什么?我戴过一顶蓝灰毛绒帽子,戴上它居然还显出了英俊潇洒?

老王很开心,这一辈子,他从没有听到别人讲到他的时候用英俊潇洒这样的词眼形容。老而得英,老而益潇,老而弥俊,老而终洒,不是很酷的吗?

老王换了一顶鸭舌帽戴,老邻居见了,摇摇头,说不是这顶,这顶太不合适了。

老王又找出一顶仿狐狸皮的三片瓦帽子,老邻居说,更不像了,你又不是北大荒人。

老王翻箱倒柜,找出一顶类似圣诞老人戴的尖头毛线帽子。老邻居说:"对不起,您可别生气,您这么一戴,像马戏团的小丑儿!"

老王掘地三尺,找出来春夏秋冬各类老帽子,都不行。老王一上火,又到街对过的百货公司买了几顶新式帽子,价格不菲。但都没有得到人民的认可。

老王想,我当年英俊潇洒的时候,戴的究竟是什么样的帽子呢?

17. 丢失与遗忘

老王有一天突发奇想,他以七十五岁高龄,要写一篇小说。

这个想法使他落泪,他这一辈子没得过奖,没中过彩,没当过"代表",没被接见过,没与任何"第三者"通过信飞过眼勾过肩搭过背,他从来没有显示过一次才华呀浪漫呀多情呀什么的。然而他也是人,他也不笨,他也有一颗欢蹦乱跳的心,他也会说许多词儿,他也为文学艺术作品感动得涕泪直流过。那么,七十五岁了,留下此生的唯一一篇"小说创作",不也是不枉走人间一遭吗?小说小说,哪个老小子小丫挺的不能写呢?

他写了五个小时,自我感觉奇佳:我又不是作家,我也没有入过什么协会,我大学学的并不是文学,我写出来感动了我自己就行了,啊,我是多么幸福,我在七十又五之年,写出了成熟的又是新锐的处女作,好你的,老王!

第二天,他打开电脑,想看看自己的新作处女作,没有了。

他明明记得自己是怎么样存盘的，他命的名是"第一次出手"，他存到了2009001特设的文件夹里，又把文件夹从"我的文档"中调到了桌面上。怎么没有了呢？他寻找各文件夹，没找到。再寻找word，他记得打开word调出空白页连敲两下左上角的"文件"栏后，会出现他最近用过的四个文件索引，可惜，刚才急于查找各种文件的时候，已经把头一天留下的空间全部占用了，已经把原来的痕迹全部冲掉了，这里只有五分钟前饥不择调的记忆而没有头一天的记忆了。他再运用什么office呀search呀，都找不出来。

老王心慌意乱，脑门冒汗，他真是没有出息啊，人家孔子，七十一过就从心所欲不逾矩，也就是从必然王国进入自由王国了，他怎么遇事这样惊异失措，幸亏这一辈子没有受过重用，没有负过责任，没有处理过突发事件……

从来没有的事情，不但存到了盘上的"出手作"了无痕迹，连自己的脑子也彻底空白了。2009，2009，2009对于他来说就是这样不客气。

报应了吗？就在前四个月，他还回答一个青年人说，他尚未感到多么衰老退化。

他在电脑前闹了一个多小时，等确认自己确实全面衰老退化萎缩了以后，出现了此生从未有过的平静，显出了大彻大悟的清纯的笑容。

18. 剪 切

几天过去了，老王硬是根本想不起自己写过什么来，干干净净，只有明镜台却没有尘埃，只有雪白却没有杂色，只有天空却没有云霞暧昧。这一辈子他老王记下来又忘掉的事多矣，忘得这样干净光洁通透却是第一次。

我的心是多么透亮，我的脑是多么平滑，我总算是进入了新境界新阶段啦,你老!

想了几天,绝无线索,终于死了心之后,老王相信,是有一只上苍的大手点击了"剪切"即"cut"功能,喀特,也就是喀嚓,把他的七十五年积累的小说剪掉了。

剪切之后,应该是粘贴了吧?

入睡以后,老王看到了天上的花园,那里有许多好的小说粘贴在花园的院墙上,粘贴在花园的花瓣上,粘贴在大树的树干上,粘贴在高天的白云上了。

当然,老王的作品不仅被剪切和转移了,也被粘贴和展示了。要不,你们说,老王的小说跑到哪里去了呢?

19. 遗 忘

老王丢失假牙更换新假牙以来,颇多感慨。一是:老了,真的老了啊,不中用了啊。二是,城市和乡村,相差的还是多了去啦。三是,科技创新,更新换代,太快了您哪。四是,现在农村的人也不简单啦,说来人家就来啦。

最后一条叹息是:我这一辈子因遗忘(而不是因盗窃)丢过多少东西啊。

这后一条叹息伴随了老王许多天,他从小就有些丢三落四,说起随时随地丢失物品来,他的记忆力似乎奇差,说起记住自己丢过什么来,他的记忆力又似乎奇佳:他到现在几乎记得所有他因遗忘而丢过的物品,不但记得物品名称,而且记得丢失的细节。

他为自己开了一张单子:

帽子十三顶:内草帽两只,制帽两只,礼帽一只,风雨帽三只……

手套二十多副:连指套四副,白线手套三副,皮手套三副,露指手套一副……

眼镜六副:内花镜两副,游泳镜一副,墨镜一副,风镜两副。

伞四把:雨伞与旱伞各两把。
手表一只:瑞士大英格尔牌。
钱包、书包、挂包、背包共二十余个。
…………

但是更离奇的是没有遗忘于他处,没有失窃,就在自己家里,明明在自己家里,却有些东西再也找不着了,至少是好久以来,找不着了。

其中有西服上身两件,西裤三件,毛线(进口澳毛)衣三件,袜子二十余只(不是双),秋衣五件,秋裤两件,眼镜一副……最最奇怪的是当年还丢过一包避孕用具,神乎哉妙也,琳琅满目啊!

这说明,我们的各种用品太多了,太多了就照顾不过来了,就容易遗忘了,人的一生,短缺的真是短缺,浪费的也真是浪费啊!

他没敢再发议论,怕的是被识者邀请他去出席某个学派思潮的研讨会。

20. 答 案

老王做了一个梦。他听广播听到一个有奖问答题:人渴了应该怎么办?说是奖金六百元,让大家竞猜,可以给电台打电话,可以发短信,也可以发电邮。声音好听的男女广播员,反复强调着他们的电话与手机号码,还有伊妹儿地址。

第一个幸运地接通电话的人回答说:"赶紧打点滴,注射生理食盐水。"错了,奖金增至八百元。

于是男女广播员启发说,不一定是打针的方法嘛。

第二个电话接通者,说是应该吃渔人牌薄荷糖。

又错了,奖金增至一千元。

第三个人答复说,吃牛黄解毒丸。

继续启发,就差点说出来了。

老王想,这答案当然是喝水了,这样简单的问题,怎么硬是没有人猜对呢?

老王乃拨通了电话,电话那边说,您的电话已经接通,请耐心等待。

下面的回答是看梅林的国画,是用冰镇额头,是按摩涌泉穴,是喝酸梅汤,是喝可口可乐。

最后,答案是喝干净水。同时老王得到耐心的解释,说是他的电话没有被选中,欢迎他对于广播节目的支持。

不久,他收到了话费通知单。不多,三十多块。

醒后他给别人讲这个梦,大家都认为是他吃多了上火造成的。

21. 惊 叹 号

老王发现妻子说话当中的惊叹号日益增加,而逗号、分号、破折号与括弧日益减少。

妻子说:"太乱了!""成了垃圾堆了!"

妻子说:"哎哟,痛死我了!"

妻子说:"今年的冬天太冷啦!"

妻子说:"从前的夏天有多少萤火虫!"

妻子说:"这个杀虫剂是假的!"

妻子说:"市上涨工资啦!"

老王希望妻子不要为日常生活太辛苦,便陪妻子逛公园,妻子说:

"荷叶真绿!"

"门票真贵!"

"现在的年轻人穿得真漂亮!"

"人真多!"

"我们真的老啦!"

老王的眼睛里沁出了泪花。

22. 自　愈

老王的电脑突然好了。

老王已经对电脑的使用不抱希望,他已经委托比他更懂电脑性能、价格(性价比)、行情和专卖店服务状况与信誉的他的儿子给他买了一台新的。

而这个时候原来的电脑突然好了。

老王已经准备把旧电脑送人,太太忽然说:"要不你再试试,也许是你自己操作得不对,也许现在已经好使了?"

世界上最不信任自己的就是太太,老王愤怒地打开了旧电脑,一试,果然嘛问题也没有。

太太说:"怎么样?我说过了嘛,你自己的问题嘛。"

老王傻了,这难道是太太预设好的把戏?那太太成了超级电脑专家啦,太太应该应聘到硅谷去啦,年薪起码二十万美元啦。如太太特爱国,那就到国防科工委也行,至少弄个少将军衔,将来说不定在信息战中能立功受奖……

"我的电脑脾气不好;我本以为是我自己的脾气不好,谁知道它……"老王活像是鲁迅笔下的祥林嫂,见人就说:"我真傻,真的……"

23. 着　陆

老王做了一个梦,梦见自己会开飞机了,他驾驶着一架大型喷气民航客机,穿云破雾,随意翱翔,十分自由快乐。醒来后仍然得意洋洋。

得意了十分钟后,忽然发现,只梦见了开飞机,却没有把梦中的飞机降落下来，一架飞机没完没了地只在空中飞行，却不着陆，这是多么危险多么可怕！

他天天盼着能再次梦到开飞机，而且这次坚决驾驶着飞机安全着陆，叫做一块石头落地也。

然而，他仍是只梦到开飞机，梦不到飞机着陆。他为此十分焦急，茶不思，饭不想，人变瘦了许多。

一年后，他梦到了自己在修机场，扛洋灰，打钢筋桩。醒后大喜，他终于明白了，不修好机场跑道和指挥塔，飞机怎么着陆呢？

24. 符　号

老王的妻子说要做香酥鸡，她查了许多烹调书籍，做了许多准备，搞得天翻地覆，最后，做出了所谓香酥鸡。

老王吃了一口，几乎吐了出来，腥臭苦辣恶心，诸恶俱全。

老王不好意思说不好，他知道他的妻子的性格，愈是这个时候愈是不可以讲任何批评的意见。但他又实在是觉得难以忍受，他含泪大叫道："我的上帝！真是太好吃了呀！"（他实际上想说的是："真是太恶劣了呀！"）"香甜脆美，举世无双！"（实为："五毒七邪，猪狗不食！"）"啊啊，你是烹调的大师，你是食文化的代表，你是心灵手巧的巨匠……"（实为："你是天字第一号的笨嫂，你是白痴，你是不可救药的傻瓜！"）……

老王发泄得很痛快，王妻也听得很受用。老王想，轻轻地把符号颠倒一下，世间的多少争执都可以消除了啊！

25. 药　片

老王的太太患了过敏性咽炎，住了三天院，经过了各种先进仪器与方法的检查，证明无器质性病变，无感染炎症，只是神经末梢的敏感所致。

　　老王太太深为咽炎所苦。老王想了一个办法,找了一瓶维生素D加钙片,撕掉瓶签,假说是医科大学的新发明的治疗咽炎特效药,让太太每天吃三片。

　　太太觉得蹊跷,为了咽炎的事她问遍了所有的医药界的老同学老朋友,哪儿听说过这种药品?再一琢磨,显然是老王的那点小伎俩;反正是有益无损的药片,与咽炎不咽炎压根儿不沾边。

　　太太遂每天往抽水马桶里抛掷三片药,说是吃了。

　　老王发现太太神色有异,但想到并无治疗良方,遂硬着头皮每天夸奖药片有神效,太太的咽炎大有起色。

　　太太觉得可笑至极。

　　但听到老王信誓旦旦地肯定太太的身体一天好似一天,太太觉得仍然很好听,很受用。

　　药片抛扔完了,老王的夸奖词语也用尽了,一天王太太忽然觉得自己的咽炎确有好转了。她后悔,管他什么药片呢,服用下去,反正有好处。

　　扔了那么多药片,多浪费呀。

　　一年后,两人都明说了,哈哈大笑,王太太的笑声清脆响亮,证明绝无咽炎。同时老王说明,D加钙片可以再跟领导要几瓶,帮助领导吃维生素,正是避免浪费。

26. 死　亡

　　老王在一个场合对人谈自己对于死亡的看法,他说:"我二十岁的时候最怕死,三十岁的时候忘记了死,四十岁的时候感到了死的临近,悲哀得很。五十岁的时候拼命进补药和练气功,六十岁的时候想起死亡来轻轻嘘一口气,七十岁时想到个体的这个下场就得可笑……一百岁以后,我肯定什么也不会想了。"

老王的一个素来以智慧著名的朋友老丁说:"全是废话。"

27. 灵　验

传说南山里发现了一眼神泉,说是喝了这个泉的水可以治病益寿、美容延年。老王去了南山,一直找到天黑也没有找到山泉。他回到家来,灰心地说:"纯粹是迷信,这年头,还有什么神泉?"

老李不死心,他带着帐篷去了南山,住下找了三天,找到了。但他看了一眼,只见泉眼边都是秽物,还有游客吐的痰。他认为这眼泉很不洁净,便失望地下了山,说是有泉但水极脏,不能喝,同时也骂乡民的无知和迷信。

老赵便再去,老李给他画了图,他不费力地找到了泉,看了看,已经不算太脏。他喝了泉水,还带回了一桶。人们纷纷抢着喝神泉的水,但没有一个人因喝此水而治愈了疾病或改变了健康状况。于是人们便大骂神泉之说,提倡科学、反对迷信起来了。

过了许多年,村民老谢因患肝癌,无医可救,便上了南山,找到了神泉,喝了许多泉水。他回到家后不久,病好了。

又过了许多年,围绕神泉问题,形成了一些学术派别:灵验派,信仰派,怀疑派,解构派,实证派,模糊派等。

28. 新　房

老王搬家了,朋友们一看都说他搬得莫名其妙,新家比旧房距市中心远,面积比旧房小,周围环境也不如旧房清新。

老王嗫嗫嚅嚅,说不出搬家的道理来。最后,他说了一句:"我已经老了,要是这次不搬,就再没有搬的机会了。"

29. 应　验

老王做了一个梦,梦见自己捡到一个旧钱包。

他没话找话,将自己的梦告诉友人。友人问:"钱包是真皮的吗?""钱包里有钱没有?""钱包是名牌的吗?"

老王答不上来,他想,要是这个梦能重复一次就好了。

结果真的重新做了一次同样的梦,真是心想事成,这可能是老王今年春节喝了一次 XO 人头马白兰地的缘故。

老王一面做梦一面想着朋友们的疑问,他给梦中的钱包以特别的关注,他发现,包是真皮的,很老旧,有的地方开了绽,不是名牌,最主要的是,钱包里什么都没有。就是说,空钱包。

老王又与他的同样退休了的友人谈起此梦,信息完整,材料翔实。他问梦到空钱包,这预兆些什么呢?

一个友人说:"老哥,你可要发财了。虚包以待,没有比这更好的兆头了。"

第二个友人说:"不,你要注意呢,不要失窃破财呢!钱包空了,多悬!"

第三个友人说:"破旧的皮包,这是对你的一个警告:你老了,你过时了,你需要观念更新,急起直追!"

第四个友人说:"哪有的事,目前世界潮流是保护文物,珍惜历史。你的梦要说的是,你们家有古玩,快回家搜寻搜寻吧。"

第五个,第六个,第七个……有多少人就有多少见解、多少预测、多少忠告。

过了些日子,一切照旧,什么事情也没有发生。众朋友向他提出问题:"怎么样,我们说得对不对? 你是不是发财了,破财了,观念更新了,珍重历史了?"

老王没有回答。大家不依不饶,都要求老王说话,证明自己的预言最灵验。

老王终于回答:"是的,都应验了。"愈想他愈坚定,本来就是嘛,都应验啦。

说了,就是应验。

30. 故　事

老王做了一个美丽的梦,他梦见了一个青年时代的女同学,两个人一起去餐馆用晚饭,一起谈心,一起逛商店,接下来好像还有点感情瓜葛,悲欢离合什么的。

醒后他到处给人讲自己的梦,像是讲一个爱情故事,人们一面听一面笑一面摇头,没有人相信他会做一个这样完整这样浪漫这样故事性强的梦。

讲得多了以后,老王也觉得不好意思了,他讲的内容果真都是他梦见过的吗?他在讲述的过程中,没有添油加醋吗?没有加上合理的想象补充吗?梦本身就是想象的产物,他怎么分别梦的经历与想象的经历呢?这么大年纪了还讲什么梦中与异性的交往,不是让人笑话吗?

一天他又给人讲自己的梦,一个老友说:"胡说,梦都是模模糊糊的,你根本不可能做这样清晰曲折的梦,老王你说老实话,你的梦是不是事后瞎编的?"

老王想了想,于是承认自己是瞎编了一个梦。

朋友们大笑,觉得老王愈老愈莫名其妙了。

31. 故　事(又一)

"从前有一个老头……""从前有两个小孩……""从前有一个国王……""从前有一个山村……"

老王总是这样开始自己的故事。他的故事给儿子讲罢了再给女儿讲,给子女讲完了又给孙儿讲。故事依旧而听者不断地变化。

　　老王讲得没意思了,便自己编了几个故事。他刚一讲自己编的新故事,孙儿立即就听出来了:"不行不行,您净瞎编!我们不干我们不干……"

　　真是奇怪,孙儿不过三岁,连自己的名字还说不明晰,怎么就不准他编故事了呢?怎么就听得出来什么样的故事是早已有之,什么故事是临时编造的呢?

　　老王不明白,故事,不都是人"瞎编"的吗,怎么别人编则可,他编就不行呢?

32. 人　形

　　老王得到一个日本朋友赠送的"人形",此人服装、姿态、发饰、总体造型极美,只是没有脸孔——更正确一些说是没有五官,头发下面是一个细长的料圆柱,也不像脸,也不像没脸。

　　他的亲戚们来到后惊呼道:"太可怕了,你怎么摆这样一个人像,简直像是个鬼。"

　　老王唯唯,把日本"人形"收到了顶柜里,眼不见心不烦了。

　　过了若干时间,一些亲友来了,都说:"听说你有一个没长脸的玩偶啊,你放到哪儿去啦?"

　　老王只好再拿出这个"人形",解释说:"没有脸孔其实没有多大关系,就看你怎么样想象它的脸了。也许那是一个大美人呢。"

33. 极　致

　　一个年轻人问老王:"您气急了,想干什么?"

　　"想笑。"老王回答。

"您高兴到极点,想干什么?"年轻人又问。

"想死。"老王回答。

"您恨极了想杀人吗?"

"恨极了?恨极了想吃一客高级冰淇淋。"

"您爱到极点呢,您爱到极点会有什么愿望?"

老王于是闭上眼睛,用手示意,令那个提问题的人退去。

34. 模 仿

老王唱歌唱得不错,他特别喜欢新疆一个叫做艾哈迈德的民歌手的演唱。他用尽了办法想模仿艾哈迈德的唱法,他练了一年,听来听去总是没有艾哈迈德响亮,没有艾哈迈德共鸣丰富,没有艾哈迈德有一股子野气,硬气。反正愈学愈不像艾哈迈德,他很失望,觉得沮丧。

有一次在一个场合大家要求老王给朋友们唱一首歌,老王便唱起了一个因艾哈迈德唱过而在群众中流行起来的民歌。他无望了,便不去模仿艾哈迈德,甚至也不去模仿少数民族的发声,而是信口一唱。

他的歌唱得很成功,而且大家说听起来有点艾哈迈德的味道。

35. 四 季

老王对妻子说:"你说,多有意思呀,春天完了是夏天,夏天完了是秋天,秋天完了是冬天,冬天完了呢,又是春天。"

妻子说:"是啊,你说这个是什么意思呢?"

老王说:"你说,春天吧,忽冷忽热,风也大,花一开吧,就特别喜人,让人沉醉。夏天吧,人多欢实!可虫子也欢实起来了,阴雨和潮气也叫人不畅快。秋天本来是最好的季节了,可是那个什么,然后就是冬天啦,一年也就这么过去了。"

妻子说:"是啊,你说得真对,可这样说又是什么意思呢?"

老王说:"一年又一年,我们都老了。"

妻子说:"是啊,是啊,我们都老了,你们他们她们它们也都老了,老了又怎么样呢?"

老王于是想,可不是吗,是啊是啊,老了又怎么样呢?春天完了是夏天,又怎么样呢?夏天比冬天热,这又包含着什么意思呢?

老王想,即使骆驼会说话会写文章,它老也未必说得清楚呀。

36. 猜　测

每次在电视里看体育比赛的实况转播,老王就和家人讨论谁会取胜,他往往猜错,引起家人的嘲笑。老王吸取教训,改成心里想什么嘴里偏反着说:心想着刘国梁胜,偏说瓦尔德海姆胜;心想着吉林敖东胜,偏说是山东海牛胜等。结果反着说了,正着胜了,别人愈嘲笑他,他愈是得意。

37. 猜　测(续一)

后来,他发现反着说正着说他都有说得准的时候,也都有说不准的时候。而家人,在他说得准的时候就惊奇一番,说他有特异功能什么的;猜不准的时候就嘲笑一番,说他是"胡蒙"什么的。

他终于意识到,他的猜测是没有把握的,碰运气当然是没有准的啦,于是他闭上嘴,老老实实地看比赛。家人发现了,他看比赛而不猜测,这样一来,这个家庭变得怎样的寂寞了啊。

38. 猜 测（续二）

老王不猜了，家人怎么说怎么请他也猜不上劲来了。好在还有儿子，儿子一看冷场，便冲了上来，由他来扮演老爹瞎猜的角色。他是一通胡猜，从一开始猜大家就嘲笑，即使猜对了也没人说他的好。

全家人说："还是老王当年猜得好，瞧人家，人家是分析着猜，人家是有根有据地猜。唉！"

39. 猜 测（续三）

老王看电视剧，常常边看边猜下一集的情节该怎么样发展，猜对的时候少，猜错的时候多。猜错了，他对这个电视剧印象就还凑合。猜对了他立时觉得味同嚼蜡，他痛恨那位电视剧作者的智商怎么堕落到他自己这般地步，但同时又有几分得意洋洋。他和家人谈自己的猜测，孩子与老伴都笑他简直是穷极无聊，他就坚持说自己大部分都猜对了，就是说他料事如神，最后他说：

"电视剧剧本是人家写的，情节是人家定的，戏是人家导人家演人家拍摄的，电视节目是人家编排的，我们除了傻看傻笑傻感动傻抹眼泪儿以外，再不猜一猜，不是更穷极无聊了吗？"

众人哑然。

40. 意 志

老了老了，老王忽发奇想，应该锻炼自己的意志。他试验着命令自己明明想说话的时候偏偏不说，明明不想说话的时候一定要说；想吃饭的时候硬是不吃，不想吃饭的时候反而勉强着吃；高兴的时候要打蔫，难过的时候要兴高采烈；见了好朋友不表示热情，见了平素最讨厌的人,一定要笑容满面直至热烈拥抱等等。

这样锻炼了几天,他有点迷糊了:想说话的时候不说,这不就是变成不想说话了吗?而按照他的土政策,不想说话的时候,他不是更应该说话了吗?如果他判断是自己更应该说话,那不就意味着他十分的想说话因此更应该不说话了吗?那么,他到底是说才证明意志坚强,还是不说才证明意志坚强呢?

还有,到底什么叫意志坚强呢?想说话就说话,不想说话就不说话,想说好话就说好话,想说坏话就说坏话,是这样意志坚强呢,还是想东偏偏西,想狗偏偏鸡,想哭偏偏笑,想喜偏偏泣,是意志坚强呢?也就是说,是努力锻炼意志属于意志坚强,还是听其自然更坚强呢?为什么要意志坚强呢?为什么要操心自己的意志是否坚强呢?不操心又说明什么呢?

老了老了,还坚强个什么劲呢?

他愈来愈糊涂啦。

41. 雨 季

老王去郊游,赶上了雨,一天过去了,下了六七次,停了六七次,大下了五六次,小下了五六次。(下着下着,由大变小了或者由小变大了,故总称仍是六七次。)

老王回到家,特别兴奋,大笑不止,他解释说:

这就是夏天!我已经六十多年没有过过这样的夏天了。只是在我上小学的时候,好不容易盼到了暑假,无所事事的时候我总是赶上这种忽下忽停的初伏雨。后来呢,后来有一次大雨中我们一起去一家新营业的电影院看西班牙故事片,回家的时候淋成了落汤鸡……此后不是在房间里就是适逢大旱,不是倾盆大雨在车子里就是行走在屋檐下,想淋一次大雨也不可能了。

啊,我的淋雨的童年与青年时代!我的没有阻隔的直接的夏天!

我的狼狈与兴奋的交织！我的过去就这样过去了吗？

老王的亲友反映,雨的力量是无穷的,它确实造就了湿人,不也就是诗人吗？

42. 南 瓜

老王有一个表姨,今年九十九岁了。

她老病了,老王带着妻儿去看望。老人已经说不出话,只是用手比划着一个大圆形。

妻子说:"您要吃烙饼,是吗？"

表姨摇摇头。

儿子问:"姨奶奶,您是不是想吃生日蛋糕？"

表姨摇摇头。

"我知道了,"妻子叫道,"您需要一面圆圆的镜子！"

还是摇摇头。

您思念月亮？您要玩篮球？您有个梦要圆？您要个碗？盘子？锅？盆？笊篱？桶或筒？您回忆滚铁环？钟？唱片？

您关怀地球？太阳？银河系？天堂？地狱？来生？此岸？彼岸？人文？终极？佛法？轮回？

最后还是老王明白了,表姨想吃南瓜。对于彼时的表姨来说南瓜便是现实与终端,具象与抽象的一切。

明白了也晚了,老王终于没有给表姨弄上南瓜吃,这使老王感到十分遗憾。

43. 喉 炎

老王患了喉炎,一连两个月在各种场合不说话。

于是人们普遍反映老王成熟了,高明了,谦虚了,有两下子了,高深莫测了。

接下来老王喉炎好了,他仍然坚持不说话。

于是普遍反映老王对许多事情有看法有保留,表现了伟大的孤独,表现了孤独的伟大,表现了深刻的片面乃至全面,以及片面的乃至全面的深刻。还说他老王深得老子辩者不言、言者不辩的精髓,深得慧能、王国维、陈寅恪、福柯和马尔库塞的传承等等。

有一次梦中老王说:"你知道吗?煮鸡蛋有十四种吃法。"

家人透露了这个消息,各大传媒报道了这个消息,于是老王的学生倡议组织一个"煮鸡蛋吃法学术研究常设辅导委员会"。这个机构一直在报批中。

又过了几年,老王渐渐不习惯说话了。

于是普遍断定,老王自己也坚决认定:他老人家得了老年痴呆症了。

44. 失 物

老王有时候希望能有这么一天,每个人都找到他或她曾经丢失过的东西。

没有比这个想法更令人激动的了:小学三年级他丢失过一个画有飞马的铅笔盒,上初中时他丢过一本精美的画书,高中时他所配戴的第一副眼镜,一杆大金星钢笔,好几辆自行车,一条游泳裤,自备的彩色海绵乒乓球拍,无数顶各式帽子和雨伞,各种钥匙,各种皮夹和钱。最稀奇的是,在一次奇妙的遭遇之后,他丢失了最最不该丢失的东西。

如果一切丢失了的东西都能回来,那一天,老王也就不会在人间了。

45. 秋 与 夏

老王发表感想说，从前，他最喜欢的季节是秋天，秋高气爽，头脑清晰，果实成熟，植被斑斓，治学求知，事半功倍，读书散步旅行回忆思考励志感怀……无不相宜。

他引用名人名例说，俄罗斯伟大诗人普希金最喜欢的就是秋天，许多文艺大家都是秋天出生的。

而现在，老了老了，老王更喜欢的是夏天，草木葱郁，鸟虫欢腾，雷雨云电，红霞彩虹，生命舒展，血液沸腾，尽情畅快，脸色彤彤，衣裳甚少，脚步甚轻，弹琴长啸，如虎如龙，风、雨、日光，浴遍身心，天人合一，天下太平……呜呼，从喜秋而恋夏，不亦宜乎！

同伴说："那是因为你们家安装了海尔或海信或春兰牌空调。"

老王没了脾气，人文精神失落到这步田地，您还说什么呢？

46. 误 记

有一个晚宴是安排在星期四晚上的，老王记成星期五了，等他到场，才知道头一天晚宴已经举行过了。他知道后一面叹息自己"老了老了"，一面庆幸记错了倒也不赖，不用费多少时间多少牙口就算是来吃过了，又不是故意不来，没有什么对不起老友或者不尊重晚宴的组织者。

有一个展览本来是在甲美术馆的，老王记错了，届时到了乙展览馆，到了乙展览馆遍寻各处，也没有找到老王需要参观的那个展览。弄清是怎么回事后，老王一面叹息自己"老了老了"，一面正好看了看乙展览馆正在展出的一些展品，心里反而轻松得很。

老王见人就说自己已是老年痴呆症初期了，但是人们不信。

相反，一般人认为老王是愈来愈成熟，愈来愈有道行，愈来愈有境界,愈来愈有"派"了。甚至传出一种说法,说是老王已经成了精啦。

47. 智 慧

老王退休以后,时有空闲,便也下起象棋来。他是逢棋必输,百战百败。然而,当他观别人之战的时候,常常是一目了然,洞悉全局,胸有成竹,妙着出人意料。他还是很自重的,一般观棋不语,颇显深沉。但也有些时候,两人下棋变成两组对阵,双方各有一组人帮着"支招",七嘴八舌,煞是透明开放。遇到这种情况,老王只要略略一点拨,定然使本方化险为夷,转败为胜。听过他"支招"的人对他五体投地,和他下过棋的人对他嗤之以鼻。

老王思前想后,不明就里:此之谓"当局者迷,旁观者清"乎?此之谓说易行难乎?此说明他老王只能当幕僚不能当首长乎?此说明他老王是思想者不是实行者乎?此说明他下起棋来患得患失,思想包袱太重,影响了正常发挥,而支起招来天马行空,智慧超常乎?

后来他终于发现了一点秘密:给别人支招时,支臭了的也并非没有,但臭招一支,立即被众人耻笑否定,作为罢论,别人便不放在心上,自己也就忘了。而给人给己留下深刻印象的即留下记录的都是好招妙招奇招绝招。慢慢地,由不得你不相信,他自己也愈来愈觉得自己智慧非凡了。

48. 宇 宙

老王在一个场合听到一些能人在讨论宇宙。

老李说:"宇宙其实是一个相对的概念,就是说,我们所面对的宇宙其实也就是非宇宙反宇宙。我们完全可以另行设计一个宇宙,使我们的新宇宙更完美,更理想,更光明,更圆润,更通畅,更和谐,而最最重要的是更自然,不要做自寻烦恼的蠢事,不要做自作聪明的笨伯!"

老李的发言博得了热烈的掌声。

老吕说:"很显然,当上帝也就是大自然,也就是超验,也就是形而上,开始宇宙运行的时候犯了一个错误,为什么它没有把循环的原则贯彻到底呢?要知道,人的一切消耗都是大自然的另一种形式的收益,大便就是土地的黄金,废气就是运动的能源,灰烬经过日晒应该成为生命,死后再经过与死者的阳寿相同的年头死者自然复活,这么多合理的秩序,为什么没有成功?我们应该怎么样去纠正它们呢?"

老吕的发言引发了深刻的思考。

老姚说:"我们必须从根本上解决宇宙的问题,就是说,必须从本源上,从宇宙诞生的那一刹那开始新的整合,也就是说,我们必须把现有的不合理的宇宙炸掉,然后重新设计和制作一个崭新的宇宙!"

这个那个地说了一顿,会议主席要求老王发言,老王说:"我五体投地啦。"

49. 名　衔

老王连续做着怪梦。第一天梦见自己被称呼为王局长了,走到哪儿听到人家叫自己局长,他是又喜又愧,好模好样的一个人,又没当上局长,怎么能起个名字叫局长呢,不是丢人还能是什么?

第二夜改叫王博士了,走到哪儿都有人叫王博士。也许他真的是博士?局长当不上还当不上博士吗?如今阿猫阿狗都当了博士,我也许确实被承认了博士学位吧?活一辈子,别的做不成还不过一把博士瘾?

直到第三天早晨,还有点飘飘然,老王者,王博士也。

第三夜梦见改名王老板,虽然俗点,叫声老板也不难听。

第四天梦见改名王主任,第五天梦见改名王老师,第六天改名王教授,第七天改名王大人、王半仙、王天才、王昆仑、王大师、王大帅、王教主、王掌门人、王铁口、王彼得、王靓仔……

后来又改名王二小、王大傻、王八蛋、王八羔子、王花子、王非典、王艾滋、王蝎子、王毒蛇、王二百五、王十三点、王二杆子……

老王打算把余生放在研究自己的名衔的可能性上了。

50. 颠 倒

老王过去很喜欢用感动一词,听了领导讲话就表态,"我今天很感动"呀什么的。

最近,他新学会了"动感"一词,觉得很有新意,很有现代感与后现代动感的潮意。

敢情一个词颠倒一下就气象一新。

他于是试验起词语颠倒来,他说"法律"觉得太老套,便说"律法"。他不说"完善法律",而说要完善"律法系体",说得好些朋友乃至专家翻眼。

他不再说"爱情",改说"情爱"。不说"人民",改说"民人"。不说"素质"而说"质素"。不说"天空上有几片白云"而说"空天上飘着云白"。不说"餐馆"而说"馆餐"。不说"依靠"而说"靠依"。不说"资源"而说"源资"。不说自己"退休"了,说自己"休退"了。最惊人的是他竟然把"每天喝牛奶"说成"每天饮奶牛"。

周围的人都觉得老王的学问突然高深了,还有的警告王太太,老王最近"酷"得可以,需要严防死守,提高警惕。

51. 等 待

几个老友聚在一起,讨论一个问题:"人生是什么?"

第一个人说:"人生就是奋斗。"

第二个人说:"人生就是麻烦。"

第三个人说:"人生就是奉献,奉献就是幸福。"

第四个人说:"人生就是受苦。"

第五个说:"人生如梦。"

第六个说:"人生如戏。"

第七个说:"人生什么都不是。"他补充说:"你要是知道了人生是什么,你也就没有人生了。"

第八个说:"有多少人就有多少人生。人生不同,各如其面。"

众人点头称是,觉得个个都活了七十啷当岁,都有了点沧桑,也对人生真谛有了点体味了,至少是自以为懂了点事情了。

只有老王不说话,大家便催老王说。

老王说:"人生就是等待。"

大家问:"等待什么?"

老王不言语。大家催问:"说呀,问你哪,到底等待什么呢?"

老王说:"刚才,你们等待我的见解,现在呢,你们在等待我的回答。"

52. 镜　头

许多年前老王梦见一个电影镜头:一对靓女俊男搂在一起跳交际舞,突然,自天而降的杀手将手中钢刃向俊男抛去,与此同时,枪声响起……于是梦醒,前因后果俱不可知,但觉心怦怦然。

三年前老王一次无事打开了电视机,什么台什么频道没有注意,忽然,似曾相识,电视机屏幕上出现了一个镜头:一对靓女俊男搂在一起跳探戈,其状令人魂销,忽然,一名杀手自天而降,钢刃寒光闪闪,向——竟是向那裸背女郎刺去,老王大惊,此时突然停电,老王不知这是一部什么电影,不知其前因后果,但觉怅然。

又过了几年,老王又是在极度无聊的情况下打开了电视机,一眼又看到了似曾相识的镜头:一对极性感美丽的男女跳着贴面舞,温柔缱绻,令人陶醉,突然,黑影中飞出一名刺客,手执钢刀,向二人刺去,这时枪声响了,这时改为"盖中盖"广告,这时门铃大作,有贵客,是机关新任首长前来送温暖了,他只好关掉电视机,他未能继续把片子看下去,他不知道前因后果。

又一次又一次……

老王觉得纳闷,谁能不纳闷呢?他看的是同一部片子吗?为什么既看不见开头也看不见结尾呢?谁能告诉他这影片的前因后果呢?

53. 心 算

在老王睡不着觉的时候,他喜欢做一些心算算术题。比如19加99,他立刻告诉自己是118,原因是99加是100,而那边的19减去1后是18,100+18=?这还用问吗?心算的秘诀就在于把一个艰难的提问变成两三个白痴的提问。他洋洋得意,瞧,我都七十的人啦还会心算。就是说,我还会化难题为白痴问题,这可是看家的本领啊。

这一天他失眠得厉害,便大做心算题,55的平方是多少?立方是多少?8次方是多少?123456789加987654321是多少?再乘44%是多少……越做越兴奋,越做越睡不着。越做越觉得自己的能耐与白痴毫无二致。

做来做去,眼看凌晨两点多了,老王头昏眼花,天旋地转。不行了不行了,心算能力过强者,不祥!

那么3加5等于几呢?

天啊,3+5=?我怎么也弄不清了。

3+5=3?=6?=7?=8?=110?

不对不对,我怎么这样糊涂哇!

老王恍然大悟,此乃境界也,返璞归真,赤子婴孩,万象归一,调节身心了呀。我有……一言君记取,身心得失不由天……

老王大喜,含笑入睡,翩翩化蝶……不知东方之既白。

54. 结　尾

十年前老王看过一部香港功夫片,可惜只看了五分之四就因急事先走了。当时情节正是如火如荼,扣人心弦,一连许多天他都在为影片中的人物命运而担心,而纳闷,而焦躁不安。他想再补着看一遍,然而片子不再公演了。

十年后老王得到一个机会重新看这部影片,他是在一家豪华影厅看这部旧片子的,坐在大沙发上,他很得意,他甚至产生了一种天助我也,上天不负我也的满意至极的感觉。

但这次他愈看愈觉得影片虚假,故事不合情理,表演矫揉造作,拍摄粗糙不堪,尤其是看了结尾以后,他愤怒而且恶心,难道有这样胡编乱造、草草收兵的破电影吗?

55. 怪　病

老王最近出现了一种自我悖逆现象:他想喝茶吧,一定去倒矿泉水。他想喝矿泉水吧,可能去打开啤酒或者冲一杯速溶咖啡,反正决不喝矿泉水。他想吃包子吧,就说要吃米饭。想吃鸡蛋吧,就说想吃豆角。想吃咸菜就去吃糖球。想吃甜食就去买辣椒酱。

后来发展到,想接的电话一定不接,想对妻子表示爱情就与妻子无端吵嘴,想给孩子钱就跟孩子要钱,想看电视就把电视的电源断掉,想起床就赖在床上不起,想睡觉就满屋跑圈。

他很害怕,相信自己是得了一种怪病,他应该到医院看看医生,便把公费医疗证撕了。

半年后,他觉得已经习惯了,摆脱了医疗的愿望,摆脱了对自己究竟需要什么的考问,本来嘛,谁能肯定自己到底需要的是什么,不想要的又是什么呢? 也许你最不想做的正是你最想做的呢! 想怎么怎么着不就是不想怎么怎么着吗? 一念之差既除,他的身心更健康了。

56. 是 他

老王与妻儿一起看一部悲情影片,老王说这部影片的男主角长得特别像葛优,妻子与孩子都反对,说葛优是喜剧演员而这部片子是悲剧,葛优是长脸而这个演员是方脸,葛优眼睛小,而这名演员眼睛大,等等,二人并无任何共同之处。

老王急了,他坚持说这部片子的主角不但像葛优而且干脆就是葛优。老婆孩子哈哈大笑,认为老王脑子出了毛病。他们找了报刊上的资料来证明该演员不姓葛也不叫优。

老王更急了,他摔了一把价值数千元的紫砂茶壶,表示宁死也不相信那个演员不是葛优。

看他急成了那个样子,妻子孩子都承认他就是葛优了。

然后妻子与孩子相互做一个鬼脸。

57. 患 病

不知道怎么回事,老王患病的消息传出去了。

而老王的人缘极佳,亲朋好友,街坊四邻,小贩民警,保安物业各色人等,见老王就问:"您老可觉得清楚点啦?""王老,您现在知道一加二等于几了吗?""王老,您现在还是觉得什么什么的都没有办法吗?""王老,您现在吃什么药? 听说电针麻醉挺管用的。""王老,您现在心里爽点了吧?"

老王心觉有异,知道当是自身出了毛病,便去了医院。医生说他的病尚属初期,与现代社会的竞争激烈有关,也与环境污染有关,还与春季到了动物发情期有关,给他开了点小白药片,并说药系德意志联邦共和国进口,不能报销。同时建议病人积极配合,多参加社区健康向上的学习活动,改变消极落后的陋习。

老王对医嘱是说一不二的,经过一段努力,他的病完全好了。他积极乐观地想,想不到平庸至极的我老王,老了老了还能得一次时髦的病,看来自己是有慧根有细胞的喽。为了怕再多吃价格不菲的药片,他没敢透露自己的暗中得意之情,只能没事偷着乐。

58. 潇 洒

老王到著名新进艺术家老辛家去做客,并在老辛家过了一夜。

第二天起床时老王发现自己的袜子只剩下了一只,床上床下,屋里屋外地找,再也找不着那另一只袜子了。

老王赞叹说世界真奇妙、真神秘、真深邃、真莫测高深呀。老王慨叹人类真渺小真傻帽真无知真荒谬呀。老王觉得自己想得很畅快,便只穿上一只袜子然后穿上皮鞋,与老辛一道看后现代画展去了。

是老辛的孙子首先发现了老王一只脚穿袜子另一只脚打赤脚的。小孙子没有人照看,又耍赖不肯上幼儿园,只好由爷爷领着去看后现代画。小孙子看不懂后现代,却看出了老王的脚的有趣。

接下来这个故事传播开来,所有的老王的朋友都说老王很潇洒,甚至于有人说老王很后现代。

59. 潇 洒(又一)

老王最近突然喜欢起意大利拿玻里歌曲来,每天晚饭前后都要引吭高歌一阵子。

老王的邻居是音乐学院的声乐教授,他友好地对老王说:"王兄,您喜爱唱歌真是一件好事情,问题是无论如何你得先练一练音阶,多来米发你都唱不准,这样唱下去只怕把自己的家人与邻居的耳朵都唱坏啦。"

老王听后,十分羞愧,便不再唱了。

停了两个星期,老王觉得实在憋得慌,便继续唱,不管唱得如何跑调如何难听照唱不误。老伴劝他:"要不你就别唱啦,群众反映不好。"

老王突然大怒,振振有词地说:"我自唱我的,管别人的反映做甚!"

老伴说:"你脸皮太厚了!"

老王说:"我这是潇洒!"

60. 记 忆

老王向自己的朋友夸耀自己的记忆力,他拿起一张报纸,看一段商业广告,十秒钟后,老王宣布他已经背下来了。

老王背诵的那一段是:"滋阴壮阳,益肝补肾,明目利聪,安神养颜,疗效好,无激素,无副作用,价钱便宜,服用方便,无异味,男女通用,老幼咸宜,居家旅行,无不受到热烈欢迎,举世公认,内外赞扬,它就是您最好的选择。"老王背诵得抑扬顿挫,铿锵响亮,有板有眼,朋友们为之大鼓掌大喝彩焉。

于是老王的速背速诵变成了朋友联欢会的一个保留节目,老王背诵的广告词愈来愈多,他的记忆力也受到了"举世公认,内外赞扬"了。

他回家后,吃饭的时候也常常背诵起壮阳药的广告词,睡觉的时候也常常背诵起家电产品的广告词,有时候他学着成龙的声音大叫

"真功夫",有时候学着李连杰的声音大喊"步步高",有时候学着李默然说什么"三九胃泰",有时候又学着巩俐用假嗓喊着"野力干红",有时候背诵广告词整整一夜,谁也制止不住。

终于,老王的老伴把老王送到了安定医院,给他服用了一个月的加强大脑皮层抑制作用的氯丙嗪类药物,他好不容易忘掉了那些胡说八道的广告词。

老王终于明白了,健康的记忆力应该包括忘却力,他的这个观点受到了普遍重视和欢迎,有人甚至夸张地说这是上一个世纪华人哲学的重要成果之一。但从此老王的记忆力也就一天不如一天了。

61. 纪 录

老王看体育台播放的国际短跑大赛,运动员的跑速令老王大吃一惊,怎么比摩托车还快呢?

在老王的青年时代,百米赛跑的世界纪录是十秒二,这个纪录好像保持了几十年。那个时候曾经有人提出,十秒是一百米的速度极限。

而现在只需要九秒多了。

那么,一百年后,那时候的运动员们身体更好,营养更完美,训练更科学,动作更精确,技术更出神入化,也许那个时候,短跑运动员只需要八秒就跑完百米了。

再过五百年呢?那时候的奥林匹克纪录会不会是两秒跑完百米全程呢?那时候的人是不是就变成火箭、变成子弹了呢?

老王提出这个问题来,使所有听到的人都觉得老王愚蠢,可笑,杞人忧天,缺乏常识。特别是读过米兰·昆德拉的人,赶紧引用名人名言:"人类一思考,上帝就发笑……"

人们劝导老王:"您没事呆着不就结了?"

62. 打 岔

老王有一长辈亲戚,年高德劭,鹤发童颜,威严慈爱,堪称人瑞。只是此老有一点重听,用俗话说就是爱打岔。

一次老王去看望他,问安道:"您老可好?"

此老答曰:"不必了,天一天天暖和,不用买新棉袄了。"

问:"您老看上去真硬朗呀。"

答:"小孩尿床?别着急,也别打屁股,长大点自然就好了。"

问:"您可真有神气呀!"

答:"还哭泣个什么,一百多岁的人啦,眼泪早哭干啦。"

问:"我给您带了点洋参虫草蜂王精来。"

答:"什么猪八戒、孙悟空、盘丝洞、狐狸精,我都忘啦。"

问:"我走了,下回再来看您。"

答:"呵,你不走啦,不走干吗?我一个老帮材,跟我在一块儿有什么意思!"

63. 混 乱

随着年龄渐增,老王的睡眠渐渐不如过去香甜了。

但是老王酷爱睡眠,并且深信睡眠是健康之本,智力之本,修养之本,美德之本。一个喜好睡眠的人不容易着急,一个喜爱睡眠的人不可能纵欲腐败——小秘二奶,一个坚持日睡眠八小时以上的人,看问题不会太片面,不会走极端,不会成为动乱的因素而多半会是团结安定的分子……

他总结了学习了许多促进入睡和抵制失眠的方法,睡前烫脚,睡前吃酸奶,睡前深呼吸,晚餐喝啤酒……

仍然有时睡不着觉,他便故意把自己的思路搞乱:例如他去想童年,想起了姥姥……他立刻从姥姥想起纸片,从纸片想起风;风,然后嘘;嘘,然后花;花,然后云彩;云彩,然后混蛋;混蛋,然后干;干杯,然后嗯哼嗡乓吧杀,掉到天上去了……

然后睡着了呗。

64. 退　休

老王有机会与一位新退休了的老特级厨师见面,他没话找话,便问:"您是不是退了仍然犯瘾,老是想着下厨房呀?"

老师傅说:"谁说的?算了吧,我才没瘾呢,做了一辈子饭,把我肺都熏黑了,我再也不下厨房了,在家里我也是只吃现成的。"

他知道这位老师傅誉满神州,炊技出神入化,听了此言不由叹息,想:"难矣哉,使劳动成为乐生的第一要素也。"

过了些天他又碰到另一位新退休的特级大厨师。他没有问什么,大厨师说:"唉,老王呀,我现在朝思暮想的就是做饭呀,做起饭来我就真来精神呀!"

老王问行家,这两位大师傅谁的炊艺好,大家一致认为,难分轩轾,两人同样的好。

65. 电　器

老王常常到电器修理部去修理电器,下面是他与修理工的谈话。

对不起,我新买的节能灯泡根本不亮。
这不好好的?也许您压根儿没启动电源,按下这个键就好了。

您看,我的电脑老是死机。
没有,您的电脑工作正常,您是怎么操作的?什么,您怎么连左右鼠标的用法都不知道？

您看,我的CD盘只有一边的耳机有声音。

噢,您买的是盗版音碟,压根儿就没有立体声。

您看,我的电话机说是能显示对方电话号码的,结果买到家里,根本显示不出来。

您没到电话局申请和缴纳有关费用,怎么可能使用这种功能呢？别忘了,去的时候带上居民身份证。

您看,我的传真机不收来件了。

没有任何问题,是您把纸卷安装反了,热敏层是在另一面。

您看,我的收音机根本不响了。

什么？您这收音机是哪一年的出品啊,那时候我还没出生呢……早该淘汰了。

……老王想,是该淘汰了呀。

66. 缺 氧

表嫂是位心直口快的人,一贯是主持公道。自然对待老王的评估也是恰如其分的。比如说老王的生活是离不开学习的,说得是千真万确。

有一回,老王的妻子得了重病,昏迷不醒,亲朋好友都在病房陪同。老王图清静,自己躲在一边看书,那是全神贯注的。妻子在经过一段治疗后,突然醒了,"老王,老王！"声音微弱地呼叫着。亲友说:老王在这里,在这儿。当亲友们再次呼喊老王,老王忙不迭地走到妻子跟前,看到妻子面颊上的两滴泪珠,忙问你怎么了？醒了好,这是好事。

妻子出院后,不免就跟表嫂诉说自己的委屈。表嫂听了开朗地大笑,然后立刻又严肃地批评了她,"你一辈子就是分不清好和坏,分不清优点和缺点,人家老王爱学习,是优点,不是缺点,你明白了吗?"

妻子与老王谈起与表嫂谈的话,老王很谦虚,不认为自己有什么优点。他自己承认,他有时候精神恍惚,说可能与大脑缺氧有关,又说与空气污染有关。

67. 神　秘

原来觉得太空很神秘,后来加加林上去了,没什么神秘的了。

原来觉得月亮很神秘,后来美国人上去了,传回来了月球表面的照片,不神秘了。

原来觉得火星很神秘,现在好几个仪器在上头工作,传回来的照片跟新疆的戈壁滩也差不多,不那么神秘了。

原来觉得爱情很神秘,后来有了弗洛伊德学说,没啥神秘了。

原来觉得社会发展很神秘,后来学了许多理论,掌握了社会发展规律,不神秘了。

原来觉得革命很神秘,后来革命发生了,成功了,前进了,挫折了,总结历史经验了,与时俱进了,没有什么神秘的了。

原来觉得死亡很神秘,后来许多亲属,许多故旧去世了,也就是这样的了。

老王向着夜空发问:神秘啊,你到底在哪里?我追寻你,我期待你,我爱你!

68. 空　白

老王的侄女晓文与新婚丈夫亲亲密密,恩恩爱爱,形影不离。

一天晓文的丈夫突然接到边陲小城的邀请信,是研讨保险在小城的实施办法。临行前他俩依依不舍,泪流满面。晓文的丈夫告别说:很快会回来的,三天的会,一天的游览,第五天就到家了。而且还商定隔一天通一次电话。

晓文的丈夫在到达目的地的当天就给晓文来电话了,但是没留自己的电话号码。晓文正要问那边的电话,那边的电话就挂上了。两天后,又来电话了,晓文丈夫说话时显出一种不耐烦的口气,他现在的电话还是问不出来,只好挂上电话。以后的日子,晓文只能等待电话。盼啊! 盼啊! 总是接不到电话。她急得无法去找老王诉苦,老王说人家是出差有工作的,也可能忙得顾不上。

晓文掐着手指算,第五天、第六天……直到第三十天时,她的丈夫回来了。

晓文抱着丈夫大哭,你怎么了,可把我急死了?她的丈夫目光痴呆,说:没怎么啊。

从此,他们二人之间有了隔阂,有了猜疑。后来过了许久,晓文没有发现丈夫有什么问题,也就慢慢忘记了此事。又过了许多年,一次问起此事,丈夫的面孔又呈现了痴呆的表情,令晓文感到了永恒的空白。

是的,空白是永远的。

69. 星 星

近来,每天晚上,老王都注视着那一颗最亮最亮的星星。人们说那是金星。

金星真美丽!

老王不明白,为什么叫金星呢?叫"金"是多么俗气了呀。如果不叫金星而叫……叫什么好呢?

比如叫孤独星?抵抗星?思想者星?寂迷蓝一星?或者无语

星？同性爱星？弱势星？陌生星……

星啊,你为什么呆在那么远的地方？

星啊,你和日月有交流吗？你和别的星星有来往吗？

星啊,你没有生命,没有思想,没有感情,你为什么那样美丽动人呢？我为什么看见你会感动得泪流满面呢？

70. 电视剧

老王偶然被一部电视连续剧所吸引,便看了起来。这是一部爱情悲剧片,写一个歌剧演员的爱情,他看了几次觉得相当精彩。他检讨自己,对电视连续剧偏见太深,原来我国有这么好的电视连续剧！

于是老王晚上有了活干,每天晚餐才过,就作好准备,等待爱情剧的播出。

老王太太受了老王的影响,也陪同一起观看。两人一面看一面评头论足,亦赞亦叹,交流感受,增进了老王家庭的和睦温馨气氛。

谁知道,爱情剧播着播着就出了岔,横生枝节,拖拖沓沓,忽冷忽热,矫揉造作,不合情理,任意编纂,使老王一面看一面骂,大呼上当不已。

老王太太便说:"这几集是编得不好,但也不要一面看一面骂,你这样骂,让别人怎么看下去呢？"

老王只好忍气吞声地继续看。干脆不看吧,前面已经看了十几集了,已经用了十几个晚上了,现在起码想知道一下结尾,想知道几个神经病主人公的感情归宿,中途罢看,太不甘心了。继续看吧,又眼看着导演演员用假冒伪劣在那儿抻时间,老王看这样的电视剧,有一种被强奸的感觉,不看这样的电视剧,有一种被腰斩的感觉。

老王唉声叹气,说是看电视剧犹如择偶,一定要慎重选择,争取从一而终。一旦上了贼船,下来并非易事。

老王太太大怒,说老王是指桑骂槐,声东击西,别有用心,是可忍孰不可忍？

71. 火 星

说是这几天是火星离地球最近的,这样的近距离,六万年才发生一次。

老王想起来了,在一九五七年也报道过,说是地球靠近火星了,也是六万年才有一次的机会。他记得当时有一位著名诗人,还写了一首以火星与地球相会为题材的爱情诗。多么美丽的六万年一次的靠拢呀!

原来,在许多年头,人总是能够得到几万年才有一次的机遇。

岂止六万年,你有你的机遇,我有我的机遇,在无限万年中,只有一次。

或者,是不是从一九五七年到二〇〇三年,时间已经过去了六万年?

72. 中 彩

老王梦中梦到自己中了头彩,他赢得了一百万元、一千万元、一亿元、十亿元、一百亿元……之类。

老王醒来后陷入了深思:我是梦见中彩了吗?我梦到了多少彩金呢?一万?不可能,不能这样少。于是十倍十倍地增加,一直加到了一百亿元。

不可能这样多,于是十倍十倍地减少,一直减少到了一万元。

如果我真的中了这么多彩,我怎么办?去澳大利亚旅游?买大三居新房?给孩子们分?捐给希望工程?

想了一天,夜间又做开了中彩的梦,梦中得到了一个秘密号码,说是如果选择这个号码的彩票,就一定能中特等奖。

醒了以后再考虑:真的?假的?穷疯啦?需要看心理医生?有

一种超自然的、人们还不能理解、现代科学也无法解释的秘密与神奇？五天中连续做买彩票中彩得奖的梦，他真的害怕了，就悄悄打了一个"的"，去精神健康医院挂了专家号。他排了半天队，终于轮到叫他的门诊号了，他突然发现，他的门诊号就是梦中透露的那张笃定中彩的彩票的秘密号码。

他犹豫了……赶快找医生看病，还是赶快跑掉不必看病了呢？

73. 望 星

老王到火洲吐鲁番去，那里的夏季最高气温是四十七摄氏度。到了夜晚，大家都到露天去睡。老王也躺在露天铺下的枕席上面了。但是他睡不着。

他是戴近视眼镜的，一摘眼镜，他就觉得漫天星斗活动起来了，各自改变着自己的形状，交头接耳，蠢蠢欲动。

它们怎么不踏踏实实地呆着呢？它们会不会闹矛盾？它们会不会策划什么事端？它们会不会互相揪住不放直到落下来？它们会不会不喜欢他睡觉，会不会给他输入一个噩梦怪梦？它们是不是在吹冷气冷风？

他一夜无眠，但也不肯搬回房间，一是怕人笑话，一是怕错过了星星在夜深人静以后的低语，他坚信星星有什么话要告诉他。

星星到底告诉过老王什么呢？如果你问老王，老王是不会告诉你的。

74. 美 男

老王评论一个名流男子曰：
这个人真帅！
什么？听者不解。

老王解释说,这个人的疤拉眼很难看,这个人的酒糟鼻很难看,这个人的倭瓜脸很难看,这个人的薄唇嘴很难看……总而言之,这个人分开来看是一无可取,可是,只要他往那儿那么一站,你就觉得他是一个美男子!

大家都说老王别具慧眼。

75. 丢 星

老王近来发现,天上少了一颗星星。那颗星星不太亮,形状特殊,有点像蝌蚪。

他问家人,家人都说不知道这颗星星。

他问邻居,邻居说没有注意过这样的星星。

他打电话到天文台,天文台值班人员说,老王的叙述与描绘不符合起码的天文常识,无法代为查找。

他问110和120,报警台警告老王不要妨碍警务与急救事务的正常运作,并要求老王报告自己的工作单位与身份证号码。

老王不开心,闻者哈哈大笑,说老王吃饱了撑的。

一年以后,老王找到了那颗失去了的星。他给别人讲,别人更不想听了,想听的人也否认那颗星是蝌蚪形,而说那是长方形、瓜子形、六角形、桃形……什么形都行,反正不是蝌蚪形。最后一致意见是那颗星或者根本不存在,或者存在,那就根本没有丢。

老王想,过去,有杞人忧天,现在,有了老王忧星了。

但是老王仍然是为了每一颗确实丢失了的或者暂时找不着的星星而忧虑。老王愈来愈忧虑了。

76. 办 法

老王又得到了一张闵惠芬拉的二胡曲《二泉映月》唱碟。

他听了好几遍,听得老泪纵横。

老伴问他怎么了,老王说:"听了《二泉映月》,我是一点办法都没有了。"老伴不懂老王的话,便说给孩子们听。孩子们也觉得蹊跷,便再与老王讨论《二泉映月》的问题,老王坚持说:"我没有办法啊,我没有办法!"

孩子们神态严肃地劝导妈妈,对爸爸要和善一点,爸爸看样子老了老了得了点病,是不是因为妈妈太能干爸爸感到压抑了?

女儿去试探爸爸的神经正常度,问道:"唉,您说一加二等于几来着?"老王想不到闺女三十多了还来撒娇,便嗲嗲地回答说:"等于一呗!"女儿变了颜色。

儿子不信,便径直找爸爸去问:"您说,爸爸,《二泉映月》的作曲者是谁?"

老王流着泪说:"那就是我。那就是我。"

儿子不死心,接着问:"那么,这首二胡曲的演奏者又是哪一个?"老王抢答道:"当然还是我,那还是我。"

儿子一阵头晕,坐到了地上。

77. 阵 雨

天气预报次日有阵雨。

可老王第二天想逛公园。他生性极尊重天气预报,便从头天早晨到次日中午一次次问天气预报,不论是121,96221,还是新浪网或搜狐网,都严正说明,这天的天气的特点是阵雨。

或曰:再等一天不结啦,次日的次日再去不就得了吗?又不是过了这个村没有这个店。

老王一生在与领导、与社会、与同人的关系上性如面团,无可无不可,但在只与自身有关的事情上刚愎自用,孤家寡人,他的逻辑是:我一辈子没有自行决定过事情,难道何时逛公园还要看别人的脸色不成?

屡问屡说有阵雨,老伴劝完了孩子劝,老王突然发了火,悲壮地、决绝地一个人不拿雨具,毅然向公园走去,他的心情有一种英勇就义的劲儿。

晴空万里,公园里人多如蚁如潮。老王疑惑了,也许今天没有阵雨?就在这时,飘来几片巴掌大的乌云,下了不多不少几十滴雨,其中,有三滴滴到了老王头上。

什么?阵雨来了?要不要赶快回家?要不要找一个地方避雨?

就在这样想的时候,天气放晴,阳光普照,万木葱茏,一派初夏风光。老王才明白过来,阵雨已过,天气预报已经应验。他哈哈大笑。

78. 面生与面熟

七十岁以前,老王常常见到什么人想不起是谁来。在某个场合,一位老汉或者老妇走过来了,叫一声"老王"……有时候还加上一句亲昵的"你这个家伙"!或者"哎哟,老伙计"!或者"我可找到你啦"!(老王马上想起了样板戏《红灯记》里的台词:"我是卖木梳的。""有桃木的吗?""有,要现钱。")

……然后就是:"你猜我是谁?什么?连我都不认识了?"

老王怎么看这个人的脸怎么生,您是谁呢?"兔子"?"科长"?胡同口卖花生米的小六子?派出所的老民警?同班的张大狗的二儿子的媳妇的表姐?

都不像呀。

对不起,我看着您面生。得罪了人也没法子啦,老王看着谁都面生。七十岁以后,老王渐渐看着谁都面熟了。对面过来一个罗锅儿,哎哟,这不是李大傻吗?

不是。

刚看了一个电视剧两分钟,哟,这不就是那个……《不要和生人谈情说爱》吗?

不是,这是法国片。

刚吃了一口馆子里做的菜,嗬,这不就是浙江菜吗?

不是,这是上海本邦菜。

刚听了五分钟讲演,咦,这个讲演我昨天刚听过呀,前天也听过呀,两年前就听过呀。

又错了,这是新上任的校长,而且是从驻外机构刚调过来的。

可我怎么觉得我认识您,和您是老相识,多次听过您的指教,也多次对您希望——失望——好感——讨厌过呢?

这篇文章我二十岁时候就读过呀。

瞎说,这篇文章是日时新博士刚刚从英语稿翻译过来,而英语稿又是从葡萄牙语,葡萄牙语稿又是从斯瓦希里语……而最初是自什么什么天书翻译过来的呀。

……这个世界曾经看着面生,疏离,冷漠,刺激和神秘过。

而现在的一切都像天上的云,地上的风,树上的枝叶,母鸡下的蛋和公鸡的啼鸣……老觉着面熟,眼熟,耳熟,似曾相识,亲切得像故乡的小调,像吃了一辈子没换过样的早餐炸油饼。

79. 鸣 钟

老王家里有两座仿老式的挂钟,朋友送的,虽是电子石英驱动,外表却与拉锤摆的钟无异。到了整点,挂钟发出打钟的金属声音与弹簧松紧的噪音,几可乱真。

挂钟来到王家没有几天,就被孩子关闭了打点功能,孩子说打钟的声音吵人,影响睡眠,而且,孩子说:"现在都什么年月了,谁家还用打点的钟呢?"

如此这般,老王想,倒也是,谁家的钟还打点呢?新时代的钟表,都是沉默如金嘛。

如此这般,这两只钟偃旗息鼓,一沉默就是十几年。

这天,老王太太突然灵机一动,说是为什么不打开钟鸣的功能呢?

当然了,能打点就打点吧,不能打点就永远沉默吧。

从此两钟恢复了打点,你打完我打,挺好听。家里多了响动,多了活气,多了音乐,多了时间流动的征候。

他们又能够发声能够歌唱了,他们憋了那么多年……老王想着想着不由得泪流满面。

80. 鸣 钟(续篇)

鸣钟每个整点打点,渐渐使老王习以为常了。

习以为常了,也就有点烦了。

特别是在睡眠不甚好的时候,听到当当的钟声,似乎增添了烦躁。

要不,我们再关闭这项功能?

当你动一动手指就可以关闭一项重要的功能的时候,你能经得住去动这一下手指的诱惑吗?当你动一动手指就可以恢复一项重要的声响的时候,你能控制自己的解除某种东西、恢复某种东西的正义的冲动吗?

于是他和太太讨论一个鸡生蛋蛋生鸡类的问题:是因为睡不好才听到了挂钟的鸣声,抑或是听到了挂钟的鸣声才睡不好的呢?

81. 盼 雨

入春以来,天气干旱炎热,老王偏偏对气候特别敏感,每天念念叨叨,怎么还不下雨呀。时令不正,又该流行 SARS 了吧?沙尘又该扬起来了吧?是不是这几年咱们发展得太快了,老天爷不乐意呀?

他默默祈祷,下雨吧,下雨吧,我老王一辈子只做善事,没有害过人,没有杀过猪、牛、羊以至于鸡,没有假报过敌情,没有钻营过,耍滑过,推托过,现在年逾七旬,只求老天爷下场雨,还不行吗?

他每天研究天气预报,观察云彩,掂量落日,揣摩朝霞,好几次都以为天可怜见,肯定有雨了,有几次气象台都预报降水概率百分之九十了,偏偏最后是应验了那百分之十——没下。

于是老王也就麻木了,敢情没有雨人也得活着,敢情水源紧张人也得活着,敢情沙尘暴人也得过日子,不但过日子,还要发展壮大呢。

这一天夜间,下了一夜雨,老王竟然连知道都不知道。后来又连连降雨,老王已经没有当初盼雨的那个心劲儿了。

82. 服　装

老王的儿子好久不来了,说是出国做生意去了。这回回来,带着一件式样奇特的T恤衫,送给了老王。

老王穿了几天,觉得T恤衫有异味,便放入洗衣机浸洗一番,脱水晾干后再穿,又发现了某种味道,他叹息说,夏日伏天,空气中的水汽太多,衣服干不彻底,乃有霉味云云。

第二年,他又洗又穿,仍觉味道有异。忽然得到了灵感,说是某某国人就是有这种气味,想不到他们种植的棉麻,他们制造的化纤,也染上了此种气味……呜呼!

就在他对此衣渐生绝望之时,他穿此衫去了一趟远郊山区农村,只呆了半天,他发现,原有异味已经无存,恤衫纤维里发出的竟是青草香蒿与薄荷香气。

他回来一说,笑掉了听者的大牙。儿子嘲笑说,土啊,土啊,穿一件洋T恤衫,竟然引起了神经发作。

老王坚持说事实如此,苍天可鉴。

83. 粽 子

端午节快到了,老王去超市买了一批粽子。粽子个儿很小,包装得花花绿绿,号称八宝粽子,包括豆沙馅、小枣、紫糯、火腿、朱古力等。老王胡乱各抓了一些,混合在一起,一大包拿到家里来了。

端午节那一天一些老友前来,还有老王的孩子,大家一起吃粽子。由于品种混杂,在剥开粽叶以前,谁也不知道谁会吃到什么样的粽子。于是纷纷发牢骚和发表评论:本来江米小枣的粽子挺好的,胡乱弄这么多花样干什么?这就是五色伤眼目,五味伤口腹呀。又埋怨老王,人家卖粽子的地方各类粽子本来分得清清楚楚,你老王买的时候为什么弄了个大杂烩!这样,想吃什么吃不到什么,不想吃什么偏偏来了什么,这不是整人吗?还说那种加荤料带咸味的粽子是只有广东人才吃的,现在倒好,北京也卖上咸粽子了,这完全是港粤文化北伐的结果,是地方特色的丧失,是千篇一律的工业化信息化生活方式正在代替丰富多彩的香格里拉式的生活。这说明,不但全球化是可恶的,全国化也是不可取的:过去只有川剧有伴唱,现在倒好,什么剧都伴唱,《杜鹃山》也伴唱上了,这不和北京卖火腿粽子都是一样的问题嘛!

老王听了个头昏脑涨,乃一脸愧色、心虚气短地说:"我只不过是想找个彩,想碰碰运气,看谁能吃到什么粽子罢了。要是你想吃什么就挑什么吃,那是不是更没有意思了呢?"

84. 粽 子(续)

端午节快到了,老王的女婿给老王送来了一大包粽子。老王很高兴。

老王到一个亲戚家去,带去了一些节礼,其中包括部分粽子。

到了亲戚家中,老王特别解说粽子是女婿家制造,不是稻香村的,胜似稻香村的。

老王展示了各种节礼,却怎么也找不到粽子了,搞得老王心跳气短,脑门上出汗。

他回到家,一切事放到脑后,拼命去找粽子。厨房内外、冰箱内外、柜橱内外、房顶房角,哪里都没有粽子。没有本打算给亲戚的粽子,也没找到本打算给自己留下的粽子。

总供给超过了总需求,你还能上哪儿找粽子去呢?

上午出门的时候接到一个推销床垫的电话,这个该死的电话弄丢了他的粽子!

不如干脆买个新床垫,代替女婿送的粽子。

然而,不合逻辑。

还是自己抠门儿造成的,要送人就应该送一整包嘛,分什么份儿?

是进了贼?是有了家贼?是健忘症?是老年痴呆?是上苍是启示?是黄牌警告?是难得糊涂?是渐入佳境?

人们,我是爱你们的,你们要看护好自家的粽子啊!

85. 哲 学

老王的一位学哲学的朋友,听了老王关于抓彩与买粽子的关系的论述以后,陷入深思,继而激动万分,大加赞扬,说是老王的意见不但有高度的实践价值而且有高度的理论价值,说是老王的思想超前,说是老王的想法实际上是对现代化的缺失的颠覆与弥补。

哲学家朋友解释说:随着现代化的进程,什么什么都自觉化计划化科学化确定化数码化标准化了,做事有日程,吃饭有食谱,烹调、散步、打球、大便、睡眠都有定时,煮鸡蛋都用定时器了!讲话有讲稿,座次有名签,姓名按笔画,唱歌按五线谱,跳舞按国际标准,身份证、医疗证、护照、驾驶执照、电话、邮政编码、地址、信箱密码、银行存折、信用卡……一切的一切都有自己的编码。从播种到收获，从鸣炮到记者招待会，从训练到登月，从占领受挫到通过决议，从减肥到做爱，从提名到任命，从立案到判刑，从期货到现钱，从抢救到火化都有科学程序，都有一条龙服务，都有步骤有要领有图表有指标。这样人便变成了程序的奴隶，生活变成了千篇一律的兑现与执行……这实际上是生活质量的降低！

哲学家认定，老王的实践与思想是对于偶然性、随机性、或然性、神秘性尤其是不确定性的召回，是对于冥冥中的神祇——如果你是无神论者就是对于无所不包的物质本源的敬畏，是对于人的主体性的谦逊反思，是对于价值偏执价值排他价值单一与价值愚昧的一剂苦口良药，是对于当今后现代世界的一大贡献。老王如果努力，他的名字将与苏格拉底、康德、黑格尔、笛卡尔、罗素、杜威、海德格尔、福柯……一直到孔夫子和孙中山，孙冶方和顾准，陈寅恪、王国维、胡适、辜鸿铭、林语堂、鲁迅、钱锺书等并列在一起。

老王听完这一段哲学精义，两眼上翻，黑眼珠不见，白眼球僵滞，呼吸急促，满头冷汗，面无人色，周身痉挛……王太太大呼不好了，一面狠掐老王的人中，一面叫孩子赶紧给急救中心打电话。

86. 哲 学（又一）

老王愈想愈深，如果设立电子邮箱的主要目的是与病毒作斗争，那么组成社会的主要目的自然是与社会的病毒——犯罪分子斗争，教语文的主要任务是与语言文字的病毒——错别字与文理不通作斗争，那么美国总统布什的主要任务也就是与他心目中的国际病毒——恐怖分子斗争。

那么活着的任务是与死亡斗争，执炊的任务是与饥饿斗争，那么斗争的任务便是与无所事事的丧失斗志现象作斗争。

他想起了哲学家朋友对自己的厚爱,他想他距离哲学是愈来愈近了,哲学的使命呢?

他想起了如下许多命题:

与不斗争的现象作不懈的斗争。

与愚昧作斗争。

与无知作斗争。

与无思想作斗争。

与自满自足作斗争。

与思维病毒作斗争。

与肥胖症作斗争……

87. 天　问

老王最近思索了大量玄学问题,大致如下:

是有了宇宙才有星球,还是有了星球才称之为宇宙?

是有生必然有死,无生也就无所谓死;或者是有死必然有生,无死也就没有生的感觉和意义吗?

是因为有学问故而不合时宜,还是因为不合时宜才显出有学问的派来呢?

是说大话才有大境界,还是有了大境界必然说(不说?)(少说?)大话?

是好人才被怀疑为虚伪,还是因为虚伪才容易被认定是好人?

是有了名(或权、钱、背景……)才有了一切,还是有了一切必然会有名(权、钱)并自动成了自己与别人的背景呢?

是大家都去某地才成了旅游点,还是由于它是旅游点所以大家都去?

空气潮热所以多雨乎,多雨所以潮热乎?

一个夏日的柳林池塘,是有蝉嘶蛙鸣所以清幽呢,还是没有蝉嘶蛙鸣会更清幽呢？

有了灯光城市才会美丽，没有灯光原野才更神秘，有了星光天空才更灿烂，如果没有星光灯光月光，还有没有美丽、灿烂、神秘与黑暗的区分呢？

有了小说你才懂得了爱情，还是有了思春才有爱情小说呢？

都说是急流勇退最好，谁又做到了呢？

成了人五人六所以受到特殊尊重乎？抑或受到特殊尊重所以成为人五人六乎？

因为书法写得好成为名家，还是因为已经是名家所以公认他的书法好乎？

因为是名牌所以质量有保证，因为有质量所以是名牌乎？

因为爱吃梨子所以熟知梨子的滋味，因为熟知梨子的滋味所以爱吃梨子乎？

因为赢了球所以精神状态好，因为精神状态好所以赢了球乎？

因为爱听音乐所以性格温柔，因为性格温柔所以爱听音乐乎？

因为睡得香才吃得好，因为吃得好才睡得香乎？

因为有点傻才写文章，因为写文章才有点傻乎？

因为弱才易受人同情，因为强才易受人尊敬乎？

因为是女性才好办事，因为是女性才不好办事乎？

因为嫉妒所以攻击他人，因为他人有应该攻击之处才产生嫉妒心乎？

因为自己不灵了便干脆说大家都不灵，因为说出谁也不灵的事实所以自我感觉好了一些乎？

因为想消遣所以骂人，因为想骂人才掩饰说是为了消遣乎？

因为吃不上葡萄才说葡萄酸，还是因为吃多了葡萄才说葡萄不好吃乎？

因为一加二一定等于三，所以三就是一加二的别称，因为三本来就是一加一再加一，所以一加二必然等于三乎？

163

因为牢骚满腹所以显得清高,因为清高所以不屑于发牢骚乎?

人老了所以爱回忆过去,人没有事情老是回忆过去,所以更容易老掉乎?

因为开花才一定会结果,还是因为需要结果才开花乎?

因为正确所以胜利,因为胜利所以正确乎?

是地位高了才威信(水平、学问、知名度等)高,还是什么什么都高了才地位高?

世界的(学术的、思想的、逻辑的、社会的、民族的、中东的与欧美的……)基本问题是鸡生蛋在先还是蛋生鸡在先,这样说是对的吗?

因为解决不了鸡生蛋和蛋生鸡的问题,所以才要活一辈子,因为还没死所以注定解决不了鸡生蛋和蛋生鸡的问题乎?

他老王是因为胡思乱想所以失眠,还是因为失眠所以胡思乱想呢?

人是因为失眠才显得出灵性还是因为灵性太多所以失眠起来呢?

如果大智若愚,大辩若讷,那么白痴是不是看起来像是天才,坏蛋看起来是不是像你我一样老实呢?如果人人都像你我一样老实,这个世界上还有什么动人心魄的好戏上演呢?

88. 生 活

经过抢救,老王终于脱险。太太批评他说:就咱们这个水平,不要和那些懂外语有学位出过国的哲学家来往,人家是什么人,咱们是什么人?人家是干什么的,咱们是干什么的?人家整天琢磨什么,咱们琢磨什么?你不扪心自问一下吗?

老王唯唯。

于是老王只忙于日常生活:买牛奶,买酸奶,买白菜,买猪肉,倒垃圾、接电源、扫地、擦玻璃、数钱票、吃肠溶阿司匹林、换卫生卷纸……

当人们议论起老王的时候,哲学家朋友叹道:"一个有慧根的人、一个有灵性的人、一个有见解的人、一个有希望的人,被平庸的日常生活磨损成了什么样子!"

89. 照 片

老王与爱人一起整理旧照片,所有的照片都令他惊叹:"哎呀,瞧那个时候多么年轻!""喂,你看,这一张多么漂亮!""呜咦,这是我吗?怎么会这么酷!""天啊,你那个时候还像个孩子!""啊,我旁边这个老李已经不在人间啦。"

所有的照片都令他牵心动肺,所有的照片又都令他漠然。照片又能留下什么呢?再说,迄今,他也没照过一张真正叫他满意的照片。

而他到旁人家里去,却看到人人都留下了最美丽的照片。他们可真神气真有远见啊,他想。

90. 收 藏

老王每天用在找物件上的时间很多,早晨起床,一看,袜子没了,找袜子。吃完早餐,准备给一位老朋友写回信,结果,原信找不到了,没有地址,信往哪里回呢?而等到他读书的时间到了,他才知道什么书都在原处,只有他正在看得津津有味、读了一半的书找不到了。

还有找眼镜、找钢笔、找无绳电话、找老友的电话号码、找印章、找零钱、找旧照片、找安眠药和脚气药、找手绢、找订报收据等等。

如果他空闲下来,他会不由得想到,我现在该找点什么了呢?

妻子教导他:"有用的东西,一定要放在一定的地方。"

老王长叹一声,说:"凡是我经意放好的东西,都找不到了,只有从来不认真放好的东西,才找得着呢。"

91. 记　性

老王发现自己的记性愈来愈差了,把礼拜五的约会记成了礼拜六,把老周记成了老刘,把去年的事记成了当年,后来,连自己家的电话号码也说错了,弄得要给他打电话的人怒气冲冲,还以为他是摆架子,成心害人。

一开始他很着急,后来他很悲哀,又过了一段,他忽然恍然大悟,有记忆就有忘记,没有忘记,谁受得了?忘记是背叛?什么不该记的都记住就不背叛啦?更麻烦!记忆没有选择怎么行?记忆应该有利于身心健康,学习进步,积极向上,这是起码的!记性不好了,这岂不更好?去他妈的吧,不该记的事全忘了,不想搭理的人全忘了,不想参加的活动全忘了,不想废话的事儿全忘了,一问三不知,神仙怪不得,自动消磁,自我保护,自动删除,保证内存有效空间,上哪儿找这样的好事去?

92. 丢　钱

老王在床头放了一张五十块钱的票子,过了几天,钱没有了。

老王问妻子,妻子没有见过。老王问儿子,儿子没有见过。老王问闺女,闺女表示绝对没有动过。

老王想问一下每天下午来搞卫生的小时工,妻子说,家主这样问,有怀疑人家小时工偷盗的意味,很不合适,她宁愿不提任何理由要求家政服务公司换工人,不可以问人家动钱了没有。

老王首肯,认为改革开放以来大家的文明程度确有提高。"可我的钱呢?"老王问道,声音里带着哭腔。

妻子火了:"你的钱?为什么是你的钱?既然是你的钱为什么不看管好?肯定是你自己花用了,又找别人无理取闹!"

老王冤枉,实在想不通。

老王开始失眠,噩梦,盗汗。家人渐渐看出,老爷子有点问题。……老王终于想通了,五十块钱没了就没了吧,世界上弄不明晰的事情多了,五百亿,五万亿就一定清楚吗?

老王的病渐渐好了,他也觉得自己更加老了一截子。

93. 天气预报

老王爱看的报纸栏目就是天气预报,看完早报上的,他还要看晚报上的,看完小报上的,他还要看大报上的;看完电视上的,再听广播电台的;拨完每分钟付三角钱的"121",他还要拨每分钟付一元五角钱的"96221",听完四十八小时预报,再听节假日天气预报,再听一周天气预报,再拨26884000,他还闹不清要付多少钱。

他最痛恨的就是自己听着天气预报别人与他说话打搅他,为这,他与妻子孩子急过好几回。于是儿子说:"就让爸爸研究天气吧,倒也不妨碍公众,不妨碍家庭,不妨碍他人,比信邪教好,比吃摇头丸好,甚至比打麻将也好。"

但是自从清风徐来而友人以预报为由拒绝接受清风的抚摸,拒绝与他分享生命的快感以来,他突然再也不关心天气预报了。

他磨磨叨叨:"都是预报闹的呀,都是预报闹的呀,如果没有预报,唉!"一次儿子听到他磨叨,觉得爸爸真的太老了,流下了眼泪。太太则不明白,天气预报也不问了,怎么电话费还要交那么多呢?

94. 谁在唤我

老王假日到公园去玩,刚走近湖边听到一声吆喝:"老王!"

老王连忙答应，然后东张西望，四处寻找，不见任何人有认他唤他之意。他问老伴，是不是刚才有人叫他，老伴确认，就是有人大喊了"老王"二字。

"看来姓王的确实很多，全国第一大姓嘛，而将姓王的叫做老王的比例就更大啦……"

但是老伴说她四下巡视，不像有任何人答应任何人，溯本求源，也不像任何人呼唤了任何人，不论是此老王乎，彼老王乎，老王乎，老王乎，老王 N 撇乎……

后来走到一个亭子，二老说是去坐一会歇息歇息，刚上台阶，又是一声极富感染力的女声的"老王"。

老王汲取了经验，不再大声回应，而是满脸堆笑四下搜寻，只见一女子在逗小宠物小狗，一男青年正与女青年热吻，三中年女子摆姿势照相，未见有对他或对任何人畜感兴趣的痕迹。

老王夫妇均感奇怪。老王分析，也可能是二老听力下降了吧？把什么"狗粮""保皇""小娘""搞强""稍长""鸟房"等听成"老王"了。

第三次又以为被唤，仍是无果而终。之后，老王下决心，从此死心塌地，走到哪儿也别以为有人叫了。

95. 凉 风

这一年特别炎热，最高温度到了摄氏四十一度，最低温度甚至也达到了二十七度，创这个城市夏季最低温度的最高纪录。湿度又经常是百分之九十左右，人们叫苦不迭，而且为这种天气起了个名，叫桑拿天气，形容人们待在那里就像进了桑拿浴室，蒸得你大汗淋漓。

这天早晨老王起得早一点，早早下了楼，走到门口，又走到街口，突然感到了一阵清爽的凉风,老王只觉神清气爽,沁人心脾,如饮甘露,如沐清泉,如羽化而登仙,如飘然而飞天。老王还感到一种顿悟的清明,一种污秽尽去的纯粹,一种从灵至肉的熨帖,一种里里外外的欢喜。

老王兴奋地给自己的亲戚朋友打电话:"今天早晨起了凉风了,太好了。"

朋友们麻木不仁地反问:"谁说的?预报是今天比昨天再提高两度。"

这个……

96. 发 型

老王去理发,洗剪完毕,理发师给老王分头,把大部分头发梳到左面。

老王觉得不对,就说:"我的头是往右面分的。"

理发师说:"是这样,您的头后偏右长着一个旋儿,在那里分比较好,否则您的旋儿上的头发,很难梳顺当。"老王觉得也有理,便同意改为向左分。

老王觉得奇怪。他是从十岁开始理分头的。说来好笑,那一天他本来要跟着大同学一起去参加抗议国民党政府的游行示威,母亲坚决不让他去,一怒之下,他跑到理发馆,留了一个小分头,而且使用了发油,吹了风。此前,他一直是推平头,从这次革命不成功才留下了油光光的小分头。

从那时到现在,整整六十年了,他的分头一直是往右分的,怎么这次往左分起来了呢?难道六十年来他的头发梳错了?

改为向左分后,他的头发能够显得顺当了吗?

他拿不准。

97. 不　快

老王这天觉得不太高兴。

老伴邀他上街，他说不去。问原因，说是不太高兴。问为什么不太高兴，老王想了半天想不出来，就说："不为什么。"老伴说："你真讨厌！"

邻居邀他去玩扑克牌，他说不去。问原因，说是自己不太高兴。问为什么不高兴，老王想了想，说是今天天气不好，有沙尘暴。邻居说："天气是老天爷的事情，你生什么气！"

老友邀他去吃火锅，他说不去。问原因，说是自己不太自在。再问为什么，老王想了半天说是头一天夜间做了噩梦，问是什么梦，答是忘了。老友说："你这个人怎么这个样子！"

老王一天什么都没做，一天都在想自己为什么不高兴，一天都没有想出来，到了晚上更加不高兴了。后来打了一个喷嚏，后来就好了。

98. 瓜　子

老王的床上发现了一粒酱油瓜子。老王奇怪，他是从来没有吃过瓜子的，他一向抨击吃瓜子的习惯，他见到门牙带一个小缺口的女人就义愤填膺，见到她们就想痛陈吃瓜子这个陋习的危害。

仅仅从吃瓜子的习惯没有得到纠正这一点，也可以看出，中国革命的成果是多么不足，而我们离现代化有多远。他听说过，西方发达国家超市里卖的瓜子都是用机器去过了皮的。

他太太声明说绝对没有在老王的床上吃过瓜子。

老王穷追不舍，他问："难道说，瓜子是自己飞过来的？是床缝里长出来的？是气功大师发功用意念移动过来的？要不就是大便里夹带的了?"

老王太太哈哈大笑,说:"那就说明,我不在的时候,有吃瓜子的人上过你的床啊!"

老王喜出望外,想不到,一粒瓜子里包含着那么多浪漫风流。啊,瓜子,I love you!

99. 老 王

老王没有事便搜索一些著名音乐家的生平事迹,要不就听中央电视台的音乐故事。他非常喜欢德国的克拉拉。她生于一八一九到一八九六年,活了七十七岁。先是嫁给了比她大九岁的舒曼,后来舒曼进了精神病院,死于一八五六年,那年克拉拉四十七岁。

后来她又与勃拉姆斯好了,勃拉姆斯比舒曼小二十三岁。克拉拉比勃拉姆斯大十四岁。后来勃拉姆斯也进了精神病院。克拉拉死于一八九六年,次年,勃拉姆斯去世。

显然,克拉拉跟谁好,谁就是青史留名的大作曲家。

克拉拉自己也留下了许多音乐作品,但是由于她的丈夫、情人太有名了,她的作品反而没有得到应有的重视。

瞎子阿炳呢?父亲是道士,自己是小道士兼乞丐。新中国成立后他得到最好的照顾,但是命运不济,一九五〇年他刚过上好日子就死了。他活了五十七岁。舒曼的寿命是四十六岁,勃拉姆斯则活了六十四岁,与马克思的寿命相同。

然后老王想,一九二九年在伟大的中国,出生了一个后来叫老王的人,他不会作曲,也没讨过饭,更没提出过什么理论,包括伟大理论与渺小理论。他没住过精神病院也没有去过德国(虽然吃过德国进口的白色小药片),他的妻子不是克拉拉,不比他小九岁,也不大十四岁。他的视力不太好,但也不算瞎。他的收入不高,但也不需讨饭。他没有什么作品,也没有服过徒刑,他的名字不会被任何非他子女的人记住。

所以,他不是阿炳,不是舒曼,不是勃拉姆斯,他就是他自己,他就是老王。他只能,他必须挺起胸或缩起颈做老王。

100. 老 王(又一)

老王被告知,有一组微型小说的主人公名叫老王,熟人读后窃窃私语,这不是写的老王嘛,怎么写得这样窝囊,猥琐,缺少风度?你何不找作家算个账,搞点时髦的名誉权之争,至少可以委托律师跟他要几个钱花花,借此也增加一点自身的知名度。何乐而不为也?

老王一笑,他说,我其实不配做小说尤其是系列小说的主人公,如果当真做了,那就是作家瞎了眼睛,或者是我有意无意盗名欺世,让他上当受骗了。我怎么好意思跟他要求赔偿,而不是主动赔偿他一点损失呢?如果我是圣贤,写我的作家也就是准圣贤了。如果我是将军,写我的作家差不多能够做到上校或者大校啦。如果我是美女,写我的作家起码也可以拍拖一个绝色佳丽。现在我这副样儿,他最多是一个假老王、代老王、老假王或者老代王或者王老代或者王代老罢了……不是我害了作家,坑了天才作家,不是我对不起作家吗?我惭愧还来不及,遑论其他?

为老王献策的朋友失望而去。摇头曰:朽木岂可雕焉!

过了几天,老王看到了以老王为主人公的系列微型小说,竟然是盗用他的名义写的。没有看到三分之一,他打了一个机灵,激动地说:"好啊!世上竟有这么绝妙的好文章!虽说是老王写的老王,却与我本人无关。全中国祖籍太原人士蒙周王姬氏赐姓王,从而可以叫老王的人至少有两千万,与老王同名的也不会少于二十五万个,谁管得了那么多!反过来说,如果有许多国人窃窃私语认定是鄙人写了鄙人,倒也未尝不善!"

正是:

老王不甚老,老王不是王。禅意实无意,尴尬即文章。翩翩复袅袅,花草恁拈藏。信马成一笑,何必混装腔!满纸荒唐言,解人自徜徉。烟士皮里肾……

(或译烟士皮里纯,灵感之意,亦可作嗜尼古丁而伤肾之意,不解又何妨?)

101. 对 谈

暑假期间,老王全家外出。外出之后,老王老是想给家里打一个电话,拨通了,他又赶紧放下,他实在是害怕家里另有一个老王来接电话。

他为此日夜不安,他摆脱不了这个念头,也可以说是一种诱惑。终于,他流着汗拨通了自己家的电话,有人接电话,他吓得面无人色。"你是谁?""你是谁?""我是老王。""你怎么是老王?我才是老王。""胡说,我才是老王。""老王根本不在家。""老王从来没离开过家。""你是妖怪!""你是游魂!"

那个说话的人和自己的声音一模一样。

绝对没错,就是老王。外出的老王昏倒在地。

……老王在安定医院住了一段时间。后来出了院。他终于明白,世间最可怕的事就是自己面对自己了。

102. 蝴蝶兰与驴打滚

老王对社区的停车混乱、交通堵塞、垃圾不能及时清除、草坪被毁、闲杂人等随意进出、保安马马虎虎等早有怨言,忍了好几年,终于忍不住了,给区政府写了一封反映情况的信。

三天后居委会来了一位说话好听、相貌美好的女工作人员,带来了一盆蝴蝶兰、两盒"驴打滚"(一种北京小吃,糯米面结构,豆沙馅,滚上豆面）。

居委会表示是来征求意见，有欢迎批评的表态，适当作了说明解释，并暗示他以后有什么意见可以到居委会去谈，最好不要惊动上级。

老王惊喜、惊讶、糊涂而又惭愧。第一，这位来客怎么这么体面，说话温柔，夹杂着港台与新加坡国语腔，何等动人！不同了，不同了，世道真的不同了。第二，他们怎么知道我爱吃驴打滚？难道来前他们作了调查摸底？如果连好吃驴打滚他们都知道了，还有什么不知道的？第三，又有蝴蝶兰又有驴打滚，唯美与务实，多么全面，多么周到……且慢，她可没有说是送给老王的，不是送给我的，难道是前来推销产品的？

老王鼓起勇气，干脆把蝴蝶兰与驴打滚的走向问题闹个明白，"您这是……"他指着驴打滚问。

"不值得提……"

不值得提是送给他还是待会儿再拿走呢？

接下来，讨论的已经不是社区交通停车保安清洁卫生问题，而是他能否接受居委会的礼物问题了。

争得不可开交，争了好几分钟，同时，老王嘴里已经不由自主地说出了："谢谢。"

糟了，本来北京人说谢谢，第二个谢字是轻声，有时第二个谢字吞掉，听起来只是一个"谢"字。怎么他老王今天说的是清清楚楚的两个去声的谢字呢？莫非他说话也沾上了新加坡味儿？

他又加上一句："不好意思……"嗯？"不好意思"四字说得像广东人包括港澳同胞的普通话。

此后，一个月过去了，又一个月，又几个月……停车、保安、清洁卫生等状况，改进不大，但是老王再也无颜提什么意见了，一盆蝴蝶兰、两盒驴打滚不够，难道还想让美好的小姐送三盆蝴蝶兰、八盒驴打滚不成？

唉,老王念念有词:"爱吃什么不好,为什么俺偏偏好一个驴打滚呢?"

103. 快　餐

老王的老伴一次做蒸包子,特别成功,老王很激动,建议老伴联合几个人开一个便民包子铺,又是为人民服务,又有效益,还能解决三五个人的就业问题。两口子一面吃包子一面讨论,喜气洋洋。

老王的老伴用烤箱做了一回烤牛排,非常成功,老王声明,这次的牛排比 VIP 餐厅的两百块一份的牛排还好,他建议老伴联合几个人开一个牛排烧烤店,不行招牌就挂"老王牛排阁",可以有大效益,可以招收几十名员工,可以为祖国的餐饮与东西方文化交流作出新贡献。

老王的老伴炖了一锅鸡汤,食之销魂,老王坚信它胜过了肯德基、荣华鸡、小绍兴、三黄鸡,他建议老伴开一个鸡汤馆,弘扬民族膳食文化,改善居民营养,服务社会,促进小康。

又过了几天,老伴身体不适,老王感觉也不甚佳,他知道,他们是真有一把年纪了,个体经营,可能做不到了,但是一想起他们的雄心壮志,想起世界上有那么多好吃的东西他们会做会烧会熬会煮,而且有实力购买,市场也能保证供应,他们乐得晕答乎的。他们想,也许过两年他们精神好些的时候,他们会把余热贡献在发展中华料理上边。

同时他们想,我们本来还可以多做多少事!

104. 随　便

老王最近常常听到一些新奇的消息:一个最古板的老同事忽然绯闻迭出,风流连连,说是与炒股成功有关。一个老邻居突然得了外国大奖,也不知什么奖,老王问了半天闹不清楚,只好承认自己无能低能。一个他见过的发大财的商人突然出国东南亚并出家了。要出家何必出国？要出国何必出家？难道佛法也那么讲究国界与领土划分吗？不是说跳出三界外不在五行中吗？一个小学生靠写博客发了大财。一个美女突然嫁给了别人想不到也不服气的人。有一种新行业是充当宠物的翻译,把猫呀狗呀的叫声翻译成人语,这种人称作动物灵媒,其工作报酬丰厚得吓人。

尤其令他奇怪的是,电视与广播里经常出现猜谜或知识竞赛,奖金高得离谱,题目容易得离谱。例如问双"mu"不是林是什么,还提醒你不一定都是同样的木字,是左右结构……前边接得通电话的人都是白痴,猜得笨得令你无法相信,除了不猜是"相"什么都猜,越离谱越猜,越猜越离谱。奖金从数百元提到了数千……于是几千几万几十万几百万个受众去打电话,发短信,都接通不了,而传媒与电信部门把钱赚了老鼻子了。

是不是托儿？

是不是都成了白痴啦？

你以为谁是白痴呢？

究竟谁是白痴呢？

随便吧,随便吧。

随便随便随便吧。

105.作曲家之死

听完一次中国现代作曲家的音乐会之后,说是还举行了该音乐家的创作讨论会,再过一天,听说,那位老作曲家因心脏病发作,溘然长逝。

有人说,还不如别举行此次他的专场音乐会呢。他写了一辈子交响乐,从来没有正式演出过,这么一演出一讨论,他的老年心脏怎么受得了?

有的说,幸亏举行了这次音乐会,要不,他写了一辈子乐曲,连个正式演出都没有,太残酷了。

有的说,这就是艺术的命运啊,黄钟寂寞,瓦釜轰鸣,冠盖满京华,小贩满市场,就是没有真正的艺术家的活路啊。

有的说,说不定,你死得比他还惨呢。

老王低下了头。

106. 掉 包

许多年前,孩子给老王买了一个高级索尼音响系统,刚买来时,老王常常听音乐,唱片、盒带、盘。最近,有两三年没有听过了。

这天老王空闲,便产生了一听音乐的雅兴。听什么呢?从《绣金匾》开始吧,青年时代,唱着"一绣毛主席……二绣共产党……"观看解放全中国的捷报,那是什么样的岁月!

开开音响系统,打开"中国革命民歌"盘,一切操作无误,放出来的却不是"正月里闹元宵",而是"我爱你,我爱你,就像老鼠爱大米……"

老王笑了,真是太马虎了,怎么放错了唱盘?也是唱盘太多了烧的吧。过去,想买个唱片,又舍不得,且得作思想斗争呢。

他再翻那些堆得乱七八糟的 CD 盒子,找到了《三套车》,太棒了,苏联歌,好听,熟悉。

按这个钮,按那个钮,打开,放进去,再按钮,就该是:

冰雪遮盖着伏尔加河,

冰河上跑着三套车……

据说歌词译得不对,不对就不对吧,不对也熟悉,也感动,也爱唱又爱听。

然而,过门儿怎么是这味儿的啦?

唱出来的是英语:

tonight,tonight……

怎么又错了？太不像话了,该归置归置啦。

那听什么呢？《梁祝》？《在那遥远的地方》？《悲怆交响乐》？《红灯记选段》？《乡恋》？《太阳岛上》？

出来的却是《连哭都是我的错》《好想对你说》《该死的温柔》和《爱情呼叫转移》……

结果硬是想听的都没有听上,盒里的乐曲歌曲戏曲都掉了包了。

活见鬼!

那就听点新的吧。

此后好几年估计更不会开机啦。

老王老矣,真的老矣!

107. 错在自己

老王买了一台名牌国产电视机,超大超薄液晶宽体显示屏,价格两万元。

一年后主板坏了,坏时屋里飘出一缕烧焦的烟味。然后,嘛都没有了。

说是过了一年的保修期,费了老大的事,才修起来的。

半年后,看着看着电视,又飘出了半芳香半恶臭的不祥的烟气,一嗅到这种气味,老王差点闭过气去。然后,只有声音,没有图像了。

然后又是这费又是那费,号称服务良好的该品牌驻此地的维修点问道:你们修不修呀?

修,花钱。不修,两万元的东西送入垃圾堆。只有丧尽良心的混蛋才会这样悠闲地提问题。老王想。

老王得出教训,最好的最新的是不能买的,因为太好太大太新,就一定不成熟,只能取其次而不能取其最最的优先。老子云:我有三宝,持而保之:一曰慈,二曰俭,三曰不敢为天下先。不为天下先,至少在购物上有一定的道理。

108. 刘晓庆

老王在没有什么电影可看的那些年,看到了一个刘晓庆,《同志,感谢你》《小花》《北国红豆》《瞧这一家子》,他都看得很起劲。

"刘晓庆真是一个好演员,她很有个性,也有智商。"听的人翻翻眼,觉得由他来评论女演员不太合适。

后来,新影片越多他看得越少了,说好的演员也越来越少了。

后来他净看外国片子了,但是他说不上一个外国影星的名字来。外国人为什么要起那么绕嘴的名字呢?如果他们也叫小张、老李、铁蛋儿、翠花儿……多么好!

后来人家告诉他巩俐演得好,他看了看,果然。他见人就叹息说:"巩俐演得可真好啊,人也中看,只是,她长得一点也不像刘晓庆啊。"

听的人翻翻眼。不知道他这是什么标准什么逻辑。

近年来,老王什么电影也不想看了,他说:"老化了,这就是老化的铁证啦,一吃过晚饭,嘛也不想干啦,再火的大片也不用看了……"他揉了揉干涩的眼睛。

终于,他花不少钱去看了《十面埋伏》,知道了章子怡。

向他翻过眼的朋友问他对章子怡的评论,他说:"好是好啊,她长得不像刘晓庆也不像巩俐,不像周璇更不像白杨呀……"

109. 大河美酒

老王每年夏天都回故乡小住。故乡QQ镇。老王的习惯是动不动拨打12121电话询问天气状况,可不是吗,饮食起居游乐行止都与天气有关。

每次问天气,QQ镇的气象答询台先报一段广告:

"大河滔滔,气象万千,小河娇娇,阴阳和谐,浊水滚滚,五行生克,清水溅溅,肝肾妥帖!大河美酒物美价优,大河美酒提醒您关注天气变化,注意滋阴壮阳,身心平安……"

然后进入正题,报告气象变化情况,晴阴风向,最高最低气温度等等。还要加一些关爱听众的话,如天冷了要多穿衣服,下雨要携带雨具,嘱咐得比妈妈还亲切细致,以便多占时间多收费用。

老王生气,哪有这里报广告的道理?你拨打电话询问气象,要缴电话费与信息费的,他却占用你的时间,做商业广告,岂有此理!

最可笑可恼的是,每逢听到大河美酒的一些不通说辞,老王就会因厌恶而走神:想到家人亲戚,收入支出,超市物价,面条饺子,东长西短。等到人家广告报完了,说正题谈天气了,他恰恰心不在焉,没有听见。只好再拨一次12121,再听一次"大河滔滔,气象万千……"有时连拨三次12121,大河美酒喝得醉饱欲呕,就是没听见气象预报的正题。

尤其令老王佩服的是,到二〇〇八年已经三年,三年一千多天,QQ镇电话局居然仍在坚持不懈地报大河美酒的广告,比任何宣传主题都长久。

老王问自己的表大舅子:你们这儿是有个"大河美酒"吗?

表大舅子表示不太清楚,他也没喝过,其表情略显尴尬,老王赶紧声明他不是暗示自己索要大河美酒,只是在气象答询中听得太多了,有些好奇。但是当晚这位亲戚就买来了大河美酒,请老王喝。

老王哭笑不得。心想,这就是广告的效果呀,不服行吗?

老王的老伴批评老王,在外地亲友或地方干部面前,千万不要问人家有关当地土特产的事,你说话无心,他听之有意,多不文明!

110. 评　说

老王看电视实况转播球赛时常常对节目主持人的解说不满。主持人评球,他评解说球的主持人:

"瞧,怎么说怎么有理,刚赢一个球就分析上这么一大堆!"

"刚才还说人家是生手呢,现在又说是初生牛犊不怕虎了。"

"什么叫势利眼?解说人才是势利眼,反正谁赢谁有理!"

"噢,赢了就思想过硬,心态好,战术对头,作风顽强啦?不一定!"

家里人都讨厌老王的评说,大家一致要求制止老王的废话,并且说:"人家解说得再不好,也比你的废话中听!"

老王犯起犟来了,非说不可,我一辈子不会打球,不会论球,没进过体育场馆看国际比赛,也没有在体育部门混上个一官半职,最后连在家里说说也不行吗?老王悲愤地问。

没劲。家人评论。于是老王一看球,家人赶紧躲开。

老王的对于评论的评论没有了听众,他也觉得没劲了。他不再解说,又不甘心听主持人的解说,便把电视机调到静音状态。

完了,那比赛看着更没劲了。

111. 购　房

老王与老伴合计,两个人的工龄加起来已经超过一百十一年了,积攒了大几十万块钱,眼看着存款利率低于通胀率,同时各种所谓理财的新花样什么股票、什么基金、什么保得利,什么企业集资让他们眼花缭乱,他们已经没有勇气与智力去尝试新鲜事物,两老合计,再买套房子吧,好赖不怕贬值,就是房价短期下滑也还多一处房子在,正好体验小康的快乐生活。

一进行,才明白,他们的存款太少,买远郊的公寓楼的一个小单元,还凑合,买真正能让二老提气的房子,相距甚远。搞按揭吧,老两口又超龄了,人到了这岁数,别说提级没有门了,买房也诸多不便了。

那就不买了。

一旦决定不买,两人轻松愉快起来,而且老觉得自己省吃俭用,一辈子还真存了不少的人民币,不算大款也算个小小中款了:可以自费旅游,可以进像样的餐馆,下次有个病呀灾呀的可以自费住单间病房,享受副部级待遇。

老王总结说,你不想买贵东西,你当然就富啦。

112. 安眠药片

老王在电影频道中看一部可能是港台出品的武侠片,里边几次说到一桩江湖上的恩怨还没有了结,但是字幕出来的是恩怨尚未"了解"。"了结"一而再再而三地变成"了解",老王纳闷,怎么?现在的人连"哇赛""酷毙""一把""东东""美眉"……都知道,却不知道一个"了结"吗?

过了几天,他看凤凰台的节目,看到里边报道一个境外的讲话的时候,字幕是"士可忍,孰不可忍?"老王又纳闷,是不是他们把"士可杀不可辱"与"是(指示代词,当'这'讲)可忍,孰不可忍"混淆了?这两句话怎么可能混为一谈呢?

老王忽然一下子想起了许多媒体上的语言与用字问题,他觉得头晕、心慌、漾酸水,夜间无论如何睡不着觉了。他吃了一些安眠药片。

他一睡睡了几天。后来发现,这种安眠药是治癫痫的,他用药太猛了。

他仍然纳闷,是我吃多了安眠药片啊,难道那些可爱至极的电视人也都吃多了药了?

113. 新款手机

又耽误了一次接电话,由于手机电池没有电了。

当老王以此为理由辩解自己的未及时接听孩子的电话时,孩子立即给他送来了新款手机。

老王解释说上次说电池没有电,并不包含需要新款手机的暗示。再说,这个仅仅一次用时没了电的手机由于经常不用,还新着呢。

孩子说手机与电脑一样,基本上半年到十个月换一回代,而与你用不用无关。不管你用不用,它已经衰老过时了,衰老过时,当然要寿终正寝。您用那样老旧的手机,对不起日新月异的时代,显得孩子们不孝——怎么任凭老人用那么过时的旧货呢?再说也与您的身份对不上号:您受过高等教育、当过小组长、每月工资五千元左右、有副高级职称、老局长来看望过您……

在完全不情愿的情况下,老王接受了新款手机。

说是此手机可以摄五百万像素的照片,可以联网,可以加减乘除开方运算,可以手写,可以录音录像,可以震动,可以多媒体,可以做游戏听音乐,可以看电视,可以听广播,可以当 MP3、MP4 与数码相机用,可以响闹铃叫早,可以看日历、地图,收天气预报……可以往上拉,可以往下拉,可以打开盖,可以按左上左下右上右下中间与围绕中间的五个键,每个键按压后将显示二十到六十候选项目。总之,它是万能的,它基本上满足携带它的主人的一切物质生活与精神生活要求。就更不必说它能接电话与拨电话,发信息与收信息了。

老王听了介绍后,一阵头晕心慌,面无人色,牙龈肿痛,咳嗽哮喘,双目发黑。

孩子大惊,老王表示没事没事,依旧无恙,怎样用手机就不必忙着教了,等你们走后,我慢慢读说明书还不行吗?

老王后来看了说明书:妈呀,共一百二十六页,道林纸精印,索引二百多条，英语词目九十多件，包括 Adobe Reader、GPS、SMMS、USSD、SMS……

老王终于晕菜了。落伍了，落伍了，他哀叹着，准备报名参加新款手机训练班。

他隐藏起自己的悲观，准备好了临终奋力一搏。

114. 能不能再接再厉

情况远远不像头几天想得那么糟，约摸三周后，老王已经基本上掌握了新款手机的使用要领。再看看老伴与邻居手里拿着的老旧手机，他不禁洋洋得意，同时奇怪，世上竟有那样落伍的人群存在。

兴奋中他给孩子打电话，说是这样的手机如何好用，并建议今后的更新款的手机还应该添置按摩、洁净、经络脉冲、点穴、理财与银行其他业务、翻译联合国安理会常任理事国语言、教授太极拳与花样滑冰、教授钢琴二胡萨克风手鼓与射击、代写家书情书请假条申请补助公文、电磁波驱蟑螂、杀灭 SARS 与禽流感病毒、平抑焦虑、舒缓紧张、滋阴补阳、消食化气、增加他人特别是形象美好者对自身的好感等功能。

他准备悬赏，用自己现在住的一套一百多平方米的住房换这样一只手机，他相信有了这样的手机，冬天不冷夏天不热下雨不淋大太阳底下不晒……老王就算没有白活这一辈子啦。

115. ZJL

老王的闺女一家周末去体育场听当红歌星 ZJL 的个人演唱会，回来给老王讲述音乐会的盛况：

全场观众座无虚席不用说，前两个小时已经坐满了人。前半个小时就都站起来了，全部站在椅子上，左一阵欢呼右一阵鼓掌，你还以为他们看到 ZJL 了,却原来什么也没有看见。后来到了点了,全场突然关灯,大家以为是停电了,以为是没给供电单位送票的关系,正在火急时刻,电灯大开,全场欢声雷动,ZJL 的助手上来了,他长得与 ZJL 差不多,于是又沸腾起来了,但是他声明他不是 ZJL 而只是替 ZJL 开道,他问:"你们来干什么?"

答:ZJL!

问:谁唱得最好?

答:ZJL!

问:谁最火?

答:ZJL!

问:谁最红?

答:ZJL!

问:现在请 ZJL 上台好不好?

一片欢呼呐喊跳闹疯狂。

ZJL 从天幕上徐徐降下,众乐手从下面徐徐升起,灯光乱开乱闪,乐器齐鸣,开始有观众激动地哭起来了。

女儿家三口,每人花了一千四百块钱买门票。他们最后并没有看到 ZJL,也没有听到 ZJL 的歌声,但是他们都很兴奋,很满意。

就像花钱买醉,他们是花钱买狂。

啊,他们是多么幸福,他们的激情至少不会发作到破坏性的事情上。

啊,他们又是多么???

116. Ladies & Gentlemen

老王也是赶得上潮流的。例如他知道湖南卫视很受欢迎。

湖南卫视有一个很有名的节目主持人,他很活跃,很有带动力。

老王不明白的是,每次当他说完女士们先生们之后要用英语叫一声 ladies & gentlemen,这一嗓英语叫完之后,老王很希望听到他的更多的英语,没了。偶然有一点,太浅,发音也不算灵。

为什么这里要来一句 ladies & gentlemen 呢?为什么不多练几句多说一点呢?为什么不另辟一个英语教学或表演节目呢?现在我们的口语里已经有了拜拜,有了 OK,有了 yes 和 no,no,no,难道还要加进去拖泥带水的 Ladies & Gentlemen 吗?

呕,买尬! Oh,my God!

117. 阿宝唱洋歌

一次偶然的机会,老王从网上听到了阿宝唱英语美国民歌《爱你在心口难开》:

I love you more than I can say...

字正腔圆,纯朴天然,老王一下子都傻了,这是"原生态"歌手阿宝?这是出生在大同的三十八岁的"三晋歌王"?他的英语发音是这样好,他的英语歌曲的腔调与情感是掌握得这样到位?却还保留着山西民歌小曲儿的特色。

然后是唱通俗歌曲《大海》,硬是把通俗唱出了原生态味儿!

老王有感,赋歪诗以记其盛:

洋洋土土洋,土土洋洋土。尔土即我洋,我洋乃尔土。
土洋本相通,来自真肺腑。阿宝真绝唱,一曲忒辣斧(love)!
陈醋布鲁斯(blues),酸曲泪如雨!大海本原生,通俗成唱曲。
雅俗非截然,真情便可语。三晋本无海,歌声唤涛举。
歌声荡心海,心诚结情侣。情深如湖海,海潮有应许!
划地非为牢,山海共此趣!吾本非歌者,放歌过古稀。
唯愿赞阿宝,心声通寰宇。不必门户争,不必唯自诩。
有歌何必类?有情自吟吁。能听四海歌,能喜五洲曲。
盛哉三晋子(阿宝是山西人),伟哉张家子(阿宝本名张少淳)!

118. 叹 气

老王这天接连唉声叹气。

王太太问道:"你怎么了?"

答:"没怎么着啊。"

再问:"那你唉声叹气的干什么呢?"

太太问得有理,于是老王苦苦思索,我叹气干什么呢?他回答说:"我是说,火(指暖气)停了。"

问:"你冷吗?"

答:"怎么会冷呢?外边气温都二十多度了。"

问:"那你干吗叹气呢?"

自问:"是啊,我干吗叹气呢?"自答:"前些日子还那么冷,老是对物业有意见,老是嫌暖气供应得不够热,老是张罗着买新羽绒服,老是看天气预报、大风降温警报,老是吃火锅,老是盼着春天……"

问:"现在春天来了,不好吗?"

反问:"谁说不好呢? 现在春天来了。一会儿冷,一会儿热,一会儿起风,一会儿扬沙。然后花开了草绿了,然后就是夏天了,然后就是秋天了,然后又是冬天了,然后又是烧暖气停暖气。"

太太笑了。

然后,两人都长长地吁了一口气。

119. 看电视机

老王的孩子看着老王的电视机太破旧,便不顾老王的反对,在老王七十五岁寿辰的时候给他买了一台四十多英寸的液晶宽屏幕电视机,当然价格不菲,但是说是已经降了好几次价了,如果此前买,会更贵。

老王很激动,但也觉得很浪费,他说,要那么先进的电视机干吗?没有好节目,多好的电视机又有什么用?

他从来没有看过这样清晰和稳定的图像,他看了又看,怎么会这样好?

他从来不会改变宽高比,现在开始有点门路了:一会儿是4/3的,一会儿是16/9的,一会儿是满屏幕,一会儿是把左右两端省出来但不变形的,一会儿是超满——砍掉一点头和脚但宽而不变形的,一会儿是略略变胖的歌星影星节目主持人……

他改变,试验,调试各种性能,有时突然锁住了,各种功能键全部作废,有时突然解开,恢复了可调节性……

说是能够放碟,当然,能够连电脑,能够上网,能够接USB,能够游戏,能够接手机,能够劈成两半同时看两套节目,能够画中画,画中画中三五幅画……

至少一个月时间,他并无什么节目要看,但每天最有兴味的事情就是鼓捣电视机。

他若有所悟,看电视是可以的,不太想看电视,但是爱看电视机也完全是可能的。看电视机是一个比爱看电视更高雅的嗜好,说是西方发达国家的知识分子一般就不看电视节目,因为他们是精英,而电视节目是为了大众。他们还撰文批判电视呢,真高雅呀。他甚至于得寸进尺地想:如果将来发明出超大尺寸的性能更好的电视机呢?如果将来的电视机能够用手指操作呢?如果电视机将来能够随意改变图形和配音呢?能不能干脆一面墙就是一面液晶屏幕呢?四面墙就是立体电影呢?能不能天花板也变成电视屏幕呢?电视机能不能发出香气?副氧离子?催睡或催醒气味?……哪年哪月,我将购买一个价值一百万元的全世界第一的电视机呢?再过一百年,人们将会使用什么样的电视机呢?我真想知道哇。

120. 母校的重要会议

老王被母校邀请参加一个重要会议,他忽然发现,过去大加挞伐的此校的前身,即一九四九年前的历史"包袱",一下子变成了吹乎的资本:什么旧政权的大人物啦,大富翁啦,嫁给外国人的名媛啦,一直坚持留辫子的前清遗老啦,在国外提倡西化,回国后抽上了大烟的启蒙主义先驱啦……谁谁在这里上过学,谁谁在这里任过教,谁谁对此校捐过钱,过去常称之为帝国主义国家的什么什么人物在这里讲过演、骂过革命,都被津津乐道了。看来世界万物有时候臭,有时候香,臭一阵,会变香,香一阵,会变臭,这就是历史啦。历史的香臭在变,历史本身还是那个样儿。

老王还参加了一个论坛,住的说是五星级宾馆,标准间房价一晚上一百九十八美元,说是一顿自助早餐是人民币一百二十块再加服务费。说是宾馆里有游泳池和网球场和健身器材。说是这里理一次发要一百多,按一次摩就更吓死人了。收到一张纸的传真也要交几十块。

老王觉得幸福:没有什么人把传真发到他住的宾馆来,他也没有智弱到去理发或者按摩。

开会那一天来了许多大人物,有坐别克来的,有坐奥迪来的,有坐本田来的,有坐凌志来的,像是一次汽车博览会。据说还有人带着小秘来了,可惜他老王只看得见一脸褶子的老汉,偏偏看不到小秘。

开会那一天奏了乐,起了立,缅怀了亡者,介绍了嘉宾。

那天鼓了多次掌,凡是该鼓掌的地方与时间坎儿上都是掌声如雷。

那天他一直保持着灿烂的笑容。

老王记得领到了纪念品,价格不菲。

老王还记得宾馆的各种电器开关很多,花样也多,有搬柄的,有出溜键的,有脚踩的,有触摸一下就自动开关不止的……

此外,到底是开了个什么会,他一点也没记得。

121. 主 意

老王接到孩子的电话,孩子抱怨说:"好容易到了春天,风那么大,沙尘那么多,开开窗户吧,一会儿屋里的东西就都是一层沙尘了。"

老王说:"那就别开窗户了嘛。"

孩子说:"怎么能不开窗户?房间里什么气味都有。新买的家具涂料都是有毒的。墙上的甲醛至今还没有发散完毕。人也有味,又拉屎又放屁的……"

老王说:"那也好办,每天趁着天好,没有起风,没有太多的浮尘的时候打开窗户,过一会儿再把窗子关上……"

孩子说:"再关上,你一下班,来个足实的,全是有害气体……"

"那就开着,回家以后擦洗擦洗,扫扫抹抹,打扫卫生呗。"

"下班以后我都累成什么样啦?同事们说,我们累得都成了脱骨扒鸡啦……"

"那就随便吧,想开就开会儿,想关就关上,气味不好了赶紧开,沙尘太多了赶紧关,累了就躺下,嫌脏了就干活,更累了就雇个小时工,雇不起小时工就凑合着……"

"您怎么这么样能说废话呀?您这不是跟没有说一样吗?"

老王很惭愧,他出不来什么好主意,他连一个开窗子的小问题也解决不了,这辈子幸亏没有让他干什么大事。

122. 假冒伪劣

老王读了一篇文章,说是万物都有疲劳的问题,例如穿鞋,就应该几双鞋倒替着穿,比一直穿一双鞋要好——舒服加节省——得多。

老王乃拿出了一双不知是多久以前的不知是哪位友人给买的意大利皮鞋来。鞋花花哨哨,式样很洋。

这双鞋穿了几天,赶上了大风降温雨夹雪转为霰粒,那天路走得很多,很久,回来,鞋底断裂,不能用了。

老王念念叨叨,说是假冒伪劣太可恶了,冒到人家意大利去了,牵扯到知识产权问题什么的。

几个孩子帮助分析。一个拿起了坏鞋,里外研究,说是压根儿就没写是"Made in Italy",是送鞋的人误会了或者有意识地吹牛,那么这到底是谁送的呢?

老王说,你们太不厚道了,送鞋就应该感谢人家,我现在一无权二无钱,三无后门四无背景,居然还有人送皮鞋,太令人感动了。送袜子也应该谢谢人家。至于是不是意大利产的,我们收礼的一方与送礼的一方都没有太大的责任。

另一个孩子说,不是意大利的,OK,那么是哪里的呢?深圳的厦门的温州的武汉的青岛的……为什么不标清楚?我们的市场太不规范了。

又说,其实这是一种室内鞋,不可以踏雨雪水土泥石块等等,您把鞋穿坏完全是咎由自取,我们面对的与其说是知识产权问题,不如说是消费知识与消费水平不平衡的问题。

又说,不排除售货者进行虚假宣传,也不排除送礼者夸张其词的可能,感谢送礼与认识到他的不实事求是,这二者并不矛盾。

老王被他们讨论得晕头转向。

后来,老王情绪转好,他指出,他的皮鞋已经过多,占据空间,难以适当保存,影响空气质量与视觉形象,现在终于实打实地穿坏了一双,可以理直气壮地丢掉一双,减少一双鞋即减少了他选择的困惑与保存的艰难,而天地良心,他并未铺张浪费,这使他十分愉快。

孩子们互相看了一眼,认识到姜还是老的辣。

123. 暖 冬

都说是暖冬,报纸、电台、电视、网页、中文、英文、CNN、NHK、BBC、CCTV。还说是边疆第十八个、十九个、二十三个暖冬了,厄尔尼诺,两极化冰,洪水泛滥,空调脱销……叫人心慌意乱。

暖冬说了十几天后,大风自西北方向吹来,这儿冷,那儿冷,降温十五至二十五度,洪泽湖冻了冰,江南落了雪,香港人穿上太空楼,又说是五十二年来或四十三年来最冷的新年,在香港、澳门、广州,直到长沙。

然后是气象专家谈话,几周冷不等于不是暖冬,几周暖也不等于就不是寒冬严冬,究竟是什么冬,得等冬天过去才分明,就是说,至少要等次年三月份再计算全冬平均气温,然后就知道了。

还说是,有一家养鱼专业户,听信了暖冬的说法,未做防寒准备,冷风一吹,活鱼全封了冻,损失巨大。专家指出,暖冬不等于不冷,更不等于可以不做防寒准备,人们要汲取这家糊涂人的教训。

老王点头称是,五体投地,讲得真好啊,真长见识啊,是嘛,暖冬照冷,寒冬照暖,冬天还没有过,春天还没有来,谁知道是个什么样的冬天呢?

124. 故 乡

老王出生在大城市,幼儿时期被上一辈人带到故乡住过两三年,后来又回到了大城市。

直到四十多岁了,老王回了一趟故乡,他已经不认识故乡的任何人,也没有任何人认识他,但是说起来,故乡的老年人依稀记得有过他们这么一家,说是早在二十世纪三十年代,这一家人就迁往城市去了。

故乡很穷,穷得令人恐怖,因为那次去,老王没看到村里一个人穿着囫囵的衣裳,个个破衣烂衫,穿着衣,露着皮肉。到处都是盐碱地,没有任何基础设施。

二十年后又去了一趟,已经温饱,已经有穿真皮夹克和羊毛衫的了,已经有电灯电话自来水电视机洗衣机,到了县城,还看到了购物中心,还卖法国化妆品,还卖等离子与液晶电视。老王激动得热泪盈眶。回到大城市,老王找到一个好友兼同乡,向他叙述两次回故乡的感想。老王没有想到,对方对这个话题毫无兴趣,老王提起了好几次,都被对方岔乎过去了。

他后来想了想,对方从小在故乡,直到二十几岁考上大学才得到了离开穷乡僻壤的机会,他根本不想让人知道他是来自那个曾经十分贫困的山村。

而老王一辈子基本上在城市,他急于找到自己的故乡,找到一块哪怕是最最贫瘠的土地,尤其是在他超过了七十岁以后。

125. 故 乡(续一)

阔别十年,老王又一次带着儿孙回到了自己的故乡。他兴致勃勃地去寻找自己五十多年前住过的一处院子,发现院落和房屋早就拆了,那里改成了百货商场。第二天他带孩子们去到他三十多年前住过的一家招待所,结果发现招待所也已经没有了,那里变成了一家涉嫌经营赌博的电子游艺厅。老王叹息了一回便再去一家他十余年前来时住过的三星级宾馆,结果发现宾馆也改建了,原来的七层楼被炸掉,正在那里盖二十八层楼的四星级。

还有原来熟悉的公园,原来喜爱的小吃店,原来常走的步行街,原来夏日常在那里乘凉的西大桥,全都改变模样了。

而且家乡的人都是特别兴奋地向他介绍近年来故乡的一日千里,日新月异。他想吃家乡的榆子饭、贴饽饽、麻茄子、酸冬瓜……也都没吃上,乡亲们说:"现在谁还吃这个呀!"故乡的朋友招待他吃的是基围虾、石斑鱼、翡翠带子、澳大利亚龙虾。故乡人的潜台词是:"不要以为只有你们沿海大城市才吃得上这些稀罕物!"

于是老王觉悟,其实所谓故乡云云,未必是存在的。

126. 故 乡(续二)

客自老王的故乡来,老王已经有三十年没有回故乡了。

老王留故乡来客吃小馆,他打问故乡诸事:谈起故人,存者不到三分之一了。谈到故乡建筑,拆者超过了五分之四。河流已经改道,城墙遗址已经建成了桑拿浴池,王家祠堂早就改成了小学校。低产的小米——谷子已经不再种植,农民吃上了大米白面。

连乡音也变了,故乡来客拼命讲着普通话,不带轻声,也绝不儿化,有点港台外加新加坡味儿。

老王点点头,心想,整天喊改变面貌,现在终于改成了。

幸亏吃完小馆过马路时来客险些被一辆自行车撞上,喝了小酒的来客骂了一句脏话,还有点故乡味道。

127. 惭 愧

老王去见一个大人物,大人物的仪表、长相、服装都没得挑。连他咳嗽和打哈欠的声音也使老王敬死服死愧死,至于想到人家的地位权势责任,老王更是无地自容,觉得像自己这样没用的人压根儿就不该活。大人物对老王作出了亲切的关怀和中肯的指示,真是听君一席话胜读十年书啊,老王只觉得醍醐灌顶,五体投地。临告别的时候,大人物打了一个嗝儿,发出了极其不雅的气味。老王一怔,连连告罪,他说:"实在对不起!"

128. 施 舍

老王到超市购物,经过一个过街天桥。这天,过街桥上站立着一个蓬首垢面的侏儒,面前放着一个盘子,里面放着几枚硬币:他是在等待施舍,老王觉得她特别可怜,就给了她一百块钱。

那个人说:"谢谢你,老爷子……"他听那人的声音又像是个男子。他看了一眼,分辨不出来,所以一开始觉得像女性无非是因为那人的头发比较长罢了。老王有一种失落的感觉。

购物归来,又看到几个乞食者,老王匆匆走过,他不想再施舍了。

回家和家人一说,有说不必施舍的,说是他们也有组织,有头目,有上缴,也有存款,而且有的人是由于好逸恶劳才乞讨的,反正正像商品有假冒伪劣者一样,乞讨者中也有假冒伪劣者。

有的说多少给一点也好,反正生活一点困难没有偏要去乞讨者是少见的,施舍也是一种补救,是一种微乎其微的再分配。

……老王寻思,自己有时候突然慷慨,有时候一毛不拔,慷慨的时候也有为自己的想法,多做好事多积阴德,一毛不拔的时候更有想法,我还有困难呢,怎么帮助你?或者纷纷来张手,我怎么办?

后来过街桥上不怎么见乞讨者了,说是被警察驱赶掉了。老王长出了一口气,不必多想这些事了。

时间长了他又有点遗憾,想施舍却少有机会了,他得不到那种直接做好事而不必经过任何中介的感觉了。

倒是有些慈善机构动员他捐钱,他有点犹犹豫豫,左顾右盼,别人捐多少他就捐多少,别人不捐,他也不捐,能不捐就算了,做好事,施舍是我自己的快乐,为什么要你代劳呢?怎么搞的?这样一想,他捐钱时也得不到做好事的感觉了。

129. 接 受

老王要给妻子买一件首饰。第一家首饰店店员态度极好,苦口婆心地向他推销,拿出了无数物美价廉的样品。他就是觉得没有把握,最后还是没有买。第二家也极好……他没有买。第三家,第四家,第五家……都没有成交。

天晚了,商店逛得老王疲惫不堪,他到了第六家商店,没有说几句话,就买成了。

"其实,我又懂什么首饰!"老王苦笑。

130. 接 受(又一)

老王奉调到 B 城工作,他看着 B 城的一切都不习惯:B 城的人光着脚穿皮鞋,B 城的饭先吃素菜再吃鱼肉,B 城的孩子将母亲叫姐姐,B 城的商店领着顾客唱"我爱百货"的抒情歌曲。

这是一个什么鬼地方哟!他叹道。

日子一天天、一月月、一年年地过去了。最后,他习惯了 B 城的一切,杀猪捅屁股,各有各的门道嘛,老王说。

老王接到了调令,他该离开 B 城了。

131. 痛 苦

有时候老王坐立不安。他读书,一面也读不下去。他吃东西,尝不出任何味道。他打开电视,一分钟换了十五个台,什么也没看成。他大骂电视台,弄这么多频道,一道好节目也没有,还不如就一个频道,不看也得看。他唱戏,走调走得一塌糊涂。他干脆看黄色录像,黄色也吸引不了他。

他便问道:"天啊,我为什么这样痛苦!"

132. 瓜与豆

老王接受了一个科长的任命,他工作得极努力,但是由于前任留下的问题太多,他还是没有搞好。他很悲观,他辞了职。

三年后他被任命为一个局长。当了局长,他每天无所事事,只是吃喝玩乐。但由于这里的基础比较好,又加上他不问公务,使手下的人积极性大为发扬,便创造出了极好的业绩。老王想,种豆得豆,种瓜得瓜,那是不错;但是,那豆和瓜不一定是你自己种的。

133. 谢 客

老王常常在家里接待一些不速之客,要求与他见面谈话的,自称与他是同乡、同学、同年落难、同期发表学术著作的,提出要他"赐墨宝"或在首日封上题签的……还有来了以后先让老王猜,"你猜我是谁"的,当然,老王猜不着。

老王也常常接到陌生人的电话,叙家常的,叙老王毫无印象的旧谊的,要求见面的,要求赞助的……

于是老王下决心顶住。工作时间,他不接电话,不接待客人,任凭门铃震天,电话铃震天,他就是不接不理。

一个月后,他这里的来客来电话少多了。

两个月后,他这里门庭冷落车马稀了。

有时候没有任何声音他也打开门看看,看看有没有什么人找他。

134. 健 身

老王从小养成了每天跑步的习惯,每个清晨他都要跑两千至三千米,坚持了五十多年了。

一个医生向他提出,以为跑步可以健身其实并无科学根据,社会上流传的种种健身方法多是误导,生老病死都是大自然的规律,是任何人所无法控制也无法逆转的。以你的年龄,跑得太多,效果说不定是适得其反。医生举出了一些长跑名将猝死的例子告诫他。

老王一辈子崇信科学,听了医生的话便不再清晨跑步。

老王自幼养成了吃鸡蛋的习惯,除了三年困难时期,他每天都要吃一两个鸡蛋。

医生说,鸡蛋黄里含有过多的胆固醇,老年人吃多了没有好处。于是老王停了鸡蛋。

不跑步了,不吃鸡蛋了,老王老是觉得生活里缺少了点什么,闷闷不乐。

又有医生说,跑一跑,吃点鸡蛋也还有好处。

老王听了很高兴,就又跑步,又吃鸡蛋了。他想给那个医生提一点意见,他讲的也许都是正确的,但是,总不能在门诊上老是给病人讲人之必死无疑吧。

135. 写 诗

老王忽然想写诗。他想,诗人也是人,有什么了不起,你能当诗人,我也未尝不能当,不就是一批中文字吗,我好好写就是了。

从此他有了诗人的习惯与脾气。他常常落泪。他常常在树下月下徘徊。他常常独自一人哼哼唧唧。他常常说一些尖酸刻薄的话。他常常骂旁人愚蠢。他顿顿饭要喝酒,要吃鸡和鱼,没有喝酒也照撒酒疯不误。

他终于写了一百首诗。他的朋友、学生、老部下都来抬轿,这个联系出版社,那个联系传媒,电视台已经决定他的诗集出版以后对他作一个专题采访,杂志社决定出版一期"王诗"专号,连举行诗集首发式的会堂也预租好了。

他在把诗稿给出去的最后一刻钟重新审视了一遍,他决定,焚毁所有手稿。朋友们、部下们、学生们都称赞他的严肃的创作态度。

他自己也很快乐,他想,烧诗,不是比写诗更有诗意吗?

于是他想起了林黛玉。

136. 读 书

老王年轻时只有有限的几本书,他把这几本书读了又读。

"文革"当中,没有书读,但他已养成了夜读的习惯,他每天把仅有的《人民日报》读得几乎能背诵下来。那时出席大宴会的领导人名单,他过目不忘,倒背如流。出差时连《人民日报》也没有,便读旅客须知、损坏物品赔偿价目表和电话簿。

现在他的书七间屋也装不下,他翻来翻去,手里拿着甲书时心想也许不如乙书好吧,手里拿着丙书时,又想还不如先读丁书呢。

在没有多少书可读的时候,他记得他读了些书;在有大量的书可供选择的时候,他读一天书也不记得到底读了些什么。

137. 读 书(又一)

老王的左眼视力日益恶化,亲人们说,都是读书读的。人们还叹息:"真是百无一用是书生啊,除了读瞎自己的眼睛,他们究竟能做到什么呢?"

老王也后悔自己读书读得太多太勤,决心不再读书了。

就在这时老王得到了一个青年人写的第一本小说,那种情调那种性格那种构思都是他从来没有见到过的,他读得津津有味,他的眼睛也从此好了。

他想,有的书硬是能把眼睛读瞎,而有的书硬是能把眼睛读好。

138. 读 书(又二)

老王正在读书,儿子"偷"拍了一张照片,经过电脑处理放大,镶入镜框,送给父亲。老王一看,嚄,这是谁呀？眉目慈祥,目光悠悠,捧书深思,我心忧忧。前额的皱纹显示智慧,眼角的纹路显示沧桑,嘴角的皱纹显示悲戚,略略绷紧的面部肌肉显示庄重,加上照虚了的背景,眼镜上的一点闪光,有一种神秘和深邃,恍惚和气韵……活活像一个院士、博导、教授、思想者、名誉主编、大师、传人、研究中心主任、专项补贴获得者、泰斗、昆仑山、珠穆朗玛峰、黄河、扬子……

谁呢？老王问儿子。

您呀。儿子回答。

不是,肯定不是。老王强调。

是的,当然是的。儿子强调。

我他妈的怎么会是这样高雅深沉,莫测高深！老王动了粗口。

儿子点点头,看来我就是拍错了。看来我他爹的不认得自己的老爸是谁啦。

139. 丢 车

老王的儿子自己买了一辆汽车,他开着车带着自己的妻儿来看望老王。老王夫人准备了丰盛的饭菜招待他们。

正吃得高兴,忽听门外有人叫,说是有人偷汽车。老王儿子脸色剧变,扔下筷子就往外跑,由于他们住的是一楼,他很快就出了门,果然他看到了一辆绿色捷达正在向街口开去,他大怒,奋不顾身地向前追——虽然他上中学时跑过四百米亚军,毕竟不敌中德合资的汽车,他口吐白沫,累倒在大路上。

他总算是被抬回来了,半昏迷中仍然念叨着:"报警,报警！"

老王问:"你的车原来放在什么地方?"

儿子说了地点,由于家这边停车不方便,他是把车停在离家三百多米的一个地方。

老王去到那里,发现他的车仍在原处,没有丢,他儿子追的原来是旁人的车。

140. 看 病

老王得了一场小病,觉得问题不大,就一直抗着,拖拖拉拉没有去看病。过了几天,他觉得自己好多了。

家人和朋友都说老王气色不太好,劝他去看病。老王不想去,他说他头几天是有些不大舒服,现在已经没事了。家人和朋友说,还是去一下医院好。

于是老王嘀咕起来,是啊,我到底得了什么病呢?我到底算不算好了呢?于是他去了医院,开了一些药。

拿回药来,他服用了一次,就觉得大好了。亲人、朋友和老王自己都说:"有病还是得及时看呀,去了医院和没去过医院就是不一样呀。"

141. 看 病(又一)

受到年长被尊重的鼓舞,老王的话比过去多了,而且遇事喜欢进行分析。

他到社区医院取药,他说由于他皮肤过敏,被蚊虫叮咬以后,全身都有不良反应,他想要一点止痒脱敏的药,他加了一句话说:"我对蚁酸过敏,需要碱性的药水平衡一下。"

一位戴眼镜的女大夫瞟了他一眼,鼻子眼里哼了一声,口形上看,她似乎自言自语了一下:"蚁酸?"她并没有出声。

老王一下子面红耳赤起来,他唠叨个什么劲儿呢?他又不是皮肤科大夫,他又不是昆虫专家,他身上起了疙瘩就是疙瘩,脖子上咬了红包儿就是红包儿,痒痒就是痒痒,流脓就是流脓,他有什么资格言说蚊酸?他怎么配讲蚊虫的叮咬的内涵?

事后,老伴向他们的子女重述了老王看病的尴尬。老伴用了一个词,说是人家大夫对老王嗤之以鼻,孩子们也一致认为老王是自取其辱。

142. 看 病(又二)

老王的妻子、孩子、孙子都得了感冒,就找老王要药,因为老王的公费医疗待遇在他们家是最好的。

老王这几天也有点没精神,便去了医院,讲了一些自己身上似有似无的感冒症状,开了一些药,拿回家来。

全家大小病号都来吃老王的药,老王想既是给自己开的药,自己无论如何也应该吃一点,便依医嘱吃了药,喝了白开水,躺在床上,休息。

他发现自己确实是病了。

143. 一 笑

老王刻了一枚闲章,上写四字:"一笑了之"。

老王到处题字,也是这四个字:"一笑了之"。

于是老王显得有点空灵超脱,仙风道骨。简单说,朋友们谈起老王来,都说:"嗯,这个老家伙有点道行啦。"

老李不服,便在一个有许多朋友在场的场合,问老王说:"你到处鼓吹什么'一笑了之',可一说起老于来,你就说他怎样品质恶劣心术不正,你说他的样子像个狼,老等着吃人……这能算是'一笑了之'吗?上次我去你家,你正为了看哪个频道的电视节目而与家人争得面红耳赤,这能算'一笑了之'吗?还有一次我在东城大百货公司看到你在退换一台收录机,你对人家售货员历数你买的那件产品的毛病,这能算'一笑了之'吗？啊,还有今年春节你请我们吃饭,结果鱼香肉丝里发现了苍蝇,你为此与服务员争吵起来,你又怎么'一笑了之'了呢？"

老王听了,哈哈大笑,说:"你说得对。"然后回头做别的事情去了。

144. 天天过年

老王给儿孙们讲:过去,过年了才炖一斤猪肉,过年了才包一回饺子,过年了才穿一回新衣,过年了,才吃一次糖果……如此这般,他叹道:"现在,现在你们是天天过年呀！"

儿孙们听了,撇撇嘴,样子是不以为然。

后来他问老伴:"我说得不对吗？"

老伴说:"过年的意思是说这一天是旧历的正月初一,怎么可能天天是正月初一呢？"

老王说:"你说的不是连白痴都知道的吗？我这里说的过年只不过是一种比喻罢了,我说的过年是一种所指和能指,无非是说现在的生活水平提高了！"

老伴说:"生活再高也不能是天天过年,天天过年,大家还上不上班？天天过年,一天长一岁,谁受得了？天天过年,又和天天即永远没有年有什么区别？"

老王想,人啊,我爱你们啊,你们怎么都这么雄辩啦？

145. 暖 风

春节前几天气温急剧下降,人们叫苦连天。老王说:"现在冷一点好,到春节天气就会变好了。"

春节到了,果然气候好了一点,老王很高兴,他说:"冬天总是要冷一冷的,然后,冬天就过去了。"

春节还没过完,西伯利亚的冷空气又入侵了,天又冷得不行,头几天搬到户外的盆花都冻坏了。老王说,严冬已经是强弩之末了,这回天可该暖和啦。

果然,立春之后过了不久,天气就当真暖起来了,所有的滑冰场都关闭了。

没有想到都到了雨水节气了,天突然又冷起来,老王坚信现在不会认真地冷下去的,便不肯加衣服,冻成了感冒。

一直到了四月,天气才确实暖和了起来,然后很快就叫人感到燥热了,老王说:"真是难如人意呀。"

146. 口 角 炎

老王烂了嘴角,便去医院,医院说没有什么好办法,但可以在患处涂一些眼药膏。

老王问:"眼药膏,不是上眼睛的吗,怎么能涂到嘴角上去呢?"

医生说:"你这位同志可真是的,它叫眼膏,其实不一定只能上眼睛啊。"

于是老王恍然大悟,豁然贯通,点头称是不止。

147. 冷 风

今年冬天特别冷,老王感冒了好几次。

于是他觉悟了,即使自费打了德国进口的感冒预防针,也还是要小心翼翼地保护自己,不要受凉。

老王请了专人,买了最新材料,花了上千块钱,把窗户缝堵得死死的,他想这回冷空气再也进不来了。

他自我暖和了一阵子,过了个把月,一天坐在屋里他突然觉得寒冷刺骨。他想，今天是太冷了，这么先进的密封窗户材料都用上了，结果屋里照旧冷。虽说是人定胜天，其实还是老天厉害。

直到春天来了以后，老王才发现，他家的窗户缝虽然堵严了，但是有一块大大的窗玻璃却不知什么时候损坏了，这一冬天，他其实是一直开着半扇窗子。

这怎么可能呢？难道我傻了吗？这个洞到底是什么时候出现的呢？他觉得难以理解。

148. 开 业

老王家斜对面开了一家餐馆，都说此餐馆价廉物美，不可不吃。老王连续去了几次，觉得很满意。

两个月过去了，他发现菜肴质量渐不如前。四个月过去了，他发现菜肴价格轻微上涨。半年过去了，他不去此餐馆则已，一去就是一肚子气：饭菜质量差，服务差，价格昂贵……他诚恳地将自己的意见告诉了餐馆经理。经理说："先生，头几个月俺们是赔着本经营的呀，现在，我们总要赚一点薄利嘛！再说，您几位刚来时觉得好吃，老吃老吃，也就吃絮叨了。唉，您说让俺们怎么办呢？"

"所以说你们必须创新，不创新，老是一股味道，什么事业都会不进则退的。"

老板唯唯。

过了几个月，这家餐馆倒闭了。

又过了几个月，新的一家餐馆在旧址开业了，头几个月，又是红火得很。

149. 开 业（续篇）

新餐馆开业了。

新餐馆经营得十分成功,既传统而又现代,既地方而又宇宙,充满特色而又不偏不涩,尤为可贵的是,它芝麻开花节节高,每月上一个新台阶,每半年一大变,每一年变得令人认不出来。

老板以餐馆为起点,进而经营连锁店,进而经营综合餐饮服务,进而经营超市,进而与海外商业合作,接下来又投资到了尼加拉瓜,后来又成了跨国集团的精英上层人物。

老板从事大量社会公益事业,设立教育体育文学艺术基金。

老板成了社会头面人物,成为委员、代表、常务、副会长、顾问。有四个作家(其中一位是某省作协副主席)围着老板转,写老板的报告文学。电视台为他拍了专题片,他被命名为"爱国之子""现代化之前锋""走向世界的尖兵"。

在老板八十岁寿辰时,各要员前来贺寿。

老板寿终正寝于九十九高龄,留下了宝贵的财富和创业精神,在一片赞美声中无疾而终,溘然长逝。身后哀荣,罄竹难尽。他为我们大家树立了很好的榜样。

150. 大 海

老王的远亲立文,在山沟里长大。立文自幼爱读书,也读了一些诗歌,他最喜爱的是普希金的诗:"大海呀,自由的元素……"自那时起立文渴望着大海。

二十世纪八十年代初,一次偶然的机会,南方的考察队来到山沟。那年立文刚好十八岁,人又机灵,他想方设法跟着考察队出山,去了开发区,做了房地产生意,几年的工夫,立文发了大财。第一件要办的事是在海边买座别墅。

立文平生以来第一次看见大海,他兴奋不已,他欢呼,他狂叫,他沉醉,他恨不得跳进大海、拥抱大海。

他终于住进了海滨别墅,他很满足。他别出心裁地对别墅进行了内装修,堪称数一数二。数月后,他身在海滨,却视而不见大海。他离开别墅,忙于商务,好久好久也不来海边一次了。

151. 多　余

老王整理东西,他发现,他买的书中只有不到一半是浏览过的,只有十分之一是精读过的。然而,他还是不断地买着书。

岂止书呢,他又看自己的衣服,有些衣服长久不穿,已经发霉了。还有些箱子长年没打开过,里边到底有些什么衣服,他自己也忘记了。

还有些纪念品,买的时候很有兴趣,买回来三年了,连包都没有打开过。

自从有了冰箱以来,储存的食物愈来愈多,被忘记的储存也是愈来愈多,就是说糟蹋得愈来愈多了。

他承认自己的生活确实提高了。

他感到添置一些东西的主要作用不在使用而在于得到时占有时的那一瞬间的快乐。

152. 置　业

老王的儿女都买了新房子,孝子与孝女同时觉得父母的住房条件太差了。

孝子与孝女在自己的新居里留下了一间相对比较隔音与独立的房室,说是给老两口留下的。老王去住了几次,觉得很幸福,很兴奋。他糊里糊涂说了一句:"现在我算是放了心啦。"

他走了,不想再到子女这边来。他说是年纪大了,择席,换个地方硬是睡不好。他尤其不能接受的是房屋的复式结构,他即使躺在床上也老想着屋里的楼梯,老揣摩着自己从楼梯栏杆边掉下来或者下楼梯时踩空了滚下来的场面。他在想,如果摔断了脊椎会怎么样,摔断了脖颈会怎么样,一跤摔下去,引发了脑溢血或者脑血栓怎么样……呜呼哀哉!

153. 如 果

近些日子,老王显得心事重重。夫人问:"你怎么了?"

老王想了想,说:"我在想,如果我是美国总统的话,我会有什么新政。比如说,我干脆不再为中国的统一作梗……"

王太太觉得挺可笑。让他假想去吧,反正不污染环境也不耗费金钱。

又过了些日子,老王说:"如果我是萨达姆,我早就自杀了。"

王太太说:"可能吧。"又提醒说,"快过年了,少说不吉利的话。"

又过了些日子,老王长吁短叹,说是他在想,如果他是日本首相,去不去参拜靖国神社呢?

太太说:"当然不去。"老王说:"倒也是。"

又过了些天,老王说:"我在想,如果我是陈独秀……"

太太说:"放屁!"

又过了些天,老王说:"我在想,如果我是鲁迅……"

太太说:"别胡假设了,你就告诉我如果你是你自己,如果你就是老王,你有什么新政、新策略、新计划吗?"

老王认真想了好久,说:"没有什么。"

就不再如果,不再假如了。

154. 如 果(又一)

每年盛夏,老王看到长江流域暴雨成灾、洪水泛滥的电视新闻,便叹道,这些雨如果降到干旱的华北该有多么好。

每当在电视新闻里看到高贵的洋华人等出席各种豪华招待会的局面,老王便说,如果他们降一降招待会的规格,用省下来的钱救济穷人该有多好。

夏天或者冬天,老王常想,如果现在是秋天或者春天该有多好。

一顿好饭吃罢,老王感觉不适,至少从理论上认识到这样贪吃有碍降低血糖血脂,老王常想,如果自己每顿饭少吃二两五钱该有多么好。

感冒发烧或者泻肚的时候,老王常想,如果身体健康百病全无该有多好。

吃完药才阅读了说明书上关于本药品的副作用的骇人介绍的时候,老王想,如果这种药品毫无副作用该有多好。

在百货公司看到一些高档时尚产品的时候,老王想,如果自己很有钱该有多好。

报纸上读到某著名企业家因违法被捕判刑,某高官因贪污受贿被处决,老王想,如果他与自己一样只是一介书生该有多好。

每当得到一位老友的遗体告别通知书,领到一份悼词的时候,老王就想,如果他或她再多活十年看看十年后的中国和世界该有多么好。

每当老王看到一群群的孩子游玩嬉戏,健康活泼,衣装灿烂,他就想,如果我晚生他一个甲子,做小康中国的新生力量,该有多么好。

……却也未必,我生在那个年代,经历了日本军队的占领,经历了国民党政权的垮台,经历了新中国诞生,经历了历次花样翻新的政治运动,经历了改革开放……我缺少过许多东西,但是从未缺少激动、热闹、喊叫、争执、辩论、表态、赶浪头、追风头、触霉头、找由头、无厘头……

"如果"了半天,如果我的一切"如果型想象"都付诸实现了,那还是太寂寞了呀。

155. 电话号码

老王的儿子觉得老王老了老了,活得很寒酸,也影响下一代的颜面,便想给老王的生活注入一些新鲜气息。

从更改电话号码做起,老王原来的电话是 64414414,这么多！而据广东人说,4 的谐音是死,没有人要这种电话号码的,就冲这样的号,也说明电话主人是一个人见人欺的窝囊废。一提起这样的电话号码,老王的子女也忍不住怒气百丈,对老王骂骂咧咧,还自称是"见了厌人压不住火……"

于是子女启动了改号工程,奔走了一年半,走后门,花钱,终于,新号拿下来了,心想事成,心想事胜——老王改了电话号码：88666688。全家欢呼,认为老王已经得到了全中国最好的号码,就冲这个号码,谁人不敬,谁人不畏,怎能不发,怎能不贵？号码就是身价,身价就是号码,能小瞧它吗？

谁知,从换了好号码以后,电话不好使了。整天接错电话,午夜也有找小姐的电话打到老王这里来。朋友们抱怨说,按新号拨完电话,接通的往往不是老王家而是一个什么足底按摩室。老王不信,自己跑到外边给自家打公用电话,打不通。

半年过去了,耽误了许多事,最后,老王换回了原来的电话号码。

问题是,老王的子女用这个 88666688 的号,从来没有碰到过麻烦,所以父亲更换旧号令他们气得发晕。

儿子叹道："有病！"

女儿叹道："没戏！"

女儿想起一件事,她补充说："我的英籍导师告诉我,中国人感到绝望的时候不说'hopeless'（无望）,而是说'no theater'（没戏）,中国人多么有文化呀。"

156. 坚 守

这年春上,老王得了流感,发高烧。一面发烧,一面念叨:"不是 8866,是 6441,不是 6688,是 4414……"

老王的老伴与子女连连向老王保证:"不是 8866,是 6441,不是 6688,是 4414……"

老王的脸上显出幸福的表情,右眼角噙着一粒大大的泪珠,给人以即将溘然仙去之感。

老王的儿子心想:"只要老头子一咽气,我就改电话号码去。"

可能是由于静电的感应,就在儿子算计着改电话号码的时候,老王突然变了颜色,两眼一瞪,说:"我——还——不——能——走!"

老王痊愈啦。

157. 古 稀

老王满七十岁了。

他想起来,最震惊的是满三十岁的时候,怎么,我的青春就这样逝去了吗?他问自己,他欲哭无泪。

满四十岁的时候他感到恐怖,他想到了死亡,他想起了一事无成两鬓斑白的熟语。我怎么办呢?我怎么办呢?他不知道去问谁。

五十岁的时候他有点高兴了,总算赶上了,能做一点事情了。与各位老人家相比,他还算年富力强的呢。

六十岁的时候他热闹了一阵子,一些朋友来找他喝酒、祝寿。"瞧我这人缘!"老王有些得意。同时朋友们异口同声:按照当今国际标准,六十岁不算进入老年,只算大龄壮年。

七十岁的时候呢?古稀之年你有什么感想?老王问自己。

158. 订　报

由于老王住的社区人家太多,邮局每天把上百份报纸信件只是送到小区的收发室,再由收发室分好送到各家。这样,时有张报李送,订而不送,送而未订,订送脱节之事发生。

新年到了,老王多订了一份报纸。他十分担心此报他可能收不到。从早起就监视着,一直到晚上,仍未收到报纸。

老王找了物业管理值班人员,要求他们给查一下报。值班人员回答,管分报的师傅已经下班,第二天一定核对一下。

结果第二天清晨,老王的老伴在卫生间找到了此报,他们分析,是女儿前来用卫生间时随手拿了报纸(这其实是一个高雅的习惯),撂到了那里。

老王很感抱歉,第二天一上班给物业打电话致歉。没想到,不等他说话,物业人员强硬地说:"我们查过了,没有您的报,您没有订。"

老王找订报收据,找了半天才找到,再找物业,有关人员又下班了。

老王的老伴埋怨说,订一份报这么麻烦。老王说这样也好,原来是他抱歉,现在是都抱歉了。

159. 检　查

老王脚关节疼痛,去医院诊治。先看外科,验了血象,一切正常,证明没有什么炎症。

再看骨科,照了光,证明并非骨科疾病。

再看内科,作了血液的生化检验,证明尚不是脚痛风。

又看皮肤科,证明脚痛与脚癣等真菌感染无关。

……老王终于悟到,医学设备与技术的精良,有利于确定你得的不是什么病症,而仍然确定不了你患的是什么病症。

160. 哒 哒

　　这天早晨,老王太太抱怨说:"昨天晚上睡得太坏了,不知道我们的上层是哪一位,每到午夜以后就哒哒哒、哒哒哒地高跟鞋走个不停,吵死人了!"
　　老王很吃惊:"什么?是楼上?怎么我从来没有听到过?"
　　"我真羡慕你,你睡得多么好!"
　　又过了几天,老王太太又说是被楼上的高跟鞋吵了,失眠。
　　老王唏嘘一番,一头雾水。
　　这次老王夜间起床去卫生间,回来时听见轻轻一声哒哒。
　　老王开始时未以为意,过了五分钟忽然明白:这就是夫人为之苦恼的高跟鞋声!
　　有了这个思路,老王恍然大悟,兴奋起来,像捕捉罪证一般地竖起耳朵,寻找哒哒声。
　　果不其然,又一声哒哒哒。十分钟后,又一声哒哒哒……
　　什么人?为何深夜哒哒不已?是高跟鞋还是木屐?木板拖鞋?挂了小铁掌的皮鞋后跟?是深夜苦学?是做爱以后?是神经衰弱……
　　老王的老年生活增加了一个节目:寻找、聆听、思索深夜的哒哒。

161. 线 索

　　一九五九年九月十一日,老王的住所失窃了。那时他刚刚结婚,住到一个小单元楼房里。他与妻子出了一回差,回来一看,房子有人进来过了,他的收音机、马蹄表、铁皮暖水瓶、两瓶二锅头还有七十二元现金都没有了。

案件的发生非常奇怪,老王当时回到家里,只见一切整洁卫生,门窗无损,秩序井然。他不相信是真的失窃了。但又很难不信,因为差不多所有值钱的东西都丢失了。

然而没有指纹,没有脚印,没有异味,门窗完整,没有开过,总之,什么都没有。

派出所的人来了,保卫科的人也来了,作了笔录,照了相,不要夜餐补助,说是还要搞什么摸底排队。最后,无结果。

老王的妻子半开玩笑地说:"也许是狐仙拿了咱们的东西,和咱们开开玩笑。"

老王后脊背直冒冷气,他没敢说。头几天,他梦里看到了一只银色的狐狸,极美丽和有灵性。他不敢告诉妻子,他其实是爱上那只狐狸了。

后来年长一些了,他想,人生当中确有许多难解之谜,不用说那些高深重大问题,就他家这点东西谁拿了,也不是容易破解的。可以说,拿他家的东西的人是N,或者是X;那么N或X又等于啥?是狐仙不是?谁知道?

由于查不出是谁偷了老王家里的东西,历次运动中老王都受到了审查:"你的住所一九五九年九月十一日失窃,到底是怎么回事?是真有其事还是你假报案情,掩饰自己,并干扰我专政机关工作?"

决不,绝对不是,我的家就是失窃了。

如果是真的,那么为什么没有线索,没有作案痕迹?

老王心虚,无言以对,并且拼命回忆反思,没有线索到底是什么问题。

一年又一年,一月又一月,老王的历史问题查清楚了,政治态度有了结论了,没有制造假案也大体被认可了,老王的心电图脑电图肺叶分层扫描图也都做出来了,就是说也查清了,连老王的海内外社会关系、海峡对岸亲友状况也闹清了,就是他失窃的事到底应由谁负责查不出来。

直到二〇〇一年九月十一日,发生了美国纽约世贸中心大楼遭到恐怖分子袭击的事件,老王才恍然大悟,九一一这是一个重要的线索,或象征,或标志,或密码。

有识之士都认为老王瞎掰,两个九一一只是巧合,没有任何联系,那个时候还没有塔利班,拉登也还只是小儿,美国也没有现在这样牛皮,再说,偷他家一个马蹄表有什么政治意义国际意义?两件事畸轻畸重,怎么能往一块儿拉扯?

然而,既然没有别的线索,这就是线索,何况反恐大业还远未完成。老王估计,至少还要反五百年。那么,老王绝对不可以放弃这个线索、标志、象征和密码。他死了有儿子,子又生孙,孙又生……他希望早晚能破这个案。

162. 线 索(又一)

老了老了,他加强了对于《聊斋志异》的阅读,他想以一些学术大师为榜样,把《聊斋志异》彻底背诵下来,做到你说哪页哪行,我立即脱口而出,标点不爽。既然这年头科学不甚吃得开,懂科学的与不懂科学的都在那儿批科学主义,不如干脆研究狐仙;也许可以从狐仙的故事中得到启发,悟出点名堂来。

早在一九五九年,我的经验里就充满了后现代的气味了,老王有点得意。

老王研究狐仙的消息不胫而走了,朋友建议老王成立一个狐仙民俗学研究会,纯学术性,跨学科,绝对不搞邪门歪道。另外一个朋友建议叫狐文化研究会。狐仙民俗学好还是狐文化好?老王想得失眠不已。

老王一笑,成立机构,他想也没想过。

但是这个消息又传出去了,三个月中,老王收到了几百封信,有一百多封是要求参加研究会并希望做常务理事的,另外更多的则是讲本人的经验：受到狐仙的戏弄了或者丢了东西查不出原委来或者碰到了美人再也找不着踪迹了……他们的故事都非常生动感人，出版商建议老王将之汇编成册，保证畅销，能获得良好的经济效益。书商预测，此书第一版可以印到四十万册，然后出系列丛书。书商并约了几个学者写序，有的侧重于批判狐仙故事的荒谬，有的侧重于赞美狐仙故事的美好与中华民族的出色想象力，有的指出，中国的狐仙故事与当代环保观念契合，体现了人狐亲和、天人合一的宝贵传统。书商建议，出书后干脆召集一个狐仙民俗学（或狐文化）研讨会，发展独特学术，并为书籍促销。

书商宣布，借《万象》一隅向社会各界征求狐仙正名方略，中标者可获一万元奖金。

163. 用 药

老王到医院去看病，碰到了不少熟人。

第一个熟人取完药，悄悄告诉老王说："我的这个药是最新从德国进口的，是去年才研究出来的特效药，本来是不能报销的，我们主任特批，我才拿上了这种药！"

老王唯唯，敬畏有加。

第二个熟人取完药，对老王说："我这个药与×××领导人用的药完全一样，昨天刚刚给×××开了这个药，今天就开给我了，我认识内科主任，才给我开了同样的药！"

老王频频点首，完全相信，敬重崇拜佩服。

第三个熟人打完针告诉老王："你知道我这一针缴多少钱吗？一般人根本是注射不起的，打这一针比旅游一次澳大利亚还昂贵！"

老王失色，做大土帽状，念念有词："打不起呀，打不起呀……"

老王终于与三个大牌熟人分了手，他很庆幸，不必用最新德国进口药物，不必与×××比用药，也不必用游澳大利亚的钱打针。

其实,他压根儿也没有想去游澳大利亚。

164. 明 星

老王在电视屏幕上看到当年红了一阵子,后来不见了的某歌星唱歌,发现她已经老多了,唱得也不好,倒是比当年能侃了,滔滔不绝,巧言令色……当年的感觉已经找不回来了。老王道:"唉,唉……"

老王在电视屏幕上看到前一阵有点虚胖的某主持人,最近身体已经恢复了线条,太太分析前一段可能是生过孩子。老王叹道:"唉,唉……"

老王看到某影星在电视屏幕上亮相,化妆虽很成功,仍然露出了眼角和嘴角的皱纹,老王叹道:"唉,唉……"

老王看到一个又一个的新人、年轻人、漂亮人、帅人成了明星,他说不出他们的名字,常常把他们混淆,张冠李戴,指赵为李。老王感到了是自己的老眼昏花,叹道:"唉,唉,唉……"

165. 明 星(又一)

老王搭乘一家豪华酒店的电梯下楼,在自动电梯间里看到另一位客人,女性,脸皮黄黄,身材标准,对老王似乎一笑,老王赶紧回应一个笑容,对方却转过了脸去,恰似在躲藏什么。老王觉得没脸,觉得怪怪的。

一出电梯间,一群摄影记者就对着他们乱拍,女士摆摆手走出酒店大堂,径直向接她的一辆宝马车走去,上车,飞速离开了。

记者追问老王与大明星×××是什么关系,老王骇然,他说他根本不知道与他同乘电梯的人是谁。

众记者终于明白了,便互相取笑了一番,老王越发觉得惭愧,觉得自己才是真正的笑料……本不该与明星同乘电梯,自己有高攀名人的嫌疑。

166. 美　容

老王的堂弟小王,跟他的妻子恩恩爱爱。小王的妻子是外科医生,日前她与几位同道联合,经办手续,开了一家美容医院。

于是小王的妻子率先做了美容,垫高了鼻梁,笔直挺拔。在面颊的左侧又做了一个酒窝,一笑就显出深深的一个坑。样子很有点中西结合混血儿似的,的确比原来的她漂亮多了。

小王乍见到他的妻子,愣在那里,目光茫然很陌生。妻子在他的脑门上给了一个轻轻的吻,又说了一句:瞧你的。这是她的习惯动作和用语,小王这才认同这是他的妻。

小王的妻子回味着丈夫的眼神,以后的日子她再也没有那样的习惯动作了。

167. 配 眼 镜

老王的视力似乎每况愈下,原来,他的矫正视力是一点二,现在,连一点零都达不到了。

医生建议老王另配一副新眼镜,并暗示他现在戴的镜子(还是一九六一年困难时期配的,赛璐珞框,托力克玻璃镜片的)太落伍了。

老王接受了医生的意见并感到激动,在换掉这副老镜子之后,他身上就完全实现了现代化啦——任何旧物都没有了。旧家具早已卖给了废品公司收购站。旧杂志搬家前处理干净。旧服装好一点的送给了保姆,差一点的改成了揿布和拖把。

老王与太太、子女商议,大家欢呼,老王早就该换眼镜了,这样子女赞助加老伴拨款,一共给了老王八千余元,责令他必须配一副质量位于全市戴用的眼镜前列的变色树脂镜片,用最新航空材料轻金属做框的时尚眼镜来。尤其是女儿强调:"要戴出尊严,戴出子女的孝心,戴出知识分子的地位,戴出全面小康的大好形势来!"

老王唯唯。心想,已就是已就了,一辈子窝窝囊囊,老了老了还不戴一副好眼镜!

他从善如流,认真贯彻,验光再验光,电脑验完了专家验,普通验完了散瞳验,最后花了八千零一十元在中日合资的一家眼镜店配了高档好眼镜。

他心里还是有点不安,弱势群体怎么办?不用说别人,就他们楼里的电梯工,一年也挣不上这样一副眼镜。

他照照镜子,觉得不像自己了,觉得显得学问大了地位也高了。

只是,只是,视力仍无改进,他去医院查,矫正视力只有零点六了。他去问大夫,大夫说,人老了视力减退是正常的,也是不可逆转的呀。

168. 乒乓球

老王常常回忆起从上个世纪五十年代后期到后来六十年代中国发展乒乓球运动的情景,姜永宁、孙梅英,这是最早在世界青年联欢的比赛上获得名次的中国运动员。姜好像还是归国华侨。这两位乒乓球先锋结为伉俪,也是佳话了。

然后是容国团、丘钟惠……最兴奋的还是六十年代时期,虽然那时天灾人祸,饭都吃不饱,但是大家仍然为庄则栋、李富荣、徐寅生、林慧卿、郑敏之……狂热万分。

后来还搞什么友谊第一、比赛第二(这当然是对的),落实为让球,则给人以烧包的感觉。

老王现在也常常看电视转播的乒乓球国际比赛,但是他多半会窃自祝愿外国运动员赢。好容易白俄罗斯出了个萨姆索诺夫,德国出了个波尔,结果还是多次败在了中国队员手下。

老王问自己:"难道是自己的爱国情绪出了问题?"

他又想起,在他看王楠与张怡宁或者牛剑锋比赛的时候,也总是盼着王楠的对手赢。

人们不喜欢老是一个人或一个队胜利,人们期盼着赛场上时时出现新格局,这也叫天道无常吧。对于老冠军来说,对于最优秀的人来说,天道——民心,真是残酷啊。

169. 旧 书

老王没事,就读书。新书有时候看不进去,有时候读了好几天不知所云。有时候边读边忘。有时候读了一大堆新名词,最后才明白,书上写来写去不过是老掉牙的那几句话:"哎哟,好花不常开,好景不常在哟。""哎哟,我爱你你不爱我哟。""哎哟,他们运气好,我的运气怎坏哟。""哎哟,小人得志,虎落平原被犬欺哟,咿呼呀呼哎……"

不如温习旧书:读《说唐》,读《精忠岳传》,读《红楼梦》,读《道德经》,读《木偶奇遇记》,读《天演论》,读《块肉余生记》,但读得最好的是《唐诗三百首》,老王从六岁开始背诵《唐诗三百首》,一直到七十多了,还是爱读《唐诗三百首》。

旧书一读就明白了,而且觉得很新鲜,旧书的书眉与边角上还写着一些批语,批语也写得非常精彩,令老王叫绝。这是谁写的呢?

看看字迹,当然就是老王写的,就是说,这些书,老王读过多次,而且做过批注什么的。

怎么现在读起来就跟读新书一样呢?这是不是说明过去的读书都是白读了呢?老王想不明白,也许书写得太好,百读不厌,永远体会不完,发掘不完,常读常新,万世常青?也许老王的记忆力太差,读了就忘,忘了就新,再读得多也是没有用?也许人一生读书自有定数,不论读多少,有兴趣的读得进的不过是几本?也许一代人有一代人的嚼谷(天饷),他到了这把年纪,也就是适宜读读旧书了?也许……

不管什么原因吧,反正老王现在读一切新书都读不大进去,而读旧书得到了许多新鲜感。正是:"应叹书新应似旧,可怜人老便如痴!"

170. 唐诗三百首

老王最近得了一场重病,病中回想自己一生读过的书,全不记得了,只记得一部《唐诗三百首》。这种感觉使他觉得奇妙,什么书都没有了,只有不会引起任何反应的《唐诗三百首》,看来,人生呀,读书呀,学问呀,本来都是极简单的事,是糊涂人把它们搞复杂了。

病好了一些,老王首先忙的是找《唐诗三百首》。怪了,那么多书都找到了,就是没有《唐诗三百首》。

老王生气,待再稍微康复了一些,他第一次出门就打算去新华书店买五本《唐诗三百首》。

他去了几个书店,发现那里有那么多书,好书,新书,洋书,古书,就是没有《唐诗三百首》。

最后老王成功了,他终于在一家书店买到了五本《唐诗三百首》。

有孩子们来也有客人来,发现老王家的《唐诗三百首》太多了,于是这个也拿,那个也借,最后,老王家里又找不着一本《唐诗三百首》了。

老王终于明白,在家里留一本《唐诗三百首》,而且想看时顺手能拿出来,也不易。

171. 自 行 车

老王有一辆破旧的女式自行车,是孩子淘汰下来他接收了的。遇到近处有事办,他喜欢骑自行车去:买牛奶,买菜,去邮局发信,理发,去银行缴电话费……

先是街对过开了大型超市与购物中心,各种必需商品几乎被一网打尽,他再也不需要骑车了。接着,邮局、银行等等也在近处开设了营业点,他走几步就到了。

接着是汽车愈来愈多,交通秩序愈来愈乱,骑自行车愈来愈危险。

骑车的机会愈来愈少,去年一年,老王只骑过一次车。

老伴建议老王把自行车处理掉,一是白白地花存车费,每月十元,倒是不贵;二是交通秩序不好,老王一说骑车,太太就神经紧张;三是一辆车老是不骑,会自行锈掉烂掉;四是不骑自行车了,老王可以多与太太并肩散步。

老王仍然不肯,他说,宁可我一次不骑,不能无自行车,也不能这就宣布退出了骑自行车的行列。想到自己在存车处有一辆自行车,想到自己有可能骑上车在马路上逛荡,老王觉得安慰。

172. 眼 药 水

近来老王眼睛常痒,便点眼药水。他认识附近一家医院的眼科大夫,便购得了大量抗菌素眼药,包括原装进口的"好药"。说是好药,因为它们价格昂贵,而且熟人大夫告诉他,某高级首长最喜用此种眼药。

老王想,现在已经是全面奔小康的时期了,不必抠抠搜搜,便购买了大量原装进口眼药水,并且增加了用量。

结果是愈点得多愈痒,他只好换了一家大医院挂专家号去看眼,大夫说,你这是对眼药水过敏,赶快停止用药吧。

后来,老王不再点进口眼药水了,他的眼睛也就渐渐好了。

173. 食 指

老王去参加一个春节团拜会,碰到一位熟人,这位多年未见的朋友说话时劈着腿,而且不断用食指指着老王。

他的站姿与手势令老王深感别扭。当天晚上他睡不好觉,一闭眼睛,就觉得眼前站着一个劈腿之人,用食指对他指指划划。

他背着家人去看了一趟心理医生,留美的医学博士告诉他,不许用食指指人,是西俗,这与弗洛伊德的心理论述有关,他们认为食指代表阳具,用食指指人有猥亵与污辱的意味。咱们中国,根本是不讲性不性的,不会有这种习俗,你的那位熟人的手势也断无恶意,你就不要神经过敏了吧。

医生还建议,如果你老是不能释然,下次你见到什么人,你就用食指指着他说话,说到这里,美国博士哈哈大笑。

老王觉得笑不出来。

174. 体 检

老王的单位近几年每年为处长级以上或副高职称以上的工作人员免费进行身体检查。老王发现,今年的检查更加复杂了,用的进口仪器更加先进了,花费的时间更加多了,检查的项目也增加了。

怎么这样麻烦?老王念叨。

朋友们各抒己见,分析说:

本来好好的,检查什么身体呀,纯粹是没病找病!

医学技术与手段真是突飞猛进呀,现在的体检哪儿能与过去的摸摸、敲敲、看看、听听相比。

认真一点查，也是送温暖嘛，也是组织的关怀嘛。

不检查复杂一点，上哪儿挣钱去？

环境恶化了，竞争加剧了，病毒变异了，不可着劲儿查，哪儿查得出来呀！

检不检，由你定，怎么检，听人家的不就得了！

中国人缺少的就是科学精神，中国人最糟糕的传统是讳疾忌医，不让你检查身体大家都很踏实，一检查身体反倒什么怪话都来了。

175. 喀秋莎

先是在原苏联大使馆附近有一家俄式餐厅，老王常与老伴同去，喝葛瓦斯，吃高加索烤肉和基辅鸡卷。尤其是，他们在那里听到了俄罗斯男女歌手唱歌，《喀秋莎》和《莫斯科郊外的晚上》《小路》和《我们明朝就要远航》。

后来因为建设的需要，这家餐馆与周围一批房屋都被拆除了。

老王到处打听餐馆的去向，不得要领，好像是说餐馆的效益不好，老板借拆迁的机会把餐馆关闭了。

许多年以后，老王的老伴在报纸上看到一条广告，说是某处开了一家俄罗斯餐馆，每晚那里除供应红菜汤酸列巴以外还有歌舞表演。

得知此情况后老王大喜，这天，老两口穿戴整齐，精神奕奕，前往新开张营业的俄罗斯餐馆就餐，期待着重温自己的俄罗斯旧梦。

然而，饭菜的味道不尽相同了，加上了显然属于法式、意式还有墨西哥式的菜肴：乡下浓汤，鹅肝，斯帕盖地（一种意式面条）和肉末红豆酱。相反，并没有黑鱼子，没有带荞麦粒做配菜的猪排。尤其是，没有葛瓦斯，没有伏特加，却有苏格兰威士忌、人头马白兰地和高价的原装香槟。

歌舞表演一开始,老王更感觉意外了:没有《雪球树》,没有《灯光》,没有《越过高山越过平原》,却有《猫》里的《回忆》,有《贴身保镖》和《泰坦尼克号》的主题歌,有桑巴舞和肚皮舞……

而且,演员不是从俄罗斯来的,而是从菲律宾、从巴西、从深圳来的。

当老王怯生生地问餐馆工作人员能不能唱一曲《喀秋莎》的时候,餐馆人员说:"现在还有谁听那个?您看,咱们这里这么多俄罗斯顾客,您问问他们,还有谁要听《喀秋莎》?"

……老王糊里糊涂地点了点头。

176. 踏 实

老王与太太共同去购物中心百货商场,打算各购买一双好一点的皮鞋,他们的鞋子不够时尚,因此受到了儿女的严厉批评与督促。

就在快要到达购物中心的一刹那,两个戴着头盔的骑摩托车的人抢走了王太太手里的钱包。

王太太吓了一跳,接着是佩服抢劫者的动作的利索,接着是庆幸自己的人身安全没有受到任何损失,破财免灾,破财免灾呀!他们互相慰勉,似乎发生的是一件好事。

尤其是他们俩都感到了一种轻松和踏实,他们不必再去逛商场,不必去比较皮鞋的式样、成色和价钱,不必担心买了上当的货品并且证明了自己的老土,不必怀疑自己已经丧失了分辨真货与假货、真商标与假商标、好货与赖货的能力,不必再与售货员小心翼翼地讨论货品的性能与价格,尤其是不必试探砍价的可能性与正当性,不必再向亲友解释为什么自己买了这种商品而不是那种商品,不必交钱被怀疑是假钞而拿到验钞机灯下检验、找零而自己完全没有可能检验对方找过来的钱的真伪,不必老大年纪了还要穿新鞋走老路,不必忍受赶时髦而又没有赶对的讥讽,最主要的是不必穿一双自己从来没有穿过的价格昂贵的鞋子了。

他们感到前所未有的踏实。

177. 空 调

老王的孩子们孝敬父母,一口气给老王家安装了三个海尔空调。

天热了,室内温度达到了近三十摄氏度,老王换了短打扮,喝着大碗茶,吃着西瓜,觉得很舒服。

孩子们来了,大骂父母吝啬,这样热了,怎么能不开空调?你们就不知道,美国的尼克松总统,专门在夏天大开空调,然后在白宫的总统办公室生起壁炉,总统喜爱欣赏壁炉里的劈劈啪啪燃烧着的火焰呀!知道吗,这不是浪费,这是派!

叭、叭、叭,三个空调都开了,凉风习习,暑热无踪,倒是还不需要生炉子,不管是壁炉还是蜂窝煤炉。老王道声惭愧,赶紧加衣服,关窗户,同时幸福地笑了。

……冬天到了,还没有到供暖时间,老王与妻子穿上丝绵小棉袄,穿上毛线袜子,吃着小火锅,觉得遍室生春,煞是福气。他们叹息道,就是在首富的美利坚合众国,也还有人无家可归,也还有人难免冻饿之苦啊。

孩子们来了,大怒,我们的双向空调难道白买了吗?你们以为这样做是节约吗?告诉你们二位,三个高档空调,价格逾万,购而不用,闲置生锈,这才是最大的浪费,也是对科学技术与技术工人的最大不尊重!

老王两口子唯唯,赶紧开空调,换衣服,调整食谱,初冬也要吃北京凉粉与韩国冷面。

老王苦笑,不但北京粽子与广东粽子消灭了差别,连一年四季的差别也正在趋于泯灭,听说今后的空调还要改进还要方便呢。

178. 食 品

老王看电视上的"质检报告"栏目,得知了许多不法坏人制作假冒伪劣食品,毁损消费者健康的故事,触目惊心,长叹愤怒不已。

于是他见到通红通红的西红柿就认为是注射了颜料,看到长长的豆芽菜就认为是加了化学药剂,看到太仓肉松就认为是用病猪死猪制造的,看到奶粉就相信自己服用了也会变成大头娃娃,看到茅台酒就怀疑掺了敌敌畏……一个月后,他的体重减轻了三公斤,血脂血压也都呈下降趋势。

有一天来了一个老友,说起食品安全的问题,老友突然激动,喝道:"说下大天来,不管有多少含毒多菌食品,也不管有多少流言蜚语,明枪暗箭……我们活到了今天,健康活泼,天天向上,容易吗?"

说得两位老友热血沸腾,泪眼婆娑,乃仰天长啸,壮怀激烈。

179. 套 话

老王家附近开了一家大超市,每次一进门就有侍立的礼仪小姐说:"欢迎光临。"缴费时,出纳小姐又说:"多谢惠顾。"离店时,还有人说:"欢迎下次再来。"

始则受用,老王想,市场经济发展起来真是不一样,服务态度改善了,文明程度也提高了。

老听这几句话,听得耳朵起了茧子,老王厌烦了,心想:"啰唆什么?纯粹形式主义!白费唾沫星子。"

再后来,连厌烦的感觉也没有了,听到了如同没有听到。

一次偶然缴费时出纳没有说"多谢惠顾",离店时也没有听到"欢迎下次再来",老王觉得很失落。"为什么他们不欢迎我也不感谢我了呢?"

他想不通。

180. 空　楼

在海滨风景点有一幢规模巨大的空楼,据说是某部门的领导挪用救灾款修建的,施工过程中被纪检监察部门发现,领导人撤职,大楼停工。走过这里,看得到的是巍峨的层层楼体,如拳击冠军的盘盘金腰带,雄壮的身影,如一座纪念碑。只是没有安装门窗和楼梯,"腰带"之间便显出一道道的黑暗与空虚。

第一年走过这里,老王看到了全楼的脚手架,但看不到工人施工,并听到了有关该楼被停掉的原委,老王为之叹息。

第二年走过这里,老王看到了脚手架的钢梁上锈迹斑斑,楼房四周的洋灰砖地缝隙里长出青草,老王为之心痛。

第三年走过这里,老王看到脚手架已经撤去,老王莞尔一笑。

第四年……第五年……第六年……老王渐渐趋向于视若无睹。

第七年走过这里,黄昏时分,夏日的上弦月挂在楼顶上空,楼周围只有蒿草野苋菜却看不到洋灰砖了,一片盛夏的草香。老王听到从空空的楼架子中传出了类似萨克管的吹奏声,幽幽地不成腔调,像是初学乐器,又像是后现代无调性的天才的呜咽。老王大骇,怎么这里有人?人会怎么样爬上去呢?怎么可能有人在这里练习管乐?请想一下,老王自己,愿意不愿意到危险的空楼上练习吹奏乐呢?

只这样一想他已经热泪盈眶了,他一辈子竟然没有干过一件这样出人意表或者催人泪下的事儿。

他觉得这里应该有一个故事——没有人知道的故事。如果他是作家,他一定要把这个故事写出来。

181. 一夜平安

早在上初中时候,老王在音乐课上学会了唱苏格兰民歌《一夜平安》。后来,他在电影《魂断蓝桥》里又一再欣赏了这首歌曲。

他参加过一些舞会,他虽然不会跳舞,但也还是在每次舞会结束的时候为这首乐曲的演奏而感动。他听人说,这首曲子本来在苏格兰是一首圆舞曲,后来被奏成"慢四步",即每小节四拍了,他也觉得有趣。

最近在一些场合,他屡屡听到这首歌的旋律,是一个萨克管的独奏,像是嗷嗷地叫,音量不小,但音质音准都靠不住,初始莫名其妙,后来才知道是手机的铃声。

手机铃声里还有《夜来香》《甜蜜蜜》《在北京的金山上》《浏阳河》等。从此,他一听到广播、电视、唱盘、盒带里的这些歌曲,就觉得是有人打电话进来了。

182. 尿 人

老王问夫人,为什么孩子对我们说话那样强硬?我们究竟做错了什么?

太太说,我问过孩子,孩子说,他是见了尿人压不住火,他觉得我们这一辈子太窝囊太老实太谦虚太胆小太退缩太保守太吝啬太不懂得享受太不懂得为自己谋一点福利了。

老王点点头,从此见了孩子更是心虚气短、满脸愧色了。

孩子问爸爸、妈妈,你们怎么愈来愈这个样儿啦?

老王说,我们只不过是见了火人压不住尿罢了。

183. 错　号

老王有一段时间,常常在家里接到要错了的电话:"您是爱菲俱乐部吗?""您这儿有治疗白癜风的特效药吗?""报警,报警!""有外卖吗?""是赵书记的家吗?""有没有优惠价的澳柯玛空调?"

老王觉得十分有趣,并总结说,从叫错了的电话中,听到了全市人民奔小康的脚步声。

老王太太觉得难以容忍,便向电话局投诉,经过检查线路,排除干扰,再没有这样的错电话来了。

老王一下子寂寞了许多。他悟到,没有错号只有精确目标的世界是多么缺少幽默感啊。

184. 沐　浴

终于,老王家里安装了良好的洗浴设备。为了节约用水和能源,更由于老年男性的皮肤干燥瘙痒症,老王规定自己出过大汗就洗澡,如果汗水不多,就隔两三天再洗。

这天天凉,老王一天都没有出汗。入晚,他惊惧了,一天不出汗怎么行,美国一位金发女星,就是因为拍"007"电影时浑身涂了金粉,闭住了汗腺,不幸毙命的。

怎么办呢? 只有洗热水澡。

他洗得很痛快,并认定自己挫败了一次感冒的威胁,说不定是一次酝酿中的 SARS。只是第二天全身痒得要命。

185. 时　尚

老王买了一件中式系纽襻的粗布衫,穿着很方便。于是他又买了一件大裤裆的农家粗布裤子,穿起来好不自在。

孩子们见而欢呼:真酷呀,老爹,真是超等时尚呀!想不到您老了老了还有这么一手儿呀!

老王大惊,怎么穿中式衣裳,农家粗布倒成了时尚啦?真正时尚不是应该穿意大利的华伦天奴、戴铱金镜架蛤蟆眼镜,蹦迪斯科,喝法国干红和讲论法兰克福西(方)马(克思主义)学派的吗?

孩子们解释说,反时尚,特立独行,正是当今最大的时尚。比如大家都盼着吃燕窝鲍翅,都盼着吃法式大餐,您偏点着吃野菜,吃烤白薯,吃煮籴籴(一种用玉米粉做的块状食品,煮后食用);比如大家都讲English,您偏讲四六句的骈体文言文;比如大家都奔钱,您偏说现在人们贫穷得只剩下了钱……您说哪一种最时尚?当然是后一种啦!

老王不解,时尚当然是时尚,不时尚,反时尚也是时尚乃至更时尚,时尚成了如来佛的掌心,孙猴子无论如何是逃不出去啦……这么说就没有不时尚的人了吗?

老王又想,怎么这个年头这么兴时尚,就和当年兴留辫子、剪辫子、共和、革命、穿军大衣戴军帽、翻身、伤痕文学、喝红茶菌、练气功、出国留洋……一样?

186. 光 头

盛夏酷热,老王要去理发,他与夫人商议道:"我想推个光头怎么样?"

夫人焦躁起来,连说不可,夫人分析说:推光头者的前提条件是头要长得圆,光而圆,圆而光,是样儿,而你的头,如冬瓜,如长茄子,如子弹头,光起来不雅,对社会影响不好。再说现在又不是搞"文化大革命"那几年,那几年你推了光头,完全是为了逃脱红卫兵抓头发,现在政治这样清明,社会这样安定,人人奔小康,个个拜财神,你推光头做啥？

老王不服，怎么推个凉快舒服的头都不行？七十多的人啦，梳小辫也不会有什么影响不影响的了，上次一位退休老同事谈自己退休后的心情时说："现在，我是谦虚也不得进步啦，骄傲也不怕落后啦……"难道不必谦虚不怕骄傲的人倒怕起推光头来？

为了家庭和睦，老王推迟了光头工程。星期天，他与孩子们商议。立即分成两派。言可者力辩说：光头，与披肩发一样，正是时尚，美国的跳水王子是光头，外交发言人也是光头，某国元首是光头，某大学问家也是光头，光头是男子汉的专利，是性感魅力，是老而不衰的表现，是自由解放的象征，是爸爸自主意志的胜利，是社会进步文化多元化的一景……

反对者反驳说：美观是女人也是男人的第一需要，美观是青春更是老人的权利，尤其是义务！头发是人类最美的一部分，就像孔雀的羽毛。伟大人物是不怕光头的，罗斯福还是小儿麻痹后遗症患者，还坐轮椅呢，就因为他是罗斯福，坐轮椅也好看，坐轮椅是风度！而爸爸老王，本来就一生蹉跎，一事无成，最后再弄一个不规则头型叫人取笑，你们为什么不实事求是地考虑问题呢？

老人听得聒噪，便勇敢地径向离家近的一家理发馆走去，他决绝地悲愤地对理发小姐说："光头！"

青春焕发的理发小姐似乎没有听见他的话，而是动员他道："您老的头发很不错呀，您焗点油吧，您！"

……这样，老王不但没有推成光头，而且染了黑发，焗了油，油头粉面地回了家，并为这油头粉面交了一百多块。老王并且告诉太太说，那里有一位理发员，长得像一位香港电影明星。

187. 新　鲜

老王去超级市场购物。妻子对他说："记住，购食品前一定要看出品日期,一定要当天的,头一天的也不行。"老王牢记,见到东西先摘下近视眼镜查看日期,偏偏一些食品生产厂家把日期印得模糊字体又小,似乎故意不让顾客看清楚。他瞎目觑眼地挑上一阵,常常没有挑准确,买回家的东西达不到妻子的新鲜要求,深受责备,深感愧疚。然而,东西买回家后,有时一连放上五六天才开始吃用,老王不明白,既然如此,又为什么对购物的要求这样苛刻呢?

188. 节 食

老王的血脂、胆固醇等指标有点偏高,医生劝告他一定要节食。

老王是一个没有受过系统的科学教育却又笃信科学酷爱西医的人,从此吃什么都注意节制,他给自己制定了几个原则:一、越是想吃越不吃。二、越有营养越不吃。三、越饿越不吃。四、谢绝一切吃喝应酬……

他坚持了一个星期,突然,在路过一家肉食店的时候激动起来了:节食的目的是多活几年,多活的目的难道不包括多吃几年吗?活的目的当然不仅仅局限于吃,但是,难道能够把活与吃分离或者叫做剥离开来吗?

他在悲愤中买了一斤猪头肉,两个热烧饼,拿回家,就着二锅头,一口气全吃了。

从这次节食失败以后,他突然对吃大鱼大肉的兴趣顿减,再也不想什么"解馋"呀,"猛撮"呀什么的啦。

现在,他的进食分量已经比较得当了。

189. 回 忆 录

老王说是要写回忆录了,老婆觉得他退休以后老在家里闲着也不是一回事，人家说太闲了容易染上不良嗜好，或发展成精神疾患，或提前给自己的生命画上句号或什么什么的，于是咬牙切齿批准他买了一台电脑，性能很先进，30G 的硬盘，256M 的内存，还有奔 4 的驱动什么的。

于是老王爱不释手，这天操作它的这个功能，那天操作它的那个软件。今天把墙纸换成大海，明天把墙纸换成白云。今天调音响，明天调画面。时间显示已经精确到分了，不行，还要精确到秒。为了清洁屏幕，买了鹿皮软巾；为了清洁键盘，买了特制小刷；为了更彻底地放电充电，又搞了一套特别的软件……遇到病毒入侵，老王更是兴奋，指挥着各种杀毒软件杀杀杀，好像玩起了战争的游戏。

除了没有动笔写回忆录以外，这台电脑使老王忙活起来了，情绪也相当不错。

190. 宿 命

老王最近常常听到宿命一词。一位资深编辑没有评上编审，叹气说："这是我的宿命啊。"一位能干的青年没有升上副局级，也叹息说："这是我们的宿命啊！"一位自我感觉良好的作家出了书却无人问津，叹道："这是我们的宿命啊！"

老王想，不但是宿命，而且是"我们"啦，"们"字是从哪儿来的呢？

一位主张严格按照医嘱服药和一位主张对于医生"不可不信也不可尽信"的朋友抬杠，两个人都说："主张什么的都有，这就是真理的宿命啊。"

这两个人的宿命如何老王弄不明晰，倒是那个病人，不知道听哪个宿命更好的癌症患者终于去世了，老王想，这可真是他的可怜的宿命啊。得了癌了，还得听关于真理的宿命的争论。

老王觉得他们用词不当,比如说这就是命啊,不就行了吗?说成宿命,有点故意装腔作势。这究竟是个什么问题呢?是修辞学还是心理学呢?我怎么听起来这么别扭?

老王乃讨厌自己的无事生非与多管闲事,解嘲道:"这就是我的宿命啊。"

191. 解　说

世界杯足球赛期间,老王常常一面看电视实况转播一面批评节目主持人的解说。就是说主持人评论赛事,老王评论主持人:

"信口开河!"

"瞎说!"

"你踢去呀!"

"说着倒是容易!"

"你倒是老有理!"

"马上改了词儿啦……"

老王的妻子则评论老王的评论:

"你少说点行不行?"

"安静安静,这不是,关键的一句话没听见!"

"听你的还听中央(电视台)的?"

"你真讨厌!"

"无聊!"

老王勃然大怒,按下静音键,拒绝向自以为是的解说让步。

老王的妻子怒气冲冲地回到自己的卧室,不看了,拒绝向老王的神经质让步。

赛完球,老王的孙子走过来抱怨:"今天怎么把电视机的声音开得那么大,吵死我了,我都没有办法做功课了。"

192. 乒 乓

老王不善体育,但乒乓球打得还凑合。三十岁的时候,他在机关联赛中得过第九名。

年近七十了,他一次与一位小伙子打了两场球,他都赢了,引起一片喝彩,说是"老当益壮"啦,"廉颇未老"啦,"姜是老的辣"啦,"六十岁的人三十岁的心脏"啦……

老王大喜,于是继续向众青年挑战,他虽然很快乐很兴奋,他虽然充满必胜的信心,虽然他的精神状态堪称超一流——根据传媒的说法,有了这种精神状态,中国足球早就得了世界冠军啦——他还是连连败下阵来,就连原来输给过他的小伙子也嗫嚅了一句:"这回不让着您老啦。"把他打了一个落花流水。

193. 问 候

老王阖府去拜访一位远亲,一到人家那边,各种问候不绝于耳:您的身子骨儿?您的胆结石?您的血压?你的大儿子?二儿子?他外婆他舅舅他表姑他四姨他六妹子都好?某某搬了家,某某升了官,某某长了肿瘤,某某双了规,某某入了外国籍,某某成了大款?

老王想了想,只问了一句:"你们家那只猫呢?"

194. 电 梯

老王上电梯,发现了一个陌生的青年。

青年先老王下了电梯。他问电梯工:"谁?"

电梯工答:"不知道。"

他是谁呢?

你管他是谁呢?

如果他是小偷呢?恐怖分子呢?

如果他不是呢?如果他只是一个客人,某个住户的新成员,或者人寿保险推销员……呢?

有物业,有保安,有电梯工,有110、112、派出所、武警……他们都会负起保卫居民的责任的,老王如果不是吃饱了撑的,何必操心陌生人是谁呢?

然而他还是忍不住想:"他是谁呢?"

同时,他还想:"我为什么要想他是谁呢?我难道不能根本不考虑他是谁吗?我为什么每天要想那么多毫无意义的问题呢?我能控制自己吃什么或者不吃什么,我能控制我去哪里或者不去哪里,我能控制我说什么或者不说什么,难道我就不能控制我想什么不想什么吗?但是,但是,我为什么要管自己想什么或者不想什么呢?"

他觉得自己的脑子乱了,痴了,呆了,病了。他有点惊慌。

这时太太让他到物业管理处缴纳水电煤气保安与清洁费用,他的脑子一下子就清醒了。

195. 体 重 计

由于医生对老王的体重、血脂、血糖等几项指标提出警告,老王到百货公司买地秤,密切注视自己的体重情况。选了一个地秤,一称,比在医院里过秤的时候轻了一公斤半,老王大喜,认为自己的体重并没有医生说的那样重,同时觉得还是此百货公司的体重计可爱。

过了几个月,他去医院量体重,发现自己的体重仍然偏高,所谓减轻了体重云云,完全是由于两个秤的计量不统一造成的。他进而研究,百货公司的体重计显然是为了投其所好才故意把你的体重显示得少一点。真是太狡猾了,连地秤也学会了弄虚作假。

人们说地秤是可以调的,他调了半天,地秤比原来的显示一下子增高了两公斤。

老王仍然很不开心,他下决心再买一个进口高级电子显示体重地秤。

就在他不断研究改进地秤过程中,他的体重又增加了数公斤。

196. 眼 疾

老王因眼疾做了一个小手术,一连许多天,他戴着眼罩,不能看书报,不能看电视,不能用电脑。

于是他找出了废置多年的半导体收音机,装上四节电池,勉强扶正因损坏已经立不起来的天线,调节着年久失修、难以顺利运转,而且不断发出沙沙噪音的可变电容器,听起广播来。中央台。北京台。天津台。河北台。交通台。教育台。英语台。国际台。调频。中波。短波。

他想起了上个世纪四十年代、五十年代,那个时候他在"话匣子"里听北京解放的新闻,听孙敬修讲故事,听曹宝禄唱单弦,听宝音德力格唱蒙古长调,听齐越播斯大林的讣告和夏青播"反修"檄文……

后来有了电视,有了电脑,有了音响,很少听"话匣子"了。

眼病可真好,它让我回到了童年。老王温馨地想。

197. 眼 疾(续篇)

许多年来,老王一直很忙。

甚至退休以后,老王的心劲好像还是绷着,细想起来倒也没有什么要紧事,只是早晨六时半要起床,七时半要早餐,八时半要看报,九时半要接电话,如果没有人给老王打电话,老王就会给旁人叫电话。十时半要上网,要拼命浏览,然后评论说"全都是垃圾"!然后发现病毒,杀毒,查毒,给杀毒软件升级……然后谈论世界与国家大事,谈弱势群体、农民负担、城市交通拥堵、禽流感、伊拉克爆炸、哈马斯精神领袖、钓鱼岛主权、单边主义……然后辩论,献策,然后说"全是空话,废话,说了等于没说的话"。然后散步,然后晚餐。然后看新闻联播,然后朋友们孩子们来说是谁谁发了财,谁谁买了房,谁谁双了规,谁谁遗体告别……

现在呢,干脆闭目养神,养伤口,谢绝了一切来访,谢绝了一切需要出门的应酬,乃至谢绝了一切话题。

而且遇到电话来,他会带几分得意地说:"噢,对不起,我刚刚做了眼科手术,噢,我现在必须休息啦……"

他终于感到理直气壮了。

眼疾是一种特权,眼疾是上苍安排的休整,眼疾令你闭目思过,闭目养神,闭目养浩然之气。

有点眼病,可真好!

198. 散 步

今春天气甚暖,老王下决心要到户外散散步。

偏偏来了一位亲戚,都二十一世纪了,家家都安装了不止一部电话机了,这位亲戚居然不懂得拜访什么人之前先通一个电话。中国啊,离现代化,远去了。

老王转了半天磨,突然,怒从心头起,恶向胆边生,扯一回谎,便说有约会,先走一步了。

亲戚不为所动,既然老王太太在家,亲戚不觉得老王走会有什么不便。

老王走在室外,却发现是大雾弥天,空气里有一股硫化物的气味,不宜散步,但他又不宜回家了,于是反省自身:说谎者绝对没有好下场。

199. 过街天桥

老王家门口修了一座过街天桥,这下可好了,可以安稳地走天桥,到马路对过的大超市,购买他需要的日用品了。

为了购物,更是为了多活动,老王平均每天走过街天桥一点七次,上上下下,走来走去,一走就走了好几年了。

这天走着走着,老王突然想起了一个电影镜头:一个壮年人走过街天桥,转瞬间,画面叠印,从黑发变成了花白头发,从花白头发变成了银发,从多发变成了稀疏头发乃至秃头,从走得快走得健变成了走不动、气喘吁吁,从豪气冲天到老态龙钟……

老王把自己的想法告诉一位年轻的电影导演,电影导演说:"王伯伯您别生气,您的构思太俗太俗,早就老掉了牙了。"

老王点点头,心想,是的,还要加上掉牙的镜头,先是一嘴的整齐的白牙,像电视牙膏广告似的,后来,慢慢就把牙齿掉光了。

200. 可 疑

老王的一位亲戚经过长期的国外生活,叶落归根,回到故乡定居。他很喜欢说的一句话就是"可疑"。

一位老友患脑血栓,好不容易抢救过来了,没有留下太大的后遗症。此公听别人劝说买了一把木头刀,每天早晨起床练刀,说是这样可以劈开血栓。看到年近古稀的大个子练习儿童玩具式的木刀,亲戚说:"我觉得他的智力有些可疑。"

公园清早,一群妇女健身,一个又一个地弯腰从胯下做取物抛扔状,同时大喝一声:"咳!"……亲戚说她们的"智力可疑"。

街头绿地种植了一批灌木,所有的灌木又都修剪成大小圆球状,而盛开的花木分成一畦一畦,如同小白菜然。亲戚说,这种设计者的智力太可疑了。

所有的学龄儿童都上学,所有的学生都在老师提问的时候作出齐唱式的统一回答,亲戚评论说,这种教学方法未免有些可疑。

所有的药店都卖补药,所有的男女老少都需要补钙补锌补金银铜铁锡……补维生素从 A 至 E 补脑补肾补精补血补免疫力,进补的人有一些个是罗锅腰罗圈腿斗鸡眼癞痢头疤癣眼。亲戚说怎么这么多可疑的补药啊。

老王渐渐觉得亲戚是太可疑了,而且不仅仅是智力。

201. 静 观

老王这天没事,站在公寓楼下,静静地看着。

他看到一辆出租车驶来,停在他们楼口,司机与乘客下来东张西望,然后车开走了。

他看到一个又一个住在本楼的居民拿着新开业的大超市的购物塑料袋购物归来。

他看到街上一男一女在吵架,两个人都动了肝火,脸变得黄里透青。他做主他们俩是夫妻,他知道夫妻吵架是很痛苦的。他知道外人是不好去劝架的。

他看到一个母亲对自己的小女儿发了火,丢下孩子自行前走,孩子哭得十分可怜。他也知道这里没有他帮忙的余地。

他看到年轻的男女手拉手、肩挨肩走过。

他看到有的人走得急,有的人走得百无聊赖,有的人东张西望,有的人直脖瞪眼,有的人春风得意,有的人一脸晦气。

他奇怪怎么会有那么多车辆,那么多行人,那么多物品,那么多式样的服装。

后来,他回到了自己的家,没有觉得自己看到了什么。

202. 肚 脐

说是最近最时髦的服装之一种是女孩子们穿的"露脐装",穿上一件紧身上装,与下装之间露出一带风光,风光的核心景点是肚脐眼儿。

老王在电视屏幕上也看到一些舞蹈表演,女艺术家的肚脐也是露出来的。

老王只记得小时候父母常常在洗澡的时候帮助他或者教导他注意洗净肚脐,从来没有想到过这里有什么好看。

真是赶上了做梦也梦不到的日子!

唉,我们这一代人是多么傻呀,连欣赏肚脐的美丽都不懂。

他入浴的时候看看自己的肚脐,实在没有觉得有什么好看,他的第一个反应仍然是要注意洗净。

大概美女的肚脐是美丽而且特别洁净的吧,而我辈一些糟老头子,不长肚脐也罢。

有一回,他又在看电视屏幕上的舞蹈表演,忽然发现,一位著名的女舞星,她虽然穿着露脐装,却硬是看不到肚脐。

老王大惊,是不是有的人不长肚脐呢?他产生了疑问。他请教了许多人。许多人认为他不应该问这样的问题,这有失他的身份。也有人告诉他肚脐是人们在母体里、在出生前摄取母体营养的通道,因此不可能不长肚脐的,除非他或她没有被怀上。还有人说估计是那位有身份的舞星不愿让人看到自己的肚脐,也可能她的肚脐受过伤、做过手术之类,故而采取了一些举措,把它遮蔽上了。

但老王一想到一位他喜欢的舞星看不到肚脐,就不由得感到非常难过,至少是不安,乃至于羞愧难当。

203. 蝴 蝶 兰

两年前,老王在朋友家里看到美丽的蝴蝶兰,很觉羡慕。当得知这原产台湾的花儿是朋友单位的领导春节前来看望时带来赠送的,他更加羡慕了,并且动了一下念头,为什么本单位的领导没有给他送蝴蝶兰来呢?

又过了一天多,达三十个小时左右,即次日晚上,他忽然想到,自己去超市买两盆蝴蝶兰来好了。遇到好东西不肯及时购买,等着领导送,显然是计划经济体制与仅限温饱生活水准时期遗留的不良习惯。现在,不但是市场经济了,而且是相当的小康了,居然用了三十多个小时才想到了自己掏钱买花,真是令人惭愧呀。

惭愧归惭愧,一等就是两年,直到两年后的二〇〇七年,他才跑到超市买了蝴蝶兰与原产韩国的蕙兰各两盆,点缀得寒室生辉。恰好第二天那位家有领导送的蝴蝶兰的朋友前来他家拜年了,朋友赞道:"呵,你们单位领导也给你送蝴蝶兰来了吗?喝,还有蕙兰哟!"

老王实在没有勇气说是自己买的,领导没送,他嗫嗫嚅嚅,嘴里含着茄子,默认了。

事后他用七十多个小时反思,为什么没能实话实说,留下了弄虚作假的不体面的记录。

他给自己列下了几个答案:

一、怕显得自己在本单位的地位不如朋友在他那个单位的地位高。不论多么小康乃至大康,有人送自然比自家买光彩。

二、显得本单位的领导不如他那个领导工作细致有人情味儿。

三、怕自己显得奢华和屎壳郎戴花——臭美,一个糟老头子,买什么花?

四、鸡毛蒜皮的小事儿,掰扯那么清楚作啥。撑的?

五、其他,如早已养成的说话吞吞吐吐的习惯,由于缺牙漏风造成的口齿不清的自卑感,由于慢性气管炎造成的应答滞后、可能的或显然的老年痴呆症初期等等。

204. 蝴 蝶 兰(续篇)

老王家里养了一盆蝴蝶兰,已经三年了,没有施肥,没有剪枝,没有管理,长得茁壮旺盛,年年开花,十分鲜艳。

他的老友老李到他家来,闻听此种情况,赞叹不已,羡慕不已,并埋怨说自己养的花品种不好,照顾不周,无人经心,养一盆死一盆,养一株枯一株,为什么人背兴了花都养不成,唉。

老王的老伴听他说的次数太多了,便建议老王下次去看望老李时干脆把这一盆优良品种的蝴蝶兰给老李送去。老王觉得有理,便换了花盆,清洁了枝干,去掉了枯叶,打扮停当,虽是再醮,全如新婚,隆重推出。

老李大惊,千声明万表态,他完全无意养花,而且能夺人之美乎?再说他们家也没有地方放花盆。

那你羡慕个什么劲呢?老王心想,但已无退路,只能前进。

老王也说了一车皮话,说明养花有益身心,此盆花十分皮实,虽属旧花,实是经过了考验,他家里花还多着呢,新年在即,养花吉利。而且蝴蝶兰原产台湾,多养蝴蝶兰有助于浓厚两岸情谊……

好不容易才把蝴蝶兰送了出去,王的心情比新得到了一盆蝴蝶兰还快乐。

第二天,有两位领导给老王送来了三盆蝴蝶兰,老王对老伴说,瞧,送走两盆,立马来了三盆,真是好人好报呀。

205. 杜 小 米

老王参加一次中学老同学的集会,见到当年的大美人、才女、舞蹈明星和业余绘画比赛金奖获得者杜小米。

说实话,虽然岁月无情,剥夺了杜小米的浓密黑发、光洁皮肤、迷人笑容,但仍然保留下她的轮廓的鲜明,才气的横溢,声音的磁性与谈兴的高涨。这次聚会每人交八十块钱吃烤鸭,杜小米整好坐在老王身旁,老王颇觉快乐。

当问到杜小米的生活情况的时候,杜小米打开了话匣子,她向老王"井喷"般地倾诉起来:

她考舞蹈学院没有考上,是由于主考老师有眼无珠。改上了师范学院,碰到了一群混蛋。她参加工作后的第一个科长是白痴。第二个处长是变态。第三个副局长娶了她但是打骂她。第二个丈夫是色情狂。第四个副部长对她打击报复。第三个丈夫是性无能。第五个部长给她穿小鞋。最近与一位男士会面,这个男士打着领带,弄了一个领带夹竟然随着领带飘来荡去。

老王听得很沉重,很投入,很同情,很不平。一个这样美丽的女性,一个这样出色的女性,本来应该幸福、光荣、体面、高尚、快乐、满足地过一辈子。她应该得到爱情,得到提升,得到财富,得到欢呼……命运啊,你瞎了眼!

结束聚会。回家以后,老王仍然闷闷不乐。唉,这也叫一辈子,各种坏事坏人都让她碰到了!

只是在睡醒一觉的午夜,老王忽然警觉,是不是自己在上中学期间或者以前以后,做过什么对不起杜小米的事情呢?绝对!进出教室门的时候挤到她没有?她表演舞蹈的时候是不是有一次没有专心观看?看她画的画的时候认真称赞了没有?更重要的是,有过没有借她的钱而没有及时还的记录?

呵,他肯定也惹她生过气!

时至今日,老王没有想起自己的具体过失来,但是他坚信不疑:他与众人一样,肯定也做过对不起杜小米的事儿。

206. 鱼　翅

老王的一个同学 A 邀老王去赴一个饭局。说的是老王当年另一个不太熟悉的老同学 B 发了财,成了款爷,要请老同学好好吃一顿鱼翅。

老王觉得没有什么意思,便推辞说,自己与那位打算做东的 B 同学不熟,去了尴尬。但 A 同学说那位 B 同学记得老王,强调一定要请到老王。

老王推说自己吃鱼翅过敏。回答是可以给他单独做别的。A 同学问,要不您吃"龙虾"?"鲍鱼"?"燕窝"?"鹿鞭"?

吓得老王赶紧声明,千万不要麻烦,大家吃什么他就吃什么就行了。说完了后悔,这不等于说是自己同意了去吃一个早已忘到九霄云外的所谓同学所谓款爷了吗?多么不好意思!

老王想不出任何非要请他不可的逻辑,但得知对方一定要请他吃饭,他不由得有些得意。而 A 同学说的那些奢华食物,听起来也蛮不错。英语的说法是 sounds good。

……吃了牛肉,吃了鲈鱼,吃了河虾,吃了娃娃菜,吃了松花蛋,老王想下面该上鱼翅、龙虾、鲍鱼、燕窝、鹿鞭之类的了吧?

然后下面上来的有梅菜扣肉,有蒜茸空心菜,有京酱肉丝,有乌鱼蛋汤,有蜜汁火腿……菜吃得真不错。就是没有最令他不安的那些特品——燕鲍翅之类。

越好越贵越推辞,推辞完了怎么又惦记上了呢?等了半天没有。直到饭后的果盘都上来了,吃完了,人们拿起牙签剔牙了。老王还想:果然没有了吗?没有为什么说有,并且以此招揽?可你又为什么死乞白赖地推辞呢?推辞完了又等个啥呢?你不是过敏吗?这回还敏不敏了呢?

207. 游 泳

老王喜欢在海上游泳。

很多人问他："能游多远？"

他回答："反正一千多米没有问题吧。"朋友们点点头，并没有特别夸奖他。

他乃下决心测试一下自己，游着游着，并没觉得太累，便想，已经这么大年纪了，逞什么能呢？适可而止就行了。于是他转身游回去。这样测试了几次，都是力未尽而知返，他仍然不知道自己到底能游多远。

接下来又有朋友问他："在海上，你能游多远？"

他回答："我也不知道，反正已经游了几十年了，游到不能游的时候为止吧。也就是说，等我知道我到底能游多远的时候，我也就不可能告诉你了。"

208. 老 友？

老王到华堂超市购物，排队缴费时看到自己面前一位女士的侧影与背影很像中学时期的班长颜小明，遥想当年，老王梦中与颜班长还有一番缱绻风流呢。

老王心跳略感强劲，他叫了一声："小明……"

估计是声音太小了，没有任何反应。何况这家总部设在日本的超市，到了中国开了店以后竟然鼓励各摊位高声吆喝，一片混乱嘈杂，胜过《红灯记》里的破烂市。

他提高了声音，叫道："颜小明……"

背影似乎抖动了一下，急着往前走了。

"颜班长！颜小明班长！"老王大叫起来。

侧影与背影回过了头,老王并没有能判断那是不是颜小明,但是他看见了此位老妇的极端厌恶夹带恐惧,并且急于闪避逃离说不定不惜报警的表情。

老王后悔万分,在超市这样的场合大呼小叫,干脆只能算是失态……他对自己进行心理分析,他大叫的目的何在?重温与明明的旧情?屁。进行黄昏罗曼斯?天理良心,他老王一辈子对老伴比牛还忠。是穷极无聊,属于老年性躁郁症?那还真得去一次医院啦。莫非他想怀怀旧,安慰安慰自己,一起说说当年曾经多么豪情无限大公无私一心报国纯洁无瑕光荣幸福?

也没有分析出什么东西来。他知道了,不一定要相认老相识,哪怕是最老最好的相识。俱往矣。天地不仁,况老王乎?

209. 担担面

老王一次吃馅饼吃多了些,连续好长时间消化不良。他去了医院,吃了消炎的黄连素、诺氟沙星,助消化的多种酶剂与酵母,怎么也是不好。

他改用热敷和按摩,仍然是收效甚微。

他改用辟谷和节食,还听朋友讲这种断食法的时尚名称是肠胃的格式化。

他不吃生冷,不吃水果,细嚼慢咽,自我照顾,配合医疗,无微不至。

仍然不好,他甚至怀疑自己是不是有了更大的麻烦。

这天被几个老友邀去吃重庆火锅,去以前他推辞了多次,又讲了自己的病情多次,讲得可怜兮兮,感动得自身几乎落泪。

一开始,他自居边缘,以肠胃全无,舍命陪君子的姿态坐在一角,像受气的小媳妇似的。

后来经不住友人的劝诱,尝了几块子麻辣拦鸡,那种香、辣、麻、强烈的感觉令他如醉如痴……

如此这般,他堂堂一个老人,一生无贪无偷无伤天害理的任何大小劣迹,无不正当男女关系的人,却败在了重庆火锅的花椒辣椒汤下,他豁出去了,他吃的时候甚至想,即使明天告别人间,这顿火锅也不能畏畏缩缩,躲躲闪闪的,趁着能张嘴巴的时候不吃,莫非等着喉咙里插上饲管时再吃不成?

在火锅基础上,他甚至又吃了一碗更加麻辣芬芳无边的担担面。呜呼,伟哉!

从此他完全痊愈。

或曰,老年人的肠胃极易进入疲劳死机状态,这时,越是保守越是好不了啦,只有恶治才能激活,而重庆火锅的刺激力此时发挥了巨大作用。

或曰,老王的胃病乃是湿寒虚症,正需要这样的恶治,重庆火锅的奇迹不仅是中华料理的奇迹,更是中医理论的胜利。

210. 思维法则

老王和几个老友聚会,大伙争着说自己老了。老王觉得奇怪,这真是一种独特的文化呀,人们怎么那么愿意说自己老呢?

老人 A 说,老伴让他去超市买瓶山西老陈醋,他居然买了一瓶广东老抽——酱油回来。

朋友们说:靠谱,靠谱,又不是买了一瓶敌敌畏。

老人 B 说,星期天本来计划去儿子家,上大巴时上错了,就去了闺女家。

朋友们说,谁让你当年不知道计划生育呢?孩子多是福气,去谁家不一样?

B 说,不一样,欲言又止。看来还有点隐情。

老人 C 是一位小有名气的数学家,他说:他们那幢居民楼的老人,锻炼身体主要靠爬楼梯,楼外散步已经没有地方了,原因是私家车与狗屎太多,占据了所有空地,而且汽油味炒菜味也不利散步。一天 C 走到四层楼梯的拐弯处,碰到楼上十二层一位老汉,两人聊了一会儿奥运会,然后十二楼的老汉忘记了自己是正在从上往下走还是从下往上爬,事关每天的锻炼指标,马虎不得,十二楼老很恐慌。

C 说,让我们想一想:如果您是从上往下,我就是从下往上,因为我们是顶头相遇,并不是一个追上另一个。那么,只要我记得清楚是在上还是在下,自然你就是正相反,您就不会迷失,请放心。但是,但是,但是我是在上还是在下呢?您瞧,本来我是很明白的,压根我就没有糊涂,叫您一说,我怎么忘了呢?看来遗忘是有暗示性与传染性的。要糟,关键时刻,我硬是忘了。

十二楼的老汉说,且慢,你如何能百分之百地肯定我们是对头相撞,而不是你追上我或者是我追上你呢?万一不是这样呢,那么您即使记脸皮一清二楚,又有什么用呢?

C 一听,有点二虎,世界什么事能说是百分之百呢?相撞乎迎头赶上乎?这可是前提呀,前提一错,推论也就都是错的了。一听前提有问题,他的血往上涌——也就更糊涂了……

这个问题至今没有解决,成为遗案,十二楼老为此住了院。

众老人反映:C 的思考与表述方式不老,应该说是极精密极严肃极逻辑的。果然,C 不愧是数学家,大家就是大家,博导就是博导。现在除了文学没有鲁迅式的大师,各方面都充满大师级博导,令众友愧死。大师就是老糊涂了也仍然是那么智慧,那么哲学,那么思辨。

211. 手机定则

孩子与友人向老王提出抗议,他有手机而经常不开,耽误事。

老王辩解说,他开一天机也没接过找自己的电话,倒是接过不少错号,而且错了号的打电话者对他很不满,电话明明是 1234567890,

而对方坚称他或她要的千真万确是 0987654321。

要不就是做局的电话,如说是他的信用卡超支了,需要核对密码。还有各种推销房地产、化妆品、旅游项目、假发票、小姐服务的短信……有天晚上他忘了关机,半夜铃声大作,问他是不是黑天鹅的士高舞厅。

友人与孩子们则说,某月某日,为 ABCDX 要事,急于找老王,硬是只有"您呼叫的用户没有开机"的电子化数字化反响。结果,耽误了他 A、治病,B、发财,C、大剧院演出票,D、首长接见提拔,E、换房,F、上万元一桌的晚宴,G、与明星共舞探戈,H、炒股,I、买彩票,J、组团出国,X、足球赛……的要事。

总之,细节决定成败,老王的涉嫌吝啬的有手机而不打开的丢人记录,影响了他与子女的前途。如果他每天 6∶30AM——12∶00PM 一准手机开机,老王一家本来会有更加光辉灿烂的生命现象。

老王总结说,只要一开手机,绝对没有好事好信息,只有错号、垃圾信息、骗局与干扰。而只要一关机,各种好事都来了,来了,但是到不了他手里——耽误了。

从此,他发明了一个名词:手机定则,其公式是:手机获得的有害信息>有益信息。

一个号称有思想的老友听了老王讲手机定则后,指出:你本来就不应该净想"好事儿"嘛。我为什么七十八了耳不聋眼不花血压血糖血脂不高前列腺不肥大呢?就是我一辈子从来没有为个人想过"好事儿"。

后来老王手机开得勤了些,有时候仍然忘了开。手机就像你本人,在生活遭遇中,你无权挑剔,碰见什么您就算什么吧。

这样基本开机一个月后,"坏事儿"来得少了。好信息来得多了。

怎么那么奇怪,手机定则有了新的丰富?或曰第二定则:要开机达一定的时间之后,要有所积累之后才可能出现良好无误的信息。

听了老王的第二定则后,有思想的老友说:"未必是手机定则,说不定是你的感觉定则吧?"

老王惭愧,老友竟是那样有思想,而自己竟是那样缺乏思想啊。

212. 旧体诗

老王的一位极有成就的老友退休十年之后给老王寄来一本他的旧体诗集。老王读后觉得难受,他那么好品质个人,一个好同志,你退休以后干什么不好,写诗干什么?你写诗就写诗吧,还弄什么五言、七言、绝句、律诗、古体干什么?

和尚摸得,我就摸不得吗?老王想起了阿Q的不平:诗人写得,我为什么写不得?那么多人都写了旧体诗,有讲平仄的,有不讲的,有押韵的,有不押韵的,不是可以解放思想的吗?你老王有什么条条框框可以限制任何人做诗呢?

老王没有什么道理可讲,只是他读了朋友的诗感觉难以消化,噎得够呛,别别扭扭,向上冒酸水。

他只想告诉朋友,你写诗以前最好先读一遍《唐诗三百首》,读两篇《古文观止》中的文字,只要用半个月时间接触一下这些文字,他就会写得好得多。

告诉不告诉朋友呢?告诉?不告诉?他左右为难,比历次运动中发言批判众倒霉蛋还为难。

几个月过去了,老王接到邀请,说是好友的新诗集得到了好评,要为此举行研讨会,会后有晚餐招待,参加研讨的人还会得到不菲的车马费。

一番较劲之后,老王终于参加了好友诗集的研讨会并且用了有多宝鱼和牛仔骨的晚饭。

后来他想,一个卓有成就与名声的人,退休以后,没有去给领导与子女添麻烦,没有胡说八道,没有牢骚满腹,没有麻将连天,更没有耽于吃喝烟酒,而是辛辛苦苦地写诗,歌颂大好河山,感念先贤烈士,赞美伟大时代,祝福吾国吾民,这难道还不够好吗?至于诗是否通顺,他管得着吗?

213. 提 问

有一天老王与一些老同学聚会。同学老田的儿子最近升了大官,大家要求老田说说儿子的故事。

老田说:"那年我们在青海的时候……"

老赵连忙问:"什么?你不是说去过西藏吗?怎么又改成青海了?"

老田说:"我先是到过西藏,后来……"

老刘便问:"那么那究竟是哪一年呢?你去西藏与青海是同一年还是不同的年份呢?"

老李便说:"别打岔好不好?说一件事,说完了再说别的好不好?为什么我们老了老了这么爱着急啊?你让人家老田先说完嘛!"

老周便说:"算了算了,又不是开政务会议,谁愿意说什么就说什么,谁愿意问什么就问什么不结了?打岔就打岔不结了?说不全就不全不结了?又没有人规定中心议题!"

老刘便反击老李:"你急什么呀?你是不是急于汲取经验好把你儿子也培养成局级干部?"

老赵便说:"级不级虽然重要,款不款其实更重要,你看看网上,现在有多少人富成什么样儿啦?"

于是哈哈大笑。

他们的聚会非常成功,交谈甚欢,其实最后什么也没有谈。此时无谈胜有谈。

214. 专 雹

夏日,老王与朋友们一起爬山,碰到大雨,他们找了一个亭子避雨,眼看着大团的云雾向自己扑来,人们陷入云的深处。同时云雾飘来飘去,时浓时淡,浓时对面看不到树,淡时对面的山峰的轮廓一点点显现,世界处于时隐时现、或隐或现之中,他们觉得很有趣。老王还吸了吸鼻孔,想闻一闻云雾是什么味道。似乎有一点硫磺味。

一位年龄最大、地位最高、不无官体的老友豪迈地连打几个喷嚏,缩短了久未见面的老人们的距离。老王哈哈大笑。

这时老王有所发现,惊呼:"下雹子啦!"

打喷嚏的大人物四周看了看,说:"别咋唬,哪儿来的雹子呀?"

大家随声附和,都说没有雹子。

老王深感受辱,虽然他年岁愈来愈大,成绩愈来愈小,但什么是雹子他还是知道的,而爱打喷嚏的老哥虽然级别、资历、成就、财产、名声都比他强得多,但总不能因为自己没有看到雹子就否认雹子的存在。老王跳到雨里拿起那粒晶晶的雹子,喝道:"睁眼看啊,各位,这就是雹子!"

大家笑得更厉害了,一致认为天上掉下来的只有此一粒雹子,一致命名此雹为老王的"专雹"。并分析说老王虽然没有专机、专列、专车、专家待遇,但从上苍那里获得了专雹,也算很有面子啦。

老王听了很不接受,便指着愈来愈多的雹子叫大伙看,什么专雹?看,现在雹子已经愈下愈多了!

众人分析说,众多的雹子是刚刚下来的,刚才,只有一粒专雹。二分钟前,你获得了专雹,这已经很不错了,你不能老是想垄断,二分钟后,群众也开始拥有了雹子,你有什么不平衡的吗?

215. 招 云

为专雹的事老王的气还未平息,突然,爱打喷嚏的老友又发现了新情况,他叫道:"看啊,所有的云朵都往老王头上飞,老王真是招云啊……"

老王让他说得五迷三道,恍惚中感觉到一朵朵的黑云白云灰云褐云黄金云都在向自己飞来。

他长啸一声,随口诵读了古人吟咏九华山的诗:

一峰天半明朱霞,一峰晦黯招云车。
一峰晴明一峰雨,一峰崛立一峰舞。
如笏如斧如覆钟,如矛如刀如戟丛。
突如塔顶摩苍穹,削者如圭锐者笔。

他的即席背诵令诸同学一怔,然后是好评如潮,都说:"瞧人家老王,毕竟是当年考第一的人啊,说到哪儿就有哪儿……"

我乃招云者也。老王想起来有一点快乐。一生蹉跎,一事无成,却居然能在山顶上阵雨中招来一大堆云团。招云以之形容女生,应为姣好国色,以之形容男士,应为奇人逸士。哈哈哈哈——他感到自身颇有阿 Q 意味。

至于说到当年考第一,老王发现,凡是当年考得好的老同学,人生中成绩都很有限,都是些连个响亮的喷嚏也打不出来的窝囊人。他不免想起了一副扬州名联:"从来名士皆耽酒,自古英雄不读书。"

招什么云,招云干啥!

216. 冒雨登山

雨愈下愈大,没有停下来的迹象,时间已近下午四点,大家上不着村，下不着店，天如果黑下来，就麻烦了。

诸位老哥们儿一起兴，决定冒雨登山，到最高的顶峰上，有他们预订好了的三星级酒店。

在这一群人中，老王属于年龄偏大、身体偏弱的一类，但他一想，再无他法，便也鼓起勇气，大喝一声："走！我没问题……"

开始时，他们走走停停，遇到雨大躲在树下避一避，很快全身湿透，避雨已经毫无意义，而只能延误时间，品味湿冷，于是他们改为不声不响，不抱怨不懊悔，埋头登山，好在管理部门修了防滑的山径，他们一边气喘吁吁，一边擦着脸上的雨水，一边吐着溜入嘴角的雨水，一边咳嗽着一心爬山。

几十年了，好久没有这样雨中登山赶路了，老王想起一九五八年冒雨大跃进的年代，想起了毛主席。

终于，两个小时后，一群老家伙登上了绝顶，找到了酒店，进入了房间，打开了暖气……

多么快乐。

明早还要早起看日出。

217. 山　石

老王登山以前就被告知，山上山下有许多奇石，非常可爱。有的由于地质的变迁石头上出现了明暗相间的花纹，有的由于水流的冲击形成了非常圆润的形状，有的特大，有的歪七扭八……

一位爱打喷嚏的老友表示他愿意提供协助，给老王弄一块巨石拿到家里，摆到门厅，给公寓房带来大自然的气息与美景，把城市一般性生活与名山名石历史地理联结起来。老王被说得心动，见山而鼓舞，见石而艳羡，见泉水而思饮，见野菜而思食，见景而思拍摄放大，见树木花草而考虑能不能插入自家的花盆里。他产生了万物皆备于我的愿望。

游山之后，老王非常满足，他相信石头应该呆在石头所呆的地方，花草应该长在花草应该长的地点，泉水应该在山石中潺潺流过，松树应该在山坡石缝中冬夏长青，就像太阳自然在东方升起，雨水自然在该下落的时候降下。他老了老了又游了一回山，看到了、闻到了、有的还摸到了、淋到了山、石、雨、太阳、月亮、云雾、花草、树木、石径、小庙、酒店。他们已经什么都享受过了，什么都拥有了。他再不需要把任何东西搬回家去。

218. 绿 化

名山的工作人员指着一大片松林介绍说，过去这里并没有多少树，现在的山上的百分之七十的树都是解放后五十年代种植的。他讲解着油松、白皮松、马尾松、云杉……告诉老王他们：这些都是一九五八年前后种的，当时规定，所有县城的人都要上山种树，每个人都有指标，而且要包活。为了成活率，许多人是冒着大雨来种树的。老一辈的人回忆起种树来，有许多"古"好讲呢。

老王蓦然心动，其实一九五八年他在北京郊区也是种树，他知道怎么样挖鱼鳞坑，怎么样像发了疯一样地拼着命挑水上山浇树，他也在大雨中去挖过树苗，再冒雨将树苗栽到鱼鳞坑里。那时候一边干活一边唱歌："共产党领导把山治呀，人民的力量大无边，盘龙山上，锁盘龙呀……"

整整五十年了，他在北京郊区种过的大量油松，也该长起来了吧？也苍翠一片了吧？时间过得这样快，树木长得这样慢，种树可要趁早！要是那个时候不种，怎么可能长这样高呢？人到七十多岁，去看一看二十多岁时种过的松树，这是很有意思的呀。我们傻干过，苦干过，盲目干过，事倍功半地干过，费力不讨好地干过……然而，总算留下了一点树荫吧。

他心里确有一大片苍翠，一大片青山，他不无自慰。

219. 千 年

老王与一些老友聚会,一位消息灵通人士说,现在欧美正在研究用松、柏、龟、鹤等的遗传基因代换人的基因,如果成功了,人的寿命将可延长到一千岁。

A朋友说,太好了,只是不知道我们能不能赶得上这样的好事!

B朋友说,好个屁,活一千年,你烦不烦呀?你儿子烦不烦呀?你们单位的会计烦不烦呀?

C朋友说,要是都活一千年,现在王安石、苏轼还都活着呢,现在还在争论变法应该不应该,太可怕了!

D朋友说,那也不错,那我们上中文系的时候系主任是欧阳修,研究生导师是辛弃疾,你们呀,你们不到六百岁保证评不上高级职称!

E朋友说,你们怎么都这样解不开事儿呀?年龄呀寿命呀其实都是相对的,如果大家都活一千岁,那么过一年也就和现在过一个月一样,六百岁的感觉也不过就是现在的四五十岁,一千乎一万乎一百乎五十乎,只要有个头,对于无限大来说都是近于零,其实彼此是没有什么两样的。

F朋友说,我同意老E的见解,你们忘记了苏东坡的《赤壁赋》了吗?说着,他摇头摆尾地吟道:

> 苏子曰:"客亦知夫水与月乎?逝者如斯,而未尝往也;盈虚者如彼,而卒莫消长也。盖将自其变者而观之,而天地曾不能一瞬;自其不变者而观之,则物于我皆无尽也。而又何羡乎……"

众人大惊,想不到F兄的学问这么大,什么都是倒背如流,真乃文化泰斗,埋没了也,埋没了也!

220. 进 球

老王受了时尚的影响,决心认真看欧洲杯足球赛。他甚至上了闹钟,有时候凌晨一点,有时候两点,有时候三点半,有时候四点十五分叫醒自己看球。

奇怪的是,连续几次,他球是看了不少,球星的名字也记住了不少,就是没有看到进球。他强睁着倦眼,连续看了三十三分钟了,看见的都是球在球员脚下传来传去,哨在裁判员口上吹来吹去,小旗在拉拉队员手中挥来挥去,就是没有看到进球。他刚打了一个盹,眼睛刚刚一闭上,一阵轰然,睁开眼,原来是球进了,底下是没完没了地各个不同角度的慢镜头,重复播放进球的图景。已经不是当时,已经过了一秒或者一又二分之一秒了。

要不就是他正好上厕所。要不就是他忽然感到腰背硌得慌,回头整理了一下靠着的枕头。要不就是忽然着了冷气打了一个喷嚏,眉头一蹙眼睛一挤鼻子一痒,球进了,他仍然没有看着。

怎么那么巧?怎么那么倒霉?怎么连夜看足球的老王竟然看不到进球?

当他把这段经验告诉朋友们的时候,大家都哈哈大笑。老王说:"其实我一辈子都是这样,一到关键时刻准掉链子……"

朋友安慰他说:"重在过程,重在过程嘛,你看的是过程嘛……"

老王突然无礼,说:"去你妈的!"

朋友摇头,从来温、良、恭、俭、让的老王为何口出不逊?风气啊文明啊传统啊,夫复何言?唉!

221. 彩 票

老王和一些老朋友聚会,说起他们熟识的一位著名老专家得了肺癌,只有一年的活头了。又说起另一位老领导的孙子买体育彩票,获得了百万元特等奖。

一位富有想象力的朋友便提出了一个问题:如果你得了百万元,同时得了重病,只剩下一年时间了,而且假设这一年你仍然很健康,你打算怎么样过这一年十二个月呢?

好几个人都喊叫:"我们要好好享受一下,我们这一代人过得太苦了!"

便又问:"你想享受什么呢?美食?华屋?高级轿车?四川水井坊白酒?高尔夫球?旅游?欧、美、澳、南非好望角?"

几个人都傻了,是的,又有什么可以享受的呢?美食可能引起腹泻。白酒可能提前要你的命。购华屋您的彩金并不够,还要装修什么的?您不怕累死呀?高尔夫球?你会打吗?金窝银窝,不如你自己的狗窝,到了到了,你又有什么兴致到处瞎转悠呢?与其跑外国,还不如回自己的故乡回自己的故土叶落归根与你老乡亲同在呢。

说是说得好。家乡的医疗条件呢?我并不希望出现医疗上的奇迹,我只是希望少受一点活生生的痛苦。

我只希望再恋爱一次。为此,我可以把最后的一年减缩为一周或者一昼夜。老友中的一位诗人说,他半生以风流而著名。

你不想想你得用多少伟哥吗?

反正用不了五十万块钱的。另外五十万块钱给我的对象。(不像恋爱,倒像是购买……)

我希望回归大自然,到雪山上,到大湖边,到草原,到森林,到海滨,到太空,到南极,到峡谷,到河流,到……

我希望买很多画,(得了吧,您知道现在一张画多少钱吗?)或者至少能买到半张或少半张名画……

我只希望再听一次程砚秋的戏。

您再称一万亿,您也无法请回程先生了。

要不我捐给孤儿院?我一辈子还没听到过专门给我的掌声呢。

只要你老婆和孩子同意。

……

最好不要得特奖,也不急于得肺癌,就像现在这样,该活几天就活几天,该花多少就花多少,挺好。

于是大家哈哈嘿嘿嘻嘻。

还有一位愤世嫉俗者大喊:"我就是要得一百万块钱,我要是得了这么多钱,我当着你们的面把它全撕了,全烧了!"

(这个情节出自他老兄年轻时看的苏联故事片《白痴》,根据陀思妥耶夫斯基的原著改编的。)

222. 年 纪

老王和朋友们讨论年纪究竟意味着什么?

一位医生朋友说:主要是指酸性物质的积累,骨骼钙含量,性功能,激素,心脏,血管壁,眼睛水晶体,皮肤弹性,神经抑制与兴奋的平衡……

又一位好友说关键是政治上的成熟化,感情上的冷静化,知识上的渊博化,思维上的全面化,体力上的盛极而衰,当然,社会地位与工资收入会越来越高。

一位爱听相声的朋友说:"早总结出来了。小时候有牙,没有花生豆儿,老了,有的是花生豆儿啦,您没有牙来您哪……"

一位作家说:"年轻的时候,想得到的愿望特别强烈,但是大多得不到。后来得到了,已经反应淡漠了。"

听相声的朋友说:"哎,别学我好不好?"

一位注意弘扬传统文化的朋友说:孔子说得好,吾十五而有志于学,三十而立,四十而不惑,五十而知天命,六十而耳顺,七十而从心所欲不逾矩……

一位爱读书报的朋友说:一位老学者兼老革命是这样说的,十五而有志于学,三十而怎么怎么着,四十而惑,惑而不能解……五十六十七十也不是到了几十才粗知天命。

老王说:三十而立未必立,四十不惑常常惑,五十知天命有点吹,六十耳顺上哪儿顺去?谁不是只听得进表扬,而一听到批评就来气?我有一个好朋友,只因为我冒险进了一次言,到现在还不理我呢。至于从心所欲呀,我估计我一百零八岁以后如果活着,没准能做到少许。我唯一做到的倒是三十而想学,如今快八十了也还想学,只是学的不得法……

一位文学家朋友说,年龄的变化太机械了,为什么一岁以后就一定是两岁?为什么二十岁以后就一定是二十一岁?我希望将来发明一种软件,用这种软件,一个人的一生可以重新编排,比如说一生下来是八十三,然后是二十六,然后变成婴儿,然后参加老年模特儿大赛,然后任命成科长,然后参加少年合唱团,然后动手术割前列腺……

怎么这么乱乎!

一位数学家朋友说,一点也不乱,那时,一切顺序将重新排列,现在八十三岁的人的样子变成了婴儿,当科长的年龄一般是在现代七十三岁的发育阶段,数序序数,本来只是说明一个顺序,内容还不靠生活来填补?

好多朋友听后说是脑仁儿疼。

223. 剃 须

在母校的校庆联欢会上老王被问到一个问题:"你现在怎么样刮脸?用蓝吉列剃须刀还是广州、上海国产刀?为什么中国的太空人都上天好几回了却生产不出好的剃须刀来?抑或你是用电动刀?如果是用电动刀,你用的是交流电的,直流电——电池的,充电的,交流电兼充电池的?日本产?荷兰产?韩国产?本国产?"老王一一做了回答。

看法不一,大部分人说是电动的方便,小部分人说是刀片舒服。于是大家叹息,现在是方便第一,这是民主潮流的结果,越民主快餐就越发达,越民主诗歌就越式微。

然后大家改谈电视机。你家的电视机是什么类型的?显像管的?背投的?等离子的?液晶的?二十英寸的?二十九英寸的?三十三英寸的?三十九英寸的?一直到了五十英寸的?

一位教过中文也写过文章的老同学制止了他们的谈论,说是说点别的吧,如果受过高等教育的人,又是在毛泽东时代生活过的人如果没完没了地谈论家电,中国的人文精神还有什么希望?

于是大家承认还是用刀片剃须更有情调,还是理发馆里的理发师会剃须,唉,那个时候也没有听说过艾滋病,那个没有艾滋病的时期,进理发馆不就是为了理发和刮脸嘛……夫复何言?

后来一位学哲学的朋友说,更彻底一点,还是道貌岸然家不刮胡须更富有人文精神呀。工业呀,科技呀,电器呀,叫我说你们什么好?

224. 帽 子

天冷了,老王买了一顶羊绒帽子。他戴着这顶好看的帽子去餐馆吃饭,餐馆很热,他摘下帽子放在一边,吃完饭不戴帽子就走了,到了家才想起来,再去餐馆,新帽子没有了。

老王挺丧气,不服输,心想,我这一辈子丢掉的好东西好机会钱包存折全国通用粮票多了,一顶帽子何足道哉!现在月薪也比过去多了,我争口气再买一顶更高级的帽子。于是他去到超市,买了一顶日本进口礼帽。没有出三天,他去看望朋友,临行时把帽子丢到朋友家里。这回倒好,他回家后一个电话,朋友说,对对对,帽子就在沙发上呢,有空我给你送去吧。

老王说不用,我去拿吧,朋友说不用,我给你送去。互相谦让一番,朋友提出,他的儿子女儿都有私家车,给他送帽子方便。老王不好再推辞,再强调自己去倒像是害怕朋友不给自己送还帽子,或者怕朋友来到己家,自己还要开饭招待似的。

一个星期过去了,两个星期过去了,帽子还没有来。而天气愈来愈冷了,老王咳嗽、流鼻涕、偏头痛……妻儿和电梯工都说:这么大岁数了,这么冷的天,怎么能不戴帽子!

老王一怒,买了更高级的帽子,意大利华伦天奴牌子,挽起"耳朵"来是鸭舌帽,放下"耳朵"是全副武装的御寒帽;而且极其漂亮的外观却标着百分之百的棉花织品制成。真先进啊……当然也可能是水货。

新帽子来了以后,第二次的日本帽子也送来了,他招待朋友吃了烤鸭。两顶帽子在手,也就不咳嗽不流鼻涕不打喷嚏了。老王得意洋洋地想,随你西伯利亚冷风入侵,我自岿然不动喽,我算是尝到了小康的好处喽……且慢,一下子就买三顶高级帽子,岂止小康,中康大康也差不多啦!

为了避免再发生丢失帽子的习惯性事情,老王出门干脆不戴帽子了,隔些日子他翻翻自己的衣帽橱,看到两顶崭新高档帽子安然无恙,不但不会丢也不会脏,他觉得非常踏实,非常幸福。同时想,其实我还有一顶丢在餐馆里的新帽子呢。

225. 年 礼

新年到了,老王的朋友来看望老王,而且朋友们不约而同地不叫他"老王",而叫他"王老"了。

朋友们送来了各种贺岁礼品,有鲜花和假花,有咸水鸭和扒鸡,有陶罐和瓷瓶,有红绿花茶和原豆与大小颗粒的咖啡。

几天后,谁送了什么谁没有送什么,全部混作一团了。

老王与太太试图回忆:这一包是谁的?那一袋是谁的?

他们得出的结论是朋友们的,而且还有那么多朋友,他们送来了祝福与问候,想念与惦记。

226. 立 春

一直盼着下雪,可老是没有雪。朋友们都在那儿回忆,六七十年前,这一带每年冬天下多少雪呀,雪堆得房门推不开,当然那个时候人们还不知道啥叫公寓楼。那时候的小学课本上还有堆雪人、打雪仗,还有春姑娘和雪姑娘的故事,说是春姑娘来了,雪姑娘就走了,害得孩子们心里酸酸的。

那个时候雨也多,又没有排水设施,一场大雨后,胡同里的积水齐腰深。

那时候雨后胡同里有蜻蜓飞翔,入夜有萤火虫,黄昏时常常看见蝙蝠,秋天看到成群的大雁,春天看到成群的小燕子,冬天看到遍天的乌鸦,房间里有老鼠、土鳖、蜈蚣、蝎里虎子(壁虎)⋯⋯

老王和朋友还谈到,那时候没有电脑,不费钱也不费眼睛,更不会网络成瘾,耽误功课。那时候都喝散白酒,没有假冒也无需假冒。那时候北京的天空特别蓝,书上是这样形容的:天空蓝得像是在北京,要不就是在马德里⋯⋯

只是在朋友们散去以后,老王才摇摇头,心说:我们可真是老了⋯⋯

227. 为天下父母尽孝,予八方儿女解忧

老王应朋友之邀,到郊区钓鱼,完事后绕着湖区散步,看到一处大场院,门口挂着"幸福老年公寓"的牌子,两侧是一副对联,上书:

为天下父母尽孝,
予八方儿女解忧。

离这副对联很近的地方还有广东早茶、必胜客比萨、北京炸酱面等的招贴。

老王叹道,你们这儿可真好啊,亦城亦乡,亦土亦洋,好去处也!

老王想起他与老伴多次说过的,年龄再大几许,生活处理有困难的时候就住养老院去,绝不给子女增添太多的麻烦。他与太太,与朋友一道入内参观。

结果令人大惊,除了一排小房,没有公寓、没有老人、没有父母也没有子女,没有早茶也没有比萨。这排房子的多数,用砖堵上了门,闲人忙人谁也甭想进。此外有几株树。

老王终于找到一间房,里边有几个人在玩扑克。老王去敲门,谁也不理。再敲一会儿,一个人看了他一眼向他摆了摆手。

……事后许多天,老王想起来就觉得哭笑不得。他发挥自己的想象力,是不是开发商被抓了?是不是假开发?是不是没钱啦?

朋友说,已经十年了,这里一直是这样,好像有过一点什么幻想,至今什么都没有。或者,也许明年突然就搞成了?

228. 老 友

老王的一位老友故去了,老王很难过。

过了不到一个月,他一天去超市购买食品,大包小包带着食品回家,过马路时远远看到一个人——就是他的才刚故去的朋友,在旁人搀扶下徐徐走来。

老王又惊又吓,心怦怦然。

这位朋友身材外貌打扮都比较特别,他个子很矮,下巴颏上留着圆圆的大胡须,他经常戴一顶西式小礼帽,有点像外国人。现在远远走过来的人这些特点与他的友人完全一样。连走路时一跛一拐的样子也没有区别。

只是走近一点以后,老王开始怀疑:也许不是他?

又走近了一点,更加不像他。

走到眼前来了,该人根本与老王的已故朋友未有共同之处。

呵,是的。当然,当然不是啦。

老王不知道自己是安心了还是失望了,走了的故人不再回来,看着像故人的不是故人,是陌生人。

老王不知道是应该感谢这个人使他忆起了故人,还是埋怨自己的朋友,打扮得越是奇特就越容易与旁人撞车,越是有特点,就越容易失去了自身,而只剩下了特点。

一切特点都是容易模仿,容易失去独创性的。何况那种胡须那种礼帽本身也并非故人原创。

有很多人彼此相像,他们也是永远留下了自己的身影与面容了吧。

最终,谁也不是谁。

229. 见　面

老王有重要的事情要告诉老刘,与老刘约好了在市场东门见面。到了钟点,老刘没有来。老王想,老刘这个人,一贯马虎,说不定他把约会地点记成西门了,于是他赶到了西门,在西门等了五分钟。老王又想,也许是记成南门了,于是他又跑到南门。

整整一个多小时,老王围着市场东西南北门找老刘。老刘也是同样的逻辑,便围着市场东西南北门找老王,最后,谁也没找着谁。

第二天他们没有约会,两个人在市场附近碰上了,两个人同时叹息:"两个人见一次面怎么这样难!"

叹息完了,又叹息:"见一次面怎么这样容易!"

230. 年　华

星期天,几个老同学聚会,一个个叹息不已。第一个说:"我家的房子太窄小了,三口人只住着二十平方米,看呀,我愁得头发全白了。"

第二个人说:"几十年过去了,我的工作一直不顺心,而且我一直与顶头上司搞不好关系,这不,我气得一口的牙全掉光了。"

第三个人说:"房子窄,与上司关系搞不好,又有什么关系?我这几十年全用来结婚离婚了,打一次离婚官司我老一回,看,我的腰都直不起来了,我成了大罗锅了。"

第四个人说:"你们都比我幸福多了,去年,我的女儿死了,今年,我老伴又过去了,我现在有心脏病、胃病、肾病、肝病、妇女病……这不,我的脸上已经全都是皱纹了。"

老王说:"我是最幸运的,我的房子一直很宽绰,我的工作一直很理想,我与上司的关系一直很好,我的老伴对我一百一,我的家庭成员个个身体健康,我不愁,不气,不急;可你们看,我也与你们一样地老掉了。"

231. 合　作

老王的妻子很注意保持好心情,遇有亲友来访,她热情地出去欢迎,但当亲友离去时,她根本不相送,以免送行时自己伤感。这样老王便专门送客,有时送到机场,有时送到火车站,有时送到公共汽车站,至少也送到门口。

慢慢养成习惯,客人一到他就计划着怎样送走。他发现,送行也是很愉快的。许多亲友很有节制,告辞得很及时,令他依依不舍,深感人际关系美好,人不可以离群索居。有的客人特别是已退休者比较黏糊,嘴里说着告辞一坐又是一个小时;最后由他送行,人有一种解脱感、轻松感。还有外地生活的老友,好不容易来一趟,却受时间限制,不能畅谈尽兴,送别时他心情正在浓酽处。

所有去他们家做过客的人都觉得他俩合作得很好。

232. 正　确

老王的好友老李得了一种病,他想来想去就是觉得自己正确。他见了人就说起二十年前他召开的一次会议,对这次会议后来有不同的看法。他见人就说:"那一年,在什么什么地方,那个会的方向是正确的嘛。"

听的人唯唯,因为听者根本就不知道那次会议,也对那次会议毫无兴趣。

老李的朋友老赵得肝病死了,老李也愤愤不平,他见了人就说:"从开头我就劝老赵不要动手术,要练气功,他就是不听,如果他听了我的正确的意见,他哪儿至于死呀!"

听的人唯唯,他们大多不认识老赵,不了解老赵的病情,也不明白老李何必对医学问题这样坚持己见。

每次吃饭他也表白自己的正确:"我本来主张在家里吃的……"他说,当他邀请旁人在馆子里吃饭的时候。"我本来主张出去吃的……"他说,当他的朋友在他家里用饭的时候。他的朋友很尴尬,因为一边吃请一边设想本来依老李的正确意见会吃成另外的样子,使他们觉得有点费解。

每次看报,看到一篇刊出地位显赫的文章,他读完就会生气:"这个观点我早就讲过了嘛,事实证明我是正确的嘛。现在他们才认识到!"

甚至每次上完厕所他也痛心不止,他说:"怎么除了我别人硬是尿得不是地方,拉的屎橛子也忽粗忽细,老是拉不正确!"

老李得了重病,忧心忡忡,几至于不治。老王去看他,给他送了一个匾:"你永远正确"。

老李看了匾,热泪盈眶,含笑而去。

233. 约 会

老王与多年不见的老朋友约好十五日到郊外一家公园会面,老王十分激动。结果他错记成十四日,提前一天就到达了那座公园等了一个小时。等了半天,老友没来,老王悻悻地回了家。

回家翻了翻日记本,明白是自己记错了时间,不免叹息自己糊涂。

接着他犹豫起来了,第二天还去不去呢?再跑一趟,花上几个小时,太过分了,见老朋友固然重要,跑两次郊区却没有必要。故人相会,无非是那一点心意,那点心意头一天已经表达出来了,再跑郊区反而有点多余。如果不去呢,也显得荒谬,在错误的时间去了,并以此为理由拒绝在正确的时间去赴约,又不符合逻辑。

那么,他去不去呢?

234. 约 会(续篇)

一位多年未见的老同学(当年她与老王之间还真有那么点意思呢)与老王约好了在繁华街市的某个什么星巴克咖啡馆见面。临到约会前一个小时,突然天降暴雨。这个城市已经十几年没有下过这样的大雨了,市民早已经忘记老天会在这里降下这样的大暴雨了。然而,恰恰在老王与当年老友约会的那个时间段,暴雨如倾缸,如瓢泼,如天河下泻。

于是交通堵塞,电闪雷鸣,蚁民四窜,店铺进水,百业停顿……不用说,老王没有见到与自己约会的老友,而且他濯雨成病,高烧三十九摄氏度。

此后老友杳无音信。

怎么会是这样的呢？真有什么天意吗？你要的是温习脉脉旧情，你得到的是愤怒疯狂的大雨。

拜拜啦您哪。

235. 类 型

老王对朋友们的性格作了一个小测验：

他提出一个问题："你怎样对待旁人欠你的钱？又怎么样对待你欠旁人的钱？二者对于你的影响有什么区别？"

老李说："我欠旁人的钱我常常忘记；别人欠我的钱我时时盘算着。"

老王说："你是一个利己主义和悲观主义者，你是一个潜在的癌症患者。"

老赵说："我欠别人的钱我牢牢记着，尽早归还；别人欠我的钱，我常常忘掉。"

老王说："你是一个不可救药的面子主义者。你谨小慎微而又恪守义务。但你也可能是个真正的好人。"

老岳说："我欠人家的也好，人家欠我的也好，我都常常忘掉。"

老王说："你是一个乐观主义者，你说不定能成仙得道，但也像是一个白痴。"

老聂说："我欠旁人的也好，旁人欠我的也好，我全都记得一清二楚。"

老王说："你是一个教条主义者，你这一辈子不会有大出息，也不会干出什么大的蠢事。"

老马说："我这一辈子压根儿就没跟旁人借过钱；也从来不借钱给旁人。"

老王说："对你,对你,我无可奉告。"

236. 最 好

老王参加老同学的聚会,被要求讲一段最好的话。

他想了想,便说:"我想给你们讲一段最好的话,它应该很真实,很乐观,很有趣,很幽默,很精练,很丰富,很深刻,很通俗,很政治,很个性,很温暖,很严肃,很潇洒,很高明,很慎重,很自由,很奇妙,很平实,很朴素,很纯洁,很老练,很勇敢,很妥当,很形象,很概括,很探索,很创新,很确切,很尖锐,很全面,很中听,很得体,很天真,很青春,很国际,很民族,很普罗,很潮流,很分寸,很高瞻远瞩,很势如破竹,很有的放矢,很海阔天空,很平易近人,很如沐春风,很醍醐灌顶,很当头棒喝,很振聋发聩,很特立独行,很随缘自在,很天衣无缝……请问,我应该怎么讲呢?"

大家开怀大笑,觉得不妨说他讲得已经很不错。

237. 谈 天

老王星期六晚深夜接到一个电话,电话里的一个女声一上来就说:"哎,老同学,你猜猜我是谁?"

老王完全没有印象,但对方的亲昵口气又使他不敢造次,他说:"啊,啊,这个,这个……"

对方说:"你太不像话了,怎么连我都忘啦?我是小×呀。"

老王没听清楚,但也不好再问了,他说:"噢噢噢,你好呀。"

"哎,好什么呀,这不,都退休了,也没有职称,也没有官衔……"

他们在电话里聊了差不多一个小时,谈了工作的事,人际关系的事,社会风气的事,廉政的事,子女的事,高血压的事,糖尿病的事,住房的事,买车的事……

到了儿,老王也不知道她是谁。

238. 曲 目

一位做文化调查的朋友问老王:"你最喜欢的音乐曲目是什么?"

"是古琴曲《阳春白雪》。"老王答。

朋友作了记录,告辞。老王止住了他,说:"其实,我真正喜欢的是一个外国曲子,对不起,我说的是门德尔松的 G 小调小提琴协奏曲。"

朋友改了记录,走了。

晚上,老王给朋友打电话:"对不起,我认真想了想,我最喜欢的还是肖邦,他的奏鸣曲、练习曲、协奏曲我都喜欢。"

朋友笑了,朋友说:"按我们的体例,你总得说一个具体的曲目呀!"

老王说:"那你随便替我填写一个曲名吧。"

朋友很不高兴,他说:"无论如何你不应该这样不尊重我的调查呀!"

老王语无伦次,不知道说什么好。

沉默了好一会儿,老王说:"要不不要填肖邦了,你干脆就填昆曲《牡丹亭》吧,那是我最最喜爱的曲子啊。"

朋友"咣"的摔掉了电话,从此与老王绝交。

老王自己每想起来,也惭愧不已,想不到自己竟这样不成样子。

239. 花 篮

老王七十岁生日那天,收到了一个大花篮,花篮里有玫瑰,有康乃馨,有龙舌兰,有马蹄莲,有大百合,反正是太漂亮了。花是邮局送来的,署名是王之友。

老王挖空心思,想不起"王之友"是什么人,可能是老李,老李是老王的老朋友老同学;可能是老刘,老刘在那个特殊的年代曾经与老王结下了深厚的友谊;可能是小赵,小赵是老王的忘年交;也可能是大周,大周最讲义气,也最讲礼貌。

后来,老王见到了这些朋友,他弄清了,那个最最漂亮的大花篮,不是老李,不是老刘,不是小赵,不是大周,也不是老X小Y大Z,总而言之不是老王熟悉的任何一位朋友送来的。

有意思,我得到了美丽的花篮,却不知道是谁送的。人生真奇妙呀。

为了这花篮,为了人生的奇妙,老王感谢所有相识和不相识的人。

240. 添 岁

快过新年了,朋友对老王说:"唉,过了新年,我们又添了一岁啦。"

老王说:"中国人从来不考虑新年,添岁是以后的事。"

新年过后不久,又该过春节了,朋友说:"唉,过了年,咱们又增加一岁啦。"

老王说:"还没过生日嘛,等过了生日才算是增加一岁呢。"

到了朋友的生日啦,朋友说:"唉,我是又老了,天增岁月人增寿哇。"

老王说:"还没到年关呢,不忙着算岁数嘛。"

241. 金 鱼

老王买了一个能自动净化、补氧和换水的大鱼缸,然后买了几条金鱼,看书或者做家务累了,他就观鱼而羡其乐。

朋友们来了,主要话题就是金鱼,总的意思就是说鱼很快乐,在老王的大而先进的鱼缸里就更快乐,它们自由地游来游去,轻盈灵活,无忧无虑。一位朋友甚至于说希望来生投胎为鱼。

"你是我最好的朋友,如果你来生是一条鱼,那么我就还要做养鱼的人,我将用最好的鱼缸养活你,免得你落到顽童或者坏人手中。"老王说。

那个人说:"胡说八道!"

242. 胃 病

老王的朋友老卜得了严重的胃病,许多好吃的东西都不能吃了。

老王听说后一再告诫自己与自己的家人:"以后要注意了,不要吃太多油腻的食物,不要吃太多生冷的食物,不要喝太多酒,不要暴饮暴食,不要到时不食……"家里人都说他说得对。

老王的另一位朋友听说老卜得了胃病后反而大吃大喝起来,他告诉老王说:"人家老卜什么好东西都吃过了,得胃病也值;我呢,一辈子省吃俭用的,万一也得了胃病岂不亏杀!趁着没患大病,赶紧吃喝吧。"

老王大笑。

过了半年后,老卜好了,又与老王常常聚会吃喝起来了。

243. 老 歌

一位老同学对老王说:"老王,快快帮我想想,那个咱们年轻时候最爱唱的歌儿怎么唱来着?"

老王问道:"你说的是什么歌?"

老同学回答:"我忘了。"

"那个歌的名称是什么呢?"老王问。

"什么题目来着?哎呀哎呀,您瞧我这记性……我也忘啦。"

"也许你还记得它的调?开头一段或者中间一段或者结尾一段也行……"

"我,这个我,我……我也忘了。"

"是苏联歌吗?是陕北民歌吗?是马可作曲吗?是意大利拿玻里歌曲吗?是流行歌曲吗?是艺术歌曲吗?是戏曲片段吗……"

"忘了,忘啦,忘喽,忘也,忘忘忘忘忘……了。"

"那你让我怎么帮你想呢?"

这时那个老同学嗷地一叫,他说他想起来了。等老王再问他,他不出声了。

244. 养 生

近日连续有几位比老王还年轻一点的朋友去世了,老王去参加追悼吊唁,心里很不好过。

老王去参加一位比老王年长三十多岁的教授祝寿的活动,见到老人精神奕奕,身兼几十种社会职务,不免大受鼓舞,觉得一切都是来日方长,大有可为。

他问老教授:"您的养生之道是什么?"

教授说:"说来别人不信,我的养生之道的关键就是'不养生'。

我既不吃补养品,也不刻意锻炼健身,既不定期检查身体也不拒绝病时服药……"

老王大喜,乃悟:以养生而养生者,养生之末流也;以不养生而养生者,养生之道可道非常道者也。

245. 误 传

老王当年有一好友老毕,后来两个人疏远了。

老毕重病,病危,托人带话说是希望与老王见一面。老王买了鲜花和营养品去看他。老毕说:"年轻时我们是很要好的,为什么你后来对我冷淡起来了呢?"

老王说:"是啊,为什么呢?你说这是为什么呢?"

老毕气喘吁吁地说:"说是有人向你说,我说过你'不学''无能',于是你就再也不理我啦。"

老王听着,有点像也有点不像,心想你自己也说不清了,我更说不明了。便不做声,听老毕继续讲下去。

老毕说:"其实,我的意思我说的原话是你'博学''万能',我对你一贯很佩服,怎么可能说你'不学''无能'呢?挑拨是非的小人们啊,他们是唯恐天下不乱,才挑拨咱们的关系的呀。"

老王唯唯,他很感动,但又且信且疑。

不久老毕溘然仙逝,老王参加他的遗体告别。

从八宝山回家的路上,老王想,他说我博学或者不学,无能或者万能,其实又有什么区别呢?

246. 意 思

老王常常向朋友们讲一些自己的经历,或者更正确一点说是经历中的一些小故事。朋友们议论:

"老王,你讲这些故事是什么意思呢?是不是在散布一些消极情绪呢?"

另一位朋友说:"不,没有什么消极,你知道我们常说喜怒哀乐,一般的故事都是讲人的喜怒哀乐的,可老王告诉我们的是喜怒哀乐之后的事,就是说他讲的是后喜怒哀乐的故事。老王你说是吗?"

又一位朋友说:"别瞎捧了,我看老王是阴天打孩子,闲着也是闲着,管丈母娘叫大嫂子,没话找话罢了,他已经退休了,不说这些废话你又让他说什么呢?"

还有一位朋友说:"其实拉屎放屁都是故事,又有什么可琢磨的呢?"大家问老王:"你说呢?"

老王笑而不答,似痴似智,若诚若伪,如喜如悲。

247. 谁 呢

多年未见的自称是老王老友的一位小胡子,与老王见面了。他急切地想知道老王的一切。

你这几年来还好吗?答:好。想:"他是谁呢?"

你有几个孩子?答:好。说:"您是⋯⋯"想:"他的脸上有一个漂亮的痦子,这会是?"

你现在是局级了吧?是高级职称了吧?是住一百五十平方米的了吧?是每天吃维生素药片的了吧?是请客吃饭都有地方报销的了吧?答:好。说:"对了,您是五五级毕业的吧?"想:"现在也时兴留胡子了,他的胡子是仁丹式?胡志明式?柯仲平式?阿拉伯式?"

听说你的孩子经商发了财,你的另一个孩子在美国拿到了绿卡,你的儿媳妇是时装模特儿,你能拿照片给我看看吗?答:好。说:"莫非您是张铁腿?校队的⋯⋯"想:"是谁邀请他来的呢?"你现在胖了,以前可不是这样?答:好。说:"对不起,对不起,您不姓张,我这记性!您是李大军呀!"想:"瞧这身行头,净是名牌,混得不赖吧?"

年纪大了,不像年轻时,要多注意休息。答:好。想:"要不,要不然……"

此时,老王的眼神发直。小胡子仍然穷追不舍地问个没完没了。

老王,你的家庭幸福吗?我没见到你的老伴,是不是嫂夫人仙去了?

骤然老王的眼睛流露出了无奈,好,这个这个……小胡子伸出手来紧握住老王的手不放,体贴入微地:人生就是这样,还要营造黄昏的温馨……我祝愿你永远幸福,新的幸福……

哪儿跟哪儿啊?啊哈,您是赵定邦!听说您后来当了驻外大使!

谁说的?我姓赵、李、张?哪儿跟哪儿啊?谁说我是你的老同学?什么什么,你连我都不认识了?那么……到了,谁也不知道谁的谈话对手是谁。

248. 代 沟

老王自从工作岗位上退下来之后,一直跟青年人保持联系。他爱年轻人,跟他们在一起,有活力、有激情。何况他当了一辈子教师,他离不开他们。

老王还真有几个忘年之交。小高、小白、小李时常来老王家做客,小高爱唱歌,小白喜欢吹口哨,小李会蹦迪。高谈阔论后,这间房子险些被歌声、说笑、蹦迪声爆破了。老王模仿着小高的口型唱着广东词的流行歌曲,这还可以混水摸鱼,可是要来真格的就不行了。小李提议做俯卧撑,老王说行,年轻时这是他的强项,他肯认输吗?毕竟那是老王。他运足了劲,活动开筋骨,又有正确的姿势,一口气练了三十五个,神采奕奕,把年轻人镇住了。

第二天老王的血压到了一百八十。他和谁也没说,把一个太极降压仪挂在了脚脖子上。有识之士都说那是假冒伪劣产品,但老王戴了一天,晚上血压恢复正常。他想:"太极仪有助于填平代沟呀。"

隔三差五的小兄弟就来看望老王。老王理解年轻人的心情,他们无所不谈,民主自由、政治经济、戏剧电影……本来老王总是一套一套的,而且老王的思维敏锐,意识超前,包罗万象,无所不知。可是一晚上与年轻人谈下来,各种对于人生、社会、政治、经济的新奇的说法,足够让他想得脑仁儿疼。

往者已矣,来者也不好追!

249. 作 品

老王好友的妻子,实实在在,众人称她为真实的人。

当文坛朋友们聚在一起,谈论自己一生有什么作品有什么著述的时候,她便说,我的作品是:

十九岁时交上男友,认识了现在的丈夫(老王的好友),二十三岁时与他结了婚,幸福了一辈子。

二十九岁时,生了一个儿子,肥头大耳,都说是有福气的样子。现在,儿子也还不赖。

三十三岁的时候,她自己动手给儿子做了一件小棉大衣,式样与尺寸大受好评。

三十九岁时,饲养了一群鸡;日进数蛋,"文革"时期仍然保证了全家的动物蛋白供应。

四十三岁时,她在春节期间做了一桌菜:珍珠丸子、爆炒鱿鱼卷、豆腐镶馅、清炖鱼头……在供应最困难的时期,她搞到了二斤花生、一斤粉条、两瓶泸州老窖招待好友。此饭吃后,许多食者由悲观论者变成了乐观主义者——世界观都变化了!

四十九岁时,写了一本小书,一直放在抽屉里。有几个朋友看了,都说受了感动。

五十三岁时她到了海边,开始学游泳。

五十九岁时,她每天早晨与丈夫一起到公园跳交谊舞,她买了舞鞋舞裙,得了业余比赛老年组大奖。后来,舞鞋鞋跟儿掉了,她也就不再跳了。

六十三岁她开始打保龄球,最好成绩是一百六十六分。

六十九岁时,她在白纸上学画画。画来画去,最后在纸上画了一个大圆。

一位写过许多著名作品的女士,听了她的话,突然哭了起来。

250. 志　向

老王与几位高中老同学聚会,其间大家说起少年时期各自的志向。一位立志写作的人现在做外贸生意。一位想当飞行员的体育健将型人物,现在在海关工作。一位有志于艺术的同学后来在食品公司当副总经理。有一位公认唱歌极好的老同学后来去了外交部,最后退下来的时候已经是一等秘书了。

大家叹息,志向啊志向啊,有几个人实现了志向?

大家问老王志向是什么,老王很为难,他说他一直不知道自己应该做什么,不应该做什么,后来……后来换过许多岗位,也就行了。

这么说,你倒没有志向实现不了之苦啦?

后来话题又改到"有意种花花不活,无心插柳柳成荫"上去了。

251. 丰　富

老王与来访的老友谈天,大家一致认为,不论从物质上还是精神上,现在的生活是他们这一辈人有生以来最丰富的。

老友叹道:"可丰富了又有什么好呢?现在不怎么看报了。为什么?报纸太多,每份报纸的版面也比从前丰富老鼻子了。您要像从前那样认真读报,不读出脑溢血来才怪呢。现在也不看电视了,看也记不住了。为什么？呼啦啦,几十个频道,您看什么呢？还不够按控制板的呢。我现在看电视主要就是为了催眠。反正一看电视准打呼噜。食欲也愈来愈差了,一打开冰箱,丰富得让你恶心,丰富得都长了毛儿啦！不去书店也不去图书馆了,书刊那样丰富,您怎么看呀！光看架子都眼晕！还有歌曲,现在的歌儿是一首也不会唱了,现在的电影,干脆您就甭看了,您哪！服装丰富得就剩了招虫儿啦！"

几个老哥们儿,都认为太寒酸了固然不好,太丰富了也不好。

他们走后老王的子女说:"唉,可说您们什么哟！"

252. 追 思

老王前去参加一个好同事好朋友魏老太太的追思会。看到会场墙上的众多魏老的照片中,挂着一张年轻美女的照片,鼻梁高耸,两眼如水,微笑如花,超过了当前许多歌星、影星、时装模特儿。这样严肃沉痛的追思会挂这样一张美人照干什么？老王觉得不快:这也是风气问题呀！

旁人告诉他:这就是当年的魏老,这就是妙龄的魏老,你老王还自以为是魏老的好友呢,你连魏老当年的风采都不知道？

老王纳闷,震惊。他与魏老共事的时候她已经发胖,一脸的肉是横着长的,但是态度和善,心直口快,热情真诚。她每天忙忙碌碌,脾气来得快也去得快,跑起路来像鸭子,说起话来像机关枪。后来她又得了面部神经痉挛的毛病,嘴也歪了,脸也斜了,但仍然热心公益,嫉恶如仇,主持正义,像一团火似的。他看到了她的一切优点,深感佩服,引为同道,只是,他从来没有想到她当年是那样一个美人。

这仅仅是时间的恶作剧吗？

253. 电话号码春秋

这天来了一位老友,老王与他回忆起过去与他同在一个单位工作时办公室的电话号码:4局5144,他们笑说,要是现在,这个号码能把人晦气死,以广东人的习惯,那不就是死局我要死死嘛。

其实,按简谱唱出来,是发局,索多发发!朋友说。

后来,加了位数,我们的电话成了44局1414了。

死死局,要死要死……更晦气了,您哪。

发发局,多发多发,也还不赖。

后来又增位了,我们也都变更了工作,我的单位电话号码是707局3677。

噢,你是在崇文区吧?4局是东单区北部,过去的东四区。5局是东单区。6局是西四区。3局是西单区……

如果是9和0,简谱应该唱什么呢?

9当然算是高来,0是一拍休止符吧。

这像一部朝鲜片子,敌方的间谍用演奏钢琴来传递情报,把钢琴曲记录下来,原来是密电码。

他们回忆了许多电话号码以及与号码有关的故事,他们感觉自己见到知道的事是太多了。

254. 经 验

春节期间老王与众位老同学聚会,见到了老周,老周从小功课就好,孜孜不倦,坚持不懈,现在已经是科学院院士了。大家说:"真是皇天不负有心人,三岁看大,七岁看老,业精于勤荒于嬉,只要功夫深,铁杵也能磨成针呀。"

见到了老李,老李是个能干人,为人乖觉,深通公共关系,照顾全面,善于上联下挂,如今已经官至司局,住着一百五十平米的房子。大家说:"社会嘛,总是要有人办事的,你这回可真算是有机知识分子啦!关系好是个宝,党票选票人情世故不可少,团结就是力量呀!"

见到了老余,老余从小就倔,说话不留情面得罪了不少人,他在高等学校任教,直到退休才勉强评了一个教授职称,别的是嘛都没有,自称从前是这样,现在还是这样。大家说:"虽说是一介寒士,毕竟有铮铮硬骨,耿耿丹心,在人欲横流、人文精神失落的如今,这样的倔人真是难能可贵呀!"

见到了老许,老许有个大人物好爸爸,从上学时就是三门不及格,养尊处优,娱乐升平,一无所长,一无所成,但现在仍在某个公司挂着副董事长一职,月进万余元。大家说:"命啊,命啊,人家真是好命呀。"

见到老薛,老薛是当年班上的"状元",功课之好,遐迩闻名,后来历尽坎坷,"文革"中被打成了残废,妻子也早早病死,如今靠民政部门的救济金度日。大家说:"唉,老薛,唉,老薛,这个这个……"

255. 吹 牛

都说老王的朋友老赵爱吹牛,老赵说他上小学时回家路上遇到了蛇,他赤手空拳,抓住蛇身,把蛇头撅了下来。老赵还说他上中学时一次考语文,由于作文成绩太好,一次考试得了一百五十分。老赵还说大跃进时候他背玉米,一次背过二百四十八斤半。至于说到现在的生活,他说他的房子的布置是法国式的,家具是德国式的,地毯是土耳其的,床是美国原装,他的儿子在硅谷当了主任设计师,他的女儿已经被名电影导演看中,将担任下一部贺岁片的女主角,而某某大领导亲自给他打电话,向他请教法语翻译上的一个难题……

另一些熟悉老赵情况的友人则说,根本没有那回事,他上小学时上着课尿了裤子,上中学时由于考试成绩太差几乎被勒令退学,下乡劳动时洋相出尽,他的儿子如今在餐馆打工,他的女儿只在一部电影里演过群众丙,而老赵自己的法语,真是一塌糊涂。

但是老王还是觉得老赵挺可爱,起码是挺乐观挺吉利,你只要不过分相信他的话,他不是既令自己愉快又令旁人愉快吗?

256. 自 贬

老王的老同学,女性的老吕,特别爱说丧气话。说起自己来,就是百病丛生,气息奄奄;说起老伴来,就是老年痴呆,大小便失禁;说起自己的和亲戚的孩子们来,就是做生意赔本,教书口齿不清,当官犯错误,看病治死人;说起第三代人来,则是缺钙缺锌贫血消化不良智商不够都处于危险中。

老王一开始以为是真的不幸,见了她就安慰一番。后来听说根本不是这样,便想她是谦虚,惟觉得这等谦虚未免太过分了。再后来才知道,这是一种禁忌,说是要是吹了牛便会触犯神灵,招灾惹祸,相反,愈是自贬自损,才能平安永久,禳祸消灾。

老王想,真想不到老吕有这等狡猾,这等深刻,我们的传统文化太伟大啦。

257. 美 元

老王的朋友老谢作为访问学者到美国住了一年,回国后讲到一点花絮,说是他住在一个不太好的区域,一天深夜赴约后回住地,结果就在离他的住房二百米的拐弯处,在路灯强光下看到了一大撂美元,数目极大。

听他讲故事的人眼睛都瞪大了,不由得一个个屏住了呼吸:怀疑、羡慕、嫉妒、欣慰、佩服、惊奇、贪婪……什么表情都齐了。

"你……你……你怎么办呢？到底是多少钱？"

老谢说："当时可吓死我了，也许是贩毒的钱吧？也许是一桩凶杀案吧？也许是一个圈套吧？也许我一动就扑上来几个彪形大汉吧……"

"那么说，你……"

"我吓得回头就跑，回到住地关上门，吓得仍然怦怦心跳。"

唉，朋友们点头称是，同时感到无比遗憾和失落。

258. 老 三 篇

老王与老友聚会，大家让老王唱卡拉 OK。老王翻阅了全部曲目，说是他只会唱三个歌：《喀秋莎》《三套车》与《太阳最红，毛主席最亲》，其他歌别说唱了，听说也没听说过。老友们都笑他的"老三篇"太落伍了，还有的人说他是为了树立自己的革命形象，还有的说是他这种人惧怕并懒于接受新鲜事物了。老王说，可不早就退出历史舞台了？你还非要咱嘎儿屁着凉不行吗？再就是有人说，其实还是老王这一代人最可爱，都是理想主义者，是最后一代理想主义者，说得老王差点没掉下热泪来。

一年后老王又与朋友们聚会，到了饭后唱歌，大家便忙着给老王找那个"老三篇"，找了半天好不容易找出一个，按那个号操作了一番，结果显示出来的不是"老三篇"中任何一个歌，而是新上了流行榜排名第二的《爱得你好狠心》。大家正在气愤和惊异，只见老王清了清喉咙随着伴乐唱道：

  我爱你爱得狠，

  我爱你爱得疯，

  我爱你爱得死，

  我爱那登不棱，棱不登，

  登不棱，棱不登，

棱登棱登棱登……

呀呼哎唉依呼唉唉!

人们大惊,有一个有冠心病史的老友当场倒地,另一个有颈椎病史的朋友当场晕厥,其他众老友叫得叫,笑得笑,哭得哭,闹得闹,口角流涎的,屁滚尿流的,就地十八滚的,场面极其奇异热闹。

259. 老三篇(续篇)

不可开交之际,电脑控制的卡拉 OK 机突然恢复正常运转,画面上音响里出现的都是著名俄罗斯民歌《三套车》。

老王深情地唱道:

冰雪遮盖着伏尔加河,

冰河上跑着三套车……

于是一切恢复正常,有冠心病的心血管已经畅通,有颈椎病的头脑不再眩晕,流涎的擦净了口角,放屁的赶紧开窗,流尿的赶紧如厕并更换内裤……

人们问吗事呀您老,老王答曰:"我也不知道是怎么回事。"

再问:"那么爱得狠又是怎么回事?登不棱呢?呀呼哎唉呢?"

老王道:"天呀,你们问我有什么用呀,我也不知道是怎么了呀?"

友人中的一位资深电子专家说:"恐怕是电脑病毒的发作所致。"

友人中的一位大哲学家则冷笑了一声,似有别议。

260. 喝茶

一位朋友送给老王一筒茶叶,说是茶怎么怎么好,怎么怎么贵。

老王泡了这种茶喝,觉得一般。妻子和孩子也说这个茶不怎么样。

老王觉得妻儿的话里有对朋友不信任不友好的潜台词,便坚持说此茶极好,好过琼浆玉液。妻儿便与他辩论,他便不高兴。

后来妻儿都不喝这个茶,而老王舍这个茶什么别的茶也不喝。

老王渐渐觉得这个茶不好喝了,同时怀疑起来,是不是朋友送来的茶叶不新鲜不高级呢?

老王否定了自己的想法,因为这个朋友人品极佳,诚信可靠,账目清楚,爱护公物,孝顺父母,尊敬师长,服从领导,爱情坚贞,身心健康,五官端正……这么好的朋友,人生得到一个已经够幸运的了,怎么能怀疑他送的茶叶呢?

261. 起 舞

老王和老同学们聚会,座谈用餐之后,最后一个节目是跳交谊舞。老王坚决声明他不会跳,跳起来两腿如拌蒜,可是一位当年最美丽的女同学,在舞台上演过歌剧,至今仍然保持着极好的身材和迷人的笑容的女性,不由分说地拉起他来就跳。他毫无办法,只好随着她在舞池里磕磕绊绊地走来走去。他本来就是罗圈腿,一跳舞,只觉得连走路也不会了。他一面走一面出汗,一面躲着女同学的脸特别是眼睛,一面盼望着这支曲子早点结束。

怎么还不完啊,怎么还不完啊,是不是音响控制系统坏了?怎么一个曲子放了十几分钟啊,他觉得不等这支曲子放完,他的头发就要熬白啦,他的心脏也快支持不住了。而且,他的汗珠滴答到了地上,不但是脊背,不但是腰腹,怎么连小腿肚子也湿透了啊?只是在事后,他回忆起来,觉得与一位迟暮的美人共舞是一件颇惬意的事儿。"我和×××还一起跳过舞呢。"他会把这美好的记忆保持下去,直到不再能跳舞不再能走路的那一天。

262. 转 移

老王上大学时以法语著名的杨大鹏,前不久为他过了九十岁寿辰,教育部长亲自来祝寿,一位副总理还送来了九十朵玫瑰花。

最近他住了医院,传说是他忽然把所有的法语都忘了,一个法国教授,他的老相识去看他,人家与他说话,他一脸的茫然,他甚至说:"请讲中文。"

更惊人的是,他同时突然懂了从未研修过的日语,见到探视他的亲戚朋友领导,他就索要日语书籍,不给不行。问他你懂日语吗,他欣慰地点点头。

拿到日语书籍,他爱不释手,从早到晚地阅读不已。问他看懂了什么,他只是傻笑,不回答。

有人说这不可能,说这是精神症状,老王想,也许吧?

263. 邮 箱

老王退休以后,常常与老友们通信。每天到公寓楼入口处的邮箱那里检点信件,觉得是一种乐趣。还有那么多人没有忘记自己,还有那么多人向自己致以良好的祝愿,还有那么多人向自己倾诉心头的喜怒哀乐,这使老王觉得温馨。莫道茫茫无知己,尚有几个人未忘君。

一年一年地过去,这几个人走的走了,远行的远行了(他们的子女在美国定居了,他们去探亲),剩下几个也不来信了,隔几天到自己的邮箱那里看看,空空如也。老王黯然。有一天忽然看到邮箱里有花花绿绿的许多东西,老王大喜。掏出来一看,是置房产和壮阳药广告。

盼呀盼,远行大洋彼岸的朋友终于来信,并说自己设立了电子信箱,欢迎老王与他(她)通过电邮通信。

老王大喜,乃赶紧在子女帮助下添置电脑与设置电子信箱,学会了写、发与接收电子信件伊妹儿的技术。

从此老王每天都用几个小时在电脑前坐稳,尽情享受信息时代的方便,从远及近,东拉西扯,没话找话,聊以解忧。对于并未远行而是一直生活在伟大祖国伟大本市的朋友,也是左一个伊妹儿右一个伊妹儿。谈天说地,家长里短,嘘寒问暖,互相慰安……然后发展到互相转发一些搞笑资料、半荤故事、社会奇闻、信不信由你的胡说八道。

渐渐地热劲儿也过去了,有时一连十五天,三百六十个小时,无一新邮件。老王大悲。生老病死,生驻坏灭,无为有处有还无,寂寞呀,寂寞呀……老王深切地认识到,不仅伟大的人都是寂寞的,渺小的人也许更寂寞呢。

在电子邮件愈来愈少收到的时刻,却汹涌澎湃地到来了大批病毒邮件与垃圾邮件,蠕虫毒、求职毒、周五毒、十三日毒……琳琅满目,美不胜收,每次一打开电子邮箱,便忙于查毒杀毒堵毒增添拒收命令升级杀毒软件,同时随着寻到毒踪或杀掉或杀不掉电脑病毒,电脑发出嗖嗖嗖的子弹呼啸声,枪林弹雨,如同到了巴格达,甚是有趣得紧。

从此,老王打开伊妹儿信箱后的主要任务,便从阅信回信写信转为杀毒了。他甚至有点激动。这一天又查出并清除了四十余封毒件,留下一封灭不了,留待下次再查而杀之。有的是活儿干,且下不了岗呢——天无绝人之路啊。

264. 讲 话

老王年轻时候有一位女同学,以善于辞令著称。会说话本来是好事,可是这位姑奶奶不但滔滔不绝而且说话必须压别人一头,同学们称她为舌头底下压死人。老王从当学生时候就老躲着她。

当老王接到通知说是他们原来的学校要举行校庆与校友聚会的时候,老王矛盾了老半天,他不愿意见到此人,他太了解她的脾气,他也听最近见过她的人讲起她,说是她脾气照旧,而且变本加厉:如果见到她,她一定会问:"你现在住房多少平方米?"如果老王如实回答而且住房面积超过了此人,她一定会大骂现在是小人得志的时代,是住房面积与事业成就成反比的时代;而如果老王的住房面积不如她住的,她又会当众嘲笑,为什么老王活得这样窝囊,为什么老王的生活在给小康社会的目标抹黑。甚至她会问老王的孙子的考试成绩与身高体重,而如果她认为老王的孙子分高、个儿高、体重重,她就会大骂当今的考试制度,指出分高不等于学习好不等于水平高,而个儿高更不等于健康……反之,如果老王的孙子体重轻于她的孙子,她就会指出这可能是一种发育不良的疾病。

毕竟还有别的好同学,于是老王出席了校友会,远远躲在一边。

……各项议程完毕,最后是成立校友会,并且根据校方提名一致选举这位女士担任校友会长。然后轮到会长致辞。

能言善压的女士上了台,对着麦克风磨唧了半天,竟然一句话也没有说。

老王骇然。她病了?她有什么不幸?她失语了?她深感过去话太多了?此时无声胜有声?她即将说话了?她嫌底下听众太乱了?她要求绝对的鸦雀无声?

最后老王听她说:"不讲了,不讲了。对不起。"

老王回到家,与太太讲起此事,太太说:"估计她得了脑血栓,语言中枢出现了障碍……"

老王叹道:"俱往矣,数风流人物,不能看昨天喽,您哪!"

265. 作　家

老王的一位当年最要好的同学成了作家，连续出版了几部书，还编了若干部电视连续剧，俨然人五人六矣。

这次一家爱好文艺的大企业老板邀请作家前往某风景点度假休息，给作家提供了一大套房子，作家乃邀请老王同往。老王推辞再三，经不住作家意诚词切，乃跟随作家前去。

企业老板举行了盛大宴会为作家接风，出席者有当地党政领导、文艺界头面人物、企业界大款名流和两三位盛装小姐。

宴会前主人向众嘉宾介绍主宾："这是誉满全球、德高望重、当红透紫的伟大作家×××先生……"如雷的掌声打断了祝酒词。

"我们今天特别感到荣幸的是，著名作家王人七先生也屈尊前来助兴……"

初时老王一怔，紧接着明白过来了，原来王人七先生就是自家，老王大惊，面如土色。

"误会，误会，我不是作家，我只是作家的同学，我只是来陪着混吃混喝罢了……"

掌声和欢呼声淹没了老王的解释，两位美女前来向老王献花，并笑着叫着喘着呼道："王人七先生，我们是您的崇拜者！我们是读着您的诗篇成长起来的……"

真正的作家向老王严厉示意，稍安毋躁，既来之则安之，我既然是作家，与我同行的都是作家……

当地传媒的编辑记者也都来找老王约稿，各色文学青年轮流向老王敬酒，喝了几十杯以后，老王认定，其实自己本来就是作家嘛，从上中学，他的作文就屡屡被墙报选中公诸班级，其实真正论起文学细胞，他肯定比那个所谓誉满全球的家伙强得多，唯一区别是他写了而自己暂时尚未提笔罢了。

266. 连 锁 店

老王的一个混得十分发达的朋友老郑邀集一些老友在一个著名的高级法式西餐馆聚会,老王十分雀跃,他知道,如果没有地方报销,他这种人是不可能到那种高雅的餐馆用餐的。

于是根据朋友的委婉通知与他的国际活动或者叫做"外事"知识,他更换了深色新装,打上金黄色领带,换上三接头皮鞋,准时到了高雅餐馆。服务员问他:"几位?""预订雅间了吗?"他不好意思地回答:"郑先生,您看有没有郑先生订的雅间或者桌台……"

服务员拿起订单认真查找了一回,说是:"没有啊,有姓邓的一位先生订了座,可是没有郑先生啊。"

老王心想莫非郑老总没有订餐?也许老郑的计划是人来了临时找座。也许他用的是公司或者单位的名义?也许他自己不出面而是由秘书小姐订的餐?他嗫嗫嚅嚅地说:"这个……那个……我再等一会儿吧。"

服务员态度极好地把他引领到一张空桌子边,还给他泡了立顿红茶,瓷茶碗很讲究,是景德镇出品的法式花色与规格的瓷器。

左等不来,右等不来,郑先生不来,郑先生的其他朋友也不来,也许他记错了时间?过去就发生过这样的事情,礼拜五的宴请他老王礼拜四就到了。他有点汗流浃背。

终于他等不下去了,已经过了预订的时间四十分钟,即使是总统请吃饭,主人也该来了,他面红耳赤地向服务员作检讨,说明可能是自己记错了,他不准备再等下去了,他要走了,他问那一杯立顿红茶,他应该付多少钱。

服务员对他显出怜悯的神态,说是不用付钱了。

老王脸更红得一塌糊涂了。这时电话铃响,服务台接电话的人员用普通话、广东话和法语问:"请问,哪位是王先生(王生或米歇沃翁)？"

……如此这般,郑公告诉他,不是西郊的这家餐馆,而是南郊的同名法式大餐连锁店。老王如遇到了救命菩萨一般,连连对给他喝英国红茶的服务生说:"您瞧我这个糊涂劲儿,不是这家,是那一家,都叫香榭里舍,是连锁店……"

267. 不期而遇

这一天,老王连连碰到许多不期而遇。早上买早点的时候碰到了自己最崇拜的足球运动员。上午在大街拐弯处碰到了二十年前的街坊,那时候他们住平房——大杂院。后来在书店遇到了失散多年的小学同学——这位同学居然还记得他,居然认出了他,这真叫人骇异。下午接了个错号电话,找姓荀的,他说明这里没有荀先生,却听着对方的声音有点耳熟,再一说话,敢情是老邻居,十年前他是卖煎饼果子的。晚上看电视,想不到与著名节目主持人面对面对谈的是自己老上司的孙子小二儿,当年为了讨好上司,老王常常给小二买点糖豆大瓜子冰棍糖葫芦,现在小二儿已经是著名跨国企业家了,业余还写了一批旧体诗。

老王不懂,这究竟意味着什么?哪里都是熟人,哪儿都是熟事儿,跟谁都有过交往,与大家都有缘分,什么人和事都与记忆有关……吉乎凶乎?喜乎悲乎?欣慰乎?失落乎?

268. 举家出游

老王见到了多年不见的中学同学老霍。老霍热情相邀,老王无法推辞,便到老霍家去了一次。

老霍正处在兴奋快乐之中,原来他举家作了一次欧洲旅游,他们老两口与一儿一女全体,包括孙儿与外孙女,去了荷兰法国德国意大利与奥地利,申根协定国家,进入一个就不需要再办签证。他们家里摆着挂着这些欧洲物品:荷兰的小木鞋与干酪、法国的艾菲尔铁塔模型与葡萄酒、德国的西餐餐具与剧场用望远镜、奥地利的人造水晶与莫扎特巧克力球。

老霍的房子虽然不大质量也一般,但有了洋货很有些光彩夺目,老霍一家子也显得有点得意洋洋。

老王目瞪口呆。

回忆老霍,上学时功课较差,其貌不扬,入团最晚,高考落榜,运动挨整,级别相当低,身体多病,孩子也一般,一家两代,没有天才,没有幸运儿,登龙无术,买彩票未中头奖,没有大款……他们怎么伟大到举家逛欧洲的程度?

老王旁敲侧击,东问西诘,左顾右盼,阴阳五行,无非是想弄清老霍为何能出巨资出国旅游。

老王想问:没有特殊收入,你就不预留一些医疗费用了吗?你不准备改善一下住房条件了吗?你不考虑其他的天灾人祸了吗?你的亲友对于你这样举家游欧洲,就没有什么看法吗?您不认为您的爱国主义有什么问题吗?去不去欧洲当真有那么重要吗?不喝法国干红而喝二锅头,不吃荷兰芝士(干酪)而吃北京麻豆腐,不买德国望远镜而聚精会神地看电视特写镜头,究竟有何不可?心理医生是否认为您的心理平衡没有出现什么问题呢?

各种疑问涌到嘴边,却一个也没有问出来。

269. 鹚 鹕

老王应老友 A 之邀到一湖畔别墅休息。老王与友人绕湿地而徐行,甚感惬意。

老王在湖水中央一小小水草丛上发现了一只长翼鸟,羽毛白中带黑,嘴长而尖。友人介绍说,此乃"鹚鹕"是也。二人研究了半天

"鹈鹕"二字应怎么样写怎么样读,深感大自然与中国汉字之伟大。他与友人欢呼近年来的生态保护工作确实取得了伟大成绩,多年不见的野生珍禽异兽又重新出现了,善哉。千辛万苦污散去,似曾相识鸟归来! 有凤来仪兮,盛世至,鹈鹕降临兮,醍醐灌(顶)!

第二天,他们俩同一个时间又在湖边散步,又看到了那只珍稀的美丽的鸟。他与友人还分析了一下食鱼的鸟儿的特色。最后一天,老王他们又在那里散步,又看到那只同一姿势的定格的鹈鹕。

老王突然不安,会不会是假鸟呢?许多大别墅大饭店园子里都制造了假花,严冬腊月也能够看到花红如火,又怎么能说不会闹一只假鹈鹕鸟儿呢?

与朋友一说,A 朋友也毛起来了,谁知道,完全可能,也许就是,饭馆里摆假菜肴的,高速公路上竖交通警察泥像的也不是没有嘛。

老王乃走向湖边,想找一块石头或者土坷垃抛过去试试。湖边地滑。朋友大呼小叫,怕老王滑入水中闹个非正常归去来兮……这边还没有轮到捡土坷垃,那边美丽的鹈鹕扑楞楞,吱咯咕咕……翩然飞去。

两人都傻了。

直到一个月后,老王始终不放心,与 A 又专门去了一次别墅湖畔,不幸的是,未见鹈鹕,打问别人,无人看见。

270. 种 树

老王的一个老同学是著名画家,他在乡下买了一套别墅。老王应邀去为老同学温居,与其他宾客一起,被邀去看他在后园种的几棵树。有雌雄各一株大银杏,有枝叶纷披的法国梧桐,有一株高耸的云杉,有杜仲、合欢、枫、槲、橡树,还有紫色白色玉兰。说由于这些树都很大,树身与根部所带泥土过重,是用老吊(起重机)拉来的,也不知花了多少钱。

画家后园里还有一株黄松,说是到某省时发现了一个施工单位正在砍伐一株有五百岁树龄的老树,他花了不少钱,把此树买了下来,连同那里的一批石桌石凳搬到自己的别墅这边来了。

众宾客击掌雀跃,赞叹不已。瞧人家这个家,不但平方米辉煌浩荡,而且一住人就古树参天,果树丰收,花开万朵,叶茂根深。房是新的好,树是古的好,风光啊,羡慕啊,大自然啊,环保啊,文化啊,历史啊,植物动物啊,全来到!顺便提一下,他家里养着三狗四猫八鹦鹉六猴五十只鸽子。

画家的邻居家则只是栽种了一些小树苗,画家悄悄地说:"他们那哪叫树啊,那只是牙签而已。"

老王忍不住说,所有的大树都是从小苗长起来的,看着小苗慢慢长成大树,也是很有趣的。何必着急呢,不知不觉之中一根牙签就成了材了。再说,小树不挡视线,不妨碍草坪的美丽,小树也不错嘛。

宾客中有一位老李,他发挥道,比如养儿子了。是从小看着他慢慢长大好呢,还是干脆省心,直接给您抱几个一米八、十八岁的儿子好?

听了老李的话,老王极其后悔自己的多嘴。老李怎么会这样雄辩呀,怪不得他一生路途多蹇。

271. 日 出

老王喜欢游山玩水,这是众所周知的。一天,他和友人约好看日出,起了一个大早。山曲曲弯弯,要登上东山顶才可看到大海。

那是观日出的最佳阵地。越过一道道山,蹚过一池池水。老王激昂地高声唱起革命歌曲。天有不测风云,明明天气预报是晴天,偏偏下起小雨。友人说:不去了吧?老王坚持还要去,并且说,相信吧,天会晴的。他们爬山越岭,费尽了千辛万苦。登上了东山的最高峰,果然不出老王所料,雨过天晴,老王得意非常,又一次掀起唱歌的高潮,唱来唱去都是歌颂太阳的。从《大海航行靠舵手》直到"文革"时期的样板戏,从延安的红日唱到北京的金太阳,唱得满山回响。老王抬头一看,一轮红日高高地挂在天空。友人说:真遗憾,这回又没看到日出,就在日出那一刹那,一片云刚好挡住。老王兴奋地说,不,没有云,我看见了。他兴高采烈地描绘了一团红日是怎样地自海上挣脱出来,说得绘声绘色,友人愕然。

272. 飞　虫

　　这一天阴霾密布,老王与几个老伙伴乘一辆越野车去郊外春游。车上了高速公路以后,没有几分钟,挡风玻璃上已经布满左一道右一道的污水。老王惊问:"这是什么雨?"

　　当老王得知这些乃是飞虫的尸体,飞虫的体液如小雨滴一样划得玻璃上污秽不堪的时候,老王大惊:"什么,这些虫子就这样被我们的车撞死了?撞得变成了一小行污水?它们为什么不躲避?它们为什么不飞得高一点?我们能不能躲开这些飞虫?"

　　朋友与司机都向老王作了解释:气压太低,飞虫必然低飞,车速太快,谁也躲不开谁。今天还算好呢,上次阴天出行,开开了雨刷,硬是刷不干净飞虫的尸体。

　　老王欲哭无泪。

273. 树　木

　　老王与生物学家老同学老向去森林里玩,生物学家向老王解释各种树种。乔木、灌木与草本植物,落叶树与常绿树,针叶树与阔叶树,还有这一株是油松,那一种是侧柏,另一种是圆柏,这一种是槭树,那一株是橡树,这一种是黄栌,那一种是丹枫,这一株是白桦,那一株是青杨。哎哟,还有那么多果树:黑枝黑干的是杏子,红里透亮的是山桃,灰白相间的是胡桃,高高挺立的是柿子……老王一下子增加了许多知识。

然而老王仍然喜欢简单地称呼它们叫树或者草,他不懂那么多生物,他只看到了高高低低的树,老老少少的树,青青黄黄的草,开开败败的花朵,还有满地如毡的落叶,和满树的新芽,他闻到了树木花草的香气,他听到了风吹来树枝晃动与摩擦的声响……他想,如果没有这么多植物,世界将会变得多么乏味,而如今有了这些植物,这是多么的好啊。

274. 候 购

老王夫妇在朋友家看到一个特别漂亮的书柜,主人介绍了它的各种优点,二人边看边听,赞不绝口。问清品牌、出售商店、地点、价格后,立即表示,第二天一定要去买一件同样的书柜。听夫妇二人的口气,颇有没有此书柜,堪说是白活了一辈子的认识高度。

中间还经历了一个价格贵与不贵的心理辨析过程,一开始,听说是四千多元,老王夫妇认为是太贵了。朋友分析说,四五十年前,他买过一个要寒碜得多的书柜,价格是一百八十九元,接近他月薪的三倍。而现在,这个相对豪华的书柜,只不过是他一个月的工资弱,有什么贵的呢?

老王夫妇听了,觉得眼前一亮,耳目一新,人生似乎进入了新境界。

本来次日就要去的,谁知又有别的事了。老王叹道,毕竟是第三世界国家,做事不可能太有计划,听说人家美国,尤其是日本,一些人物的日程表,都是一年甚至两年前就排定了的。

直到一个多月后,夫妇来到了与朋友所介绍绝无二致的家具店,那种书柜就放在门口热销品部分,问问价钱性能,与朋友说的无异,再有十分钟就可办理完毕了,夫妇二人都心有不甘。怎么着,几千块钱的货,购物过程不能如此草草。便又楼上楼下,看了许多书柜、酒柜、艺术品柜、组合柜。有更豪华的,有朴素的,有老式中式的,有后现代的,有浅色的,有深色的,有橡木的,有柞木的,有实木的,有压合板的,有方方正正的,有流线型的……

他们看花了眼,是不是要买朋友家那一款呢?吃别人嚼过的馍,没有味道。犹犹豫豫,你说这她就说那,她说这,你就说那。他们在这家木器店逗留了一个多小时,仍然拿不定主意。老王抬头,发现此店对过与隔壁,都是木器店。那么,何必在一棵树上吊死呢?

……到了一个新店,又是徜徉一番,称赞市场经济与小康生活下商品的丰富美丽,咋舌市场经济与小康生活下商品价格殊为不菲。如此这般,天黑下来了。买嘛,还没定呢。

忽然,老王看到一个餐桌,觉得不错,便建议干脆买个餐桌算了,也别白来一趟嘛。最后,买了个轻便舒适廉价的餐桌回去了。

两个人都很高兴,有新鲜感,有决策感,有变动感,有试问木器购买谁主沉浮——我主沉浮感,有非计划非预谋非预订感,有我能出幺蛾子的维权感,乃至产生了宿命、神秘、随机、缘分、偶然、邂逅、灵动、主体意识与不可知感。感觉好极了。

一周后,二人都有些后悔,还是友人家那款书柜好。而且显然是更需要。

天呀,相见恨早,相见恨早,为什么那么早就确定了那一款书柜的候购地位呢。

两个半月后,夫妇又到了那家木器店,发现那款书柜已经涨价百分之三十九了。

275. 讯 息

老王接到了一大堆电话:

老张说:"听说你现在摆架子见人不理了。"

老赵说:"您老是咋啦,那天我面对面叫了你有十声,你硬是不理我不看我,你是不是失聪啦?你是白内障还是青光眼?"

老季说:"你是不是住医院了?"

老刘问:"听说你老骥伏枥,壮心不已,要改行做房地产生意了?"

老朱说:"乔迁之喜呀,豪宅呀,什么时候请客?"

老单问:"什么,听说你得了脑瘤?别价呀,要走咱们老哥几个一块走,你不带抢跑的……"

……老王心想,我也不是明星,也不是要人,我也没有开博客开骂,怎么关于我的消息出来这么多呀,怎么我受到了人民大众这么多的关爱呀。

276. 禁止通行

老王应邀去一家餐馆赴宴,朋友在公交车站等着他,带他通过一个旁边写着"禁止通行"的栅栏,抄近道进入了餐馆。

老王觉得不踏实,他欲行又止,问道:"这儿写着'禁止通行',我们这样穿过去,不太好吧。"

朋友说:"没事,大家都走这里,你看这一截栅栏都弯过来了,地方足够进出一个人的。"

是的,群众的力量是伟大的,每个人钻一次,每个人弯一次。铁栅栏也弯成了椭圆形,留出了一个大鸭蛋空白了。

老王说,也许小孩子会这么走,咱们这么大把年纪了,不走大门,走一个椭圆的强扭出来的狗洞洞他心里别扭。

朋友说,那里本来就是正门,正门就在近旁,但是明明对许多人很方便的正门,却被一把锁头锁死了。

老王回家以后,给朋友打电话,建议他与有关单位谈一谈,把那个锁头打开,干脆欢迎大家走正门。

朋友表示,他只是偶然来吃一顿饭,看到别人走洞洞,他也走了洞洞,人活一辈子,不用管那么多事。

老王仍然别扭,他给餐馆所在的商务广场写了信,提意见。他提的是:要不你们就少修几个门,修起门来再锁上,诚心为难大伙,这不是找别扭吗?发生了火灾也不好逃生不是?要不你们就默认人民群众扭大了的栅栏洞,把禁止通行的牌子拿开,从小就培养人们一面看着禁止通行的牌子,一面强行通行,多不好!要不你就干脆派一个保安在那里守卫,和通行者奋战到底。

老王的老伴与孩子都劝老王罢休,你怎么老了老了还那么烦人,狗拿耗子,多管闲事。

老王欲哭无泪,他进一步与商务广场约谈,他要痛陈利害,把真理争取到底。

277. 不　见

老王已经快睡着了,突然接到一个电话,电话里传出的声音温文尔雅,似曾相识。她自报家门,老王得知,她是大名鼎鼎的一位电视节目主持人,夸张一点说,也属于公众偶像一族。但她口吻十分谦虚,自称是学者老王的慕名者。她说她来到了这家酒店,听说老王也住在这里,太激动了,太荣幸了,便冒昧地打来电话,问她有没有荣幸明天早晨与他共进早餐。

老王便与她约了时间在餐厅会面,他问了一句:"那么您的房间号呢?"

"506,也就是五层六号。"

"好的,五层六号。"

"早上在餐厅门口,我手里会拿着一张《晨报》。"

第二天早晨他在餐厅内外没有会到任何人,他冒昧地问了好几个模样像是电视明星的小姐,人家都说自己不是。他在餐厅里耽搁了近两个小时,一无所获。

他觉得蹊跷,便回房间拨506房间的电话,没有人接。到了晚上,他又拨打这个电话,还是没有人接。

按道理,深夜给一个从未谋面的小姐打电话是不礼貌的,但老王想,是她先给自己打的电话,而且她自称是冒昧的,有她冒昧在先,那么他随之冒昧一次也就不算什么。他深夜又打电话,仍然没有人接。

第二天他干脆去到五层,找到了从501到505还有从507到528房间,就是没有一个506。

他去总服务台查问有关506房客的情况,服务台要求他提供该房客姓名的英语拼写。他提供了,服务台说他说的不对,因此不能回答他的问题。

他有点着急,便说明了自己接到电话,订好约会,再无影踪的故事。总服务台工作人员只是微笑着,对他的故事没有兴趣。

"那么,"他问,"请问,到底有没有506房间呢?"

总服务台小姐笑而不答。

278. 不 见(又一)

大海是老王(那时叫小王)在大学时期的同窗好友。他俩是班上出色的高才生,为了一道高难题的解题法,争得面红耳赤,越是这样,越爱在一起,一起晨练,一起上晚自习,一起研讨各类课题。他俩的这种纯洁的友谊,好钻研的精神,令同学佩服。

上个世纪五十年代末,在毕业前夕,他们去文具店购物,大海选了一只铱金英雄牌钢笔,他没带钱,让老王先给垫上三十元,说回到宿舍就还。

许多天过去了,大海没有还钱。许多月过去了,一年过去了,仍然没有还。也可能他忘了吧,小老王想。倒也无所谓,小老王那年手头并不拮据。在毕业典礼上,大海坐得远远的,年轻的老王,东张西望寻找他的密友。

几十年过去了，老王一直在寻觅他，机会来了，二〇〇二年三月八日是母校的百年盛典。老王为了他，兴致勃勃地参加了，同学们说：大海不来了。老王左思右想，怎么也想不明白。他实在是很想念大海，听说大海还挺有成就挺伟大的。他对不起大海了，他真惭愧。

279. 不 见（又二）

在老王居住的那个小区，有一群活泼的儿童，他常常在读书的时候被孩子们的喊叫、笑闹声所打动，他推开窗子，看着踢小足球、跳绳、踢毽子或只是相互打打闹闹的孩子，感觉到在自己日益老迈的同时，那么多可爱的孩子成长起来，真是令人欣慰又令人唏嘘。就是这样的，一些人老了，去了，一些人来了，大了，然后，大了的人又老了，新的人又来了。

不知不觉之中，那一批孩子不见了，老王觉得奇怪，莫非他们突然一下子都搬走了？

后来老王才知道，没有哪个孩子搬走，他们已经长大了，有的长到了一米八九了，有的打扮得花枝招展了，即使老王与他们面对面，老王也想不起他们就是在楼下玩耍笑闹的孩子们了。

280. 好 坏

假日快到了，老王的妻子一再提醒老王，应该请几个朋友一起吃顿饭，他们来到这个城市以来，张、周、李、陈、毕……许多友人都给他们提供了帮助，老王对他们应该有所表示。

老王觉得这是一个好主意，便下功夫调查研究这个城市的餐馆，终于找到了一个物美价廉，既有精英意识又有思想者气派，既有情调又有风骨，既有后现代风格又有民族传统积淀的好地方：孤独居。

他约好了众友人,订了两桌。

到了预订时间,他们到了孤独居。偏偏这一天孤独居因卫生检查不过关被勒令停业。(也有一说是由于孤独居没有向有关人员"进贡"。)老王叫苦不迭,在附近临时找了一个馆子吃饭,这个馆子的名字是向洋楼,菜肴差、价格高、秩序乱、卫生差、服务态度恶劣。老王和妻请完客只觉得惭愧莫名。

由于进食时的不快情绪和食品卫生方面的原因,此后老王夫妻双双得了肠胃病。几年后,他们的肠胃病痊愈,他们都很满足,觉得那天的向洋楼之餐,也还是有意义的。他们好像得到了一些启示,他们考虑利用这个欲吃好馆子偏偏吃了坏馆子,吃了坏馆子,时间长了便又像吃了好馆子的故事素材,写一本禅悟之书。

281. 批 评

老王和几个朋友一起去天醉楼吃饭。吃冷盘的时候朋友们对天醉楼的烹调赞不绝口。喝汤的时候对这个馆子印象也还不错。吃第一道热菜的时候他们说天醉楼的烹调也还凑合。吃到后来,他们发现,天醉楼的饭菜很差,人们便改歌颂为嘲骂。这个说,天醉楼的鱼像一只死老鼠;那个说天醉楼的汤像是洗脚水;这个说天醉楼的米饭里掺了沙子;那个说吃天醉楼的饭保证致癌。另一个说天醉楼必须取缔。

大家把天醉楼骂了个体无完肤,也把饭菜吃了个盆干碗净。

282. 伊妹儿

老王的电脑联网了,他好不容易学会了用伊妹儿。他很兴奋地给遥远的朋友发了几封电子信件,很快收到了回信。

老王大喜过望,见人就说电子通信的好处,同时他感到奇怪,这么方便的通信手段，怎么还有那么多人不用也不会用也不打算用？他成了电子通信的热烈宣传者。

他说得多了，渐渐惹人讨厌。第一个朋友说："我不喜欢网上的垃圾。我宁愿过得干净一些。"

第二个朋友说："我已经年过七十，学这些时髦玩意儿是力不从心啦。"

第三个朋友说："你老兄这才用了几天伊妹儿呢？"

第四个朋友说："老子就是不用，你怎么样？"

老王十分惭愧。

283. 许　诺

老王在一个场合受到一位大人物的接见。大人物见了老王非常高兴，亲切地拍着老王的肩膀说："久违啦，老赵同志，你看我是太忙啦，我早就想与你好好聚一聚啦！这样吧，下个月我一定找你来吃个便饭。"

老王有点糊涂，他怎么成了老赵了呢？另外，他和大人物过去虽然有过一面之交，但并谈不上什么旧谊，大人物何必要与他"聚一聚"呢？是不是他老认错了人了呢？

底下的谈话证明，大人物不像是认错了人啦，大人物说的话完全符合老王的情况，只是大人物仍然老赵老赵地称呼着。老王蚊子般地嗫嚅着"我是老王"。大人物一直没听见，仍然兴致勃勃地与"老赵"谈着话。

老王很高兴，回去将受到接见的情况告诉了妻子，并且说他不久将被邀与大人物聚一聚，吃顿便饭。妻子也很高兴。

老王没有说自己被称作老赵的事情。他姓什么其实不是什么太大的问题，姓氏说到底是人类自己给自己画地为牢制造出来的。而且他慢慢体会，大人物与他的谈话本来也就是既适合老王也适合老赵、老张、老李、老刘、老×的。

他等待着邀请,等了好几年,虽然至今没有被邀请,他仍然是高兴的。他想起来不免引以为荣。他时常对朋友说:"大人物真是平易近人呀,对人真是不错呀。他要找我一起吃个便饭呢!"

284. 许 诺(又一)

老王接到老友老彭的长途电话:"我把最近读过的最好的一本书给你寄去了。"

老王说谢谢,开始等待老彭寄来的书。一个月过去了,书没有到。

一个月后,老彭来长途电话说:"老王吗?书读了没有,你有什么感想?"

老王告诉他,还没有收到书。老彭说:"你再等几天,如果还收不到,告诉我,我再给你寄一本去。"

又过了一个月,老王仍然没有收到老彭寄来的书。老彭来电话,老王说明没收到书,老彭很不高兴,说:"我不是跟你说了吗?再收不到来电话呀,你怎么不来电话呢?"

老王唯唯,直道歉。老彭告诉老王,他将立即给老王再寄一本书去,此次电话中,老彭又核对了老王家的住址和邮政编码。

又一个月过去了,书仍然没有收到。他到邮局查找,没有结果。老王失眠,气短,左右为难。他想如果老彭再来电话,他说什么好呢?说还是没收到,有故意与朋友为难之嫌;说收到了,可以免去许多口舌,但又成了说谎。要不他赶快去书店买一本老彭提到的书,但仍然解决不了他如何回答老彭的电话的难题。

他简直再不敢与老彭联系了,他觉得是自己做了对不起老友的事。

285. 胖 瘦

老王年轻时很瘦,体重经常维持在五十三公斤左右。这几年——就是说改革开放供应改善以来——他的体重增加很快——目前是七十公斤了。

过去,朋友见到他就说:"啊,你又瘦了。"

老王笑道:"这么说,我原来还不算太瘦啊。"

现在朋友们见到老王常说:"你是不是又胖了?"

老王说:"也可能吧,其实也没有多胖啊。"

再后来,朋友们见到他,有的说他瘦了,有的说他胖了,他很高兴,他说:"这说明我没胖也没瘦呀。"

高兴完了他才黯然神伤,他想:"这说明,除了胖瘦,我已经提供不出什么话题来啦。"

伤心了一会儿就不伤心了,没事谈谈胖瘦,谈谈减肥、节食、补钙、加锌什么的,上哪儿找这样的好日子去呀!

286. 拒 绝

朋友们家里安装了空调,老王不要,他说:"人本来是能适应气温的变化的,加上空调,人的适应能力自然就退化了,人愈活愈娇气,有什么好!"

朋友们购置了电脑,老王不要,他说:"在我没有患老年痴呆症以前,我的人脑已经够用啦,要电脑做什么?电脑用多了,人就变成电脑的奴隶了。"

朋友们购置了移动电话,老王不要,他说:"只有最浅薄的小暴发户才弄个移动电话耍耍,连欧洲的大后现代名家都说了,移动电话是为搞破鞋的男人和逃税的走私者准备的,你们看看,副部长以上和副教授以上的人物谁提着个移动电话来?"

朋友们购置了电视机,老王不要,他说:"大量论证告诉我们,看电视就是接受精神控制,就是人的主体性的丧失,就是吸精神鸦片,我才不要那玩意儿呢。"

朋友们谈起来,都说老王很伟大。

过了几年,人们发现,老王家里有了空调,有了电视机,有了移动与不移动的电话,有了一切能导致精神危机的产品。

老王说:"它们愈是好用,我的精神危机就愈严重。有了电脑,就有幸福吗?有了电视,就有爱情吗?有了空调,就有友谊吗?有了小康,就有和睦的家庭吗?有了现代化,就有真理、正义、公平和高尚吗?我确实讨厌它们,但我还是用了它们,这难道不是人类的悲剧吗?难道我们是为了一些花花哨哨的小玩意儿才来到这个世界上的吗?"

于是大家觉得老王不但伟大而且深刻,觉得老王至少是本世纪最深刻的人之一。

287. 乱 码

老王的好友老米一生酷爱文学,为了文学,他经常被认为属于"不安心本职工作""有资产阶级'三名三高'思想""思想复杂""顽固地坚持自己灵魂里的自由王国"者,这样,他耽误了升迁,影响了入党,评不上职称,也没有分上房子,最后搞得妻离子散,没有一个家属愿意与他一起生活。

最悲惨的是他写了无数稿件,全部被境内外出版家编辑家枪毙。他只好把他的几大车废纸拿给老王看。老王实在看不下去,老王甚至想,这样的人只能给自己又给他人带来痛苦,真不如死了好。

这天老米天不亮就给老王打电话,说是他写出了足以夺诺贝尔文学奖的名篇,又说他的作品是真正后现代的奇葩;不管老王是否正在睡觉，他要求立即将他的杰作送到王处。

老王出于一贯的人道主义理念，无法拒绝当下正处于极度兴奋姿态的老米，便只好穿衣恭候。老米来了，老王一看，只见第一行赫然写着：

虱馁吝陬乇琊蛸剜白邮鹞木铆笏癸……

老王大惊失色，颤抖着声音忙问："您，您老学会了用电脑了？"

老米面如土色，不言语。

老王继续问："您老人家用586还是486？奔腾三还是奔腾二？WINDOWS1997？1998？2000？WPS2000？XL？BR？CHINESESTAR？RICHWIN？仓颉码？图形码？简体？繁体？MADE IN HONG KONG？MADE IN TAIWAN？这个这个……"

老米的脸蛋逐渐变红，并不屑地将手一挥，他说："电脑破坏灵感，就是说破坏烟士皮里纯，现在的真正的人文学者一律拒绝电脑，拒绝电能，拒绝科技，拒绝现代性，你连这个都不知道，真是落了伍了。"

于是老王唯唯，过去他只知道电脑会打出乱码，从未想到人脑也会产生乱码，他对老米从此五体投地矣。同时他也相信，新千年确有新气象，能代表新千年者，舍米其谁！

288. 时　机

老王见到科学技术的日新月异，不甘落后，想买一台电脑。他向懂行的朋友咨询，朋友说："你最好再等一等，286的会降到七千多块钱一台，那时候再买就比较合算了。"

一年后，老王又想买电脑了，朋友说："现在286太落后了，应该买386的，而386现在太贵，不如再等待一下时机。"

两年后，同样的情况出现在486，然后是586，然后是奔腾一，然后是奔腾二,然后是奔腾三……

于是老王不再考虑时机,干脆胡乱买上一个用吧。他想,难道最好的时机不就是现在吗?

289. 电 话

老王是一直到了一九九五年才在家里安装上电话的。开始,他欣喜若狂,觉得有了电话很方便。接下来他渐渐觉得讨厌,有了电话往往会有些不三不四的人来骚扰,他们整天无所事事,便来电话瞎扯,有时在电话里传一些流言蜚语,有时候在电话里说一些低级趣味,有时候约他去吃酒打牌——他明明是既不会饮酒也不喜玩牌的。

这年冬季风大,几次电话线都被吹断吹乱,电话动辄故障不通,老王觉得极不方便,便给副市长写了投诉的信。副市长十分重视,亲自抓老王的电话线问题,最后给修得好好的,拿老虎钳子去剪也剪不断了。

结果此事被地方报纸看中,登在了头版头条,以表彰副市长重视投诉、切切实实地做人民的老黄牛的好品质好事迹。

这样老王连带着也出了回名。老王的同事都觉得老王无聊,给领导找事,出风头,像个刁民。

于是老王见人就解释:"其实那几天电话坏了,我过得最舒服啦,耳根多么清净!只不过是电话局刚刚向用户作过承诺,说是遇到故障一定会在接到报信后二十四小时内予以排除,我生气的是他们说了的做不到,才给人民的公仆写了信。我才不稀罕那个电话哩。"

朋友们哈哈一笑,但背后都议论老王心口不一,自相矛盾,有点小小的两面派呢。

290. 电 话（又一）

老王从旧笔记本中找到一个老朋友的电话，正好有件事想与他交流交流，便按号拨通了电话。

没有人接。

再拨，还是叫通了没有人接。

拨了许多次，都是通了没有人接。

莫非是空号？莫非此人已经搬家，此号已经作废？这些年多少人迁入了新住宅，安装了新电话，改换了新号码！

他委托在电话局查号台的朋友的孩子替他调查，结果是并非空号，电话的主人就是王的那位朋友，身份证号码110109××××08099。

也许他出国了吧？这个年头出国的人多如苍蝇，你出去半年，他出去一载，你去探亲，他去讲学……

他给这位朋友前后用了半年时间打电话，一直叫通了无应答。

终于在若干年后的一个场合见到此位仁兄，老王连忙问，您搬到哪里去了，您的电话？座机？手机？呼机？我找得你好苦！朋友甚觉意外，连忙反问："王兄有何见教？王兄有何盼咐？王兄有何见识？"

这个这个，老王这才发现，他没有什么正经事情要找人家，没有见教盼咐见识，他只是打不通电话起急罢了。

……此后，老王给朋友打过两次电话，一拨就通，一通就接，一接就问他有何见教，而每次被问得嗫嗫嚅嚅的都是老王。

从此老王再不给此位老朋友打电话了，后来那本惹事的电话簿也丢了。

291. 文　化

老王最近得了感冒,他听众朋友的介绍采用了民间验方:以可口可乐煮鲜姜末,趁热吞服,果然似有奇效。

老王大奇之,心想可口可乐如此饮法,真令握有可乐生产专利的美国公司吓死了也。

老王去一家在国内做生意的外国人处做客,他喝了用果汁泡过的茶,这已经使他颇觉奇怪了,他又喝了加薄荷叶的茶,喝了加桂皮、加胡椒的茶,他更感到惊异之至。

朋友介绍说这就是文化不同造成的不同生活方式、饮食方式。

老王觉得文化真是一个好词,令人没有解决不了的问题了。

292. 问　安

老王年岁日益大了,他的子女、亲戚、老新朋友常常有事无事地来个电话,问候一番:"王老最近好吧？身体怎么样？吃饭好不好？睡觉好不好？大便小便怎么样？没有咳嗽吧？没有拉稀吧？没有便秘吧？天气不好,太冷了,太热了,忽冷忽热了,流行性感冒,流行性肝炎,流行性亚急性肠胃炎正在流行,请多保重吧。"

他习惯了旁人的关心,如果某一天没有接到问安的电话,他觉得若有所失。

"失"完了,他禁不住哈哈大笑。

293. 挂　历

每年年底,老王都收到亲友寄来送来的彩色挂历,同时老王也考虑着谋划着将一部分挂历送给友人,包括电梯员、邮递员、物业管理人员，他也尽量都送到了，以联络感情，融洽关系，皆大欢喜。这么一谋划，他深感自己的挂历太少，给自己"上贡"的人太少，就是说社会地位太低，人微历轻，不够应用。

每年春季他都发现一个或几个无处悬挂的挂历，时过年迁，不好再送人，自己也用不着，眼看着几个星期前的抢手货转眼变成了废品。"真是浪费呀！"他叹息着，咒骂着社会风气的每况愈下。

后来他为废挂历派上了用场：给孙子包书皮，人微言轻书皮纸，挂历又亮又花又结实又厚，真是用得其所。

他羡慕挂历的命运。

294．书　法

老王的一位有市场经济头脑的老友老靳来找老王，说是最近涌现了一名新潮书法家，名叫老玉。墙里开花墙外香，老玉的书法在国内圈子里颇有争议，但在美国法国德国意大利奥地利澳大利亚新西兰日本韩国新加坡都很行时。拍卖行上已经卖到每个斗方上万美元的行市了。经老靳组织专家研究，他们认定老王的写字很接近老玉，而且老王与老玉，他们的姓名只有一点之差，他们希望老王在他们的专家指导下写一点字，每天写三幅字，报酬是人民币每月二万五千元。他们全力包装包销，如果成功，老王将成为大器晚成的新潮大书法家，从此财富无限，风光无限，前途无限，追星女郎无数。

老王听得很入神，频频首肯，完全赞成，百分之百地同意。他激动地说，我们确实赶上了好时候，我们生活在一个梦想成真的时代，我们生活在一个不喝人头马XO也能心想事成的年代，我们生活在一个机会比苍蝇还多的岁月……但是，他不准备去练习书法，更不准备去冒充老玉。他没有任何理由为自己的缺乏决断力与奋斗精神而辩护，他只是说："算了吧，算了吧……"

295. 相　识

　　老王去参加一个什么纪念会，会后有自助餐可吃。取盘子的时候他看到一位长得很像自己的老头子，便说："您好，咱们在去年的同一种纪念会上见过面，是吧？"对方看了他一会儿，摇摇头，说："没有吧，我实在不记得您了。"老王觉得无趣。这时过来一个风韵犹存的女士，才一见老王便甜甜地笑起来，老王赶紧过去伸出了自己的手，并说："您好，咱们是在去年同一类纪念活动中见过面的，是吧？"女士愕然，没有理老王，而是向老王身后的一个老汪走去。老王明白，人家甜美的微笑是对老汪发出的，自己与人家其实素不相识。

　　后来老王取了许多吃的，他想来想去仍然认为他就是没有记错，是对方太健忘了，真是奇怪，他见到每一个人都觉得似曾相识，他从来感觉不到对方的陌生。然而，这是没有办法的事，他再不要瞎套磁了吧。

　　于是他埋头吃东西，就像一辈子没吃饱过似的，他见到任何人也不打招呼了，就是人家过来与他握手，他也只是轻软地一握，不与人家说话。

　　听到群众对他的反映：一个是贪吃，一个是摆架子。

296. 名　片

　　老王见人常常收到一些名片，时间长了，名片多了，他觉得很是负担。把人家的名片扔掉吧，似乎是不讲义气，不够朋友；全保存起来吧，早就忘了谁是谁了，一点用也没有。为此他与一个亲密的朋友商量，朋友说，这样吧，你清理一遍名片，要是想得起是谁来就把名片留下，实在想不起是谁来，也就不要保存了。老王说，那不太对吧，知道是谁谁，没有名片也没事，不知道是谁谁，才需要名片呢。朋友说：

"那也不对呀,你想想,你连人家名片的主人是谁谁都不知道了,活人都忘了,留下一张纸片子又有什么用?"

就为这个问题,老王想得浑身起了痱子。

297. 足 球

老王本来对足球一窍不通,居然在韩日世界杯期间也看了一个月的球。

"你也看球?"朋友们疑惑地问他。

老王不好意思,便说,反正也没有什么事干,大家看球我也就看球吧。

想了想,又说,看球好,中国队早早回了家,省得看球时太激动。我是愈看愈踏实了。

还想了想,说,要是不看球,见了亲戚和朋友,也不知道说什么好了。

又想了想,说是只有足球他在比赛结束前不知道结局,总算还有点悬念。如果嘛悬念也没有,那还有谁想看呢?

后来又说,其实,不看也行。

298. 足 球(又一)

老王有一个朋友老醋,比较自命清高,他这天见到老王,用一种高高在上的口气问:"你看足球比赛了吗?"

老王想该怎么说更好,一犹豫,便觉得自己也伟大了一些,这不是,老醋问他话,他干脆不理。

老醋只好再问:"老王兄,你看足球比赛了吗?"

老王仍然不回答,而是用鼻子哼了一声。

老醋大惊,老王怎么也这样高级起来了,不知如何是好,乃评论道:"看足球其实是小市民的习惯,是向往小资的无聊,我其实是一向不看的。"

老王想,专门标榜自己不是小市民,您就成了大市民了吗?标榜自己不会说英语,就证明自己爱国了吗?标榜自己看不起所有的人,就显出伟大来了吗?

但老王是个厚道人,便说:"好好好。好好好。"他同时对自己看一个月的足球十分惭愧。

299. 黄昏恋

老王的邻居老李丧偶,过了两年,说是他黄昏恋上了。

他要结婚了,把房间里所有的旧物全部淘汰,拉走了五车。房间全新内装修,从顶棚到地板,从卧具、厨具到厕具,从沙发到吊灯台灯,从牙刷到拖鞋,从卫生纸到杀虫药水……全部换新。

由于装修吵人,邻居们议论,这么大岁数了,还折腾什么!

还有人上升到理论,指出:在没有外敌、内敌和假想敌折腾人的时候,人一定要自己折腾自己。

后来老李结了婚。

结婚一个月以后,老李因心脏病发住进了医院,原先嫌他装修吵人的人们评论道:"作(读阴平)吧,作死呢!"

后来老李出了院。后来听到他的新房里传出来他与新夫人吵架的声音。

还是那些人,评论说:"自找,自找那个不肃静!"

又过了一年,老李去世,享年七十三岁。

那些人议论说:"都是他的黄昏恋催的,要不然,他至少应该活八十四岁。"

只有老王的儿子说:"离世以前还黄昏恋了一回,李伯伯死而无憾啦。"

儿子评论那些对老李的黄昏恋说三道四的人说："他们是馋的。"

300. 喜　讯

老王清晨尚未起床，接到一个电话："哈哈哈，老王，听说你买彩票中了百万元特等奖！"

老王打了一个哈欠，说是："哪有这样的事！"

第二天清晨，又是一个电话："哈哈哈，老王，听说你儿子升了局长啦，恭喜恭喜！"

老王哼了一声，说："大概没有这么回事。"

第三天清晨，还是一个电话："好你个老王，有好事还不告诉我们，怕我们分一半儿吗？"

"什么好事？什么好事？"老王嘀嘀咕咕，磨磨叨叨。

"你自己想去吧！"电话挂上了，对方很愤怒的样子。

老王拼命想了半天，这一天过得很不愉快。

301. 思　想　家

老王买了一个红球，回家后觉得不如买一个白球，便去商店换成白球。换回白球后又觉得不如红球，便又换回红球。换回红球后又放不开白球，便干脆到商店再买一个白球。一红一白两球在家，令人不安，便再去商店退掉了两球。

老王深感目前的商业服务改进良多，便在晚报上发表了一篇文章，予以表扬。同时他也深感事物难以完美周全，选择是人生的一大难点，选择实际是很痛苦的事，他为此对人生的意义颇感疑惑。老李买了一个黑球，从此家里有一个黑球，虽然老王多次建议他改购红或白球，他都不予理睬。

后来,老王被称为思想家,老李被称为政治家。

302. CD

一位移民海外的朋友送给老王一批激光唱盘,一般简称作 CD。其中老王最喜爱的是柴可夫斯基的那一盘。

听了几次以后,老王把 CD 放入橱柜,很久也想不起来听音乐。

最近突然又想起来了,便找柴可夫斯基那一盘来听,偏偏,所有的其他唱盘都有:莫扎特的,海顿的,比才的,约翰·施特劳斯的,德沃夏克的,肖邦的……都有,就是没有柴可夫斯基的了。

太太说一定是你太喜爱柴先生的音乐了,你特意把它藏到你自己也找不到的特殊保密的地方了。

老王说是不是旁人也喜欢柴的音乐,甚至于小偷也喜欢柴可夫斯基,所以他们拿去此张 CD 后再不归还?

老王又说,如果随便拿人家东西的,亦即涉嫌手脚不大干净的哪一位女士或先生确实是柴可夫斯基爱好者,我们倒也属同好,我愿玉成他或她的爱好。

太太说你再买一张柴的 CD 不就结了?

老王说我再买一张也解决不了我喜爱哪一张专丢哪一张的问题。

303. 鸟 笼

老王从早市上买了一只鸟。

老王本来是最讨厌用笼子养鸟的,他的见解是,人的爱心里包含着占有的欲望,这也是老子名言"天下皆知美之为美,斯恶矣"的一解。以爱鸟始,继之以捕鸟、囚鸟、驯鸟、奴役鸟、玩鸟、倒卖鸟、做鸟标本、食鸟……终。太可恨了!

但是，说是这只鸟选择了老王。他在鸟市上，一只并未囚在笼子里的画眉飞到他的肩上来，歌喉婉转，声调动人。卖鸟者说，这个画眉是通灵性的，它知道人的善恶真伪亲疏，它选择自己倾心的主人。

老王当真有一点感动。他知道自己一辈子成不了大事就是因为易于被感动。他花了不菲的金钱，买下了画眉。当卖鸟者把画眉装到笼子里的时候，他一怔，怎么要入笼？他的疑问使卖鸟者哈哈大笑："怎么着？您以为它是您的朋友啊？客人啊？它能跟着您进家吗？"

然后是与太太、孩子、亲友间旷日持久的讨论争论悖论：

放生？无非是让以捕鸟为业的人再捉它一次，而且，它早就已经丧失了自己独立野外生活的能力了。

放在房里养？美国方式？你有那么多空间吗？你的房间有那么安全吗？你能保证进你们家的人对于鸟类都是友好的吗？鸟屎问题能够不让人烦恼吗？何况你还养了一只猫！

干脆放出来随它的便？它是弱势生命呀，它是你强行带回家里来的，你的责任心在哪里？

送到大学生物系？干什么？做标本？解剖？烧烤？饿死它？

一个月过去了，两个月过去了，老王精心照料着画眉，画眉生活和歌唱得相当不错。

老王被邀走了一趟大西北，离家二十多天。

回家后，发现笼子大开，太太说是画眉已经飞走了。

老王大惊，详细盘问，太太推给孩子，孩子推给保姆，谁也说不明细，而且大家都不愉快。太太说，你关心鸟胜过了关心我。孩子说，你这是老年忧郁症。保姆说，大爷，您要是这么不相信我，我就辞活算了。

鸟的下场到底如何，老王始终弄不清楚，这成为他的生平与家庭历史上的一个新的黑洞。

倒是那个笼子，完全打开了，门闩也坏掉了，囚不住任何鸟儿了。

304. 红 花

去年初冬,老王做了一次白内障手术,手术前他已经老眼昏花,入院时,经过一个住院区的小花园,他仿佛看到了飘飘黄叶与满地灰尘中有一朵小红花。

他很激动,寒风已经凛冽,气温已经降到十度以下,四肢已经发抖,他的视力已经只有零点零一,但是他看见了一朵坚持在初冬开放的小红花。

他与子女,与前来看望的单位同事说起这朵花,旁人听了没什么反应,不太相信初冬有花。女儿还说,可能是由于老爹眼底出血,误以为开了红花。

出院时由于兴奋,由于视力似有恢复,也由于单位的现任领导来了,他只注意回答领导的关切的提问和表达对于现任领导的感谢,他没有注意那朵红花。后来他想,那朵花理当开败了,气温进一步降低了嘛。

两年后他应一个老同学的邀请到一家宾馆聚会,庆贺春节。那天正是天寒地冻,北风呼啸,他发现宾馆大门前的树上有几朵小红花。他刚一说,同学们就告诉他:"假的。"

假的?他觉得有点悲哀,有点困惑,有点好笑,有点天真,有点善良,有点轻信,有点廉价,有点美丽,有点梦幻,有点小儿科。还说什么呢?北方就是这么可怜,一年中有半年多大致没有叶更没有花。

他后来发现了许多宾馆,疗养地,中、高级住宅小区,都有在干树枝上绑小红花的。

他与女儿说,女儿不知道怎么想起欧·亨利的小说《最后一片藤叶》来了,说,这无非是人的自我安慰。

那么请问,他动手术那一年看到的那朵小红花呢?也是假花?

不,他坚决不相信。那个时候没有这样的习惯,那个时候市场经济还不发达,那个时候欧·亨利的小说还没有普及,那个时候医院的人不会有闲工夫去弄小儿科的假花。

那是真的!老王在梦里大叫,把王太太吓得不轻。

后来孩子也知道了这事,他们面面相觑,见到老王不说别的,赶紧表白:"爹!我们绝对没有不相信:那是真的!!!"

305. MP3

老王学会了下载 MP3,收听到了——寻找到了各种遗失多年,如同被风吹走、被浪花淹没的宝贵的记忆。

他听了黎锦晖的儿童歌曲,他听了周璇和李丽华的电影插曲,他收听到了俄语唱的《灯光》与《遥远啊遥远》,他听了柴可夫斯基与门德尔松,他听了德沃夏克与斯美塔那,他听了"红太阳"颂系列,他听了帕瓦罗蒂、神童、王昆、楼乾贵、黄虹,他也听了古筝《平湖秋月》与古琴《高山流水》……

他太兴奋了,像是找到了老年间的伙伴,像是找到了自己的过往,像是重温了一遍七岁、十五岁、二十九岁、三十六岁、四十九岁、六十八岁……听遍歌曲人未老,MP3 这边独好。还保存着,还记忆着,还感动着,还湿润着呢。我就是这样活过来的呀,我分明是活了好几十年了啊,我分明是听了许多歌曲,哪怕只是为了听歌儿,走这一趟也是值得的啊。

老了再重新听一遍歌曲是多么幸福啊。老了也是值得的与必要的,只有老了以后才有听不完老歌的动人的感觉。你经历了,你熟悉了,你重温着,你珍惜着,你温暖着也悲伤着……真好。

306. MP3(续一)

听多了 MP3,老王也碰到一些麻烦。有时候谷歌或者百度上调出歌曲或者乐曲的条目,实际上却显示为"不存在""无法下载"或者总是"准备就绪"四个字,而只要是此四字,就永远播不出来了。怎么"准备就绪"的含意是如此这般呢?……有时候条目是音乐,一点击,出来的是电器广告或者性感美女半裸照片。有时候音响图示出来了,先说是"在连接媒体",再说是"媒体已连接",再说是"缓冲",先说是缓冲已完成百分之六十四了,想不到的是接续六十四的不是六十八也不是六十五,而是变成了完成百分之一,从头开始。更可乐的是写着勃拉姆斯,出来的是刘德华,写着舒曼,出来的是邓丽君。有时候音盒顺利调出,标志飞快运行,却只出了一些乌七八糟的怪声。有时候,老王发现了一个好歌,将其保存在收藏夹里,下回点击,却已经杳然无踪影。有时候老王与电脑互联网较劲,半个小时老王出了一身汗,却什么也没有听到。

老王的孩子看到老父天天与电脑较劲,正在变成网络上瘾者,孝心油然而生,便注意老王在求索什么,暗中记下,到视听用品商店采购了一批 CD、VCD、DVD,甚至还有什么 EVD,在老王的七十四岁生日那天作为礼物给老王送了来。

老王悻悻。老王唯唯。老王哼哼唧唧。老王怔怔磕磕。老王四顾茫然。

最后才明白,老父的意思是说,从 MP3 上找有一个过程,有一种不确定性,有一些惊喜,有一些运气,有一些天意,瞎猫碰死耗子,声东得西,一不小心就听到一个好歌,这才是人生啊!如果一切都是调好了,印刷在 EVD 上,批量生产,效果同一,百分之百的把握,还有什么意思呀!

父亲毕竟是太老了,儿子流出了眼泪。

307. MP3(续二)

各种 D 并没有取代 MP3 的地位,老王每天孜孜不倦地听 MP3,

各种听过而且记住了的,听到了,如逢老友;忽然听到,似曾相识,终又邂逅,半老不生的曲子,也听到了,如逢千解释万介绍才略生印象的友人;偏题冷门,不但当初没有听过,对作曲家与曲目也是闻所未闻的货色也搜出来了,如结识新知。

此时老王收到了一位老同学赠送的音乐厅演出的音乐会的票,他去了两次。他听到了辉煌真切的交响乐,他欣赏了天才的乐队指挥的风采,他欣赏了客座外国独奏家的高超技巧,他也感受到了在一个光辉的音乐厅里听音乐会的满意感、高雅感、充实感、温馨感。

我有多么幸福!

老王干脆又预订了下一个演出季节的门票,老了老了,他将作为音乐粉丝度过自己的余年。

从此,MP3 笼不住他的心了,失真,没有现场感,轻慢,太马虎了,用 MP3 听音乐其实是对音乐的亵渎……再想回到初听 MP3 的热泪涌流的心情,感激神往的心情,已经不可能了。

人啊人,你是个多么讨厌的动物啊!

308. 宠 物

老王养了一只宠物。

他为它专门到外资超级市场购买了宠物食品、宠物排便用的人造沙、宠物用窝穴用具、宠物用餐具、宠物用药品等,全部都是原装进口名牌。

它比我还强呢!老王想,有点不服气,并为自己嫉妒心用到了动物身上而惭愧。

越宠越觉可爱,越觉可爱越宠。老王爱听宠物的呻叫声音,爱摸宠物的皮毛,爱看宠物的小淘气的行止,爱看宠物进食的贪婪样子,爱与宠物逗弄着玩,互相追逐,互相恐吓乃至连宠物拉屎老王也在旁欣赏:看,它是多么爱清洁,自己拉完用沙埋好,然后自我洗脸……

在孩子们都长大了忙于生活工作的时候,在孙子们忙于做作业的时候,在原单位的人已经越来越不认得的时候,有了宠物,有了人类的忠实伴侣,有了永远不会嫌你老嫌你啰唆嫌你地位低嫌你路子不野的宠物,真是天赐幸福,天赐友人呀!

孩子们告诉父亲,在楼房里养宠物很麻烦,最好给宠物做阉割去势手术……老王断然拒绝,他斩钉截铁地说:我不干那缺德事!我是养朋友,不是养太监!

八个月后宠物发情,入夜就大闹。一开始宠物一闹老王便起床抚慰宠物,拍拍宠物的小脑袋,胡噜胡噜宠物的皮毛,甚至与宠物说点知心话:"小糊涂(这是老王给宠物起的名字,取难得糊涂之意),你闷得慌了吗?你想交朋友了吗?你想出去玩一玩吗?你也君子好逑了吗?你也有女怀春了吗?对不起,咱们这儿不行呀,咱们这儿是楼房呀,我要是让你出去你找不回来呀,外边坏人太多有吃宠物、扒宠物的毛皮卖钱的呀,你就和爷爷在一起,不要外出了吧,行不行?"

宠物发出类似哭泣的声音,低下了头,不闹了,老王感动得热泪盈眶。过了两天,宠物又闹起来了,又谈心,说服,晓以大义,踏实了两个小时,在老王睡得正香的时候,它又大闹不止,老王的神经受到很大刺激,他也不准备再睡了,陪宠物说话游玩,帮助宠物度过寂寞的青春苦闷时光。

然而,我实在帮不上忙啊!

然后宠物更加不安,老王陪它时没事,老王上床也没事,只要老王一睡着,宠物便哭天嚎地,怪叫怒吼,吓得老王夫妇哆嗦起来。

…………

老王忍痛打算向朋友转赠宠物,但条件是接受方不得给宠物做断子绝孙的手术,于是无人接受。

终于,在一个宠物惨叫的深夜,老王把宠物带出去,丢到了远处的一个公园里……回家以后,老王哭了,我有罪呀,我有罪呀……我们的宠爱害了它呀。

309. 多 雨

二〇〇八年春夏的雨水相当频繁,今天一场雨,明天晴了一天,晚上忽然黑云自西北方飘来,一场阵雨。已经是满天繁星,明朗无云,睡着睡着雷电交加,风雨大作,第二天起来到处是水洼水流。预报有小雨,最后变成了大雨。预报没有雨,结果下得淅淅沥沥……

已经很久很久了,老王没有碰到过这样的多雨的春天夏天了。雨声、雷电、潮气、雨泡……多雨的北京城,似乎是童年的往事。

风声一响,雨气一浓,雨点溅到北面窗户上,老王只觉得自己回到了童年。好像是忙于考试,他得意于自己并没有狂开夜车、咬牙切齿,却得到了比暗中与他较劲的尖子生更好的分数。好像是刚放暑假,写下了自由美好的暑期生活计划。好像是约好了伙伴到什刹海去玩,喝莲子粥与看水上的餐厅点煤气灯。好像来到了荷塘,欣赏莲花、蜉蝣与蜻蜓。好像是淋成了落汤鸡,蹚着胡同里及胫的积水。好像是突然赶走了暑热,享受到了清新凉爽。雨后满胡同里飞老琉璃(蜻蜓),夜间则到处是萤火虫。

如果冬天再能下几场大雪,我也就重返童年了。童年已经不再,童年仍然留恋。童年多雨多雪多小虫。老王想起儿子小时的名言:咱们家多好啊,有土鳖,还有蚊子,有老鼠,还有苍蝇……

310. 猫 懂 话

老王与一位朋友一起在一家酒馆小坐,这时爬过来一只小虎皮猫。老王说:"我最喜欢小猫了,小猫的样子特别叫人爱怜,再说猫的智商可高了,它们各有各的性格……"

朋友说:"算了吧,我从前养过猫,可脏了,猫爪子爱乱抓东西,把我的沙发都抓坏了……"

虎皮猫静静地听着他们的话，样子有些踌躇不安，过了一会儿，它轻轻跳到老王身旁，摊直身体入睡休息。

老王的朋友大惊，说："哎呀，猫完全听懂了咱们的对话了，你看它找你却躲避开我……"

后来他们又想起，有一位粗鲁些的友人，一次见到一家养狗，便胡乱说："养它呢，还不如剥下来卖狗皮呢……"此话一发，那只狗恨得疯狂嘶咬，狗的主人耐心向狗解释："他是开玩笑，他说着玩呢……"狗仍然不依不饶，此后也是只要见到这个人就大咬特叫。

谁知道？猫狗是如此了，鸡鸭呢？花草呢？也许还有石头？也许这个世界其实懂得咱们的一切啰里啰唆与窃窃私语？

311. 骑车人之死

有关豪雨的记忆之中，夹杂着对一个西班牙影片《骑车人之死》的记忆。

一九五八年那年老王因为犯了"错误"，听候"处理"期间到一家古建筑工地当小工。他学会了和花秸泥、麻刀灰、洋灰，递砖瓦，挑、抬建筑材料直到抹灰，最有趣的则是用一个长棒（大粪）勺给师傅供灰。他觉得有点莫名其妙，但也有趣，那是一个生活中常有意外的年代，命运中常有不测的年月，是一个什么都可以打乱，什么想象也没有生活稀奇与丰富的岁月。

然而活很累，又没有休息天。这天，上班没有多久，突然下起了瓢泼大雨，工头宣布歇工。老王大喜，冒雨骑着自行车回到家，与正在度暑假的妻子一起去到近处一家电影院看了一场电影，是那个年月极少看到的西班牙影片《骑车人之死》。他们看得津津有味，看得极过瘾，极幸福。

那里头有一个长相极有特点的女主人公，她好像杀了一个人。那里头有汽车与自行车。此外什么也记不得了。

327

但是他记得那场豪雨,直至散场了,满街满天仍然都是雨,满街满天仍然都是雨的潮味儿。

后来再没有这样凑趣的雨,这样凑趣的电影,这样凑趣的建筑工地,这样凑趣的夏天了。

谁道人生无再少,门前流水尚能西,休将白发唱黄鸡。温习年轻时候的事情,不也是很安慰的吗?

312. 曹操来了没有

老王的孩子,吃饭时给老王讲了一个故事,说是现在中国人考外国人的汉语,也足足地给他们出了难题,出了中国孩子托福考不好的一口鸟气。例如,去年有下面这样一道题:

张三和李四一起吃饭,吃着吃着,王五进来了,张三说:"喝,说曹操,曹操就到!"

请选择以下答案:

A. 张三到了。B. 李四到了。C. 王五到了。D. 曹操到了。

说是大多数学汉语的外国人都回答,是曹操到了。

老王认真地听了一会儿,他认真地问道:"那么到底曹操来了没有呢?"

子女大惊,认为老王的智力出了大问题。

过了几天后,老王的女儿悄悄问爸爸,您的智力怎么了?要不要去一趟安定医院?

老王说:"我逗你们玩呢。"

然后老王给子女出了一个选择题,请他们挑选一个答案:

A. 老王逗孩子们玩。B. 孩子们逗老王玩。C. 考官逗外国学生玩。D. 大家互相逗着玩。

313. 毋为人先

老王的孙子碰到了一个麻烦,他的父母、祖父母、外祖父母帮他分析始末,出主意,设法解决问题。

事情是这样的:

老师讲一道算术题,预先说了这道题多么难做,讲完后问:"你们有谁会做?"

孙子立即站了起来,走到黑板前拿起粉笔,开始做题。

他的身后有起哄的声音,似是佩服者有之,似是不服者有之,似是讨厌者有之,似是看热闹者有之,叫孙子的绰号予以取笑者有之。

孙子刚刚写了第一个式子,可能与老师想的不一样,就被老师打断制止,老师嘴里说着:"不对不对不对不对不对……"约二十几个"不对",将孙子轰回了原座位。

全班同学哄堂大笑。责骂声响起:"自大多一点!""这回不显摆了吧?""不对不对……"(学着老师的说话)"崴了吧您哪?"……

孙子讲解了自己的解题方法,众长辈一致认定,孙子的解题方法无误,与老师讲的方法殊途同归。

妈妈说:"我要找个机会去拜访老师,向他反映一下意见……"

没等妈妈说完,爸爸就说话了:"孩子,你的解题方法虽然正确,也值得表扬,但是对老师的想法也要有一个正确的理解,可能你站起来得太快了,把复杂的难题太看轻了,他希望你再多深思熟虑一点……至于去提意见是绝对不灵的,老师不会承认你早就破解了这道题,你也提不出证据证明你当时的想法就是正确的,就是与现在的想法一样,再说这会影响你与老师的关系……"

姥姥说:"以后这样,什么事你都要慢半拍,一停二看三通过,如果全班没有一个说会做,那么哪怕你会做了,也不用出声,如果有个把人举手,你也缓缓地把手举起来。"

姥爷说:"孩子,明白了吧,关键是自己学好了,别的事宁可落在后边,不可抢在前头!"

…………

老王说:"第一,孩子是正确的,你没有必要不高兴,起哄也好,制止也好,他们是不对的。第二,他们对不对我们是没有办法管的,相信他们将来会认识到;如果认识不到,那也只能算是他们的问题……第三,第三……"

老王无论如何也说不出这个第三来了,他建议停止对这个问题的分析讨论,他说,你不分析还好一点,你越是分析,越是误导了你!

314. 爱 好

老王吃炸酱面的时候说自己最爱吃炸酱面,吃韭菜饺子的时候说自己最爱吃韭菜饺子,吃羊肉的时候说自己最爱吃羊肉,吃蹄髈的时候说自己最爱吃蹄髈。

乃问:"老王兄,你到底最爱吃什么?"

老王答:"爱什么吃什么,吃什么爱什么。什么都吃,什么都爱,什么都爱,什么都吃。"

赞曰:"敢情!"

315. 爱 好(续)

单位老干部处组织大家听养生保健报告,一位医学明星大讲人老了一定要有一个爱好,没有爱好就会患老年性精神空虚症,就会升高血压,减退性机能,动脉硬化,血糖血脂飙升……说得老王低头惭愧不已。

会后,老干部处处长让众离退休人员填表,说明自己的爱好。老王填不上来,但交白卷不合适,他只好胡乱填了一项"唱歌跳舞"。

老王喜爱唱歌跳舞的消息不胫而走,大家都说,人不可以貌相,老实人的坏水藏在肚子里,看老王蔫蔫的丑丑的,还喜欢唱歌跳舞。各种聚会活动中,不断有人提出让老王表演节目。老王狡辩说:"朋友们,同事们,我只是喜欢说我喜欢唱歌跳舞,并不是真的喜欢唱歌跳舞,当然也不是不喜欢唱歌跳舞。请想即使自己还没有喜欢唱歌跳舞,也不等于真就不喜欢说自己爱好唱歌跳舞……"

都说老王讲得深刻,有哲学、数理逻辑和语义学以及老庄道家意味,并一致建议老王将爱好改为"辩论"。

老王想想,觉得也不错,常常辩论,肯定有助于益寿延年。

316. 爱 好(又续)

老王考虑自己的爱好考虑得多了终于想出了童年的一个爱好——听评书。

读小学的时候,每逢下学,总在家里听一会儿话匣子,听连阔如和赵英颇的评书。

后来日子过得很忙,天天总有办不完的事,他已经六十年不听评书了。

于是他开始听起电视里广播里的评书节目来了,挺好,当然还是不如上小学时候听着好。

他又想起了许多小时候的爱好:养蛐蛐,斗蛐蛐,弹球,做弹弓子,上树,抛石头子,吃芸豆,喝酸梅汤,拿大顶,抽碌碌转,接老师话的下茬儿,给朋友起绰号……

还是小时候好啊。老王无比地伤感和怀旧。

317. 盆 景

老王的孩子给老王买了一盆大盆景,黄杨巨根,造型奇绝,观之超凡脱俗。孩子说此盆景价值数千元,要小心爱护。

老王的孩子动不动来电话,问询盆景情况,说是不要老浇水,不要太潮,不要太干,不要旱着,不要上肥料,不要一点肥料没有,可以上马掌,不要上马掌,不如上酸米汤,不要太晒,不要太阴,不要弄湿叶子,最好常常向小叶喷雾……

老王明白。指挥的言语永远正确,左右都说,左右逢源,左右都合适。做起来就闹不清晰了,潮和晒他都明白,但是什么叫太晒,什么叫太潮呢?什么情况下应该再潮一点,什么情况下应该再晒一番呢?

眼看着盆景渐渐凋萎,老王一会儿加水减阳光,一会儿加阳光减水,一会儿又加阳光又加水,一会儿又减阳光又减水,反正翻过来掉过去,盆景死了,干枯了。

老王仍然坚持给死盆景浇水,几千块钱的本儿呀,太可惜了,而且他幻想,有这么一天,黄杨枯根受到他的锲而不舍的精神的感动,会重新长出叶芽来的,如果死盆景长出新枝叶,那才是比任何童话还美妙呢。

318. 谈 判

老王与老伴亲历了儿子与孙子的谈判过程,觉得有趣。

子:"你怎么还不温习功课?再过两天就考试了,你知道不知道?"

孙:"我都会了。我再玩一会儿就温习。"

子:"都会了?说,你这次能考多少分?"

孙:"九十一。"

子:"九十一?没门儿。这次你只要是考在九十五分以下,这个学期你就甭想摸电脑(游戏)啦!"

孙:"那我考九十三还不成吗?妈妈说过,考九十三以上就能玩电脑。"

子:"你就甭提你妈妈了。你妈妈出差上美国了。你知道不知道,这次的考试标准我说了算,九十五分,差零点一分也不行。九十四点九九,你就一学期甭玩电脑,电视也不许看。"

孙:"那老师出作文题是《记一次看电视节目的收获》,怎么办?"

子:"反正不够九十五分,看电视也不许看动画,不许看儿童节目,只能看教育台、科技台与新闻台,一礼拜二十分钟,最多二十分钟!"

孙:"行了行了,我保证考九十二分以上行不行?"

子:"什么态度?你这是砍价儿哪?你这是给我考吗?有你废话的时间你多温多少功课!"

孙(激动):"我保证考九十三分,就九十三分,要不我不学了,我退学算了……"

子(激动):"九十四分!我告诉你,我要是再降低要求,我再也不算你的爸爸啦!"

孙子冷笑,没有再说什么,也没有拿起书本。

儿子补充说:"如果你这次考试成绩超过了九十七点五分,没说的,大礼,二四自行车咱们换新的。"

"真的?"孙子惊喜地问。

"我什么时候骗过你?爸爸能够骗儿子吗?"

后来回到自己家以后,老王说:"我当时想说,考九十七点五分以上,他爸爸给买新自行车,九十七点五分以下,爷爷给他买不就得了!话到嘴边了,没敢说。"

老王的老伴说:"你说他们俩达成协议了吗?如果达成了协议,这个协议能够执行吗?"

319. 悲惨的童年

周末,老王到女儿家去,晚饭后照例是八岁的外孙的功课:吹萨克斯管。

开始,女儿想把孩子培养成肖邦,至少也要培养成赖斯,据说美国前国务卿赖斯的钢琴弹得很好。再说,女儿爱唱的流行歌曲"我爱你,就像老鼠爱大米"客观上有向赖斯表示友好的战略性含义,因为赖斯在汉语里当做"大米"解。

后来,学钢琴未果,又给孩子报名参加了管乐队。老王说,在乐团,吹管乐是要发营养补助费的,这证明儿童不适合学管乐。

女儿示意父亲不要废话,不要干扰她对于孩子成才的长远部署。

孩子做了一天的功课,有点疲劳,还有点咳嗽,又惦记着饭后玩一会儿电脑游戏,吹得有些心不在焉。——许多父母的育儿壮志都是毁坏在电脑游戏软件手里的。

于是孩子的管子吹得忽快忽慢,断断续续,忽高忽低,呜呜咽咽,找不着调,更没有节奏,而女儿家养的一只比格狗,随着萨克斯管的动静,伸直了脖子,跟着惨叫。老王听着就像听到人与狗的同声哭泣一样。

于是女儿训斥孩子吹得不好,并声言,由于吹得没有进步,再加吹五遍。于是孩子无边无沿地继续吹下去,狗也声声断断地哭下去。

老王感动得几近落泪。他伤感地说:"我相信,这支曲子的名字一定是《悲惨的童年》。"

女儿大惊,说不是呀,这首曲子的名字是《好日子》!

老王也没有想到,他很不好意思,他觉得自己的鉴赏乐曲的能力实在是太差了。

320. 儿 语

老王坐在女婿开的车上到一个地方去,路上女儿与女婿为一件小事争执起来,女婿说了一句不好听的话,女儿不高兴了,要求停车,马上要下车罢坐。

老王不知道说什么好。

这时老王的只有六岁的外孙对女儿说:"爸爸太急了,太不好了,可是爸爸也有优点,就是他的手机上的游戏呀,超级玛丽呀,合金弹头呀,手枪对射呀……特别好玩。妈妈您特别好,也特别讲理,可是您也有缺点,您的手机上的游戏呀,打飞机呀,打气球呀……实在太没劲啦!我就爱爸爸的手机,不爱妈妈的手机!"

老王想,这是说什么哪,太不合逻辑了。

孩子的不合逻辑的话使女儿笑了,一场危机也就过去了。

老王想到了最近学到的新名词——"解构主义",莫非,小儿都是天生的解构大师吗?莫非不合逻辑是天才与人性的飞扬吗?

321. 形 状

老王养了一只兔子,妻子不让养,他就把兔子养在鞋盒里。鞋盒前后各挖一个洞,从前洞喂蔬菜,从后洞清除屎尿。过了好多天,他打开盒盖一看,兔子长成长方形的了。

322. 寒 鸦

人家送了老王一张唱碟,是琵琶曲《寒鸦戏水》。

老王听着挺好听,就是常常在欣赏音乐的时候忘记了那是描写冬天的乌鸦在河(湖?小水洼?)上嬉戏。

他提醒自己,这个乐曲的主题是寒鸦戏水,是表现生命的活泼、趣味、不怕冷呀什么的;通过这首曲子的欣赏还可以增进对民族音乐特色的认识,对好些事的认识。

而他听起音乐来,也就把这些提醒都忘了,往往忘记了一切,包括作曲家简历、时代背景、创作意图、流传过程、风格特色、主题思想,等等。除了好听之外,他没有任何分析,没有任何认识,没有任何心得,干脆说,没有什么思想。他是什么也说不出来。他感动得流泪了。于是老王自己对自己恼羞成怒:为什么是寒鸦呢?是小鸡就不行吗?小狗呢?小孩呢?老天真老顽童呢?纸片呢?皮球呢?炊烟呢?落叶呢?拿着钢笔乱画呢?跳绳呢?短跑呢?一个男的追一个女的,终于追上了,两人吻在一堆了呢?满地打滚呢?或者,更正确地说,嘛也没有呢?

老王惭愧得要命,真是"乐盲"呀。

323. 一　圈

老王的孙子参加小学生运动会的五百米赛跑,得了第四名,拿着奖状回了家。

老王从不知道孙子善跑,大喜,说是当天晚上请孙子去吃必胜客。孙子面有愠色,把奖状一扔,不说话。最后孙子说:"我跑得不好,比其他选手慢了一圈,在少跑了一圈的情况下我是第四个冲线的,说我是第四名,多丢人呀!"

老王说:"你跟老师讲一讲嘛。"

孙子说:"我讲了,他们不听,裁判和巡边员都说没有少跑,他们还批评我不维护本校的荣誉,我怎么办呢?"

老王觉得离奇,他给学校和教育局的人打电话说及此事,大家都劝他不必多事,人们说:"肯定是孙子错了,他一个小孩子,知道什么!"

324. 考 问

老王的孙子问老王:"爷爷,你整天写些什么呢?"

老王说:"我在写信呀。"

孙子问:"写信干什么?"

老王说:"把一些事儿告诉别人。"

孙子问:"干吗要把事儿告诉别人呢?"

老王说:"有些想法想让别人知道,想让别人理解,想让别人同情。"

孙子问:"干吗要让人理解让人同情让人知道呢?"

老王说:"谁也不知道你不理解你不同情你,你会觉得很闷得慌的呀。"

孙子问:"那您干吗闷得慌呀?"

老王说:"一个人,不闷得慌吗?"

孙子问:"干吗说是一个人呀?到处都有人哪。"

老王说:"虽说是到处都是人,可他们与我关心的不是一码事儿啊。"

孙子问:"干吗要跟您关心一样的事儿啊?"

老王想,孙子大概是新学会了"干吗"一词,拿着它练造句呢。

325. 反 问

于是老王反问孙子:"那你干吗老问我干吗呢?"

孙子说:"我不问您干吗,您让我干吗呢?"

老王兴奋起来了,他说:"是啊,你不让我写信,又让我干吗呢?"

孙子胸有成竹,他说:"跟我去玩踢皮球呀。"

老王觉得很觉悟,其实孙子的诘问目的是很明确的,孙子需要一个老头与他一起玩皮球。而等到没有皮球玩或者玩皮球累了的时候,老王就可以回到人五人六的世界里,与自己的好友探讨人生、宇宙的终极问题去了。

326. 数　数

老王教自己的最小的孙子学数数,老王说:"一二三,三二一,一二三四五六七。"

孙子说:"一二七,七二七,三八二四五六七。"

老王哈哈大笑,他强调说:"是一二三,三二一,一二三四五六七。"

孙子说:"知道了,是七二一,三二七,七七七七七七七。"

老王笑得腰痛,他喝道:"怎么搞的,这么笨!记住,一二三,三二一,一二三四五六七。"

孙子也笑成一团,喊道:"一一一,一一一,七一一七一一七!"

老王大怒,喝道:"吉吉吉,屁屁屁,其其其其哩哩哩!"

孙子也大怒,喊道:"咪咪咪,兮兮兮,湿湿湿湿嘘嘘嘘!"

这时候一位老友来访,见到这个场面赞道:"真是天伦之乐呀!"

327. 人　性

老王的小外孙一岁半就上了幼儿园,这是一个收费高管理很好的幼儿园,老师给所有的孩子每周写一次评语,使家长了解自己的孩子在园情况。

小外孙的评语常常很好,聪明活泼啦,健康勇敢啦,文明礼貌啦,许多好词。有时老师也写一点"缺点",如吃饭有偏食的情形等。

家长很高兴,一次又一次地读对他的评语,他自己也很爱听。读了三次以后,小外孙自己又提出来,请家长再读一下自己的评语。念完了"优点",刚念到"缺点",他就说:"光念好的也就行了。"

全家大笑。小外孙为大家确实树起了一面镜子。

328. 动 物

冬天,老王到乡下小住。他每天都看见牛、羊、驴、骆驼、鸭、鹅、鸡、喜鹊、麻雀,等等。

牛显得有些畏缩,躲在山坡上俯首吃草,偶然发出一点声音也含含糊糊,信心不足。

羊群一副乱乱哄哄等待驱赶的自由化模样,它们从来不知道自己要到哪里去,不能到哪里去,是在向哪里去,不是在向哪里去。

驴觉得自己是男高音歌唱家吗?动不动引吭高歌,充满了阳刚之气呢。

骆驼在家养动物中体块太高大了,由于太大,就显得傻。

鸭子比较朴实亲切,眼睛向下,与大地水塘亲密无间。它们走起路像时装模特,但是不像时装模特那样矜持。

鹅当然高贵啦,它们的级别与一般动物不一样吧?

鸡太累,活一天寻食一天,活到老,寻食到老,它们祖祖辈辈饥饿得太久了,它们怎么从来不享受生活呢?

而喜鹊是怎么回事,老王始终捉摸不透,呼啦啦一飞一大片,成百上千,遮天蔽日,还发出庄严的叫声;然后,同样没来由地销声匿迹了,不知去向了。

老王觉得自然界很有意思,动物很有意思。

他忽然想,这些动物又会怎样看自己呢?自然界又将怎样包容人类呢?

329. 骆 驼

在各种动物中,最最令老王不能忘怀的还是骆驼。

它们高大,它们冷漠,它们伸着脖子,它们沉静而且孤独。在一片荒草上,只有两峰骆驼,从早到晚,它们二位站立在那里,从来没有任何交流,如果是两只狗两只猫两只鸟,不知会热闹多少呢!

老王想,骆驼是高人,是思想者,是观察者,是启示者,是一种境界,是一种象征,是意志也是智慧,是榜样更是神话。

老王想起了自幼得知的骆驼的多种优点:忠诚、刻苦、坚忍、踏实、任劳任怨,等等。

真好啊,老王感动得涕泪交加。

330. 骆 驼(续一)

于是神问老王:"那么,你愿意变成一只骆驼吗?"

"否。"老王说。——当一个骆驼,光思想不发表,光吃草不吃肉,光孤独不评职称,未必是一个好的选择。

"那么,你愿意做什么呢?我的法力可以使你成为一个歌星,一个大官,一个大款,一个花花太岁,一个黑手党党魁,等等,说吧,你想当什么?"

"我,我,我想不出来,我还当我自己算啦。"

331. 骆 驼(续二)

这天黄昏,很少发声的一峰骆驼突然发出了怪声。

这使老王十分震动,这怪声的含意何在呢?它的表象与意象,它的外象与内象,它的所指与能指,还有它的内涵与外延何在呢?

也许是意在不鸣则已,一鸣惊人?也许是意在无中生有,有生于无?也许是意在人不可貌相,骆驼不可斗量?也许是预报地震、洪水、邪教、豆腐渣桥梁、贩毒集团、新型艾滋病原?

也许是号召、挑战、警世、醍醐灌顶、当头棒喝、一针见血,横扫千军如卷席?或是作秀、炒作、争宠、怪叫欺世,玩一把,装腔作势,气急败坏,黔驴技穷,盗名捷径?

生物学家的解释又未免太简单太粗鄙了,老王不相信,死也不相信:一个沉默孤独高大深思的骆驼突然怪叫一声仅仅是因了发情。

332. 叭

老王的孙儿遇到不想说的或者不知道说什么好的话题就搪塞地说一声"叭"! 比如你问他吃不吃巧克力呀,喝不喝果珍水呀,拉不拉屎屎呀,他会给以回答,但如是问他幼儿园好不好呀,喜欢爸爸还是喜欢妈妈呀,他就不怀好意地说一声"叭",看到你困惑的样子,他哈哈大笑。

后来幼儿园的老师教他们背唐诗,他遇到背不下来时,也会说"叭"。如他说"海内存知己,天涯若叭叭",其真实含义就是他忘了"比邻"一词。

老王觉得可笑,便与孙子闹了起来,他朗诵道:"春眠不觉叭,处处闻啼叭。夜来风雨叭,花落知多叭!"

又道:"白日依山叭,黄河入海叭。欲穷千里叭,更上一层叭!"

孙子笑成一团,跟着大喊大叫,于是紧接着就是:"少小离家老大叭,光阴未改鬓毛叭。儿童相见不相叭,笑问客从何处叭!""爆竹声中一岁叭,春风送暖入屠叭……"

孙子笑得满地打滚,一边笑一边喊着"叭叭叭",他们从来没有这样快活过。

接下来成了强迫观念,老王想要以"叭"体修改所有的文句,他想道:"学而时叭之,不亦叭乎?有朋自远方叭,不亦乐叭?""非叭勿视,非礼勿叭,非礼叭言,叭叭叭叭!""二十世纪叭叭,新千年叭叭,一定要叭叭,我们要叭叭,英格历史叭叭,佛朗西叭叭,阿利噶多叭叭,足球排球叭叭,叭叭们,向叭叭呀!"一连好几天他脑子里只剩下了"叭叭叭"。

333. 学　话

老王的孙子学说话时常常创造一些与众不同的说法,例如他把妈妈叫做"姐妈",管爸爸叫做"大头",管马匹叫做"啊唔",管火车叫做"呜喟",管牛奶叫做"白白",管苹果叫做"胖胖"等。一时全家都随着改了说话的习惯,全家老小都一致把妈妈叫起"姐妈",把爸爸叫起"大头",把马叫起"啊唔",把火车叫起"呜喟"……来。他们用孙子的语言为语言,感到了说话中的新意或创意,讲得兴致勃勃,心花怒放。

不久孙子上了幼儿园,从老师那边学说话,所有的"错误"都得到了纠正,管妈妈就叫妈妈,管爸爸就叫爸爸,管马就叫马,管火车就叫火车,管牛奶就叫牛奶,管苹果就叫苹果,管什么就叫什么了。

孙子健康地成长着,老王觉得失落并且兴味索然了。

334. 剧　情

老王的一位好友的孙子 L 成了著名的电视连续剧的编剧,收入不菲,引起了许多羡慕。老王的大孙子虽然只上到初中,也燃起了尝试编剧工作的欲望。

老王虽然不信孙子能写剧本,但出于让孩子多见见世面的动机,经过老王的介绍,大孙子与著名编剧 L 相识了。不久,大孙子把自己的剧情梗概写了出来,老王拿过来看了看:

《香肠与屎橛传奇》（四十集）

某地生产一种特殊香肠，令全世界羡慕。为此，我们国人最不喜欢的 X 国派了一个商业间谍前来，埋伏得很深。

有七个大腕——四男三女，争夺香肠的秘密技术与设备。

四男三女有复杂的感情关系，四男是 ABCD，三女是 XYZ，他们的感情关系是从 AX、BY、CZ 相好开始，轮空者 D 乃追 X 与 A 成为情敌，再追 Y 与 B 成为情敌，再追 Z 与 C 成为情敌。

又一轮达到了新的感情格局：DX、AY、BZ 相好似成定局。于是轮空的 C 开始与 Z 争夺 X，与 A 争夺 Y，与 B 争夺 Z……如此这般，高潮迭起，山穷水尽疑无路，柳暗花明又一情，出人意表，每人都痛爱一遍，每人不管爱谁都爱得死去活来，动人心魄，催人泪下。

而爱的核心是香肠，盖 XYZ 三位靓女也知道了香肠技术的重要性、功利性与超功利性，因为香肠里充满了肠文化与历史积淀，充满沧桑感、神秘感与哲理感。

争夺与爱情的结合，香肠与哲理的结合：一波未平，一波又起，上纲上线，高屋建瓴。

真假香肠之争。

X 国间谍偷走了香肠技术，结果，造出来的是一根屎橛。

屎橛引起了暴力冲突，枪声大作，奇门遁甲，拳击，太极，花拳绣腿，坏人纷纷嗝儿屁着凉。

…………

共四十集，已经被认购。

老王读后晕死过去了。孙子掐紧爷爷的人中，终于把老王救了过来。孙子并告诉爷爷，他的掐人中，就是从电视连续剧上学来的。

335. 赢 家

老王的大孙子是象棋棋手。说起来还跟老王的培训有关。孙子自打两三岁上就跟爷爷下象棋,起初下不过时,哇的一声就哭。爷爷心疼孙子,所以年幼的孙子在跟爷爷下棋时,是无疑的常胜将军。

十五年以后,孙子还要跟爷爷下象棋,好心的爷爷还是以当年的心情,时时注意让着孙子一点,该支士的时候偏偏飞象,该跳马的时候偏偏拱卒。但不论爷爷怎样想方设法输给孙子,最后还是回回赢棋。

老王的眼睛湿润了。

336. 命　题

老王的外孙女依依是初中一年级的学生了。依依真是个乖孩子,在校是个三好生。她很喜欢作文,只要有命题,老师在黑板上写出校园、秋天、我的家庭、一次春游等等,无论是什么题,都难不倒她,回回依依都会写出非常漂亮的文章,并得到高分。

有一天的作文课上,老师在黑板上写道:今日不命题。

依依冥思苦想,她写了一个故事:由于老师不命题,一部分学生无法命笔作文,另一部分学生干脆将背诵好了的范文写在纸上。

337. 名　实

老王的侄女思琴,养了一只白色的小京巴,取名叫查里。每天早晨七点查里用它的前爪轻轻地敲打思琴的小腿叫早。思琴早出晚归,进家门后,查里会立起用两只前腿向思琴作揖、请安。查里太可爱了,思琴爱狗达到极致。

天有不测风云,一天思琴下班回来找不到查里了。她哭了一天一夜,食之无味,夜宿无眠。

数月后,她遇见了一位男友叫大鹏。俩人一见钟情,心心相印。大鹏勇敢地追求了她,思琴也动了心。思琴只是提出来:大鹏,你能改名吗,叫查里?男友会心地笑了,大声地欢呼:行,我叫查里。查里!天空中回荡着查里的呼喊声。

老王后来听说了这个事,霎时间,脸上出现了缺氧的表情。

338. 剪 影

老王的大侄女思芬,自幼喜爱游泳,年年夏天都要去海滨。在去海滨的路边有一处,常常是围观很多人,是那种所谓二十秒钟做一个剪影的。年年思芬都要挤进圈内剪影。还不错,活灵活现,有那么点意思。

思芬珍惜地把它们压在玻璃板下,连续有二十幅了。没事,她就欣赏自己的剪影,她做了一些精美的硬纸托,剪出椭圆形、心形、花瓶形和梯形的空白,把剪影镶在里边。她用电脑放大了她二十一岁那年做的剪影,挂在客厅里,来客见到了,都啧啧夸赞不已。

在她三十九岁这一年,她又来到这里,在围观人群的外围转了几个圈,便远远地离去了。

现在,她快要到四十九岁了,老王多事而且穷极无聊,给她打了一个电话,劝她不要把剪影全部毁掉。

339. 蛇

老王与太太到乡间散步,老王蓦地喊道:"蛇!"

"什么呀,一惊一乍的,哪儿有蛇,我怎么看不见?"

"就是这儿呀,对,路边,左边,草窠子里,对,你看,蛇溜走了……蛇是有灵性的动物,中国文化认为蛇是谪仙的呀……噢,对不起,蛇兄,在下惊动您老人家喽!"

"别那么装疯卖傻的,都这么大的人啦……"

"…………"

"蛇！路边,右边……"

"别叫了,我看见了,这回倒是真的了,这回是真有一条蛇了,然而,我告诉你,上回的蛇是假的!"

"唉,没有办法,我说什么你都不信,上回我说有蝎子,你不信,差一点把你给蜇了!我对你讲吧,这条蛇你不是承认看见了吗?……"

"什么叫承认看见了?看见了就是看见了,没有看见就是没有看见!"

"我强调的是,这就是刚才在路的左边看到的那一条蛇,刚才在左边,现在跑到右边来了,我看得清清楚楚,连它抬头的样子都和刚才在路左边的时候一模一样。"

回程中,老王太太走到老王最初宣布发现了蛇的地方,认真查找。"哈哈,你这双眼睛!看啊,这哪里是什么蛇,这里有一条破烂腰带,被你这副瞎目觑眼给看成蛇了!"

"我求求你,别瞎说好不好,我的矫正视力左眼是一点二,右眼是一点五。噢,我说哪儿有蛇就老有蛇呀,那是死蛇吗?是标本吗?刚才路右边你不是已经承认看到了吗?干吗那么嘴硬,非说这儿没有蛇呢?"

340. 喜 鹊

老王饭后在小区散步,一连几个晚上都有一只喜鹊向他飞来,喳喳叫着,向一株老杨树冠飞去,老王心中甚喜,好兆头。

那天晚上回到房间,果然,接到了失散多年的当年最要好的老同学的信,随信还寄来了江南新茶。

老同学说是最近要到北京来,要与老王一家见面,等等。

几天后,喜鹊不见了,又等了几天,还是没见着。

老王不知道怎么回事。

几个月过去了,老同学没有来,老王去信,没有回音;再去信,还是没有回音。老王按当初的地址寄去了一筒银耳,以为回报,仍然没有回音。

也许那个老同学是单身?突然逝世了?

不久却在报纸上见到她参加社会活动的消息。看来她混得还挺有成色。

老王不知道是怎么回事。

后来散步的时候看到了一只蜻蜓。后来蜻蜓不见了,老王不知道是怎么回事。

后来,看见一只小燕子,后来燕子不见了。

后来,见到并听到了一只黄鹂的鸣叫,后来,黄鹂也不见了。

许多的鸟、虫、人,曾经令他欣喜,令他产生美好的感觉,后来没有了。老王不知道是怎么回事,或者是什么事都没有。

341. 三 次

老王养了一只猫,这只猫有点缺少教养(谁应该给猫以教养呢,老王倒是没有想过),大便极臭,小便随地,偷吃鱼腥,抓坏沙发等。

每次猫犯了错误,老王都苦口婆心地对之进行教育,比教育儿孙还耐心而且雄辩。

他教育了三次未见效果,乃不得不实行体罚:左手揪着猫的脖子,右手打嘴巴。无情惩罚了三次,未见效果。

老王不得不狠下心来,决定吊销猫的居留权,将其驱逐出境。

他把它放在超市的购物袋中,骑自行车三公里,抛之于近郊区。

一周后,猫儿回来了。

再驱逐。骑自行车二十六公里,抵远郊山区,抛之。

一月后,猫回来了。

第三次,干脆托人将猫儿带到天津,出了本市界上百公里。老王遥祝坏猫自由的新生活万事顺遂。

三个月后,猫又回来了。

老王惧,称猫为"我的大爷",谨事之。

342. 祝　福

老王带着孙子参加一位朋友的孩子的婚礼,事先反复对孙子进行了培训,见了新郎新娘要说:"祝你们白头到老!"于是孙儿反复练习,祝你们白头到老云云,已经达到了倒背如流的程度。

到了婚礼上,花团锦簇,宾客如云,贺礼如山,汽车如海。人们还踩烂了一大堆彩色气球听响,因为这座城市早已先进到禁放爆竹的地步了。然后是敲锣打鼓,彩绸乱舞,管弦齐鸣,掌声如雷。

小孩子没见过世面,吓得见到一对新人不知道说什么好了。

老王提词儿:"快说,快说,祝你们白……"

孙儿想起来了,连说:"拜拜,拜拜!"

哄堂大笑,婚礼的气氛达到了高潮。

343. 辞　海

老王身边放着一部《辞海》,遇到疑词就查一查。

小孙子问:"爷爷,您这是看什么书呀?"

老王回答:"这是《辞海》。"

"什么叫《辞海》呀?《辞海》是什么书呢?"孙子又问。

"噢,《辞海》是字典类的书。"

"那么,什么叫字典类的书呢?"

"这么说吧,"老王想方设法地为孙子解释,"你有不认识的字儿,就翻开这部书来查。"

"哎哟,爷爷,您敢情这么多的字都不认识呀!"孙子指着厚厚的

《辞海》说。

"当然。爷爷学习得不好,就有好多字不认识。"老王点头,心里一下子踏实了。

344. 黄 鸟

每当春季,老王最爱听黄鸟的叫声。人们说,黄鸟就是杜甫诗句"两个黄鹂鸣翠柳"中的黄鹂,叫起来曲折有致。家乡人说它们叫的是"光棍好苦",城市人说是"光棍打醋","好苦"与"打醋"虽然有别,其为光棍则无疑义。

又,这是不是一些人所说的"布谷鸟"呢?那么它的鸣声应该解读为"布谷布谷,光阴莫误……"

这年盛夏,老王到郊区去,忽然听到了黄鸟的啼鸣:好苦打醋,布谷布谷。

这是怎么回事?夏至已经过去了一个月,正是初伏时节,怎么这只黄鹂还在过着光棍的生活?不错,杜甫也知道,黄鹂重爱情,鸣翠柳也是两个(当然是一雌一雄)双双鸣叫,不会是单拨儿黄鹂鸣翠柳,两行白鹭上青天。

想起有那么一只大龄青年黄鹂,直到初伏了还没有找到对象,还在那儿好苦打醋地乱啼,老王好不惨然。

过了些日子,再也听不见这只黄鸟鸣叫了,是终成良缘,比翼齐飞去了?是不堪寂寞,自寻短见去了?是为了爱情的美梦跋山涉水,远走他乡?还是碰到人类宵小,一枪毙命,魂归奈何天也?

老王难以释然。

345. 大 雪

老王读了一篇散文,是盼望下雪的意思,老王觉得写得很好。他也叹息,想当初冬季要下多少雪,堆雪人呀打雪仗呀各人自扫门前雪呀上房扫雪呀在雪地里打滚呀高歌千里冰封万里雪飘呀……有多浪漫!

现在,随着地球变暖啦,厄尔尼诺啦,想看到几片六角形的雪花就那么难。莫非我们最后会生活在一个无雪的地球上?老王一想,不寒而栗。……

这年春节老王回了一趟农村的老家,赶上了大雪,深一脚浅一脚,亲友都怕老王与老伴滑倒摔倒,神经闹得挺紧张。由于大雪,回程的高速公路封了道,老王不得不多住了两天,诸多不便。他每天打电话问天气预报,只盼着雪快停快化,道路快通。

后来费了不少周折好容易回到城市的家,老王心有余悸,如果大雪再下几天,还真够呛。

又过了些日子,老王收到了家乡人寄来的他们在农村拍的照片,瑞雪丰年,水银世界,辽阔田野,透明空气,树挂冰枝,白玉房顶,太美丽了,太神奇了。

老王庆幸,真是天作之美,让他与老伴在农村赶上了一场大雪,有了这场大雪,他重新得到了童年的感觉,故乡的感觉,田野的感觉,诗与歌的感觉,生命的感觉,宇宙的感觉和大自然的感觉。雪静静地飘落在北方的田野……他几乎写出一首诗来。

346. 不 理

老王到乡下自己的一个堂妹家去,堂妹说:"这边有一只野狗,为害四方,它动不动就偷鸡吃。"

老王说:"不要理它。"

过了两天,堂妹说:"可了不得了,野狗不但偷鸡,而且咬了我们的羊了。"

老王说:"不要理它。"

又过了几天,堂妹说:"坏了,昨晚野狗进了房间,把许多家具都冲撞坏了。"

老王说:"不要理它。"

堂妹说:"你什么都不管,什么都不会说,就会说一句'不要理它'。"

老王说:"不要理它。"

这天,老王与堂妹在田间走,突然,一只野狗飞奔而来,张开大口要咬堂妹,堂妹吓得大叫,老王飞起一脚,正踢到野狗腹部,野狗惨叫一声,落荒而逃。

老王搀起吓倒了的堂妹,说道:"不要理它。"

347. 杜鹃花

快过春节了,客人们先后给老王送来了五盆杜鹃花。

头两年,老王家里的杜鹃花都长得很不好,别人家的花常开两三个月,而老王家的花,一个多星期过后,便枯萎凋谢了。

老王十分注意要把今年的杜鹃花养好,便到处请教养花的要领,探讨自己养花失败的原因。有人指出老王是水浇多了,有人指出是水少了;有人指出是没有施肥,有人指出是肥料太多;有人指出关键在于通风,有人指出关键在于花盆,在于向阳,在于土团,在于品种等。

老王便对五盆花做了不同的处理,一盆多浇,一盆次之,一盆更次之,一盆少浇,一盆不浇,施肥、通风、日照等也一律如此,老王决心摸索出养杜鹃的规律。

处理不同,命运并无两样,十天后,五盆花开始枯萎、凋谢。养杜鹃花仍然以失败而告终。

348. 景 泰 蓝

老王这天突然发现,他最喜爱的一组景泰蓝小猫丢失了。

他问太太,太太说没有见过,太太还批评老王向来放什么东西没有规律,没有秩序,没有安排,不丢东西才怪。

他问女儿,女儿火了:什么,难道我会不言语就拿走你的东西吗?我是那样的人吗?你是不是我的亲生父亲呢?

他问儿子,儿子正在为公司里的生意赔本而焦心,儿子说:我有那个闲心玩小玩意儿就好了。

他问保姆,保姆申明没有看见过。

他用了许多时间,问了许多人,搜了许多地方,他找不到他最喜爱的景泰蓝小猫了。

人为什么需要景泰蓝玩意儿呢?那东西不能吃也不能喝,不能穿也没有药效,世上有景泰蓝原来就是为了丢失的呀!能够丢失,丢失了让你心痛,这不就是用场吗?

349. 口 误

老王最近常有口误,招呼老伴上电梯,他说:"还不快进冰箱?"请来客吃饺子,他说:"过年嘛,北方人还是要吃粽子。"给朋友打电话问候健康,他把"最近身体还好吧"说成"最近身体还小吧"。他还把喝点香片(茶)说成喝香油,把开门七件事柴米油盐酱醋茶说成开门七个人柴美牛年讲错了话,把感谢科长说成感谢巴掌等。

老王的儿子说是要编一本老王的口误语录,并给老王重述了一遍他的口误,儿子的话有点夸张,使老王觉得很有趣味。

他说:"真不容易呀,一辈子,我还从来没有过这么精彩这么绝妙的言语呢,有了这本《口误集》,也算是立言有成啦。"

350. 添　翼

老王闲来无事练习画画,他喜欢画老虎,对家人与朋友说:"我一辈子窝窝囊囊,老了老了画画老虎,威风威风,也算是一种补偿吧。"他又说:"下辈子托生,我就要当一只老虎了,多了不敢说,至少要吃一个坏人,吓跑一批坏人。"

一位朋友向他引用"如虎添翼"的成语,建议他给老虎画上翅膀。老王从来都是从善如流的,于是给老虎添翅膀,添来添去,怎么也不像,翅膀画出来了,飞虎的样子像是一团肥肉,老虎的利爪、雄尾以及全身的威风反而不见了。

他开始画飞马,由于早就有这样的马带双翅的形象,画出来觉得效果不错;但一想马都是供人役使的,便停止了画马。

他又给蛇,给兔子,给狐狸,给鱼画翅膀,都失败了。

他改而画苍蝇、蚊子、屎壳郎、蛾子,给这些东西画上翅膀倒是很合适,但不管翅膀怎样好,它们仍然是上不了台面。画了半天,老王更觉得窝囊了。

351. 购　物

老王常常奉老伴之命出去购物,可惜的是近日常常买错。

夫人本来让买山药,他买成了土豆;夫人让买五号电池,他买成了七号;夫人让买酱油,他买成了白醋;夫人让买纽扣,他买成了曲别针。

儿子说老王:"您这不是购物,您这是购误!"

老王反问:"既然如此,为什么还老是让我去购物?"

儿子说:"不让您去让谁去呢?我那么忙,妈妈的腿脚又不大好。"

老王面露愠色,儿子赶紧安慰他说:"别人去买东西,不过是照单采购罢了,只有您去买,每次都能给家人带来意外的惊喜。"

老王觉得儿子说得有理,便照旧购物购误不已,益寿延年,心旷神怡。

他心想,人要是一点错误不犯,这个世界将会变得多么枯燥哇。您瞧,我这不成了哲学家了吗?

352. 手 杖

老王每到名山旅行一次,就会买一根手杖。游完名山,手杖带回家来,下次出门,不会想起来带手杖,便到了山脚下再买一根。

老王叹息,手杖对于他的登山,已经是不可或缺的了。

开始,手杖堆在家里,时时唤起登泰山而小天下,游名山而超脱红尘,曾穷千里目,一览众山小的回忆,时间长了渐渐觉得手杖占地方,挡路别腿,便顺手收拾起来。

近来老王得了怪病,常常走路不便,便想起了手杖,再找,一根手杖也找不着了。

老王着急,不知道抱怨什么好,便叹:"少壮不努力,老大徒伤悲!"

老伴大笑,说:"你这是说什么呀,文不对题,词不达意!"

老王改叹道:"平时不烧香,临时抱佛脚!"

说完了自己摇摇头,觉得还是词不达意。

他胡诌道:"宁可备而不战,不可战而不备。"

他感到自己是太贫乏了,连表达"不用的时候挡着腿,用的时候找不出手杖"这样一个感觉都表达不出来。

353. 手 杖(又一)

老王近年来常游名山,每到一处攀登前就买一根手杖,有野藤的,有橡木的;有枣木的疙里疙瘩,有核桃木的油光平顺;有龙头拐杖,有蛇尾木杖;有的轻,有的重;有的古朴,有的时髦;有的坚硬不屈,有的柔韧随和;有贵的,一根手杖价格超过百元;有贱的,一根手杖砍砍价花上十块八块也就行了。每次买手杖的时候都想:唉,家里积存的手杖也太多了,下次出门旅行之前一定准备好手杖带上,何必再多买一根呢!而每回出门以后总会发现:又忘了带手杖了。

这样,老王家的手杖愈来愈多,堆在一起占老大的地方。

朋友来老王家,看到这么多手杖,十分惊奇。老王解释说自己健忘,每次登山都要买新手杖,另外说,山没法搬到家来,但可以把名山上出的树木制作的手杖带回家来,倒也不恶。

不知怎的,老王喜爱手杖之说从此传开。张三多年不见,前来看望时带来一根手杖;李四有事相求,来访时带来另一根佳杖;人事科长春节来送温暖带来一根巨杖;红领巾社区内部学雷锋,前来慰问老人时带一根手杖……

最后搞得电视台记者也来采访,把老王定性为手杖收藏家,把收藏定位为全面奔小康的气象之一种。老王也颇感欣然,在电视节目中频频曝光。只是老友们反映,见了老王的特写镜头,深感他苍老得厉害,留言要他多多保重云云。

354. 成 功

终于,老王成功了,他在电脑游戏的飞车比赛中获得了冠军。

从此,他意兴索然,而且发现了游戏软盘的诸多缺点,那根本算不得软盘,而只能算是白痴设计的骗局,再说那软盘卖得太贵了,几十元一个的软盘,他只玩了二十天就没有再玩了。想到智力体力基本正常的自己,竟然花了那么多时间去玩这种弱智者的游戏,他痛悔不已。

终于,他明白了,即使是虚拟的成功,滋味也很不怎么样,如果是真实的成功呢?天啊,他如果在真实的飞车比赛中得了冠军,他只有自杀一条路啦。

355. 挂　钟

老王要出一趟远门,一年后才回来,走前他关闭了煤气、水、电的总闸,关闭了所有的窗户。

同时老王给所有的电子钟表换上了新电池,校正了所有的钟表的钟点。

太太说,别浪费电池了,干脆把电池取出来,让钟表也休息一下吧。

老王说,正因为咱们出远门,钟表才不能停摆,钟表必须正常地正确地行走、打点,才能让人放心啊。

太太说,也行,还不是现在生活好了,也不在乎浪费不浪费电池啦。

356. 梦　狗

老王梦里看到了街角上的一只小狗。

小狗很可怜,白色的皮毛由于肮脏变成了灰黑色,骨瘦如柴,哆里哆嗦,喉咙里发出哀鸣的声音。老王想把它抱起来,又怕狗其实是有主人的。老王想随手给它一点食物,可周围实在找不到任何卖食物的商店商亭。老王想不管它径自前行,但是分明他听到了狗的哭声,狗边哭边用狗语说道:"王爷爷,王爷爷……"

人皆有不忍之心,尤其是老王,如果没有老王的不忍之心,他早就大富大贵了,于是他抱起了小狗,就在这个时候狗咬断了他的左手的动脉。

他醒来了,心怦怦然,他想了好久,想起了自幼无数次听到过的中山狼的故事和农夫与蛇的故事以及痛打落水狗的教导,这些故事教育他不要有不忍之心,不要怜悯蛇一样的狼一样的恶人。

老王苦思良久,他想被狼咬了也罢,被蛇咬了也罢,被癞皮狗咬了也罢,他还是会救助它们,他希望作家们也写一点救助而不是不救助的故事,这个世界才会变得像个人的世界了吧。

357. 小 巷

老王小时候在×镇住过三年,此后到了北京,再也没有回过×镇。老了老了,难免怀旧,想多回忆温习一下自己的存在历程,为自己的内容算不上充实的一生寻找点见证,于是他特意来到了×镇。

这里形势大好,不是小好,旧貌换新颜,发生了翻天覆地的变化。只是有一个角落,名叫七道弯的,有弯弯曲曲的小巷,有一片平房,还夹杂着有些来历的几处民居。

老王庆幸毕竟剩下了个七道弯保持着旧观,使他确实有亲切感。他在幼小时,天天上学要经过七道弯。他离开×镇以后,在睡梦里他都会对每一寸道路的凸或平,每一户人家大门的新与旧,每一个拐弯处的路灯明或暗,看过来再看过去,醒来后,想过来再想过去。

他去七道弯寻找他的童年:他在那里抽过陀螺,摔过砸炮,踢过皮球,也与小朋友打过架,有一次脑袋被人打破了。

他去了这块熟悉的地方,进了第一条小巷,见到的是他梦中的房屋,感觉小巷窄了,这倒也合乎情理。

最主要之点是:无疑,他当真在这里生活过,他当真有过自己的童年,而这个童年也当真是一去不复返了,没有戏了。

不错,他这一辈子是真有那么一回事。

他往前走却找不到拐弯处,只能原路返回。

这里是一条死胡同。

358. 大　师

老王帮助孙子用"假使"一词造句。孙子的造句做完了,但是老王的思绪停不下来。他坚持想道:"假使我是一只鸡,我就不是一只鸭子。"没劲。"假使我是一只母鸡,我就要下蛋。"合乎情理,但是太一般,缺乏创意。"假使我是一只鸡……"怎么样呢?他娘的,日你先人。"假使我是一只鸡,我就是一只鸭子。"

万岁,万岁,万万岁!索性一不做二不休,量小非君子,无毒不丈夫,舍得一身剐,敢把皇帝拉下马。"假使我是一只鸡,我就是一只鸭子!假使我是一只鸭子,我就是一只鹅!假使我是一只鹅,我就是一条花狗!假使我是一条花狗,我就是多来米发索拉西多,八二三四五九七一,我就是(英语)三块肉,(法语)灭死博古,(俄语)死怕西部,(日语)阿里噶多……天灵灵,地灵灵,来了大法要显灵……酒干倘卖无!活捉萨达姆!"

老王老了老了,发现自己变成了语言大师。

359. 玉　兰

春天到了,老王根据太太的建议到中山公园去看花。

他看到了许多老年人衣着整齐,身体健康,京剧太极,踢毽抛球,煞是愉快。

他看到了青草绿树,碧波荡漾,蓝天白云,感到空气新鲜,环境优美。

他看到了桃花正开,杏花正旺,榆叶梅满枝红蕾,迎春花黄艳可人。想到自己已经年逾古稀好多岁了,还要到这里来看花,不免惭愧自嘲,自惭形秽。想到年轻人都在劳动上班干四化落实科学发展观流血流汗而自己与一帮子老人在这儿闲逛消费,深感不好意思。

虽然无地自容,却也难以了断,不宜轻举妄动。

他与老伴来到八柱兰亭景点,看到好几株大的白玉兰:有一株玉兰花正在盛开,每枝花如立起的酒杯,他觉得众人都在举杯祝酒;有一株半开半迟疑,半推半就;有一株基本只见骨朵不见花,骨朵们把自身包得紧紧的;还有一株只有顶端有一点骨朵,别处只有小小的绿叶。

人们在那里留影,也在那里分析,就是阳光的问题。靠南靠光,不受阻挡的玉兰正在盛开,万盏玉杯,齐唱春曲。躲在阴影里的玉兰,犹犹豫豫,心神不定。头顶见得着阳光,身子被一些柏树包围的玉兰,只能开头顶的几朵花儿。一半阳光一半阴影的玉兰呢,一半开花,一半收缩躲藏。

老王心生感慨,自问道:我这一生,算是一株什么样的玉兰呢?

老伴问他为什么走神,他微微一笑。

夜间,睡梦中,他哈哈大笑。

360. 飞 牛

老王梦中骑上一头飞牛,扶摇而上九天,先进速度超过了洲际导弹。

是不是该歇会儿了呢?他才这么一想,牛不飞了,变成了一头塑在大厅里的金牛。

老王且惊且喜,心想虽说是不能乘着它飞翔,但是一头金牛也还是了不得,值多少钱呀!只是不知道这头金牛能不能保持住。

怕什么有什么,就这么一想,金牛成木牛了。

木牛也是有讲究的呀,木牛流马嘛,那是上了《三国演义》的。

木牛又变成泥牛啦,牛身上的土渣正在脱落,牛的身形正在解构。老王想起了主席的诗:"泥牛入海无消息。"真是深刻呀!

老王终于明白了,这不过是南柯一梦,千万不要醒呀,他祷告道,醒了就什么物品也没有啦,好赖也得骑上头牛呀,我的亲妈老爷子!

361.捞 月

老王看到一群猴子,一个拉着一个下水池捞月亮。老王说:"亲爱的猴子朋友,你们休息休息吧。这个水池里本来没有月亮,你们捞它纯粹是白费力气。再说,你们这样做是很危险的,掉到水池里怎么办?停止这徒劳的冒险吧,去树上多摘一些桃子吃好不好?"猴子不理他。

老王指着天上的明月,苦口婆心地劝告猴儿们:"快看,天上的月亮好着呢,你们何必多此一举,水中捞月呢?"猴子仍然不理他,照捞不误。它们一个抓着一个,像是荡秋千,又像是练体操,吱吱叫个不住。时而有猴子落下水去,便有别的水性好的猴子跳水救猴。而年老体衰的猴子也在水池边咕噜咕噜地说个不住,似乎是在鼓励众猴,想来无非是百折不挠,一定要把月亮捞出来的意思。

老王再要劝,忽然觉悟:它们捞得挺高兴,至少应该算是一项有益无损的游戏,你管它们干什么?再说,一群猴子,你不让它们捞月亮,又让它们去捞什么呢?难道让它们去证券交易所捞钞票吗?去人事部门捞个一官半职?去评委会捞个正高职称?捞这捞那,其实就属捞月最雅。

老王真想与猴子为伍,成为水中捞月的一员啊!

362.玉 兔

老王梦见自己桌子上伏着一个玉兔,他喜欢这只玉兔,便不断地向它吹气说话抚弄亲吻。玉兔活了,三蹦两跳地走掉不见了。

醒后他极眷恋,便翻箱倒柜地找这只玉兔,找了许多天,没有找到。

老伴问老王:"你这是找什么呀?"
答:"一只玉兔。"
问:"咱们家什么时候有的玉兔呀?"
答:"是呀,是有呀,你就不用问了。"
曰:"我看你就不用找了。"
答:"我爱找。"
曰:"我告诉你吧,玉兔早就飞升到月亮上去了。"
于是惊呼:"原来如此!"

363. 花开得早

老王一次与朋友们讨论:北方的春天,哪种花开得最早?

有说是迎春的,说什么天寒地冻的时候花儿就盛开了。

有说是玉兰的,说是不信你看天安门的红墙前,已经有多少洁白的玉兰绽放?

有说是杏花的,说是郊区最早开放的是杏花,说是延庆县年年举办杏花节呢。

老王很感慨,已经是他的第七十四个春天了,他竟然还不知道这里最早开的是什么花呢。

春花秋月何时了,哪个开得早?小楼昨夜又东风,唯愿沙尘不到此城中……

哪个花先开?哪个花先开?带着这个问题迎来与度过他的第七十四个春天,这是多么幸福啊!

364. 柿　子

老王家种植了一株柿子树，数年后柿子开始结果，又数年后柿子丰收。老王与孩子小心翼翼地上房上树摘柿子，觉得很快乐。最后剩了几枚挂在树梢上的大柿子，无论如何也够不着了，只好放弃。挂在树梢上的柿子一天比一天变得红艳艳的，它们又大又美。

老王学习农民的办法，绑了一根竹竿，想办法够柿子，终于还是失败了。

由于丰收，今年的柿子吃不完，老王送了许多柿子给亲戚朋友。但他还是想念树梢上的柿子，耿耿于怀。每当风起，他都揪着心。听到熟透了的大红柿子落在地上，砰然有声，他非常伤心。最后只剩下一枚柿子了，挂在树尖上，像一个小灯笼。

他相信，这是最好的一枚柿子。他等着这枚柿子落地，等了好久。

入冬了，柿子仍然挂在树上。

起风了，柿子仍然挂在树上。

落雪了，柿子仍然挂在树上。

老王想，这真是造化的奇迹呀。

几天没有注意，老王忽然发现柿子没了。他问家人，问邻居，谁也不知道柿子怎么消失的。

又过了几天，老王发现柿子又有了，仔细看，又没了。他仍然相信那里有一枚最红最甜最漂亮的柿子，你永远够不着，落地无声，寻之无迹，梦中有影，食之无着。

365. 榴莲片

老王的孙子到家里来，找了一包烤片，大吃起来。老王也去奉陪,吃了几口,心想,这包土豆片颜色灰暗,味道全无,确实不如外国人做得好。外国飞机造得好吧,还情有可说,技术啦、成本啦、传统啦啥的,怎么连个土豆片都跟不上人家的呢?

直到烤片已经吃掉了五分之四了,老王才被家人告知,这不是土豆片,而是出产于泰国的榴莲片。然后大家纷纷谈起榴莲的臭、香、营养、"果王"的称号、东南亚国家吃榴莲的规则、一些人的榴莲癖,与各自旅游新马泰,观光巴厘岛、帕提雅、槟榔屿等地的见闻来。

老王恍然大悟,重新细品榴莲烤片,但觉微甜淡香,香中有臭,臭中有香,雅俗共赏,雅俗互补,多么珍贵,多么奇异,多么少见啊!

老王可真是教条主义者啊,没有正名以前,他吃得味同嚼蜡,兴味索然,一旦有了自己的归属以后,他吃得悠长得趣,韵味盎然。唉,傻老王啊!

366. 风 铃

这天晚上,老王睡不着觉,便欣赏自家的两个风铃响。大风铃像是排箫,五音阶,奏出来的一会儿像是京戏,一会儿像是梆子,一会儿像是蒙古民歌,一会儿像是儿时听过的算命瞎子吹的笛子,许多"米"和"索"。老王的心酸酸的,无比地伤感。而小风笛的声音像是两个铜碗互相敲击,旧北京或北平,夏天卖果子干的都敲这个玩意儿,声音不大,传得极远。果子干是用藕片、蜜枣、杏干和柿饼加糖熬制的,冰镇了凉卖,味道令人销魂。现在呢,虽然有鲜榨汁,有可乐,有冰激凌,有奶酪,就是没有果子干了。

老王又叹道:老了老了,动辄怀旧啦,世界是你们的,也是我们的,但归根结底是他们新人类的啦。

第二天清晨,他到处找也没有找到风铃,一问,说是孩子们讨厌风铃扰人睡梦,惹人失眠,一年前就把风铃取下来,放到贮藏室里去了。

367. 风 铃(续一)

老王找遍了贮藏室,没有发现风铃。他常常想象自家的风铃悬挂在某个小小的院子里,正在迎风奏乐。风铃似乎是在劝说什么,不必着急,不要悲伤,不要自设枷锁。它试探着,它抚摸着老王们的粗粝的灵魂。它轻轻地,无缘无故地奏响了音乐,又淡淡地无故无缘地歇息下来了,然后又响,又激烈起来了,接着改了调子,改了节奏,要不也行,要不再试试,要不就大哭一场,要不就把风铃摘下来吧?啊,叫做欲行又止,欲说还休,从风中来,到空无中去。

他愈想愈心疼,慢慢掉下泪来。

他对自己的密友一位音乐家讲述自己的想象中听风铃的故事。朋友说:"唉,谁让你从小没有受过正规的音乐教育呢?如果你从小学钢琴、提琴、萨克风、长笛、法国号……你就不会为一对早已不存在了的风铃而落泪啦。如果你从幼儿时期接受欧洲的音乐教育,也许你现在成了莫扎特、贝多芬、施特劳斯……至少也是肖斯塔科维奇啦!你应该拥有的是一支或几支交响乐队,而不是区区两个风铃!"

老王哈哈大笑,都笑出屎尿来了。

368. 风 铃(续二)

老王后来搬进了不错的单元楼房,朋友为庆贺他的乔迁之喜,送给了他一副苏格兰产的风铃。

风铃是有了,挂在什么地方呢?什么地方都没有风。

知道老王迷风铃成了心病,老王的老伴悄悄告诉子女,谁来了都要拨拉一下风铃,这样老王就能听到悦耳的风铃声了。

老王马上分辨出了自然风吹动了的风铃声与手拨拉的风铃声的区别,一个自然,一个生硬,一个无始无终,一个能数得过来拨拉了几下。

又有高人指点了：开开两面的窗子，有过堂风，风铃要挂在过堂风的必经之路上。

凑合吧，只是过堂风急峻了些，渐渐地，老王觉得风铃也并不好听，听风铃确实不如听维也纳新年音乐会的实况录音 CD。

但他也不让把风铃摘下来，留着当摆设吧，又是苏格兰的呢。

369. 吊 灯

闺女给老王买了一盏吊灯，很好看。

老王说，灯是好，但是灯泡太多，每个泡的瓦数太大，照得也太亮。一开灯，三百六十瓦同步亮，太浪费了。

闺女笑，您这不都白内障了，左眼视力零点三，右眼视力零点三五啦，就是省电省出来的。

老王反驳女儿的话，说是某某某压根不省电，也得白内障加青光眼了；某某家光台灯就六个，现在干脆视网膜脱落了；还有一个某人这几年成了亿万富翁，这不，得了眼球癌了。

女儿说不争论不争论，您要是不怕现眼就另买一个小管日光灯用吧，这架吊灯咱们就供白天观赏。

老王想想，自己这一辈子也太抠搜了，就天天看着大吊灯，满足于自己的照明消费。

五个月后，坏了一个泡，开始，老王很愤怒，怎么这灯泡的质量这样差？后来一想，也好，先省下一个泡的电费再说。

…………

如此这般，六个灯泡瘪了五个啦，老王大喜，既有吊灯之美，又有节能之实。

从此，女儿要来的话，他只在白天接待，一说晚上来，老王就推脱："不行啊，我现在是天一黑就怎么怎么了……"

说话快到阴历年三十了,老王觉得不好不让孩子们来,照明关难于过去了,他几经考虑,决定再买两个新泡,这样维持个半明,女儿不至于太挑眼。安装成三个有效灯泡后,老王又是不放心,经过学理与现实分析之后又加了一个新泡,六分天下有其四,厥执乎中,把中庸之道与西方的黄金分割结合,不偏不倚,又偏又倚,东方西方,传统时尚,全都占上,他还是很能进步的呀。

370. 吊 灯(续篇)

想不到儿女都对老王了解,他们料事如神,过年前来的时候带上了新灯泡,不等天黑,先试吊灯,再换新泡,用全部新电灯泡与超级照明效果取代了老王的哲学思维与天才整合能力的巧妙安排。

老王笑了,撼山易,撼老王之习惯难,事在人为,还不是得听我的:

年后,老王买了一架铝合金折叠梯,他爬到高处,换下了两个好泡,用坏泡代替。再一思谋,你不仁就别怨我不义,他干脆再换下两个好泡,结果是六灯亮二,把比例掉一个个儿,人有一种胜利感、未老感、主事感、权威感。

老伴帮他扶着梯子,这时电话响了,老伴嘱咐说:"小心点,我去接电话了……"

听老伴的口气是女儿的电话,女儿好像在问爸爸在干什么,老王忙道:"别提灯泡的事……"

咕咚,老王从梯子上跌到地上。苦也,我的脊椎骨断了也!

老伴救援,又叫来了保姆。老王腰背疼痛了一回,慢慢动一动,似无大碍,一分钟后,站了起来。

奇迹呀,这把年纪结结实实摔了一跤,居然没有骨折。是我的钙多吗?是由于我吃别人不吃的干酪——芝士或"气死"吗?是我的摔姿正确,屁股与脊背同时着地吗?是由于我一辈子积德修好吗?

是由于我忠诚老实谦虚谨慎吗？是神佛保佑，贵人显灵了吗？是阴差阳错，赶上点儿了吗？

他与老伴谈了不知多少次，共同感想是从此知足常乐，感恩八方，见人鞠躬，见佛烧香，称颂天地，一心向善，再无嗔怨，再无牢骚，再无激愤，再无贪欲，再无不平。

只是数月后，吊灯的灯泡全部瘪掉，老王再找灯泡，却一个也找不到了：保姆根据女主人的布置，把灯泡们全扔了。那儿本来就是放坏灯泡待扔弃的地方，谁记得还有好灯泡呢！

371. 灭　蚊

老王买了一台杀蚊虫的紫光灯。他听到蚊蝇撞到灯丝后发出的电击声感到非常快慰，心想，我总有办法对付你们这些无聊的小东西啦。

入睡以后，他听到了耳边的蚊虫嗡嗡声，心想，没关系，灭蚊灯开着呢。一会儿，头上被咬了一个大包，他想，没关系，灯一个值三百多元，质量是有保证的，现在服务态度也不错，如果不好用，人家说了包换。又在大腿上咬了一个大包，老王想，灭蚊灯是说蚊子撞上了，灯会发出高压电，把蚊子击毙，但是它不能保证把所有的蚊子都吸引到自己的灯丝上去，人无完人，金无足赤，灯无万能，想开一点吧。

那天晚上他睡得比无灯时好得多，他告诉朋友，他买的新产品果然名不虚传。他现在不怕蚊子了，因为他确实拥有一台价值三百多元的灭蚊灯了。

372. 荞　面

老王小时候爱吃荞面条，遇到头疼脑热，不想吃别的东西，就闹着要吃荞面条。说来也怪，本来发烧三十九度，吃碗荞面，烧就退了，病也渐渐好了。

接下来,老王便坚信荞麦面条能治疗感冒。他对许多朋友介绍了自己的经验,朋友们多不相信,还有人批评他不懂医学。

老王忽然火了,他说:"吃荞面又不是坏事,你们和我争什么?现在发达国家的人民每天都吃荞面条!"

从此,老王有身体方面的不舒服,吃荞面条就不管用了。但是,他还是爱吃荞面条。

373. 荞 面(续篇)

老王的朋友小丁作了调查研究,断定老王所说发达国家人民都爱吃荞面条的说法是没有根据的。他说,除了日本,并没有哪个发达国家人们特别爱吃荞面条。

但是老王已经说过所有发达国家的人民都爱吃荞面条了,说过的话不好再改口,他便硬说据他所知就是这样。反正他的周围也没有几个人知道国家发达了会怎么样,于是发达者爱荞面论还是广为流传起来。

大家觉得老王比小丁大十来岁,人也比较老成,他有一个儿子拿到了绿卡,在中美两国间常来常往,他说的发达国家的事,应该是更可靠些。

再说,反正黑色食品现在正看好,提倡吃荞面条不会有错的。想那年,为了益寿延年,说是清晨起床喝尿最好,不是也有人就喝起尿来了吗?如果告诉人们每次大便后舔一舔新排出的屎对人体健康有益,说这才是世界最新最时髦的风习,不是照样也会有人吃屎吗?

374. 百 合

老王家附近新辟了一处自由市场,鸡鸭鱼肉、菜蛋粮油、干鲜果品,一应俱全,十分红火。

老王老伴这天去自由市场采购,买了一批"进口"物资回来,并告诉老王说:"我带的钱不够了,没有买下百合。我知道,你最喜欢吃百合了,百合最去火也最养人了,你赶快去买些!"

老王奉命前去,找了一圈,见到山药,见到芋头,见到土豆,也见到白薯,就是没有见到百合。他回来报告说:"哪里有百合呀?也许方才有可现在已经卖完了吧。"

老伴不信,气呼呼地自己又去了一趟,不到十分钟,带着一塑料兜百合回来了。

老王惊愕不已,惭愧不已。

375. 果子狸

许多年前,老王去广州的时候和朋友们一起吃过一次果子狸。果子狸是什么味道,老王当时就没有注意,后来更是忘得一干二净。后来老王通过学习增强了环保意识,增强了保护珍稀动物意识,并对自己吃过本应保护的果子狸,深感惭愧。

后来他又去了一次广东,又是在宴会上见到了果子狸,他便声明不吃,所有的与吃者都劝告他要吃,并说是,反正大家都吃,反正是人工喂养的,就是为了吃的嘛,还说在座的有环保专家,他们都吃果子狸,最后说,好了好了下不为例,咱们就吃这一回吧。

老王还是没有吃。朋友们面露不悦之色。

后来又说果子狸传染了 SARS,罪莫大焉。

后来又说不一定是果子狸传染的。

后来再说就是果子狸传染的。

再后来说《红楼梦》里贾母就吃过果子狸。老王自命"红"迷,竟然不记得贾府吃果子狸的描写。老王从此更加惭愧了。我们的文化源远流长,我们的所知沧海一粟。您还有什么可说的?

376. 高 压 锅

北方人的习惯,到了旧历腊月初八那一天,要喝各种杂粮混合煮的腊八粥。

这天是腊七,老王去买杂粮,他买了大米、糯米、黄米、大麦米、高粱米、薏仁米、花生米、红豆、绿豆、豇豆、芸豆、白豆、小豆、栗子、红枣等。这么多种杂粮杂豆都装到一个塑料袋里,拿回家来了。

老王的老伴大怒,说你怎么能这样做事,豆子费火,应该先煮,米类后放,才能熟得均匀,现在都掺到一起,怎么熬粥呢?

老王想了想,说:"这样吧,我出门买一个新的压力锅,用长时间大火加温加压,这锅粥能够熬好,没问题!"

后来就是按老王的办法熬好了粥,只是事后想起来,老王后脊椎骨上有点冒凉气。

377. 君 子 兰

二十年前,有一阵子,君子兰价钱特别贵,因为当时流传着一个说法,君子兰能够防癌,能够净化空气,能够益寿延年。还说是日本人到我国吉林省买君子兰,已经出到几十万日元一盆了。

正在这个风头上,偏偏一位东北的老同学来看望老王,送老王一盆君子兰。经了解,这盆花用了朋友十个月的工资。

老王深感不安。如此这般,陆陆续续,老王连买带被馈赠,有了十几盆君子兰了。当然,君子兰的价钱也降下去了。

多年来,这盆君子兰开花了,那盆又开花了,金黄的花朵煞是好看,而最初的那盆花,始终没有开过花。老王浇水,施肥,松土,换大花盆,换土……这盆君子兰长得挺精神,绿叶不宽,但碧绿碧绿,有活力。二十多年过去了,这盆君子兰从来没有开过花。老王知道,这盆花最珍贵,他相信,总有一天,它会开出世上最美的君子兰花朵来。

378. 名 画

朋友送给老王一张风景画,老王一直没有仔细欣赏。这天,老王终于把它悬挂在墙上,慢慢地看着,只见画上画着一条山溪,流水奔腾,溅起了浪花,山石峻峭,树木森森,林间还有一处房屋,天空有一群飞鸟,着实可爱。

突然,他发现这是一幅著名画家的画,难道是真的?他怎么可能突然得到一张名画?这使他心跳不已。他问了几位内行,内行说是真的,是原作,不是模仿,不是冒充。这使老王更不安了,他心想也许那些所谓内行都是假行家真力巴吧,否则,他怎么可能突然拥有一张名画呢?

他想方设法与送画的人联系,联系不上,那位朋友移民到加拿大去了。他又想,即使联系上了,他也不好问人家:"您老给我的那张画是真品吗?"当然,他可以婉转一点,只说道谢的话,可以说"不敢不敢,君子不能掠人之美,您怎么可以以那样的名画送我,在下无功受禄,愧杀人也"。

不,也不行,如果那不是真品呢,那不等于逼着人家声明"不不不,那只是赝品"吗?那不是会使人处于尴尬的境地吗?

他嘀咕了好久,直到一位大专家鉴定,那绝对不是真品时为止。其实逻辑很简单,专家说:"如果是真品,此画价值三百万元人民币,有哪个朋友会平白无故地送给你三百万?"

这么一分析,老王踏实多了。

有时他又忽然想到,万一是真的呢?如今的世界上也不见得事事都经过成本核算与利润论证。这么一想,他又六神无主了。

唉,还不如没有这张赠画呢,他埋怨起朋友来了。

379. 名 画（续篇）

又过了一段时间，他看着那山水，那树木，还有房屋，还有石头和飞鸟，这个地方自己去过呀，是他错划成什么什么派以后去那里劳动与改造思想的，别人不知道哇，怎么这张画和他的生活他的命运是这样息息相关呢？如此这般，他更害怕了。

又过了一段时间，他忽然发现，这个风景点没有任何响动，怎么水流没有声音呢？怎么树木没有声音呢？怎么房屋没有声音呢？莫非水不流了？莫非从来没有吹动树枝和树叶的风？莫非房间里没有住人，是空房子？

他欣赏的是一个非常安静，绝对没有声音的世界，只这么一想，老王就惊恐地大叫起来。

家人问他怎么了，他说没有什么。然而，他仍然是吓得魂不附体。他把自己的感受告诉了老伴，老伴说："你忘了那个谜语了吗？画嘛，那叫远观山有色，近听水无声，春去花不落，人来鸟不惊……画哪能有声音呀！"

老王怒道："你以为我是白痴吗，怎么的？我不知道那个破谜语吗，怎么的？这还用你给我讲吗，怎么的？"

老伴说："好的好的，唉，我们不是正在为街道上传来的噪音而苦恼吗，安静点有什么不好？"

380. 手 机

老王的孩子给老王买了一部手机，老王觉得很先进也很现代。

他给亲戚朋友们去电话："是这样，我有手机了，我的手机号是1396668……是的，请你找一张纸记一下，以后如果家里的电话找不着我就请给我拨手机……"

他感到怀疑,怎么用了这么短时间,也没有复核,对方就硬说是记下来了?恐怕压根儿就没有想记录他的手机号吧。于是他主动再给人家讲两遍:是的,号很吉利,是1396668……他从对方的冷淡上觉察到,对方是不会给他打手机的,也不会有什么事给他拨座机。

还有两次,他告诉完了人家自己的手机号,对方毫不回应他的复核,却忙不迭地把对方新设的手机号告诉他。他觉得对方没有礼貌,觉得对方太急于表现自己也买了手机,并非只有老王其人才有手机……老王同时觉得记录对方的手机号很麻烦,没有必要,即使当时记下来了,长期不用肯定会丢掉,不丢掉的电话号码也不是没有,但是未必知道那莫名其妙的数字的主人是谁。

不常常来往的故交见了面连人家的姓名都会有想不起来的时候,何况手机号。

还有一位忙人干脆说,不必记了,我一般也不会有什么事找你,若是真的有要事,我会让秘书查找,他肯定会查到你的电话的。

老王一口气噎在那里了。

381. 手　机(续篇)

通报了一回自己的手机号,老王已觉受挫。他打开手机,从早到晚,没有人给他打电话。

真是莫名其妙,真是暴发户心理,人均收入远远处于后列的中国人,在手机拥有量上竟然名列前茅。而且,老王的哲学家朋友曾经告诉老王,在欧洲,真正有头脑有灵魂的高级知识分子是绝对不配备手机这种小把戏的,手机是适应了小商贩、毒品贩子、洗黑钱者、收售赃物的鬼市经营者、应召女郎和对配偶不忠的人的需要而设计与制造的,刘震云、冯小刚等的贺岁片《手机》已经说明了这一点。真是人心浮躁啊,刚刚温饱的中国人人人用起手机来了!

有两次,夜间老王忘记关掉手机,午夜手机唱起流行歌曲,老王兴奋中慌忙去接手机，结果是错号，对方问老王这里是不是歌厅，找"小姐"。

老王的太太责问老王，深夜开手机，究竟意欲何为？

于是，老王关掉了手机。

老王的孩子大怒，并驳斥老王说："零电话也是电话的一种，就像的SARS的零报告也是重要的疫情通报。错误信息更是信息的变种，应该算负信息或者类似乱码的一种新数码。我给您买手机的目的就是让您随时得到信息，哪怕是零信息或者负信息。尤其当我找您的时候，我能够随时了解您的即时情报，我能够得知您是不是犯了脑血管、心血管、腹外科、脑外科、胸外科急症……您太不理解孩儿的孝心啦！"

382. 草　帽

这一天太阳毒热，老王从犄角旮旯找到两只老式草帽，由于年代久远，草帽已经由黄变黑了。

老王与太太研究了老半天，这样陈旧的老草帽，全中国全世界再找不到人戴了，我们戴得出去吗？我们戴了会不会有什么不良影响，引起误解什么的？

老王说，咱们俩的年龄加在一起都够一百四十多了，管那个呢，既然遮阳，戴！

太太说，现在的人更讲遮阳，但是人家是用高级伞，用拉美草帽，用防晒霜，用盲公镜，哪儿还有用这种草帽的呢？

老王说，我们无需乎为了旁人的风尚与评论活着，我们还能活几天呀，就我行我素地活一活吧。

于是两个人戴着破草帽出了门上了街，很可惜，不论是在电梯上、社区里、街道上、商店里、餐馆里，没有什么人注意他们的草帽，没有什么人发表评论，更没有人提出意见。

老王觉得很胜利,却也很失落。也许胜利就是失落或者更加失落吧。

383. 盆 花

朋友们给老王送了几盆杜鹃。这几年时兴送花了。有几个大盆花开得灿烂如云霞,如火如荼。有一小盆则只有几朵小花,而且一拿来就发蔫。

老王叹道,真是花如人也,条件脾性命运如此不同,有的是大富大贵,有的是瘪三一般,不但人比人气死人,花比花也气死花呀。

十天以后,大盆盛开的花开始发蔫,二十天以后,这些花基本上不行了,三十天以后,这些盆花寿终正寝。

只有那盆瘪三花,今天开三朵,明天开五朵,后天又出来几个骨朵儿,一直零零碎碎地开着开着,一共开了半年。

老王怀疑,那几盆盛开的花是不是用什么药催起来的呢?人有服用兴奋剂的,花也有兴奋剂吗?

384. 鲜 花

一位老朋友给老王送了一大束鲜花,香气扑鼻,色彩绚丽。

过去只知道外国人互相送鲜花,现在呢,国人已经常常互赠鲜花了,此一时也,彼一时也,思之感从中来。

花束太大了,一个花瓶放不下,便分成两束,一分才知道,正经花(玫瑰、钟花、郁金香、马蹄莲等)其实没有几朵,很大一部分是填充性的满天星与细毛毛草。另有一些绿色物质竟是绿塑料做的假叶子。

这个发现使老王先是颇感失望,假冒伪劣,搞搭配之风已经进入鲜花业了吗?

后来渐渐明白过来,红花还需绿叶扶,大花还需小花小草配。世间又有什么事情不是这个样子呢?

385. 鲜　花(续一)

一个孙子评论道:"太美了,居然有人给爷爷送花了!"

老王说:"是送的人一时糊涂。"

另一个孙子评论道:"几天就完,送花有什么用? 还不如送玩具呢!"

老王问道:"你看我玩什么玩具好呢?"

一个来访的朋友说:"送鲜花表示的是爱情。"

老王说:"爱情的命运就像一束鲜花一样。"

鲜花凋谢以后,老王到超市又买了几盆盆花:蝴蝶兰、杜鹃、月季和绣球。

386. 鲜　花(续二)

眼看着鲜花一天天凋谢,老王黯然。所有鲜美的东西都是容易凋谢的呀,老王叹道。

一位工艺家朋友送给老王一些假花,这假花做得极像,完全可以乱真,而且,制造者设计了一种香气,缓缓袭来。

老王叹道:它毕竟不是鲜花呀。它是不会凋谢的呀。愈是像真花愈让你怀念真花呀。

老王又想,凋谢敢情是鲜花的标志,就像死亡是生命的特征、特权。

一位画家朋友又给老王送了一幅油画,画的是一束丁香。画家说,上次他画的一幅类似作品在拍卖场竟得了大价钱,是真的一束丁香的价格的一万倍。

老王说:"我这个俗人,还是觉得鲜花比画上的花好,您是否能够海涵允许我,把您的画作卖掉,换回有生之年的所有丁香呢?"

画家耐心地给老王解释,艺术与鲜花,二者不能互相代替,也不能用一种衡量另一种。老王听不明白,艺术家解释说,比如吃饭与穿衣,哪个重要呢?

老王觉得被画家讲得一头雾水。画家觉得被老王这种俗物把艺术思维完全搞昏了。

387. 白 鹅

老王在冬季到郊区一个湖边,由于是旅游淡季,那里人迹稀少。老王默默地在那里散步,发了些时间流逝、四季更迭、岁月不羁、盛衰相替之类的感慨。

一天,大雪后,他看到两只美丽的白鹅并排站在湖边,他非常感动。他想,这两只鹅是怎么回事呢?它们在欣赏冬湖的风景吗?它们在表现抗寒的豪兴吗?它们是一对情侣?它们在表现爱情是永远火热的?或者,它们是冻僵在那里,黯然无助?

第二天,他发现白鹅仍然在那里,仍然并排站立,仍然洁白无瑕,仍然无声无息,仍然无比美丽。

第三天,他发现白鹅仍然在那里。

老王不放心了,他走了许多路,冒着落水的危险,踏薄冰而过,走向白鹅,他甚至怀疑,也许白鹅只是一对新的雕塑?

在他走近白鹅的时候,白鹅飞也似的跑掉了。

后来,白鹅再也没有来。

388. 抛 掷

老王于冬季初结冰的日子又来到湖边,几天阴霾之后,恰值天清日朗，心中很是快活。他拿起湖岸上的一个石片，用打水漂的方式将之旋转抛出，只见石片在冰上三蹿两蹦，跳了十几下，走了好远，而且发出了由低到高、再由高到低、由小到大、再由大到小的轰轰声，声音震动了整个冰湖，十分振奋人心。

他的举动竟引起了湖边众游客的效仿，一时间弯腰的捡石头瓦片的抛掷的络绎不绝，飕飕飕，嗡嗡嗡，咚咚咚，呼呼呼，各种音乐响成一片，初冬湖面的交响乐竟是如此规模，如此动人。而且这虽是人为，却全是天籁，与任何敲打弹奏播放的音响不同。虽是各人所为，石头走过的路线距离与放射面积有限，但石头的跳跃却触动了整个湖水尤其是冰面与湖水间的空气，响声遍湖遍野遍地，有一种接天地震寰宇万物欢腾歌唱之感。

老王非常高兴，老了老了，对于音乐与游乐健身事业，他作出了新的贡献。

389. 樱 桃

自从读过了契诃夫的戏剧《樱桃园》，老王一直向往着一座真正的樱桃园。

他到过了看过了北方的梨园、苹果园、蜜桃园、枣园、红果园、山楂园、柿子园，也去到了看到了南方的荔枝园、龙眼园、香蕉园、凤梨园、枇杷园和大量的柑橘园包括柚子园，就是没有去过什么樱桃园。他倒是看到过个别的樱桃树，当他问起果农有没有樱桃园的时候，果农们说："樱桃个儿太小了，吃不到什么东西，也卖不上价钱，谁鼓捣樱桃园去？"

他的印象是，中国的果农太土了，中国的果园也太土了，所有的果园都不像与没落的贵族文明有什么关系的样子，所有的果园都不可能培育出契诃夫的戏剧来。

他觉得自己着实可笑。

390. 樱 桃(续)

老王梦中得到了一块土地,他并且要在这块土地上修建别墅与花园。又不像是做梦,更像是睡不着觉的时候的胡思乱想。

老王有个经验,睡不着时就专门想一些不可能、不现实、无厘头、狗屁不通的事。有一次是研究自己如何开坦克,有一次是想自己如何领军国际标准舞大赛,最近一次是思考如何参与山羊品牌博士论文的答辩。

这次他想的是别墅与花园。

另一个老王,即乙老王,向此一个老王即甲老王提问:"在花园里种什么花呢?"

甲:"樱桃。"

乙:"嗬,你还挺浪漫的,我问过几个老人,他们都说是种大蒜。"

甲:"为什么偏偏是大蒜?"

乙:"有一个嘴里发着蒜味的讨厌的人,偏偏很长寿。"

甲:"哈哈哈哈……"

乙:"恐怕是您喜欢契诃夫的名作《樱桃园》。"

甲:"不,我只是觉得《樱桃园》的氛围就像是梅兰芳的《霸王别姬》。"

乙:"什么?"

甲:"大势已去,美在英雄没路。"

老王睡着了。第二天清晨回想起来,他落了泪,一辈子,他还没有这样深刻地荒谬过呢。

391. 樱 桃(再续)

好几天了,老王老是觉得自己的梦话缺了点什么。

他夜夜想着樱桃园,红色的,紫红的,黄白的,圆圆的,鼓胀的,芳香的樱桃啊,招来了一只又一只飞鸟。

为什么樱桃没有人摘呢?

大概这是一些土樱桃,市场上卖不上价钱,农民们又忙于做生意、搞农家乐旅游,一大片樱桃,喂了鸟儿啦。

别着急,超市里的樱桃多着呢,还有西班牙与荷兰进口的大樱桃呢。

多么可爱,多么感人,鸟儿有了更多的樱桃可吃,人有了更多的金钱可赚,老王有了更多的大蒜与樱桃,别墅与花园,契诃夫与楚霸王……

392. 心 猿

随着年龄的增长,老王的眼睛时有昏花。昏花中他有时会觉得看到了一个黑色的猿猴形的影子。他很奇怪。

这天晚上睡得早了一些,没有立即入睡,越发清晰地看到了那个似曾相识的猿猴影子,黑如墨染,形状不算确定,时有伸延舒展收缩变形,像是浸在水中的一滴墨水的变化;突然又蹦了一下,灵活如猴;不但动作灵活,而且极有立体感,像是傀儡戏,却又比傀儡的动作自然连贯。反正绝对不像影子了。

老王强解道,古人称心猿意马,这就是心猿啊。当我疲劳放松,心猿就出来了,当心猿出来活动之后,我也就快睡着了。我年逾古稀,仍然有这样好的自我调节能力与入睡功夫,胸怀坦荡,了无挂碍,真是幸福啊。没等想完,老王鼾声已起,立马堕入黑甜之乡。

从此老王一累就闭眼收心,等待心猿的出现与安歇,屡试不爽,但觉明月清风,行云流水,心随猿升,神随猿攀,登山上树,跳谷飞崖,有飘飘欲仙之感。

老王带着孙子去了一趟动物园,专门到猴山观赏,看猴得趣,老王却一阵失神，摔到了地上，很不好意思。此后老王想看到自己的心猿而常常不可得了。

393. 意 马

老王看不到心猿，便琢磨起意马，他买了一个玉质的小马，放到卧室的床头柜上。

他想象着玉马在山中的草地上奔跑的情景，颇觉舒畅。他想象着玉马蹬地而奔，长出翅膀，御风而行的情景，他觉得很豪迈。

他想起自己年事这么高，却还从来没有骑过马奔跑呢，骑过一次马，是在八达岭照相，很难算数。遗憾哟！

老王整天在网上查，想找一个能旅游能住宿能骑马的地方，终于找到了一个骑马三日游的郊区旅游点，等到报名了，被老伴协同子女严厉制止。

老伴和子女说服他，对自己的身体应该抱更负责的态度，不应该老了老了再搞什么盲动冒险主义。老王反驳说，前几天电视上还播放一个美国九十岁老翁跳伞的画面……他这样一说，招来更激烈的反对："你知道人家一辈子净吃什么？你知道人家美国人的爸爸爷爷还有爷爷的爸爸和爷爷一辈子都吃的什么呀？你怎么能和人家比？而且，就这样，他跳伞的结果是撞伤了肩膀，住了医院，你不能盲目崇美认定美国的月亮更圆呀！……"

老王乃改为练习画马，他找来徐悲鸿、尹瘦石、刘伯舒的画册，模仿作画。画了许多日子，发现自己画的实在不像马，而像老鼠，像饿得不成样子的猪。

老王终于认识：

心猿或可至，意马实难舒，胸襟但豚鼠，何事思的卢？

"的卢"是《三国演义》中所写的刘备骑的宝马的名字。

394. 目　标

穷极无聊的老王,搞了一张飞车比赛的游戏盘。从此他沉浸在飞车比赛的梦境。

半年过去了,他的成绩极差,为这事他茶不思饭不想,失眠上火长口疮。

他逢人便感叹:"没有比看得见目标而达不到目标更痛苦的事情了。"

朋友问:"王兄,您都这么老大了,您还有什么目标呀?"

老王不好意思回答,便有点恼羞成怒,说:"年纪大又怎么样?只要还没死,我就是活人,就有目标。"

朋友为之鼓掌,认为"没死就是活人"的命题发人深省,催人奋进,贯穿了求实与鼓劲的精神,是颠扑不破的真理。

老李还举出了实例,说是老吕的丈母娘今年一百零一岁了,她的孩子们整天限制她做这做那,吃这吃那,整天说:"这么大岁数了,喝点稀粥就行了,养养神就行了,会数数就行了,一天睡一两个钟头就行了,没拉到裤子里就行了……"这不就是还没死就先拿人家当死人对待吗?

老王很高兴把话题转变了,从他的人生目标问题转到对待老人的态度问题了。至于他的目标是什么,这仍然是最困难的问题。不止他,所有的人的目标,都是不好回答的。

395. 明　月

老王在这个月的阴历十五到山中游玩,他期待着明月自山头升起的情景,感到了一种庄严,一种清新,一种超拔。

他坐在山村的空场上,看到了山头的天空渐渐明亮,亮得周边看不到任何一颗星。他预测,满月将从那里升起,他想起了许多次在海上,在平原,在高楼上坐待明月升起时的美好体验。

更亮了,更亮了,明月仍然没有出现。

看来,明月还是很有耐性的嘛。老王评论月亮,觉得比评论政治、评论艺术、评论商品、评论他人更高雅,更脱俗。

他相信,再有最多三分钟明月就要升起了,他激动起来,他准备好了赞美大自然的心情与语言。他想说:"啊,我的月亮!"就像帕瓦罗蒂歌唱"噢索罗蜜哟——啊,我的太阳"一样。

而这个时候老伴告诉他,其实月亮早就出来了,你只要离山头远走几步,就能够看到完整巨大的明亮的月轮了。

他跟着老伴面对着山头退了几步,果然,看到了月亮;再退几步,月亮已经升起老高了。

老王沮丧得几乎瘫在地上。

396. 明 月(续篇)

不能欣赏月出了,便欣赏月亮本身。月亮毕竟值得欣赏,而且,不会照得你像烤一样的难受。但是他还是渐渐感到了悲哀。

月亮太孤单,没有一枚星星可以与她对话,没有一颗星星可以与她相伴,甚至也没有哪一位星星能够与她作对,例如,把她的光芒压下去。

月亮太清凉,也许一开始你还没有觉得凉,但是只要在月光下坐久了,一阵阵寒意便自然袭来。

月亮太遥远,月亮太清高,月亮太沉静,她不像风雨,更不像雷电,她太无声无息。

月亮被讽刺为缺乏自己的光辉。月亮被征服,被登临,被带回照片和物质的样品,被考察,被分析,被定量与定性,被确认为一个死了的卫星,当然落后于恒星与行星,在宇宙中根本没有她的位置。然而月亮在另一个更没有位置的个体生命——老王心中,无比重要,月亮使老王流泪不止。

397. 唐 装

还是头一年过年的时候,老王到名店"瑞蚨祥"买了两件唐装夹衣。

到了今年,他找不着其中最好的那一件了。

"我买了两件唐装,结果现在只剩下一件了。"他对孩子们说。

孝顺与惜老的孩子立即表示给爹爹再买几套中式服装来。

老王急了,他申明他不要,他申明他没有这个意思,但是他奇怪,为什么去年是两件,今年变成了一件了呢?

老王太太向孩子们使眼色,于是孩子们也都表示奇怪,是的,去年明明是两件,今年怎么可能只有一件呢?

女儿最心疼爹爹,便向爹爹保证,不可能丢失的,只是因为生活提高,新衣过多,旧衣更多,你压着我我压着你,一时找不到罢了。女儿向爹爹信誓旦旦,出不去几天,那一件丢失了的,其实是根本没有丢失过的唐装,一定会赫然出现,隆重登场,闪亮推出,供老爹穿用。

老王随之情绪高涨起来,是的,一切失去了的,都会在二〇〇九找回来;一切没有做稳妥的,都会在二〇〇九找补回来;一切想要的,都会在二〇〇九得到;一切留恋和记忆,都会在二〇〇九保存下来。二〇〇九将会有更多的效率,更多的失而复得,更多的美丽和成熟,更少的焦虑和火气。

虽然老王嘛也不是,他还是想钻到他梦中的航天器,搞一次太空行走,向着整个地球和太阳系喊一声:二〇〇九你好!

398. 月 饼

过中秋节了,老王的孩子说:"今年,我们中秋节不要吃月饼了,月饼一股子糖呀油呀什么的,有什么好吃?"

过春节了,老王的孩子说:"今年过年,不要包饺子了,饺子有什么好吃?拿到美国,那要算垃圾食品的。"

过元宵节了,老王的孩子说:"今年正月十五,咱们不要吃元宵了,元宵有什么好?一点动物蛋白质和维C也不含有。"

过五月节了,老王的孩子说:"今年五月端午,不要吃粽子了,粽子有什么好?糯米小枣,农民意识,还不如吃基围虾呢。"

老王说:"基围虾又有什么好?还不如什么都不吃,什么节也不要过呢,又节约又减肥。"

399. 木 塞

受到近年来风气的影响,老王也日益喜欢起红葡萄酒来,说是红葡萄酒能软化血管预防心脏病降低血压什么的。

老王在开红葡萄酒瓶盖的时候常常把木塞弄断弄烂,结果木塞屑落入酒中,红葡萄酒沾染了软木塞的气味,非常煞风景。

老王叹道:"法式高尚红葡萄酒易造,质量一流的软木塞难寻呀。"

400. 春 饼

就这么说着说着,这天下起大雪来了。这天老王还接到孩子的邀请,说今天立春,孩子邀父母同去吃薄薄的春饼,卷豆芽菜、肉丝粉条、炒鸡蛋、酱猪肉,还有熬的杂豆粥。

老王一惊,怎么刚下头一场雪就立春了?岁月越走越快,节令越行越赶,一年二十四个节气,怎么连珠炮似的迎面而来了?

他背诵起为便于记忆而编成的关于二十四个节气的诗:春雨惊春清谷天,夏满芒夏暑相连,秋处露秋寒霜降,冬雪雪冬小大寒。

这本来并无意义,只求押韵易记而编的顺口溜,突然感动得老王热泪盈眶。多少个立春和雨水过去了,不管你雨多还是雨少。多少个惊蛰、春分、清明和谷雨过去了,农事永远辛劳,祭祖永远虔敬。多少个立夏、小满、芒种、夏至、小暑、大暑过去了,夹杂着更为通俗的关于数伏的计算,而一旦到与秋有关的节气,白露呀寒露呀,光是那些名称已经带来了凉爽,带来了秋风,带来了对于盛夏的无限依恋,包括暑假,包括日光浴与海水浴。盛夏的时候盼望着暑热的结束,真结束又依依不舍。人啊!

老王突然感觉到,古往今来,中国有多少好诗啊,而这首节令诗,更是最最感人的好诗。类似的还有小时候描红模子与学数数的"诗":"一去二三里,烟村四五家,亭台六七座,八九十枝花。"

土地、风俗、老百姓和家,祖祖辈辈,贫贫富富,磕磕碰碰,都是这样过来的呀。

401. 餐 具

从电脑想到了餐具,老王建议买一套精致些的餐具。

老婆问道:"你的胃下垂,你的肝功指标全部阳性,你的肠坏死,你的胆结石,你的食道萎缩,你的胰腺疼痛,你的口腔长疮,你的牙齿已经所余无几……你的饭量愈来愈小,你忌吃的食物愈来愈多,凡酸、冷、生、鲜、荤、咸、辣、油、糖、高蛋白、高脂肪、高碳水化合物、高纤维……你都不能吃,你还讲究餐具做什么?"

老王长叹一声,道:"都到了这个份儿上了,我还不讲究讲究餐具,我能讲究什么呢?"

402. 音乐响铃

老王越老越喜欢听音乐了。

越听音乐作品越觉得万事没有比听音乐更文雅,更不招事,更本分,更无欲求的了。

尤其使他高兴的是,一个又一个的亲友,把自己的手机响铃改成音乐歌曲了。

给张三打电话,他听到的是《甜蜜蜜》;给李四打电话,他听到的是《夜来香》;给儿子打电话,他听到的是"就像老鼠爱大米";给女儿打电话,他听到的是"tonight,tonight…"。

这天他打电话,竟然听到了苏联老歌《灯光》:"有个年轻的战士,他出发去远方……"他非常感动。也怪了,俄国人已经早就忘了这些歌儿了,曾经高举反修旗帜的中国人却死乞白赖地唱着这些歌。是不是当年闹翻得太快了一点呢?一代人,两代人跟苏联还没有友好够呢?

这时出现了应答电话的声音:"喂,哪一位?"

老王一下子糊涂在了那里,是格拉祖诺夫唱的这首歌吗?是索洛维约夫·谢多依的作曲吗?怎么又像是别里格尔的曲子啊?为什么俄国的男高音与意大利的例如帕瓦罗蒂的发声如此不同?后者更浑厚而前者更抒情……怎么出来了一位插嘴的人,他是中国人?他在说什么?他为什么搅扰我对苏联歌曲的欣赏?

直到对方不快地将电话挂断以后,老王才想起来自己是在打电话,那么他到底是要给谁打电话呢?他无论如何想不起来了。

太太知道了这件事,说老王是太笨了,太太按了一下重拨键,看出来了对方的电话号,又响起了苏联歌曲《灯光》,也许是拨了个错号吧?怎么太太也分辨不出电话号码的主人是谁呢?

老王赞道,现在的手机改进得真了不得呀,听音乐、摄影、摄像、做游戏、计算……想想自己这一辈子,智力和功能,还比不上一只手机呢!

403. 过 年

好久了,没有像今年过年过得这样隆重地道:

女婿给贴上了福字——倒着,贴上了春联,用的透明不干胶布。

女儿给挂上了中华结、大红灯笼。

儿子带来了年糕。

孙儿带来了上千元的鞭炮。

还有盆花。还有鲜花。还有半只羊。还有彩灯。还有电动走马灯。还有最新出品的DVD。还有新衣裳。

全家老小一起包饺子,和面,剁馅——说是叫做剁小人,其实想来想去周围的小人也没有几个了。相互拜年和给压岁钱。碰杯,红白葡萄酒,二锅头与茅台,茅台是真的。

电话拜年。从地球的各个角落该来的电话都来了,不该来的电话也来了。

午夜放鞭炮。听响。看花。今年的鞭炮点亮了天空,只是由于高建筑太多,看得不痛快,听得痛快。

看电视晚会。看得太多了不容易说好,反正至少电视台自己说是非常好。

今年真是过年啊。各种条件都具备了。认真如同童年,规模史无前例。

突然,老王微微一想,地球呀人生呀过年呀放炮呀穿新衣呀戴花帽呀吃年糕呀……这些都是多么孩子气的事儿啊。

他流出了热泪。

404. 月 亮

老王有时不太愉快,便看月亮,有时太疲劳,便看月亮,有时忽然若有所失,便看月亮,有时不小心打碎了珍贵的瓷器,便看月亮。

他发现,月亮时时不同,有时候出得早,有时候出得晚;有时候圆,有时候弯;有时候穿云破雾,有时候青光万里;有时候使人悲伤,有时候使人甜蜜;有时候明亮的月光使他难于入睡,有时候月光的照拂使他睡得分外踏实。然而,那本是始终如一的同一个月亮。而且,他相信,不管他看不看月亮,他的处境怎么样,他怎样去感受月亮,乃至这世上有没有他,仍然是同一个月亮。

405. 落 叶

老王最喜欢秋天到湖边欣赏落叶。

树叶变黄了,变红了,随风飘落下来。"真美呀!"老王沉醉地说。

老王踏着落叶走来走去,心里鼓涨着诗情。"落叶就是诗啊。"他感动地说。

天愈来愈冷了,落叶完全干枯了,北风吹来,落叶扫地而去,老王觉得十分悲伤,他想人生的悲哀是永恒的,人生如树叶,片片凋秋风。他想起近年凋谢的师友,只觉得无限怅惘。

三九天到了,湖边只剩下了冰雪和枯树。老王走在冰雪上,精神为之一振。他看着枯树枯枝,心想,其实树叶虽然是短暂的,树林的生命却要长远得多。这一树叶虽然不是那一树叶,然而,彼一树叶却也好比此一树叶。生命的个体虽然短暂,生命之树却仍然会保持自己的绿色。

他的心情好多了。

406. 氧 气

春天来了,老王到远郊区的河边去玩。他看到河里安装了一些四四方方的设施,一半在水里,一半暴露在空气中,他觉得很奇怪,他问同行的人,那是什么?

一个人回答说,估计是要铺设河底电缆吧。

另一个回答说,估计是拉电线吧。

一个人说:"是不是要垫一个人工岛呢?"

一个人说:"是不是要表演水上杂技呢?"

谁也说不清楚。

老王来劲了,他见人就问:请问那是干什么的?回答和上面已经列举过的差不多,多了两样是"不知道。"还有"谁知道呢?"

"谁知道呢"是一个很有意思的句子。上世纪六十年代咱们的《译文》杂志(后改名《世界文学》)上刊登的肖洛霍夫的《被开垦的处女地》第二部上,就写过主人公拉古尔洛夫私自释放了他的一个与反革命富农关系暧昧的女情人。这一段落的最后,作者写道:"也许这一次拉古尔洛夫给她的印象有些不同吧,谁知道呢?"

那次搞得老王挺感动,谁知道呢?

后来,一个河边的人告诉老王说那是氧气罐,需要给河水输氧气,不然会出现蓝藻,去年不就出现蓝藻了吗?

什么?河流都需要输氧了?现在的技术可真先进,估计往后一棵树也需要氧,一朵花也需要氧,一只蚊子也得有氧才能叮人,而被叮者更需要输氧才能经得住一叮一咬。

他想起了病房里给重症病人输氧的情景。年岁大了,常常到病房看望老朋友的最后一面,他悲哀而又留恋,过往的好时候到哪里去了呀?

407. 纳兰性德纪念馆

一样蛾眉,下弦不似初弦好。庾郎未老,何事伤心早?

素壁斜辉,竹影横窗扫。空房悄,乌啼欲晓,又下西楼了。

老王从小喜爱纳兰性德的词。当他知道某郊区设立了纳兰性德纪念馆,他兴奋极了。他二〇〇六年去了一次,看到一个很好的建筑,很好的山山水水的环境,还有纳兰性德的雕像,只是展品少一些,只占了一间小房子,其他的房子则是作为客房出租给游人。纪念馆的说明词上说,这边原来有纳兰的墓地,"文革"中受到了损坏,根据市政协委员的建议,修建了这个纪念馆。

后来又去了一次。由于没有解说员,老王见人就讲,清代词人纳兰性德原名成德,后避讳改为性德;又叫容若,他的词极好,甚至还有人认为他才是《红楼梦》中贾宝玉的原型。可惜他只活了三十年。

再后来,老王发现纳兰性德纪念馆的名称依旧,雕像依旧,但是展览没有了,代替展览说明的是餐饮与住宿的广告,上写烤虹鳟鱼炖柴鸡手擀面炒河虾香椿炒鸡蛋菜团子牛(栏山)二(锅头)。

同去的老者说,这样的名人纪念馆,只有咱们有,咱们的人可真灵活!

老王想起了他最喜爱的纳兰词:"一样蛾眉,下弦不似初弦好……"他不禁吟道:"一样纳兰,诗词不似鱼虾好,通人寥寥,何事伤心早?素菜粉条,窗边价目表,空房悄,游客款交,又盖西楼了。"

以自己的词与纳兰的相对照,老王惭愧无地,痛不欲生。他想,像他这样的浊物,本来也不配来纪念纳兰性德的。

408. 修 路

老王住的这条街修路了,又是噪音,又是烂泥巴,又是堵车,这边的居民可以说是怨声载道。

有的说修路没有经过论证,修了挖挖了修,此事何时了?有的说,如果是发达国家,用几个夜晚就修好了,何至于如此大动干戈?还有的说应该追究上次修路的质量问题,顺藤摸瓜,说不定能揪出一批不法分子来,听说咱们的交通部门,贪官多了去了。

后来路修好了。马路拓宽,机动车六个道,非机动车两个道,绿化一步到位,全种的大槐树,富有地方情调。还有花坛,还有草坪,还有为横穿马路的行人修的过街天桥,还有隔音墙,减少公路行车对两侧居民的干扰。人行道旁还立了读报栏。

老王悟出来了,修路是讨人嫌的,修好了还是方便大家的。再过几代人,科学再进步进步,能不能到那时候路能够不修而自动变好呢?例如一按电脑键盘,一条破烂路变得崭新光亮……

他一个人闷着头笑了半天。

409. 长寿的关键

老王一次与老友们讨论起如何能长寿的问题。不知哪儿来了一股邪劲,老王大放厥词说,关键是睡眠。他说他深信,人的生命在睡眠过程中可以自行解决生理病理的各种问题。比如癌症,现代科学告诉我们,谁身上没有癌细胞?关键是你睡得好不好。睡好了,癌细胞就被健康细胞消化吸收排除了,睡不好,癌细胞就繁殖作乱了。比如肥胖,一般人认为睡得多易胖,英美科学家最新发现:睡多了产生一种酶,正好将脂肪溶解排泄,而睡眠不足的人,脂肪越积越厚。

老王振振有词,说得老友们伸脖流涎眨巴眼儿。被他忽悠、镇服的众老友争问:"老王兄,您每天睡多长时间?"

"十个小时。"老王豪迈地宣布。

"喔!哇噻!"一片赞叹。

此次谈话过后,老王开始格外认真地睡觉,每天坚持在床上躺足十个半小时,即使半宿半宿地在床上折饼,反正就是不起来,除了进洗手间。他问自己:如果我睡不够,我岂不成了说谎者?我接受了谁的收买,要为睡眠当托儿呢?既然我已经声言我是嗜睡主义者,我说服不了别人,还说服不了自个儿吗?很可能我是对的呀……

同时老王每天照镜子,觉得自己气色越来越好啦。

410. 短　信

老王早晨看错了表,把五点看成六点,起早了。

为此他有点别扭,自从鬼使神差地在友人中间散播了嗜睡主义的言论以后,他变成了真正的嗜睡者了。

他下决心把清晨损失的睡眠,从午觉中找回来。刚吃完午餐,他就急急地往卧室跑,他相信,他一定能睡个好午觉。

就在他睡得正香进入完全忘我的熟睡境界之时,嘀溜一声,是老王的手机收到了短信。

他的第一个反应是,理应该抄起手机扔到窗户外边去。他痛恨手机,他这才体会到了某些西方马克思主义者批判手机的正确性与必要性。他痛心地想,想不到自己竟然会堕落到使用手机的地步。他想起一位年轻的朋友,整天给他讲美国最时髦的思潮是否定现代化特别是现代性。他哀叹自己没有主心骨,竟然接受了女儿的要求,有事没有事老开着手机,有电没有电老在那儿充电。他设想,早晚手机会植入脚趾,耳机会揉入耳膜,望远镜会植入遗传基因,人人都是千里眼,个个都是顺风耳……生命再没有安宁的时刻了。好恐怖呀。

就在他万念俱灰,渴望回到大海航行宝塔河水的年代的时候,他突生一念,与其气急败坏地恨手机,不如转过身去硬是接着睡他一觉。

他翻了个身,又睡着了。

许久了,他没有睡过这么好的午睡。真舒服呀。

他就先不扔手机了吧。好几千块钱买的嘛。

411. 赏 月

老王与太太饭后散步,发现这一天的月亮特别光明。

你猜今天阴历是十几?

两人都猜是十三,有邻居在旁,确认,这一天就是阴历十三。有手机在握,再查,确是阴历十三。两人都高兴,想想,两人年龄之和已经超过了一百五啦,对月亮也应该比较面熟啦。

老王说,他小时候对月亮从来没有什么感觉,是读了《模范作文选》上的"皎洁"一词,才开始发现了月亮的。对于他来说,没有皎洁一词就没有月亮。

老王太太觉得不甚可信,当然是先有月亮后有皎洁一词的,周口店的猿人恐怕不知道皎洁这种"五四"后的书面语言。但是肯定那时天上已经挂着月亮。

老王长叹一口气,心想,我说的其实也是来自一种思潮,是结构主义语言学吗?还是新左派?自己的学问还是不行啊。一张口,就让不相信学派的太太驳了个体无完肤。

老王便说起那位年轻的新思潮报道者来,并以此兄的口气说:"总不能只停留在形而下的层面。"

老王太太说,那家伙呀,他唯一来过一次咱家,借走了雨伞还有好几本老书,从此不上门,也不归还东西,他还形而上呢?

412. 赏 月(续)

老王因谈月亮而牵扯到年轻与有才华的友人,引起了一番不算辩论的辩论。他改换话题说:咱们快快回家看电视连续剧《前妻回家》吧。明天晚上,咱们干脆去公园,专门赏月去!现在多好,公园优待老人,不收门票。

于是两人不再争论月亮与皎洁的关系,形而下与形而上的关系了。只是越看越觉得电视连续剧的情节不合情理,使老王怀疑这一晚上是看《前妻回家》好,还是讨论一晚上月亮与雨伞的问题更好。

第二天,天阴,看不到月亮,他们也就没有去公园。第三天,有雨。第四天……第七天,下弦了,于是后半夜才出月亮呢,嗜睡的老王不可能为了赏月而推迟睡眠。

明月几时有?赏月也并非极容易的事。

413. 您是哪位?

老王的一位名人朋友,非拉着老王去参加一次名家的集会。在一家会馆里,老王看到那么多政界、商界、学界、演艺界的名流。老王既兴奋又失望。兴奋的是,过去在电视荧屏上常见的明星名流,居然这么多人近在眼前。失望的是,过去在电视上看到他们老王都觉得发晕,而现在走近了他又觉得没有啥,明星名流个个也是一个嘴巴,两个耳朵,与他无大区别。

明星名流们互相几乎都相识,你对我笑,我与你拥抱,他对她耳语,她对他摇头摆尾……

只有老王谁也不认识,他为自己寻找到了一个最佳角度,从容地客观地观看众名流。他甚至想到了屈原的诗:众人皆醉我独醒。过了半个小时,观察着众明星名流的老王,突然发现大家在观察他:他是谁?他私自来到了这里?他是大款?大腕?大家?大师?大官?大哥大?黑手党?雷子?探子?混子?

至少有两分钟,老王觉得自己反倒成了聚会的中心。

一位美女走了过来,可能在这样的集会上,美女的勇敢超过了猛男。她向老王一笑,百媚乃生。她款款地问道:"请问,您是哪位?"

老王被问得一怔,他说:"我是一个朋友的朋友。"他的话令自己佩服,他肚里继续说,我是我太太的先生,我是我儿子的父亲,我还是我母亲的儿子……

美女报以微笑,款款离去。

老王也报美女以美丽英俊的微笑。他想,我是伟大的,因为你永远不知道我是谁。即使你知道了我的名字。但是我知道你是谁。你演过肥皂戏呀。

414. 最好的诗

老王被拉去参加一个诗人的聚会,说是诗人,大多是老干部,退休后喜欢写传统形式的诗词,还找到企业家赞助,一个个推敲起音韵对仗来。

晚饭当中一位德高望重的老领导提议每人背诵一首自己最喜爱的诗词。于是气氛活跃起来,这个说"明月几时有",那个说"好雨知时节",这个说"念天地之悠悠",那个说"弃我去者,昨日之日不可留",一个个摇头摆尾,煞是文雅风流。

到了古典文学教授章风采那里,却卡了壳,他嗫嗫嚅嚅,结结巴巴,硬是说不出来。大家说,知道你学问大,你可以多选几首诗词,别人只选一首,教授大人可以选首二十首三十首还不行吗?

章教授憋得脸红,最后也没有放出一个屁来,使文采风流的雅聚,毁到他这里了。

后来人们议论,学问太大了毛病也就太多,随便念首诗有什么难办的？到了教授这里反而麻烦了。也有的说专家的责任心太强,你可以随便读,他不行,他选多了李白忽视了杜甫,这责任谁负？还有人说,他太认真了。还有人说,他是读书多了不由得不犯傻。

415. 静坐的老人

老王今夏到海滨疗养了一个月。在他的疗养所附近,有一个海滩。每天晚饭后,老王在海滩散步的时候,都会看到海滩的梧桐树下,摆着一个藤椅,有一位白发苍苍的老者在那里休息,眼睛盯着大海,观察着潮起潮落,接受着海风吹拂,直到月亮升起。旁边还常常有两三位年轻人陪伴着照料着他。

老王听到伙伴们的不同说法,一个说此公原是高级别的领导,差一点就更高更高地"上"去了。另一个说,老人有特殊的背景,他的祖上是近代史上的显赫家族。有的说,他会十六国语言,访问过六十九个国家和地区。还有人说他其实是真正的大款,光房产就二十几处。甚至有人说他前后有近百位情人。

故事越说越多,故事越讲越鼓舞人心。但是,每次老王经过,他看到的是没有什么表情的老人,是平静和休息,是理解和原谅,是遗忘和欣慰。老王几次想过去与老人搭讪,都被老人的零表情所解除,所拒之于十步之外了。

在老王离开海滨的前夕,他又去散步,却没有了藤椅,也没有了老人,更没有了年轻的服务生。老王急坏了,他到处询问,没有人能回答他,当他问别人的时候,别人就会反问他:"他是谁？您认识他吗？您找他有事吗？"老王全部作出否定的答复,于是被问的也是问他的人显出了迷惑的表情。

老王决定,第二天推迟离去的时间,把清晨的车次换成入夜以后的火车。他还要打听一下,老人哪里去了。

416. 致　敬

老王最近感觉到自己的行市似乎有些提高。参加一些活动,各种头面人物都走过来与他握手,参加聚餐,常常被让到上座,许多官阶比他高、事业比他发达、财产比他富有、名声比他响亮的大人物一见到他就显出灿烂的笑容。各种民族传统的节日,领导、社区、晚辈、子女提着元宵、粽子、月饼、杂粮、蝴蝶兰来看望的人,越来越多了。

老王问老伴,看出来没有?老伴说,当然了,你都七十大几啦,现在的大人物,都是你的子侄辈的了,你的子侄辈的人都有退休的了,能不对你客气一点吗?

老王想,敬老的风习有多么好,再过几年,他八十岁了,走到哪里更成为备受尊敬的对象了。再过几年呢?再过再过再过几年呢?更尊敬啦,没的说啦。中国真好啊。怎么会有"寿则多辱"的谚语呢?明明是寿则多荣嘛。

417. 青云直上

一天老王去超市买酸奶,回家的时候发现自己的小区里来了许多位交通警察,还有穿便服的貌似公安人员的人。

之后社区里传开了,说是 N 号楼 X 层的某一家某一人,突然创造出了伟大业绩,直上青云,即将成为本年度风云感动人物,这不,有非常高的领导看望他来了。

有人啧啧称赞,说看人家,说上来就上来了,现在可真是调动出人们的积极性来啦。

有人不服,说是,这就叫时来运转,时来乌鸦变凤凰,运去蛟龙成蚯蚓。人生诸事,与其说是打桥牌,不如说是买彩票,胜者 VIP,败者屁挨崴,夫复何言?

有人骂,上去上去,不吹牛拍马行吗?

有人说某人的青云直上是由于发明了节能锅炉。有的说是大款,企业利税创造了新纪录。有的说是由于立功。有的说是由于突然发现了此人的特殊背景,此人的老丈人的亲家是国际特大威爱辟,比比尔·盖茨与奥巴马还壮呢。

过了很久,又出现了新的说法,他只是一个普通的老师,是他的一个(可能不止一个)学生是VIP,老师病重,大人物来看望——送终来了。现在,他已长眠。

老王有些失望。更多的是欣慰。

418. 老张的486

老王到一位老同学家里去,这位老张是他的老同学中最有成就的一位,学术著作、职位级别、择偶成家,都优于其他人士。

老张说他正在写回忆录。老王完全理解,人老了,不甘心闹腾了一辈子苦了一辈子最后无声无息地随风飘散,变成一个零蛋。何况现在都是火葬,连尸首都留不下。那就写写回忆录吧,什么三岁丧母七岁丧父,什么奶奶是美女妈妈是贵族,什么受过欺负也打过抱不平,什么吃了苦中苦最后仍然不是人上人叫做生不逢时死而有憾,什么像过神童像过才子差点当了科长差点得了奥林匹克大奖,还有什么由于爱国坚持不学外语,或者由于博学精通几种文字,甚至还有说某某大人物曾经准备提升他担任厅局长的,大人物已经故去多年,反正死无对证。最后再出来一个小阿飞,告诉旁人回忆录应该怎么样怎么样写,不应该怎么样怎么样写。

老王想到这里不由得笑了起来。

笑得老张有点发毛,看来他误会了老王的笑意,他解释说:

"你是不是笑我为什么用这种老掉了牙的486电子计算机?其实我的大儿子就在美国戴尔公司做事,他给我搬来了S210263CN,还有XPX730X,还有530(E740)什么的,我都没有要。我们单位领导,看到我用这样老式的电脑,也执意要赠送给我一台联想最新款式的笔记本机,我也拒绝了。"

老王甚感惊异,他问:"为什么呢?"他发现自己的腔调活像小沈阳与蔡明,他羞愧得满脸通红。

老张解释说他为了更好地掌握工作节奏,不想用太新式的电脑。他还发挥了一番退休后应该以休息、颐养天年为主的道理。他激动地说,只有退了就真退,社会才能和谐。他反问道:"我急什么?我又不是野心家。我又不是欺世盗名的骗子。我的回忆录又没有市场,我是为了真理而回忆的,我不需要赶时间。"

老王一口气噎到那里了,半天说不出话来。

419. 老张的486(又一)

老王在一个场合说起了老张的486,表示他有点困惑:怎么了,老张?

一位朋友说:"唉,这人可真怪。"

第二位朋友说:"一般地说,有成就的人多半有个性,有个性的人多半有怪癖,一般人理解不了的。"

第三位评论者说:"可惜的是,有成就的人少乎其少,真正有个性的人也寥寥可数,有怪癖的人反而比较多。"

第四位朋友评论说:"学成就难,学怪癖易呗。"

第五位朋友说:"你们扯到哪里去了?其实说到底是抠门儿。舍不得花钱啊。这一代人苦惯了。"

第六位朋友是个杠头,即喜欢抬杠,他说:"本来电脑就用不着那么快地更新换代,十个月换一代,太浪费了,太污染了。几万年以前,人类的生活质量比现在好得多,科技疯狂发展,生产力疯狂发展,欲望空前膨胀,这才是人类的悲剧呀。"

第七位朋友比较冷静,他轻描淡写地说:"老张其实用不着高性能的电子计算机,他又不设计,他又不玩电子游戏,他也不搞黑客或者反黑客,用个286或者PC机还不是一样?"

过了一段时间,老王又来到老张家里,发现老张的电脑已经换成联想K305了,而且他主动地告诉老王,这台电脑,花了九千多块钱。他没有解释为什么要换摩登电脑。老王也没有问。只是想起众友人的分析高论,老王觉得冤枉。

420. 谁 傻

老王在社区绿地散步的时候听到一位遛狗的老年女子大谈她们家的空调设备带来的麻烦。先是缺氟了,不制冷,热得她几乎得了脑溢血。后来是老跳闸,功率太大了,电容太小了。后来增了半天容。后来把她冻得直哆嗦,最后孩子来了,发现,她老人家调的温度是摄氏十三度。

老王回家与太太议论,一个人怎么会这样笨、这样傻?你是文盲吗?你不知道有空调的控制板吗?即使不认字,你不会随便按一按空调控制板吗?一个键按下去不管用,不能再换个键按按吗?再不然,你不能关电门拔插头吗?

王太太说,我看你才是犯傻呢!人家是文盲?人家当年是人五人六啊,人家还演过电影呢。人家住的是甲户型的房子,咱们住的是丁户型,你说,是住甲户型的人傻还是住丁户型的人傻?人家不过是装傻充愣与众丁户型的小民们开开心罢了,顺便也表明了她们家的空调有多强大!幸好,她倒没有说是调到零下二十五度去了,那她们家还成了冰窖了呢。

听了太太的分析,老王不能不佩服。他并且悟到,凡是觉得别人傻的时候,一定是个人犯起大傻来了,再说男生不论怎么个精法,也比不上女生啊。

他向太太汇报了这个心得,太太说难得你七十大几了才明白了一点事理。

421. 悲　哀

老王的朋友老刘向老王讲述自己学习太极拳的经过,说是两年前,他学会了太极拳二十四式,天天早晨锻炼,自以为很有成绩,但后来被别人看到了,提出他的姿势与意念都不正确,那根本就不叫太极拳,最多只能算是瞎比划。

这样的评论使老刘受到了莫大的打击。近一个月,他掏钱参加了社区里一个太极班,请了名师前来教授,他很感动,名师讲得比原来的老师详细得多,头顶、步法、四肢、腰背、呼吸……全讲到了。他欣喜若狂,从头学起。

老师讲得太仔细微妙了,高高在上,哲学医学,搏击进退,阴阳虚实,老刘终于还是学不到手,越练越糊涂,越学越不会了。

老刘放弃了学习,想仍然按照旧套路练,大事不好,旧套路他也完全记不起来了。

老刘深深感慨,他喜欢打乒乓球、保龄球,喜欢玩麻将、桥牌、围棋、象棋,他还喜欢跳国际标准舞蹈,喜欢写字和唱卡拉OK。其中没有一样他拜过名师,经过正规的训练。他说:

我算明白了,嘛事咱们都不能较真,不能正规学习,一较真,一从头学起,咱们就都成了白痴了……

是啊,是啊,老王一边说,一边觉得有点悲哀。

422. 遗　产

这天晚上老王老是睡不着,他估计,原因多半是他喝多了普洱茶。人说普洱茶多么多么好,喝了能软化血管、溶解血脂、降低血压,可能还能美容、延年、养气、调理阴阳寒暑燥湿金木水火土……还说普洱茶里的咖啡因因为多年储放已经失效,不会刺激神经。

其实不然,喝多了照样影响睡眠。

他想,要不要建一个议,申请将普洱茶列入联合国物质文化遗产,将饮茶的习惯与风俗列入联合国非物质文化遗产?要不然,不定被哪国又抢先注了册,变成他们的遗产了。

那么杜康酒呢?红烧狮子头呢?东坡肉呢?李白与李白故里呢?唐装呢?千层底布鞋呢?四合院呢?东北二人转与西北二人台呢?温州方言呢?呆女婿的传说呢?书法呢?河北与湖南农村的毒誓呢?文房四宝呢?文言文呢?螳螂拳呢?两岁就会背诵《道德经》的女童?绍兴的霉千张与长沙的臭干子呢?房价与房价调控呢?相声与评弹呢?拔罐子呢?歌曲《潇洒走一回》呢?某某手机段子呢?儒释道三教合一呢?

老王哈哈大笑,伟大的,年轻而又古老的中国啊,你就是最大的遗产,世界的奇迹,也是最有戏的现实。你是物质的奇观,也是非物质的观奇,与联合国相比,我们当年直到现在并到可以预见的未来,阔着呢。比如他老王,难道需要权威机构的承认才能算是个饱经沧桑的中国老头儿吗?

至于被抢注了,更棒了,这样的故事干脆注到吉尼斯大全上去好了。

唉,同胞们太没有信心了!以后谁要是觉得自己的文化意义重大,觉得自己的伟大还没有被充分认同,干脆注册到老王这里不就行了吗!

423.音乐墙

老王睡不着觉,用右手敲了一下床头的墙,突然一阵乐声响起,好像是大提琴的独奏。

是不是马友友？是不是圣桑？还是古诺？要不就是舒伯特？是不是《天鹅之死》抑或《圣母颂》？

有一年他是不是见过马友友？是不是与马音乐家在鸿宾楼一起吃过清真席？

要不就是司徒华城？要不就是 X、Y、W？

要不就是"文革"中的小学生，无课可上，学大提琴，等着考进毛泽东思想宣传队。

音乐如水，匆匆流淌而过。对于音乐的记忆如风，说来就来，说没就没。关于记忆的忘记与关于忘记的记忆如电波，如高等数学，如微积分……只有正在忘记着的才需要记忆，只要记忆了肯定就会忘却。他含笑入睡，次日醒来时发现眼角有一粒泪珠。

此后每逢他入睡迟慢的时候他就用左手的食指与中指关节敲一下床头的墙壁，多半会有音乐声音出现。莫扎特、贝多芬、舒曼、柴可夫斯基……断断续续、高高低低、强强弱弱、缠缠绕绕，让老王泪流满面。我有一面音乐墙呀，他真幸福。

424. 有人听到了

老王将自己的床头墙壁能够敲出音乐声来的独得之秘告诉给朋友，朋友们都不相信。他们说，这最多是巧合，例如你的隔壁恰恰在你敲墙壁的时候用 P3P4 播放了音乐。还有人分析说这是心理专注效应：大城市嘛，哪儿没有音乐？哪儿没有扬声设备？哪儿没有 CD、VCD、DVD？哪儿没有家用钢琴？你敲完了墙壁，你用心去听，这时候别说大提琴，就是上了床说悄悄话的声音也可能会听到的。

干脆说，你敲不敲墙壁，你下决心听什么就能够听到什么，风雷雨电，笙管琴箫，虫鸟蛙鸣，弦簧鼓镲……诚则灵，没有商量。

老王觉得自己缺少知音，就将这经验告诉孩子们。孩子们说太好了，只要自己认为听见了，那么当然就是听见了，只要听了会儿就睡着了,那就是绝对地听到了,而且如果一时没有听到,再听二十分钟不就听到了吗?如果二三十分钟听不到,再听三个钟头不结了?听啊听啊听啊,好啊啊啊啊……最后肯定是什么都听到了,也就是什么都听不到啦。

孩子们不太认真,老王无语。

数天后,妻子告诉老王,她头天晚上也睡不着了,她也敲了床头墙,她听到的是德沃夏克的《新世界交响乐》。这回不是李叔同配词的了吧?配上词唱出来的叫"老大徒伤悲"。

怎么会徒伤悲呢?老王激动得热泪盈眶。这才叫"执子之手,与子偕老"啊。

425. 对 话

老王在公共汽车上听到两位老人对话。从外表上看,他们应该是老夫老妻。

夫:"今天天气真好……"

(老王一惊,这时车外正刮着狂风,起着沙尘。)

妻:"吃多了,漾酸水。"

夫:"我给寄去了,反正也找不着,也不能不管理人家呀?……"

(老王想,这可真是鸡与鸭对话。)

妻:"人类历史上有三个大难题,冬瓜、白萝卜和西洋藤椅,绿豆不可能再涨钱了……"

夫:"下车不?下不下车?不下车?下站下车不下车?"

(老王想,怎么像是挺高深?是禅?道?易?KGB还是以色列情报官的密码……)

妻:"纽约不行,巴黎也不行,伦敦还是不行,东京我就不去,我去也知道它不行!"

(老王想,毕竟是深深地爱着中国啊。)

然后到了站，两个人恩恩爱爱地互相搀扶着下了车，留下了一对渐行渐远的亲密背影。

老王哼哼起了一句歌儿："幸福的生活万年长……"

426. 茶花女

老王到国家大剧院看了新版的普契尼的歌剧《茶花女》，他想不到的是一面看一面回忆过去，回忆自己的青年时代。

那时看个歌剧——尤其是意大利歌剧——是个不寻常的事。他是在青年宫看的，东单青年宫原名美琪电影院，日伪时期名建国东堂。后更名青年艺术剧院。后来拆了。

那时候青年宫的名称带点苏联味道。当时是最好的剧场之一，剧场里有香味。休息室里卖饼干和汽水，还卖书。老王至今保存的两册《古文观止》就是从青年宫买的。

第一次看《茶花女》，女主角是张权演的，男主角是李光羲。导演是苏联来的吧？

这样的歌剧像一个美梦。法国与小仲马，意大利与普契尼，还有苏联。华丽的乐队，华丽的服装，华丽的舞台布景，辉煌的吊灯，动人心弦的故事与唱腔。他隐隐约约觉得那是另一个世界，现代的与文艺的，欧洲的与端庄的，是一种类似上流社会的存在……那时候他还破衣烂衫、瘦削恐惧、灰头土脸。他在这个世界里自惭形秽，觉得自己不配……

张权的命运是曲折的，世界的命运是曲折的，剧院的命运也是曲折的。不见得准比薇奥列塔好到哪里去。

不，毕竟还是比薇奥列塔与阿尔弗莱德强。

而现在的演出，现在的剧场、演员、舞美，连同灯光，牛了老鼻子啦。看看观众穿的衣裳，不比舞台上的人差。

而我还能重温过往。

最后最后了,他忽然又起了疑惑:不会是青年宫吧,也许是天桥大剧院？记忆力啊,要命的记忆力啊。

427. N 年畅想曲

这一天,几个老友聚会在一起,说起:如果 N 年后中国队得了足球世界冠军,捧回了大力神杯,该怎么庆贺？

甲老说:"应该在天安门广场召开百万人大会庆祝,会后彩车游行……"

乙老说:"要在奥林匹克公园竖一座纪功碑,镌刻上所有球员的姓名,并终身给以相当于科学院院士的待遇。"

丙大姐说:"先为历代为中国足球运动做出贡献的前贤默哀,再燃放焰火花炮。"

丁老说:"每个队员发一个实心 24K 金球,另加一套单体别墅。"

戊大姐说:"可那得等到猴年马月呀,咱们看得见吗？"

己老说:"就是为了等这一天,我们也不能轻易告别人间！"

他说得全场充满悲情。

老王问:"请问,如果过了 N 年,中国足球还是没戏呢？"

庚老耸了耸肩,说:"没戏就没戏呗,中国照样是中国,世界照样是世界,要人照样是要人,草民照样是草民！"

辛大姐说:"事情就是这样,我们的乒乓打得好,我们的足球太次,我们在北京奥运会上已经得到了金牌第一,不也就结了吗？"

428. 凌晨观看比赛

世界杯比赛期间,老王的孩子孙子们闹翻了天,这个来电话,那个来短信,这个半夜里起床,那个凌晨才入睡。

老王下决心,看足球重要,保护睡眠更重要,小八十的人啦,一辈子没有摸过几次足球,不但没有踢过足球,连玻璃球也没弹过呀,跟着哄啥?

他何必跟着起来闹腾什么半夜看球呢?不仅不看,他还发表意见说,掀起看世界杯的热潮完全是一种浮躁,是盲目的全球化,是现代传媒造成的千篇一律与抹杀个性,是屈从时尚,是浪费时间、是浪费电器和电力、是高碳生活方式,是发达国家对于发展中国家的文化侵略,尤其是中国人,足球踢得那样臭,还死乞白赖地看什么世界杯?咱们多看看乒乓球与弹玻璃球还不行吗?大长了自己的志气,大灭了洋人的威风。

谁知半夜听到了动静,是老伴起来看球去了。老伴一走,老王睡不好,便起来动员老伴快快回房睡觉。没有想到,一到电视机前,正好碰到几个人在抢一个球,他觉得不免无聊,那么多人抢那么一个球做什么?多给几个球不结了?当年的韩复榘讲得有理!但他又不无兴趣,最后这个球能被谁抢去呢?留嬉皮式披肩发的?黑脸的?金发帅哥?大高个子?皮肤煞白的?

后来他就看了一会儿,他解释说,我不是看球,只是看一堆吃饱了难受的人拼抢……

次日,同一时间,又听见了动静,他又起来了。他连续起了好几天,第二天上午吃完早点再补一小觉,挺舒服。

他看了好几场凌晨的赛事,他与家人朋友热烈地议论球员与球场,他摇摇头说:"瞎起哄罢了,有什么大劲?"

他的儿子说:"自己找乐也就是了,您还想要什么呢?"

429. 老王评球

老王观球的最大乐趣是不懂装懂,边看边评,边看边总结概括把球事提升到理论上来。

他说:"你瞧,把人家绊倒了还踩上一脚,这算什么素质啊!"

他说:"不是要球,这是要命啊,一个窝心脚!"

他说:"足球最受欢迎,足球最黑暗……皆知美之为美,斯恶矣。"

他说:"为什么人家球员都长得那么漂亮?"

他说:"小组循环赛事,杀出一条血路,真本事啊。后来的淘汰赛,就一半靠运气了。人生也是这样,杀出血路,靠本事,得不得冠军,靠运气。"

他说:"德国队踢阿根廷那一场,对于德国与阿根廷队来说,其实是决赛,德国队拼在这一场了,他们的决赛提前了,底下当然踢不动了……"

"不可能每一场都是高潮,不可能每一场都走背运,必然就表现在或然之中……"

"没有比解说广播员更势利眼的了,进一个球就是战略战术啊、精神面貌啊、团队精神啊,怎么说怎么对,丢一个球就是怎么说怎么错。"

家人向他提出抗议:"我们是在看球,不是在听你的讲课……"

家人向他怒吼:"闭嘴!"

老王嘿然,觉得看足球是太无趣了。

又过了几天,老王想:岂止是看足球,踢不了足球的人最爱评足球,就像当不上领导的人最喜欢研究领导,明白不了政治的人最爱谈政治,不看小说更不写小说的人最喜评论小说,演不了电视剧的人最喜欢议论演员一样……评议,是弱者的游戏啊。

430. 章鱼保罗与我们心连心

世界杯已经结束了,老王还惦记着章鱼保罗。

一开初听到一两耳朵章鱼保罗的事,老王的反映是:中国的迷信愚昧太根深蒂固了,一定要取缔,一定不能容忍这种种反科学的胡说八道。

后来才知道保罗是先进的文明的科学最最发达的德国造。

德国人信这个？我原来是那么信德国……

哈哈哈……

你可以不信保罗，你可以不信裁判，你可以不信任何预言和猜测，你可以干脆不信足球世界杯和一切足球竞技比赛，你可以认定争冠军啊、狂欢啊、球迷啊、呜呜祖拉啊都其实算不上什么。

但是在电视荧屏上看了几次老保罗后，老王对它产生了深厚的感情，它被搅进了吃饱了焕发出光与热的人类的游戏，它居然八猜八中，它的成绩超过了任何赌王赌神，它运气好，这又有什么罪过呢？而那些被猜中了败绩的球队的粉丝，扬言要把它烧烤后吃掉，这些恶人啊。

老王愿意用最血腥的语言来诅咒那些想吃保罗的人。

431. 裁判新论

老王与一批老人讨论怎么样去改进足球裁判的工作。

大家问：为什么遇到争议不可以重放录像？为什么不能多设几个鹰眼？为什么不能成立仲裁委员会投票决定最后的结论？为什么只能将错就错、一错到底，使一些球队与球员冤沉海底，永远没有昭雪平反之日？

他们当中年龄最大的老刘说："你们怎么不想一想？那是多么激烈的对抗？它怎么可以与网球、台球相比，那些球强调的是高雅和文明，观众连喊叫与鼓掌都受到限制。而足球场呢？那是集体无意识的地方，那是发泄国别或族别情绪的地方，那是闹事的地方，人们要的是万众发狂，那里的运动员与观众都基本上进入了非理性状态，他们期待的是呐喊、是胜利、是狂欢，要不就是怒骂，打架……这种情况下能够使比赛基本上正常地进行下去的保证就是裁判的绝对权力,不能争辩,不能讨论,不能从善如流,不能虚怀若谷,不能改变任何一次判定……"

老刘的一席话令大家五体投地,太深刻了,太精辟了,太有内涵了……

老刘又说:"旧中国,足球虽然踢得很差,比现在还差,但是球赛的气氛仍然十分激烈。你们岁数小没有见过,我知道:那个时候的足球裁判人人带着盒子枪,哨一吹完,输方的球迷涌向球场来揍裁判,裁判掏出盒子枪,向天叭叭叭三枪,然后在保镖的护送下沿着事先计划好的秘密通道逃命……你吹哨的结果是甲队赢,乙队这边的球迷揍你;你吹出来的结果是乙队赢,甲队的球迷涌上去揍你;你吹的结果是平局,结果是两边的球迷跑过来揍你……"

老王连连点首,绝对信服。

但事后,他且信且疑。

432. 电 影 院

老王的孩子们拉着父母看了两次电影,老王的妻子叹息说:"唉,前几年我国的电影事业不怎么景气,听说是影院都纷纷倒闭了,没想到最近影院还真的火起来了。看来我们国家的电影事业很有进步呀。"

老王的孩子哈哈大笑起来,说:"真有意思,你们不看电影就是电影事业萎缩了,你们看了两回电影就是电影事业发展了,您可真会拿着自己当判断真理的标准……"

孩子的话让老王想了好久:可不是吗,年轻时候他爱读小说,就相信那个时候的曲波呀杨沫呀柳青呀姚雪垠呀写得最好,现在老了,轻易不那么感动也很少读书落泪了,干脆近几年他就没有读过新的小说,就认定当下没有可看的好小说了。有多少人像他一样地批评现在已经没有好作品了啊。

……年轻的时候喜欢吃糖葫芦,现在牙不好,怕酸,就认为现在的糖葫芦不好吃了,甚至认为连山西老陈醋的制作也不如过去了。年轻时候崇拜那么多中外女明星,现在呢,看着谁都不激情了,不免发牢骚,还是胡蝶、周璇、费雯丽、赫本、伊琳娜·斯科布采娃好啊,那时候的明星,真是光彩照人!现在哪还有美女!

能说什么呢,那个动不动夸赞世界的时候,我们是多么年轻啊。

433. 康乐餐厅

老王年轻的时候时而到北京东城区椿树胡同的康乐餐厅吃饭,地方风味,物美价廉,爽心悦目,他们的滑熘肉片与赛螃蟹,给老王的供应匮乏的青年时代,带来了口腹上的满足,也带来了快乐。

后来,说是由于建设规划的需要,把康乐给迁到安定门脸儿去了,老王前后去过新的安定门的康乐几次,总觉得今非昔比,时过境迁,找不到老康乐的味道与乐趣了。又过了一段时间,说是康乐营业状况不佳,关张、寿终、正寝了。

遇到类似麻烦的还有四川饭店、同和居等名店,一串串地,几百年形成的老字号,毁于一旦。

怎么解释呢?地缘商企,环境与餐食的关系,人们到餐馆吃饭,当然不仅仅是为充饥,他们要的是享受一个环境,一个历史,一个记忆。

当然,餐饮首先是文化。比如东安市场,东安市场的国强西餐与国风日餐,东来顺、森隆与五芳斋……一片一片的,都没有啦。

更简明的解释就是风水,风水的说法虽然不科学,然而有实用价值,而且是能帮助人们做事更科学更慎重些的。而主观的、唯意志的、横蛮的工作作风,是违逆风水与定数的啊。

434. 老腌儿萝卜

一位老友前来，带来了一大包软包装的老腌儿萝卜，并说他们家乡的土法腌制的这种咸菜如何如何好吃。老友走后，太太吃了一次，说是完全不是味儿了，一点也不好吃。

老王觉得蹊跷，一个老友何必发布虚假广告呢？他试着尝了尝，发现非常美味。

他把自己的感受告诉给妻子。经过认真体察与详细分说，最后弄清楚了，这种萝卜，腌制后显得细长，老王太太以为是腌黄瓜呢，她怀着对于酱黄瓜或酸黄瓜的期待吃腌萝卜，当然叫苦不迭。

自从知道了那不叫黄瓜，而叫萝卜之后，老王夫妇吃得津津有味，边吃边赞，赞不绝口。

老王逢人就讲这个故事，而且声称他懂得了孔夫子为什么一辈子要搞什么正名啦。以黄瓜名萝卜，你这一辈子，还能吃得出味道来吗？老王还说，你与我都曾经碰到过不少明明是大萝卜却被命名为黄瓜，因而左右不合格不受待见的晦气事儿呢。

435. 笔 帽

一位当了作家的老王的老同学到老王家做客，临走时给老王送了一本书，他拿出自己的自来水毛笔，给老王签了名，并写上"老王学兄指教"的字样，使老王高兴了好一阵子。

客人离去，过了几个小时了，老王发现客室中的沙发桌上有一个笔帽，老王大惊，那么好的日本造自来水毛笔，没有了笔帽就会干掉，太可惜了，他要是干脆把笔忘在他这里，至少他还可以使用，现在，他只有笔帽，无用，作家朋友没有笔帽，也无法保存毛笔，还是不能使用。怎么办呢？怎么办呢？

他给老同学打电话，没有人接，作家嘛，忙，这不是十年了头一次来看望他，他再啰嗦起来没个完，多讨厌……

不再提此事？倒也是，人生的损失啊遗憾啊，多了去了，又何必斤斤于一个笔帽？

老王胡思乱想，他想到世界上有多少人和物，承受着有笔而失去笔帽，或者是有笔帽而没有了笔的痛苦。

比如一个贼，偷走了一只鞋……您说这叫什么事儿呢？

委实是一个难过的事，二〇〇九年最大的难过的事之一。唉，谁让他太渺小，太低水准，连找上个更有名堂的悲哀都并非易事呢。

436. 未　来

老王家的对过儿，出现了一批高级铺面房。老王无端地相信，这里边应该有一个邮局，一个工商银行，一个医疗诊所，也许还有一个中药铺。他们家离这一类店铺太远了，随着年龄日大，他太希望能就近解决各种需要了。

过了几天，传出消息，说是这一片房屋将提供给福利彩票机构。老王有些失望，但一想，有限地闹那么一点福利彩票，也不一定是坏事，可以推行某些福利事业，可以满足游戏心理哪怕是侥幸心理，可以让一些人就业，可以逗你玩与逗自己玩……万一要中一回特等奖呢？就让大家同时做着这样的梦过日子吧。

过了几个月，挂出了牌子，有一个大门脸的铺房将作为棋牌室使用。不久又出现了说法，说是有些棋牌室可能会搞变相赌博，当然，你看不出来，客人们只玩筹码，现钱的进出玩完了再结算。

老王有点忧心忡忡，安慰自己说，管那么多干啥？社会在前进，人们的生活空间与活动内容正在延伸，旧的不得温饱的矛盾解决了，必然会出现新的矛盾，再过许多年还不是一样？美国或者欧洲还不是一样？

又过了两个月,棋牌室的字样不见了,变成了什么咨询公司。老王更糊涂了,咨询个啥?公司个啥?其他更多的房子呢?世界日新月异,老王只见老来不见长进,一边呆着去吧。

咨询公司的字样也不见了,又说是要变成函授学校了……到底这一片房子会派上些什么样的用场呢?

又有人说,其实还没有装修好呢,根本就没定下来到底会怎么样使用。修好了,再招商,然后才知道。

老王想起了年轻时候看过的苏联导演导的契诃夫的话剧《万尼亚舅舅》,那里面有句台词:

"我真想知道呀,我真想知道呀!"

知道就知道,不知道就不知道,未来在前边闪耀着,像灯光,像皮影,像水面的涟漪。我们等待你,未来!

437. 缠 腰 龙

整数生日到来的时候,好多老友来看望老王,并送来了许多补品:枸杞、灵芝、虫草、红参、当归、黄芪、蛋白粉等等。

越老越补,越补越老,感情深,补得亲,感情好,补到老,感情厚,补不够;终于会到达不必再补也不能再老的境界,老王觉得有趣。

老王天天狂吃补药。

一个月后,老王胃疼如绞,看了急诊,拿了助消化、止痛与消炎的药。

两天后,更疼了,又去看,又开了、取了药。

三天后,后腰疼痛起来……如此这般,说不是消化系统病症,是在老年人中相当时尚的带状疱疹。老王笑道,原来人们把带状疱疹说得那样邪乎,却原来不过如此。

不料,开始一段还好,过了一个月后,老王痛苦得悲观起来了。

又一个月过去了,更疼痛了。

又一个月过去了,仍然同样的疼痛。

他吃了药打了针瞧了中医,可能有效,他坚信有效;但疼痛基本上没有变化。

呜呼人生,呜呼生老病死,呜呼老王老矣,呜呼盲目进补,害死人矣,哀哉!

快过五个月了,终于见好了。一些老朋友见到老王,都夸奖老王的气色红润、精神饱满、老当益壮了。

甚至有人说腰上显龙是大吉,明年就是龙年嘛。

唉唉、哈哈、喝喝、噢噢、咯咯……老王一阵晕眩。

438. 围巾、头巾

已故老友的两个女儿看望老王夫妇来了。她们的孩子在英国留学,她们刚刚从英国探亲回来。说是给老王带来了围巾,给老伴带来了头巾。大不列颠与北爱尔兰联合王国的纺织品,当然是第一流的。他们应这两位孪生姐妹的建议,戴上围巾头巾,摆出幸福与超小康,全球化与时尚化的高尚架势照相。深感一代代亲人新人成长起来,一代更比一代强,改革开放赛天堂,拿来主义今实现,头巾围巾赛蜜糖!

两个友人的女儿已经退休。什么?我们已经是退休者的上一代退休者了!天啊,改革开放三十年,"文革""跃进"已失传,朋友闺女退休矣,老王犹自舞翩跹。

送走客人以后,发现,围巾没有了,头巾也不见了。老伴说,她亲眼看见,二位闺女把二巾卷巴卷巴放到型号一流的提包里拿走了。

老王说没事儿,咱家各种巾包括手巾、浴巾、纸巾、消毒巾、头巾、围巾、汗巾、纱巾……都够用到此生光荣结束的时候了。

老伴说,也许她们受了英国的影响?也许八〇后送礼只是为了照相?老王说,她们并不是八〇后,她们的女儿,即他俩人的女儿的女儿才是八〇后呀。

这时门铃大作,两闺女回来了,二人哈哈大笑,说是一时犯糊涂,竟下意识地把应该留下的礼物重新放入提包拿走了。二人叹息,毕竟是领退休金的人喽,老啦,不行啦。

老王后来与老伴总结,你老?你以为光你老了?她们他们很快也就老起来了,快得很。

同时老王与老伴很感惭愧。怎么能把责任推给英国与八〇后呢。英国发动过鸦片战争不假,但并没有伪送礼的习俗。八〇后嘛,趁着年轻,足足地牛几年吧,说话间,九〇后、〇〇后、一〇后乃至二〇后就赶上来、顶过去了。老王愿为他们祝福。

439. 美 丽

老王到过边疆的一条河边,河流狂暴、河岸陡峭、河水混浊,他觉得这条河很美丽。

老王到过一个树林,林木葱葱,树叶在地上铺了一层又一层,他觉得这个树林很美丽。

老王到过海滨,他看着潮水滚滚、白浪滔天、日出其中、月出其里,他觉得这大海很美。

老王到过欧洲的城市,他看到雕像喷泉、石堡宫殿,他觉得这城市很美丽。

老王愈来愈老了,哪里也不去了,他看着旧时的照片,想着逝去的光阴,觉得这一切很美丽。

440. 美 丽(续)

老王发现,有些他年轻时喜爱去的地方没有留过影。比如他喜欢去的一个面馆,面馆的幌子和门面,都是无与伦比的,现在,这个面馆已经没有了,在原来的地方矗立着的是一个五星级旅馆。

又比如,往日的庙会,旧时的婚礼,荷花金鱼缸,夏日的萤火虫,老式的有轨电车等等。

他想,没有照片为证,它们也是一样的美丽。

再回头看看高楼大厦、霓虹灯、新建筑,他觉得也挺好。

441. 古 城

老王和一批教授专家去参观新近被列为联合国重点文物的一个宋代原貌小城。人们大为惊叹:"太漂亮了,太迷人了,太具有民族特点了,太有历史感了,太有文化了。"

然后他们抨击,新盖的楼房算什么呀?古国原貌全破坏了,民族特点全消失了,这样下去,中国就是世界上最没有文化的地方了。

夸奖完了弹丸小镇,吃了一顿当地官员的宴请,留下了一些国之瑰宝、世界第一、独具特色、思古幽情、万古长青之类的题词墨宝,大家都回到丑陋的大城市的丑陋的大酒店丑陋的客房去了。

安徽教育出版社 2010 年出版

翻 译 小 说

奔腾在伊犁河上

马合木提·买合买提(维吾尔族)原著

清晨,天空晴朗,阳光万道。白赫特望着滚滚的伊犁河,心情激动。木排在水面上滑行前进,他站在木排的后面,握着尾桨。他穿着崭新的蓝色工作服,腰带在腰上围了两匝,脚上穿的是长筒胶靴。

"向左转!向左!"木排前端站着年近四十的热西特师傅,他响亮的吆喝声,在河谷里震荡。

一排排的木头用蚂蟥钉钉起,再用大绳、铁链紧紧捆绑,纵横交错,总共三层。两端绑着两根原木,原木在行进的时候不停地敲打着水面。这些没有疤节的、笔直的木材,都是为了社会主义建设,从无边的云杉林海和白雪皑皑的峰顶上挑选出来的。领导上考虑到白赫特是初次上木排,打算少捆绑一些木头,但是白赫特和他的爸爸赛特克大叔都不答应。他们说,多运一方木材,就是为祖国多做一分贡献。应该按照毛主席的教导,抢挑重担。这样,整整捆绑了五十立方木材。

白赫特在城里读完高中,回到农村,就积极要求下河放木排。赛特克大叔高兴地说:"好,好!放木排,将把你锤炼得像钢铁一样。这也是学校呢,你的课堂就在奔腾的伊犁河上。你学到的,不仅是做一个木排手,而是怎样做一个经得起风浪的革命后代!"

白赫特的妈妈古丽苏姆大婶担心下河放排风险大,就劝阻白赫特。白赫特坚决地说:"妈妈,是我自己挑选了这个艰苦的工作!您问问爸爸去吧,他都快七十岁的人了,还是恋着这一行,不愿意离开伊犁河。爷爷、爸爸,在旧社会为巴依(地主)放木排,受了多少折磨!难道在劳动人民当家做主的社会主义社会,我们反倒贪图安逸,使放木排这一行后继无人吗?厂房、哨所、桥梁……边疆的建设到处都需要我们的木材呀!"儿子的话语,感动了妈妈。就这样,古丽苏姆大婶把自己心爱的孩子送到了伊犁河上,祝愿他一帆风顺。

"做一个木排手,重要的是要掌握水路。"热西特师傅对白赫特说,"水里的路,不是哪一个人修筑的,要靠木排手去找。"

白赫特注视着水路。水碰到石头,打着旋儿,激起了白色的浪花。在这儿和那儿,不时有大石头的尖顶从水里露出头来。

"注意!"热西特师傅把木桨转向左方,向白赫特喊道,"向右边!向右!慢一点!嗯,行了,向左转!"木排紧擦着一块巨大的黑石绕过去了。

浪头起伏着围拢在木排周围,白赫特全身像淋了雨似的湿透了,他不住地用袖口擦拭着满脸的水珠。由于一个劲儿地用力抓住桨柄,手疼了,腰也酸了。水的阻力愈来愈大了,有时桨简直转不过弯来。

"划桨的时候不要那么硬使劲。"热西特说,"站好。你打算把桨往哪一面划,就在哪条腿上多用点力。我们现在是顺水前进,只要木排不离开水路就行。"热西特师傅细心地纠正着白赫特的每一个动作。白赫特宽宽的前额上、鼻尖上,和初生的像墨迹似的胡髭上,沁出了密密的汗珠。热西特师傅知道,这个时候,一句关心和鼓励的话,就会给年轻人山一样的力量。热西特指点着,称赞着,想方设法地给白赫特鼓劲。"好样的,白赫特兄弟。"热西特爽朗地说,"你会成为一个好木排手的!放木排这一行,懒汉和熊包是不配干的,只有不怕苦,不怕死,心头有火,手头有劲的人才能成为一个好木排手!"

白赫特微笑着点了点头。身材高大的热西特,用他那钢钳一样的手掌轻松地操纵着木桨,一口一口地吸着莫合烟。划头桨比划尾桨更难。热西特大哥不愧是老手啊!白赫特钦佩热西特师傅的老练,也感激他对自己的关心。他学着热西特的样儿划桨,慢慢地,自如一些了。

起先,木排走得似乎很快,过了不多久,就显出道路的漫长了。转过来弯过去,碧绿的山坡丘陵,各处支架着的哈萨克牧人的毡房,悠闲地吃着草的畜群,都渐渐地落在了后面。任性的湍流已经渡过,进入了宽阔的河面。

这时水流平缓,白赫特觉得木排似乎轻巧些了。水轻轻地喧哗着,木排的速度一下子减了下来。渐渐地,木排的行进变得艰难起来,倾斜着靠向河岸,不管两个人怎么用力划,木排只是在原地打转转。

白赫特心想:"唉,木排,一离开急流你就变成了废物啦!"这时,热西特师傅不慌不忙地解开了绑在木排两端的原木,原木上长长的铁丝仍然连着木排,原木一下子便冲到急流中去了,热西特师傅马上抓起桨来。"快划!"两个人把桨深深地插到水里,用力划着,原木也缓缓地拉动了木排。木排微微地摇晃着,到了河当中,过了一会儿,恢复了原来的滑行。

木排在水里已经走了五个小时。热西特抬头望了望天空,说:"哎呀,要下雨呢!"

白赫特抬头一看,天空照样是明净的,飘浮着棉絮一样的白云,阳光照样温暖着全身。他迷惑地看了看师傅:"天不是很好吗?热西特哥?"

"山里的天气就是这样,如果刮东风,哪怕天上有黑云也不要紧。可现在刮起了西风,看来得下一场哪!"

风果然渐渐加大了,一会儿工夫黑云布满了天空。紧接着,雨哗哗地下了起来。离住宿的地方还远着呢!热西特师傅满脸是水,不快地望着天空。

"怎么办,白赫特?"热西特师傅想了想,问,"要不要就地把木排停下来,上岸找个人家去避避雨?"

白赫特看了热西特师傅一眼,语气坚定地说:"淋点雨算什么,咱们继续前进!"

说实话,这场雨叫白赫特怪高兴的。对于木排手的生活,他曾经向往过这样的时刻。这正是锻炼自己的好时机呵!

他们俩穿上了雨衣,雨像从桶里倒下来似的倾泻着。白赫特划着桨,沉思起来,连呜呜呼啸着的寒风和彻骨冰凉的雨水也忘在了一边。他想起了这次临出发的前夜,爸爸坐在桌子边给他讲的解放前的一段往事:

初春时节,有一天,财主强迫赛特克和一个名叫托乎特的穷人去放木排。山沟里的冰雪刚开始融化,水面上布满了大冰块和泡沫,随时都有撞到冰上的危险,他们尽可能地使木排慢慢地浮动。

大冰块从木排后一下子涌了过来,不一会儿冰愈堆愈高,挤压着、推搡着、旋转着木排,把木排飞快地带走了,桨也没法用了,木排撞到了水边的大石上……赛特克从脚踩的两根木头当中落到冰冷的水里去了。他奋力挣扎着,抓住了一块大冰,从这块冰游到了那一块冰,最后抱住了一根木头。冰块把那根木头推到了河边,赛特克一头栽到了岸上。后来,一个为财主放牲畜的人来到河岸上,救起了昏迷不醒的赛特克。财主把赛特克殴打了一顿,并且让赛特克包赔被冲走的木头。至于托乎特大叔,就在当天惨死在水中了……

白赫特凝视着水流,心里充满了对旧社会的仇恨。看啊,他现在也在放木排了,但是,他的前面不会有突发的灾难。因为现在水正是适合放木排的时候。领导上采取了许多安全措施,木材捆绑得很牢靠。更主要的是,他们的心里燃烧着热爱新社会的烈火。"是的,"白赫特想,"在这样幸福的时代,不要说雨里,就是火里我也不会叫苦!"

木排速度均匀地前进着。雨,紧一阵,慢一阵,下了两个钟头。

河里到处是水泡,风不停地刮着。天黑了下来。白赫特的眼角发涩,他驱赶着疲倦和瞌睡,用力划着桨,同时听着热西特师傅唱着自己编的歌谣:

  加油干哪加油干,
  为革命啊多贡献!
  为了党啊,为了毛主席,
  添荣光啊加油干!
  伊犁河啊翻波浪,
  木排手啊向太阳……

  "白赫特,到前面村里住下吧,你也够累了。"当木排来到河边的一个小村前的时候,热西特师傅说。

  "再走一会儿,到目的地去吧!"白赫特答道,"热西特哥,我不累。"

  天空像锅底一样漆黑,他们继续行进,在白赫特的生活经历里,这样的旅程还是第一次。他的疲倦不知跑到哪里去了。尽管穿上了厚棉袄,仍然有一点凉。在相当远的地方,在黝黑的土坡上,闪现出了村落的灯火,有阵阵马嘶传来。"到了!"热西特师傅说了一声,下令叫白赫特向前划,他自己把两侧的原木收拢起,把桨用力向后压去。木排缓慢地向左倾斜,靠近了河岸。离河岸差不多还有一米,热西特师傅把绑在木排一端的一盘缆绳抛了出去,随着一跳,上了岸,把绳子拴在树上,引着白赫特向灯火闪耀的村庄走去了。

  在行程的第三天,快到中午的时候,木排来到了波浪翻腾、流速很快的河面上。在木排上度过了三天,在生活里经历着最初的考验的白赫特,兴高采烈。路上曾经碰到几次麻烦,能干的师傅运用自己的经验,给白赫特上了最初的几课。白赫特开始懂得水的言语了。

  在接收木排的地方,热西特师傅和同来的年轻的新手受到了大家的欢迎。当人们知道了白赫特是赛特克大叔的儿子以后,白赫特就更引人注目了。

....

"白赫特能不能成为一个好的木排手,这次从木排上回来以后就知道了。等他一回来,我就要问他下一次还上不上木排。如果说'上',我可以认为他能成为一个木排手。"赛特克这么想着。

当公社的崭新的解放牌汽车载着木排手们回到堆满松木、铁链和木桨的场地时,车上的人们下来了。白赫特是最后下来的,微笑着来到父亲面前,向父亲问安。他的脸晒黑了,嘴唇被风吹得爆了皮。

"结结实实地回来了嘛!"赛特克大叔慈祥地看着儿子。这时热西特师傅也过来了,对赛特克大叔不住嘴地夸奖起白赫特来。白赫特不好意思地躲开了。人们四散开,场地上就剩下赛特克和白赫特了。赛特克仍然转着那个念头:

"听说后天还有五个木排出发,怎么样?你还去吗?"

白赫特干脆地回答:"去!"

赛特克大叔的心房里洋溢着慈爱和欢乐,丰满的、浅紫色的脸膛上满是笑容,圆圆的眼睛,笑得变成了两条长线。

原载《王蒙小说报告文学选》,1981年

自 我 矫 治

约翰·契佛〔美国〕原著

　　这个事发生在夏天。记得那年天很热,不论是纽约市还是我们居住的郊区。我和妻吵了一架,然后她——雷切尔带着孩子开着旅行车走掉了。她们走了两个星期以后,"汤姆"才开始露面——也可能是在这以前我没有注意。她的走与他的来像是有某种联系。雷切尔的出走意味着决绝。早先,她已经离我出走两次了。第二次我们离了婚,后来又复婚了。我注视着她离去的时候,心情总是很不痛快,但也焕发出自尊和神经质,作为补偿去接受这个痛苦的真实。我说过了,那是夏天,而且我也高兴,这一回是她找碴吵嘴。这回好像我们不必立即去办理离婚。我们前后一起生活了差不多十三年。我们有三个孩子,还有一些经济上的麻烦。我估计,她会和我一样地让事情随它去,等九月或十月再说。
　　这次分居的事发生在夏天,使我感到欣慰。一年的这一段时间,我的工作最紧张来劲,我经常会忙得顾不上想别的,哪怕是夜间。我还发现,对于我,夏天是一年中一个人过得最方便的时节。我盼着在安排好我们的事务以后雷切尔能够得到这所房子。我喜欢我们这所房子,而且想着在那里我能度过的日子已经无多。一些小的迹象表露了家庭的混乱。首先是狗后来是猫跑掉了。然后,一天晚上,回家以后我发现女仆莫琳喝得烂醉如泥。她告诉我她的丈夫在驻德占领军中服役的时候为一个女人陷入了情网。她哭泣着，跪下了。夏夜，这房间里，只有我们两个人，没有家属和孩子，这种情景奇异而且别扭。而且我知道，这种别扭会毁掉一个人的坚定。我给她喝了些咖啡，给了她两星期的工钱，用汽车把她送回家。当我们互道再见的时候，她似乎清醒和镇定了。这使我觉得，这样一种别扭会被忘却。这以后，我制定了一个很单纯的计划，本指望就这样过到秋天。

为了矫正自己的不切实际的肉欲的灾难性的婚姻，我下了决心，正像任何一个处于痛苦的矫治之中的人一样，我必须以极大的谨慎对待每个步骤。我决心不接任何电话，因为我知道雷切尔可能要后悔，一些可以预料的事情随时会把我们又搅在一块去。如果一连下了五天雨，如果某个孩子发烧，如果她从来信中得知了某个不幸的消息，这些就足以使她走向电话，但我并不愿意被引诱去恢复我们那不幸的关系。我想，分手后的头几个月的生活将是一种矫治。我计划了一个日程：每天早晨乘八点十分的火车进城，下午六点三十分回来。我要逃避那夏日薄暮下的空家。从火车站的停车场，我将驾车直接去一个很不错的餐馆——奥费欧餐馆。在那儿总会碰到某个谈话伙伴。同时我会喝两杯马蒂尼酒，要一份肉排。之后，我就驾车去斯托尼布鲁的露天影院，看一部上下集的故事片。所有这一切，包括马蒂尼、肉排和电影，它们的目的是为了麻醉自己，这还真管用。我不想见工作同事以外的任何人。

但是在一张空床上我睡不好，我得认真对付最近以来的失眠。当我看完电影回到家，我疲倦地睡去，却只能睡两三个小时。我尽量想办法入睡。如果下雨了，我去静听雨声和雷声。如果没有雨，就去听远处的噪音，那是一些运货卡车行驶在公路上。这使我想起大萧条时期我出门在外时的情景。汽车在高速公路上飞快地行驶。汽车装载着鸡肉，也许是罐头、洗衣粉或者家具。这声音对于我来说，意味着黑暗。黑暗、车前灯——还有青春，我这样想象着，声音显得令人愉快些了。有时，这雨或者车辆的噪声能够分散我的注意力，我便得以再次入睡。但这一晚上再怎么也睡不着,凌晨三点,我决定下楼去读点什么。

我打开了起居室的电灯并且浏览雷切尔的藏书。我挑了一本作者叫做"林语堂"的书,坐到沙发上,凑近灯盏。我们的起居室很舒适。书看起来蛮有趣。我们居住的这一小区大多数人家的前门是不上锁的,这条街夏夜里显得很安静。所有的动物都是驯化了的,唯一的我听见过鸣声的夜鸟是一些猫头鹰,它们栖息于远处铁路轨道附近。所以这里是非常安宁的。这时我听到巴斯托家的狗的短促的吠叫,似乎它为一个噩梦所惊醒。很快,吠声停止,一切复归安静。这时我听到了脚步声和咳嗽声——离我很近。

我感到我的肌肉变得僵硬了——谁都知道这种感觉,尽管我感到我在被窥视,但我的视线没有离开书。直觉一类的事是可能存在的,但我很得意,我不在乎。可是,尽管眼不离书,我仍然感到我被注视,而且知道是某个想冒犯我的私生活的人,从起居室另一端的雕花窗子外面注视着我。坐在一盏灯下面,被黑暗所包围,这使我感到自己缺少保护。我掀过一页书,假装接着往下读。这时,一种恐惧,一种比窗外莽汉的恐惧更糟糕的恐惧搅乱了我,我怕所有的这些咳嗽、脚步声和被注视的感觉,仅仅是自我想象。我抬起了头。

我看见了他,是有个人,而且我想他是冲着我来的。他在咧着嘴笑。我关上灯,外面太黑!而我的眼睛又习惯了阅读的灯光,看不到窗玻璃外的任何形体。我跑进过道,打开前门旁边路灯(灯光不太亮,但足够看见任何穿过草地的人),走回窗子,却看不到任何人站立在那里。那里有的是地方可以隐藏。走道的尽头有一大片丁香灌木丛,足以藏住一个人。院子里还有紫丁香树,还有剪过枝叶的枫树。我没有抄起一把古代武士用的佩剑去追逐对方。我关上路灯,然后伫立在黑暗中,揣想他究竟会是谁。

我从来没有与夜间活动的人们打过交道,但我知道有这种人。我猜想,他可能是从铁路边放置货物那一排排的工棚中走出来的一位老朽。也许为了我的意志和需要，我总该想得愉快至少是平静些。我甚至同情地想到他是老了，外出是被迫的，不得不离开家，踯躅在一个陌生的居民区，又怕狗又怕警察。而这个可怜人最后只看到了一个男人在读林语堂的书，或者，是一个女人在给她患病的孩子喂药，或者是一个什么人正在吃冰镇的辣椒烧肉。当我重新走上黑暗的楼梯的时候，我听到了雷声，顷刻，降下倾盆大雨。而我挂记着这位可怜的潜行者，他要在暴雨中走很长的路回家。

四点过了，我躺在黑暗中，听着雨声和清晨火车进站的声音。火车是从布法罗、芝加哥和遥远的西部开来的，黎明穿过奥尔巴尼，沿着河流向南开去。这些地方，大部分我都曾经去过。我在黑暗中想象着南极的空气，普尔门式卧铺车厢，夜礼服和餐车里的水的味道。我想象着在克利夫兰或者芝加哥度过一天而在纽约开始另一天的滋味，特别是如果你离开纽约已经两三年，你的归来又是在夏天。我躺在黑暗中设想着雨中黑暗的火车车厢，准备好了早餐的餐桌和餐车的气味。

第二天非常困倦，但我还是坚持上了班，并且在回家的火车上打了盹。我本来马上就可以睡觉的，但我可不想轻易去睡，我照例去了奥费欧餐馆，然后是电影院。我看了一部糟透了的上下集电影，头昏脑涨，确实是一上床就睡着了。这时，电话铃声惊醒了我。正是夜两点。我躺在床上等电话铃的停歇。我知道，我太清醒了，此时，夜里任何外界的声音——不论是风声还是车声——都令我难以入睡。我下了楼。我不希望"窥视别人的汤姆"转回。但我读书的灯光在这黑暗的住宅区中十分显眼。所以我又打开了大门边的路灯，然后坐下来继续读林语堂。巴斯托家的狗又叫了起来，我放下书，注视着雕花窗户，我要设法判定那个"窥视别人的汤姆"是否要来，如果他要来的话，我要在他看到我之前先看到他。

我没有看到什么，什么也没看见。但过了几分钟，我体验到那可怕的肌肉僵硬。可以肯定，我是在被窥视着，我重新捡起了书，不是为了阅读,而是为了向那人显示他的再次到来并未使我惊慌失措。当然,这里有许多别的窗子。我考虑了一分钟,那人今夜到底挑选了哪个窗前去站立。后来我发现他就站在我的后面,在我的背后,这使我恐惧也使我很恼火。我跳了起来,没去关灯,从钢琴上方的窄窗中看到那个窥视的家伙的面孔。"滚开!见鬼去吧!"我大叫,"她已经走了,雷切尔不在这儿!这儿没有什么好看的,离我远点!"我跑向窗户,那人走了。

由于我大叫大嚷,由于房子里空空荡荡,我琢磨着说不定我在发疯。这窗外的面孔可能又是我的想象。我拿起电筒,走出室外。

在窄窗下有一个花坛,我打开电筒瞧着花坛。是的,他来过这里,松土上有脚印。他踩了一些花。我追踪他的足迹。走出花坛,来到草坪边,发现了一只男人用的卧室漆皮拖鞋。拖鞋有一点破了,是穿旧了的。估计它是属于一个老人的,但不可能是任何仆人丢下的。我猜想汤姆是我的邻居之一。我把拖鞋高举抛出,扔到对面巴斯托家的混合肥料堆上,然后回房间,熄灯上楼去卧室。

第二天,有一两次我想去报警,但想不出个究竟。当晚,站在奥费欧酒吧的柜台前等待着牛排做好端来时,我再次考虑这个问题。从表面上看,事情是荒谬的,我明白。但是,那种再次看到窗外的人的面孔所引起的恐怖是真实的,而且这种恐怖是有增无已。我不明白,为何偏偏当我试图全面调整自己整个的生活的时候,却要忍受这一切。屋外暮色重了,我走向公用电话,并且拨了警察局的号。接电话的是斯坦利·麦迪逊,有时他在车站指挥交通。当我说完我要向他举报一个潜行者的时候,他嗯了一声。他问我雷切尔是否在家。然后他说,这个村庄,自从一九一六年建立以来,从来没有这样的抱怨记录在案。他说的时候带着那样一种可以理解的得意,那意思是我们都是了解邻里的。我已先期陷入尴尬的境地,斯坦利说话的时候倒像是我在故意败坏我们这个阶层的人一贯珍重的价值。他继续说,这里只有一个五人的人力不足的警察队伍,低薪而又多劳。他说如果我需要在我家附近设一个警卫，我需要在市政改进协会的下次会议上呼吁扩大这支警察队伍。他尽量不用不友好的口气说话，而且在结束谈话的时候向雷切尔与孩子们致意。当我离开公用电话间的时候，我深感自己犯了个错误。

夜晚，一场大雷雨在看电影的中途降下来，一直下到天亮。我想是暴雨把"汤姆"挡了驾，我没听到也没看见他。但第二天晚上他又来了。我听到他大约夜里三点到来，一小时之后离去。我的目光没有离开书本。我分析他可能是个无害而讨厌的家伙，而只要我知道他是谁，只要我知道他的姓名，他对我的骚扰力就会失去，而我就会重新实施我的"矫治"日程。我回楼上去的时候仍然琢磨着他的身份，我完全可以肯定他来自这一片住宅。我怀疑是不是哪个朋友或者邻居带来了一个疯疯癫癫的亲戚。我回想着每个我认识的人的名字，试图联想起他们的某个古怪的叔叔或者爷爷。我相信，如果我能在夜晚黑暗中摆脱这个陌生人，一切就会恢复正常。

次日早晨，我去到火车站，穿过站台上的拥挤的人群，寻找着那个扰乱我的陌生人。尽管只是模糊不清地看到过他的面孔，我想我是可以辨认出他来的。接着我看到了他。事情就是这样简单，他和我们大家一样，在站台上等候八点十分的火车，但对于我来说他并不是个陌生人。

是赫伯特·马斯顿。他住在一所黄颜色的大房子里，靠近布伦霍洛大街。如果说在我的脑子里还有什么疑问的话，那么，当他看到我已经辨认出了他时，他的表情已经做了回答。他看来胆怯而且内疚。我开始走过站台去与他说话。我打算说："马斯顿先生，我并不在乎你夜间站在我窗边张望。"我的声音会大得足以使他尴尬，"但是请不要踩坏我的妻子种的花。"我停下了，因为我看他并非单独一人，他和他的妻子与女儿在一起。我走过他们的身后，站在候车室的一角，打量着这一家子。

从马斯顿先生的举止看来，当他发现我打算惊动他的时候，表现并无异常。他长着灰头发,中等略高身材,一个瘦削的脸孔,估计年轻的时候也是英俊的。一个人如果做了亏心事,就会被自己面孔的抽搐和变色泄露出来,我深信这一点。但这回不灵了,当我搜寻他的神态的标志的时候,我失望了。他显得安详、自信,而且正派。起码比在四处找工作的那个查克·尤因,或者那个儿子患有小儿麻痹症的拉利里·斯潘塞以及其他够一打的人看起来要好得多。这些人也站在站台上等火车。

接着我瞧着他的女儿莉迪亚。莉迪亚是我们的居住区域最漂亮的女孩子之一。我们曾有一两回一起乘火车。我知道她志愿为红十字会担任秘书工作。这天早晨。她穿着蓝衣裙,裸露着胳膊,看起来是那样纯洁、美丽、甘甜,我实在不能因为任何事情而去打搅或者伤害她。

然后我打量马斯顿夫人。有了,如果说这里有什么征兆的话,征兆就在她的脸上,虽然我不懂她有什么理由为自己的丈夫的放肆而痛苦。天很热,但是她穿着烟色外衣,披着一块旧毛皮。她的面色灰黄不佳,含着一丝微笑。甚至当她注视早班火车的时候,她也带着一种捉摸不透的微笑。这张脸孔的形状,看起来是在很久以前,为着一种暴烈、甚至是恶毒的情欲的暴烈而生就的。后来,年复一年的祈祷和节制淡化了这种狂暴的痕迹,只在她的唇角和眼角还留着几条丑陋的纹络,这才使她得到了这样一种坚定而又拒人千里之外的样儿。我想,当马斯顿先生穿着浴衣在后院转悠的时候,她会为他而祈祷的。我曾经希望知道"汤姆"是谁,现在我知道了,我并没有觉得好过一点。我看着这位灰头发的男人和他的美丽的女儿和他的老婆在一起,心绪恶劣。

当晚,我决意留在市区并且去参加鸡尾酒会。酒会在一处摩天大楼旅馆的套间里举行,往上走,往上走,还要往上走。一到那里,我就离开人群,走到平台上去找个人共进晚餐。我希望能找到一个漂亮的女孩子,穿着新鞋子。但是,似乎所有的漂亮女孩子都去海岸边了。那边站着一个头发灰白的妇人,还有一个妇人戴着松松垮垮地耷拉着的帽子。我看到了格雷斯·哈里斯,我曾经与这位演员见过几回面。她是个美人,但已经褪了颜色。我们从来就没怎么交谈过,但这个晚上她给了我一个亲切的微笑,很亲切但也很忧郁。我立刻想到的是,她大概听说了关于雷切尔离我而去的事。我也朝她淡淡一笑,然后走向酒吧,在那里碰到了哈里·珀塞尔。我喝了点东西并且与他谈话。我扫视了房间几次,每次都碰到格雷斯的非常阴郁的目光。我怀疑她是否认错了人。有许多这样的青春已逝的美人,长着紫罗兰式的眼睛,她们其实是半瞎的。我想,她大概看不清这间房子。时间愈来愈晚了,而我无事可做,我继续喝酒,哈里去洗手间了,我独自在酒吧站了几分钟,这可太久了。格雷斯·哈里斯,本来和一伙人呆在房间另一边的,现在向我走来。她径直走来,把她的雪白的手放到我的手臂上。"可怜的孩子,"她低语说,"可怜的孩子。"

我不是孩子,也没什么可怜。我希望她见鬼去。她有一张聪明的面孔,但那个晚上我从中看到了许多阴沉和恶意。"我看到了一根绳索套在你的脖子上。"她悲哀地说。然后她抬起手,放开我的衣袖,走出房间。估计她回家了,因为我再也没有见着她。哈里回来了,我没有告诉他发生了什么,我尽量不再想它。我在酒会上呆了很长时间,坐晚班车回家去了。

我记得我先洗了澡,穿起睡衣,躺下了。刚一闭眼,我看见了那根绳子,它的一端是一个杀人的绞环。其实我当时就知道了格雷斯·哈里斯的话的意思,她有一种预感,似乎我会上吊。绳子正在缓缓地占据我的意识。我睁开眼,考虑次日的工作。但是当我阖上眼皮时,出现了一瞬间的空白,从横梁上落下了绳子,在空中摇摆。我睁开眼想我的办公室,闭上眼,还是绳子,仍然在摇荡。那一夜不论什么时候,只要闭上眼睛想睡,好像睡意与黑夜的痛苦就较上了劲儿。当看得见的世界退去之后,唯有一根专横的绳子占据着全部空间。我起床,下楼,打开"林语堂"。我只读了几分钟,听到了马斯顿来到我的花坛。终于,我想我已经知道了他是来窥视什么的,这使我感到恐怖。我关掉电灯一跃而起。窗外黝黑,我看不到他。我思谋家里是否有什么绳子。我想起了放在地下室的儿子的小游艇的缆绳。我下到地下室。平底小船放置在工作台上,确实有一条缆绳,长度足够一个人上吊。我上到地面,到厨房去拿了一把餐刀,回地下室割断缆绳,然后抄起一些旧报纸,把绳子和旧报纸放入火炉,我打开通风口,把绳子烧成了灰。我重新上楼上床。我觉得似乎安全了一些。

我已不记得我有多久没有睡过安稳的觉了。反正早晨起来头晕脑涨。尽管隔窗望去,天气晴朗,我并不感到愉快。天空、阳光和一切的一切看来都那么暗淡和生疏,好像我从很远的距离来看它们。将会见到马斯顿一家的想法使我厌恶,我躲开了八点十分而宁可乘坐下一班车。脑海里仍然浮荡着一根绳子,在上班的路上,我不止一次看见了这根绳子。熬过了上午,我告诉秘书下午我不回办公室来了。我约好了内森·谢伊在大学俱乐部共进午餐。我到得比较早,要了一杯马蒂尼。离我不远有个老家伙,正在向他的友人解释他的生活习惯的合理性。我产生了一个强烈的冲动,想把一碗玉米花扣到他的脑袋上。但我只是默默地喝酒,并且注视着一只长颈的薄荷酒瓶上套着的酒吧服务员的手表。谢伊进来了,我又陪他喝了两杯酒,在杜松子酒的麻醉下,混过了这顿午饭。

我们在公园大道分手。马蒂尼的酒劲儿也离开了我,我又看到了绳子。大约下午两点,青天白日,但我觉得天昏地暗。我走到谷物交易银行,用支票支取了五百元现金,然后到布鲁克斯兄弟百货店里买了几条领带和一包香烟,再上楼去看服装。顾客很少,但在他们当中我发现了一位姑娘或少妇。看起来她并没有别人陪伴,我猜想她正在为她的丈夫挑选商品。她长着金色的头发,那么白的皮肤,像一张薄纸。这一天非常热,但她很清凉,好像打从拉依或者格林威治登上了火车就保持着浴后的清爽。她的胳臂和双腿都很美,但她的面孔看起来很务实，有一种幽默感和家庭主妇的实在，这种实在劲反而突出了她的腿与臂的美丽。她从我面前走过，按了一下电梯的按钮。我快步走过去，站在她身边。我们一道下了楼，我跟随她出了百货店走向麦迪逊大街。人行道上很拥挤，我走在她身边。她看了我一眼，知道了我是在跟随她。但我敢肯定她不是轻易呼救的那种女人。她走到路口，等待绿灯放行。我也等在她的身旁，只有这样做，我才不至于轻声去对她说："女士，您能不能允许我用手掌去触摸一下您的脚踝？我要做的不过如此，而这会救我的命的。"她不再回头瞧我，但我看得出她有点害怕了。她穿过马路，我跟在她的身旁。一直有一个恳求的声音在我脑子里响："请让我把手放到你的脚上，这会救我的命的，请允许我这样做，我将乐于为此而向您付钱。"我掏出我的皮夹。拿出了一些钱。这时我听到身后有人在叫我的名字，我听出了这是经常出入于我们办公室的推销员。我把钱夹放回衣袋里，穿过马路，使自己消失在拥挤的人流中。

我走过公园大街，走过列克星敦，到了一家电影院。一股带霉味的冷风从通风孔吹下来，吹到我的身上。这冷风就像我早晨听到声音的火车，是从芝加哥和遥远的西部开过来的。电影院前厅空空荡荡，好像我来到了一所宫殿或者要人府第。我登上一个狭窄的楼梯，踏上急转弯，脱离开明亮的地面。楼道肮脏，墙壁裸露，楼梯一直把我引到了楼上大厅。我坐在黝暗的楼厅中，想着自己的无助，没有穿新鞋的漂亮女孩如期前来。

我坐火车回了家。我太累了，去不成奥费欧以及接着看电影。我驾车从火车站到家之后就把车丢到了汽车房里。在汽车房，我听到了电话铃响。我停在花园，等候电话铃响完。一走进起居室，就看见了墙上的肮脏的画，是我的孩子们在离去之前画的。他们大概有小桌那么高，当我吻他们的时候我需要跪下来。

我在起居室里呆了很长时间，睡着了，醒来后天色已晚，附近所有的人家都已熄了灯。我打开一盏电灯。神秘的汤姆该穿上他的浴衣和拖鞋了,我想,他该从后院和花坛窥探我了。马斯顿听到了巴斯托家的狗叫,就在这时电话铃响了。

"噢,我的亲爱的!"听到雷切尔的声音,我叫起来,"哟,我亲爱的,哟,亲爱的!"她哭了,她在西尔港,那儿连下了一星期的雨,托比发烧有一百零四度。"我现在就出发!"我说,"我开一夜车,明早就到你那儿,一早就到,噢,我的亲爱的!"

就是这样,一切都过去了。我拿起提包,洗净冰块匣子,驾驶了一夜汽车。从那以后我们比原来更幸福。就我所知,马斯顿先生再也没有暗中站立到我们的房屋旁。我常常在火车站台见到他,也有时候在乡村俱乐部。她的女儿莉迪亚下个月就要结婚了,而他的妻子由于出色的贡献。最近受到了一个全国性的慈善机关的表彰,这里是皆大欢喜。

发表于《世界文学》1990 年第 6 期

恋 歌

约翰·契佛〔美国〕原著

  杰克·洛里在纽约与琼·哈里斯相识几年之后，开始觉得她像一个寡妇。她经常穿黑衣服，她的公寓房间常常乱得出奇，就像殡仪员刚刚离去。他的这种印象可不是来自某种恶意。因为他知道琼与他是老乡——他们都来自俄亥俄州，而且差不多同时在三十年代中期到达纽约。他们年龄相仿，而且从他们呆在这个城市的第一个夏天，他们常常在下班后见面和共饮马蒂尼酒，他们常常共同去布雷乌尔特和查尔斯酒吧，或者在拉斐特吃晚饭下棋。

  琼在这个城市住下来以后，曾经去上过一所服装模特学校，但是由于她不太上相，没有学成。经过六个星期的头顶一本书走路的训练，她找到了一个差事，在朗香餐馆当招待员。在夏季的最后的日子里，她站在衣帽架边，沐浴在一种粉红色的昏暗的灯光下，伴随着颤抖的令人心醉的音乐。摇摆着她那又长又密的黑发和黑裙前去迎接顾客。她这时已是一个有模有样的大姑娘了，她的声音美妙，不论在哪里，她的面孔，她的整个风采，总是流露着一种文雅，一种健康的愉悦。她天真无邪而又不可救药地随和，她会在凌晨三点钟被叫起来，梳妆好去陪一个朋友喝酒，她对杰克就常常这样做。秋天，在一家百货商店，她充当了一组新手的领班。杰克和琼相互会面的机会愈来愈少了，然后很长一段时期他们不再见面。杰克跟酒会上结识的一位姑娘同居了,这样他再也顾不上去思忖琼的情况。

杰克的这位姑娘有一些友人住在宾夕法尼亚州。第二年春天与夏天,他俩常常去宾州度周末。所有这些——几家共用的乡村公寓、暧昧的关系、周末开往乡下的晚班火车——都正是他所想象的纽约生活,他衷心地感到快乐。一个星期天晚上,他与他的姑娘坐火车走利哈线回纽约。列车缓慢地移动在新泽西州地面上,拉着几百名"败兵",他们都经过了一场大规模的狂热的野游,有的脸上斑斑道道,有的腿脚一跛一拐。杰克和他的姑娘与大多数旅客一样,由于吃了过多的蔬菜瓜果而不胜负担。等火车停到了宾夕法尼亚站,他们随着人流向站台的自动电梯移动,当他们经过一扇宽大明亮的餐车的窗子的时候,杰克转头看见了琼。从打上次以来,这是他第一回看到她。那次是感恩节还是圣诞节,他记不清了。

琼和一个显然是醉倒了的男人在一起。那人把头靠在手臂上,趴在桌上,他的肘边是一个喝光了的玻璃酒杯。琼轻轻摇着他的肩膀并对他说着什么,她好像且喜且忧。侍应生已经把其余的桌子都收拾过了,站在琼旁边,等着她使她的保护者复活。这种尴尬的状况使杰克觉得为难。这个姑娘使他回忆起故乡的树林和草地,但他无法帮她的忙。琼不断地摇那男人的肩膀。人流推动着杰克走过一个又一个餐车的窗口,走过了气味很大的厨房,走上了自动阶梯。

此后,夏天他又看到了琼一次。那次他是在村里的一家餐馆吃饭。他和另一位姑娘在一起,是个南方人。那一年城里来了许多南方姑娘。杰克和他的美人为找一个餐馆而转来转去。这家餐馆倒是挺方便,但是饭菜太差,而且餐馆是用蜡烛照明的。饭吃到一半,杰克看到了琼在餐室的另一边。吃完饭,他穿过餐室去与琼打招呼。她身边有一个高个儿男人,戴着单片眼镜。他站到一边,僵硬地鞠了个躬,并且对杰克说:"见到你我们非常高兴。"然后说是去洗手间,便告辞了。琼说:"他是一位伯爵,他是瑞典人。每个星期五下午四点十五分,他都要上广播。这可真带劲!"看样子她为这位伯爵与这家糟糕透顶的餐馆而满心欢喜。

冬天来了,杰克从村里搬到了东区三十几街的一所公寓。一天早晨,他正穿过派克大街去上班,人群中他看到了一位妇女,他曾经有几次在琼的公寓里与她见过面。杰克与她打了招呼,并问起他的朋友。"你没听说吗?"她说,拉长了面孔,"也许我该告诉你,说不定你能帮着想想办法。"在麦迪逊大道,他们找了一家杂货店吃早点,她向他讲开了琼的故事。

那位伯爵正在搞一个好像叫做"北海湾之歌"的节目,他演唱瑞典民歌。人们怀疑他是个骗子,但这并没有阻止琼。他们在一个酒会上相识,情意绵绵,第二天夜晚就住到了一起。一周以后,他为背疼而叫苦连天,并且说他需要用吗啡。然后他整天要吗啡,没有吗啡就又打又闹。琼便去和那些江湖医生或者药剂师打交道。而当他们不再提供吗啡的时候,琼便跑到城市的阴暗的角落去找。朋友们担心不知道哪一天早晨,她们也许会发现琼躺在一个阴沟里。她怀孕了,她做了人工流产。伯爵离开了她,搬到了时代广场附近的一家低级旅馆。她担心他的无助,甚至设想没有她他会死去,她跟随他到了那边,继续与他同居并且为他买毒品。他再次弃她而去,琼等了他一星期,然后,她回到了自己与友人们居住的村里。

这个故事刺激了杰克,他想象着那位来自俄亥俄老家的无辜的姑娘,与一位野蛮的吸毒者搅到一起,干非法的事。早晨到办公室以后,他给她打电话,定了个时间,约她吃晚饭。他们在查尔斯餐馆会面。在酒吧里见到她的时候,她显得健康和平静,一如既往。她的声音甜美,使他回想起榆树、草地、挂在廊檐上的夏风中叮当作响的玻璃风铃。她与他谈起了伯爵。谈到他的时候她是宽容的,没有痛苦的表现,她的声调和她的性情,似乎无法表达爱情和幸福以外的任何东西。走向饭桌的时候,她的步子轻盈而且优雅。她吃得很多,说起她的差事,显得很热情。他们一起看了一场电影,然后在她的住宅前互道再见。

这年冬天,杰克碰到了一个女孩子并且决定与之结婚。他们在一月份宣布订婚,计划七月结婚。春天,在他的办公室,他收到了琼的一份请柬,邀请他去参加她的鸡尾酒会。星期六到了,他的未婚妻去麻省看望自己的父母,而他无事可做,便搭公共车去了。琼还住在原来的公寓里。这是幢没有电梯的房子。先要在门厅的邮箱上方按铃,然后会听到锁头刺耳的咯吱声,门才会打开。琼住在三楼,她的邮箱上插着她的一张名片,她的名字上方写着"休•巴斯康姆"。

沿铺着地毯的楼梯爬了两层,当杰克到达琼的房前的时候,琼穿着黑衣服,站在打开的房门前迎接他。互致问候以后,她领他进了屋,"我希望你认识一下休,杰克。"她说。

休是个大个子,红脸膛,蓝灰色的眼珠。他的举止是讨人喜爱的,他的目光因饮酒而兴奋。杰克与他交谈了一会儿,然后走向立在壁炉前的一个熟人,与他搭话。他开始注意到琼的房间的难以形容的凌乱。书放在书架上,家具也都很好,但是一切物品好像不知怎么搞错了地方,好像各种东西的放置都没有经过考虑,都是随便一扔。他开始感觉到这儿好像刚刚办完了丧事。

杰克在房间内走来走去,他发现有十来个客人他曾经在其他酒会上结识过。一个戴着色彩鲜艳的帽子的女经理。一个能够模仿罗斯福的男人。一对举止似乎经过严格的排练的夫妇。一位报界人士不停地扭收音机收听关于西班牙内战的消息。杰克边喝马蒂尼酒边与戴鲜艳帽子的女人交谈。他看着窗外的后院与树木,听着远方的哈德森湾那边的雷声。

休•马斯康姆喝得酩酊大醉。他开始把酒倒洒出来,好像饮酒对于他来说是一种开心的杀戮,而他正欣赏着流血与混战。他把威士忌从酒瓶中倒出来。他把酒倒到自己的衬衫上,然后又撞洒了别人的饮料。酒会并不安静,但休的嘶哑的声音还是压倒了其他人。休攻击一位摄影师,他坐在一角正向一位长相平常的妇女解释相机使用的技术。"您来这个酒会是为了什么呢?"休喊道,"如果你只是想坐在这儿盯着自己的鞋,你为什么不呆在家里呢?"

摄影师不知道说什么才好。他并没有盯着鞋子。琼轻轻走过来,对休说:"这会儿请别吵架,亲爱的,今天下午吵可不行!"

"闭嘴!"休说,"别管我!多管闲事!"他失去了平衡,为了挣扎着站住,他弄倒了一盏地灯。

"噢,你的可爱的地灯,琼!"一个女人叹气说。

"什么!"休吼叫道,"灯!玻璃!香烟盒!还有盘子!它们会杀了我的!"他把两臂伸向空中,胡乱挥动着,捶自己的头,"他们会杀了我!看在基督的分上,让我们都到山上,打猎,捕鱼,像人一样地活!看在基督的分上!"

人们开始四散,就像室内突然下起了雨。事实上,外面也真的下雨了。一个人叫杰克搭他的车回去,杰克赶快上了车。琼站在门口与狼狈地离去的朋友们道别,她的声音和表情依然显得温文尔雅,不像那些其他信仰基督教的女性,碰到晦气的事,念念有词,干脆只能添人心烦。她的样子好像根本忘记了那个吵闹的醉汉。那个人正在踱来踱去,拿起酒杯在地毯上摩擦,并且抓住一个酒会的幸存者,向他大吹大擂地讲自己离家出走、三星期不吃食的经历。

七月,杰克在都克斯伯利的一个果园里举行了婚礼,然后他与妻子到西恰普去度过了几个星期。当他们回城,发现家里堆满了琼送来的礼品,其中包括一打饭后喝咖啡用的杯子。妻子给琼寄去了她索要的收条,如此而已。

这年夏天的晚些时候,琼往杰克的办公处打了一个电话,问他干吗不带妻子去看望她,并且约他下个星期的某个晚上来。杰克为自己没有与琼联系而内疚,便接受了她的邀请。这使得他的妻子有些恼火。她是个贪心的女孩子,她喜欢的社交活动是有利可图的。她不怎么情愿地跟随杰克到琼的公寓去了。

写在琼的信箱上的名字,在琼之上加了弗朗茨·但泽尔字样。杰克与妻子爬上了楼梯,看到琼站在敞开的门口迎接他们。他们进了她的家,发现自己是处在一群客人中间,而这些客人当中,杰克觉得至少没有任何人是他所能够忍受的。

弗朗茨·但泽尔是一位德裔中年男子,他的面孔可能是因痛苦再不就是疾病而抽搐。他以那种周到精明的礼貌接待杰克和他的妻子,其用意似乎在于使客人意识到自己是来得太早了,要不就是过晚。他坚决要求杰克坐到刚刚他自己坐的椅子上,而他转而坐到暖气上。有另外五个德国人坐在房间四周,喝着咖啡。房子的一角有一对美国夫妇,他们看来很不自在。琼给杰克和他的妻子端去了小杯奶油咖啡。"这些杯子原来是弗朗茨妈妈的。"她说,"它们多可爱呀!当他逃离纳粹的时候,他从德国带来的东西仅此而已。"

弗朗茨转身对杰克说:"也许你愿意发表一下你对美国教育制度的意见吧?当你到来的时候,我们正在讨论这个问题。"

没等杰克张口,一位德国客人开始攻击美国的教育制度。另一位德国人也参加了进来,从这个问题谈到了他们印象中的美国生活的各个粗俗的方面并且概括地辨析德国文明与美国文明的差别。他们热烈地互相质问,在美国,你们谁能找到一样东西能赶得上密特罗巴的餐车?黑森州?慕尼黑的绘画?巴伐利亚的音乐?弗朗茨和他的朋友们开始讲起德语来了,无论杰克和他的妻子还是琼都不懂德语,而那另一对美国夫妇被引见之后就没张过口。琼高高兴兴地绕着房间转,给每位客人加咖啡,似乎这种外国语构成的音乐已经足以使她欢度一个晚上。

杰克喝了五杯咖啡,他非常不愉快。当他们为一个德国笑话大笑的时候,琼到厨房去了。杰克本来希望她能拿点酒来,结果她回来的时候端着一个托盘,上面放着冰激凌与桑葚。

"难道这不是令人愉快的吗?"弗朗茨问,他重新讲起英语来了。

琼收拢着咖啡杯子,当她准备拿着这些杯子回厨房的时候,弗朗茨叫住了她。

"是不是有一个杯子有了缺口?"

"没有,亲爱的。"琼说,"我从来不让仆人碰它们,都是由我亲自洗的。"

"这是什么?"弗朗茨指着一个杯口问。

"那个杯子本来就有缺口,亲爱的,你看,在你打开包装的时候,它已经有缺口了。当时你就注意到了。"

"它们到达这个家的时候,都是完好无损的!"他说。

琼走进厨房,他跟在后面。

杰克试图与德国客人交谈。从厨房传来殴打声,紧接着是一声哭叫。弗朗茨回到客厅,他贪婪地吃起桑葚来。琼端着冰激凌盘子走回来了。她的声音是文雅的。她的眼泪,如果她哭过的话,已经干了,干得快得像小孩子的泪水。杰克和妻子吃完冰激凌便溜掉了。这个乏味与恼人的夜晚使杰克的妻子耿耿于怀,杰克觉得,他再也不会去与琼见面了。

杰克的妻子在初秋季节怀了孕,她获得了所有将要做母亲的人的特权。她睡长长的午觉,半夜起来吃罐头桃子,诉说自己的腰。她有选择地只和那些期盼孩子的夫妇来往,她和杰克招待客人的酒会也都是适度的。五月,一个儿子出生了,杰克非常自豪和高兴。她生产之后,与杰克出席的第一次聚会是一个姑娘的结婚仪式,杰克早在俄亥俄就认识她一家人。

结婚仪式是在詹姆士教堂举行的,之后,一个盛大的招待会在河边俱乐部举行。有一个管弦乐队,打扮成匈牙利人,这里还有大批香槟和苏格兰威士忌。待到下午聚会快要结束的时候,杰克走到光线暗淡的回廊,听到了琼的声音:"请不要这样,亲爱的。"她说,"你把我的胳膊弄疼了,请别这样,亲爱的。"她靠着墙,被一个男人扭着胳膊。在他们看到杰克的时候,扭推停止了。他们三个人都很尴尬。琼的脸上有泪痕,她努力透过眼泪向杰克微笑了一下。他说了"你好",没停步继续走。等他回到这里,琼和那个男子不见了。

当杰克的儿子快到两岁的时候,他的妻子带着孩子坐飞机去了内华达,意欲与他离婚。杰克把公寓房子和所有家什都给了她,在格兰服务中心附近的一个旅馆找了一间房间。离婚的事按照常规得到了判决,这件事登载在了报纸上。几天之后,杰克接到了琼的电话。

"我真为你感到难过,杰克,听说你们离婚了。"她说,"她好像是个挺好的姑娘。不过,我不是为这事才给你打电话的,我需要你的帮忙。不知道今天晚上六点左右你能不能到我这儿来?有些事我不想在电话里对你讲。"

当晚他从命来到琼的住处,爬上楼梯。她的房间乱糟糟的,照片与窗帘都摘下来了,书籍收到了箱子里。"你要搬家吗,琼?"他问。

"这就是我要找你的原因,杰克。首先,我请你喝点东西。"她倒了两杯威士忌鸡尾酒,"我被赶走了,杰克。"她说,"我被驱赶,因为我是个没有道德的女人。住在楼下的那一对夫妇,我一直以为他们是挺文雅的人呢,他们告诉房产经纪人我是一个醉鬼,一个娼妓,还有其他各种坏事都有我的份。这不是太出格了吗?房产经纪人一直对我很好的,我不相信他会相信他们,谁料到他废除了我的租约!他还威胁我,如果我不答应,他就把事情搞到我的商店里去,我可不愿意丢饭碗!这位正经的房产经纪人甚至拒绝与我谈话!当我去到他的办公室,接待人员也斜着眼睛看着我,倒像我是个坏女人!当然,有时候有许多男人到我这儿来,吵吵嚷嚷,可是我总不能天天十点就睡觉啊,对不?而这个经纪人又把这一切明明白白地告诉了这一带的所有其他房产经纪人,说我是一个不道德的酗酒女人。没有人肯租给我一套房子。我去和一个看来非常高贵的老绅士商谈,他却向我提出非礼的要求。不是太出格了吗?下礼拜三我就得离开这儿了,我干脆得搬到大街上去!"

在琼描述这位经纪人瘟神和邻居们的时候,她看来和往常一样地镇静而且无邪。杰克十分注意地听着,没有发现在她的叙述中有什么愤怒、痛苦乃至于紧张。这使他回想起一支恋歌,一首忧郁而且撩人的小曲,那是由玛丽安·哈里斯为他的长兄长姐而不是为他们而演唱的。琼似乎正在吟唱自己的冤屈。

"他们把我整惨了。"她平静地继续诉说,"如果在晚十点以后没有关收音机,第二天早晨他们就打电话给经纪人,说是我又搞了一次狂欢。有一个晚上菲力普来到这里,你可能没有见过菲力普,他在皇家空军做事,现在已经回英国去了。那天菲力普还有些旁人在这里,他们去叫了警察!警察赶来闯入我的房间,与我谈话,好像我是个不懂规矩的家伙,接着他们就巡视我的卧室。如果他们认为有个男人呆在这里超过了午夜,他们就会给我打电话,说各种各样的脏话。当然,我可以把家具寄存起来然后去旅馆。也许某个旅馆可能接受一个有着我这样的名声的女人。不过,也许你能帮我找个公寓套房,这个……"

想到这样一个高大漂亮的女孩子受到她的邻居陷害,杰克很生气。他说他将做他能做的一切。他邀请琼一起去吃晚饭,但是她说她没有时间。

没有别的事好做,杰克决定步行回他住的旅馆。这是个炎热的夜晚,天阴着。路上,他看见一队人在麦迪逊广场和百老汇附近的一条小街上游行。街上没有路灯,附近一带的建筑也都黑着灯,他看不清游行队伍所携带的标语牌。后来到了有路灯的地方,他看见了他们举着敦促美国参战的标语。每一队游行者代表一个国家,他们是受到轴心国的侵略和占领的。他看着游行者们走进了百老汇大街。没有音乐,没有别的声音,只有他们踩到鹅卵石街面的脚步声。大部分人都比较年长,有波兰人、挪威人、丹麦人、犹太人和中国人。不多的几个和杰克一样无所事事的人站在路边,注视游行者穿过他们走过去,像是一队俘虏。他们当中有一些孩子穿得整整齐齐,为了上电视新闻。他们给市长送了茶叶、申请书、建议书、章程、账单和一叠标语。他们蹒跚着走过高楼投下的阴影,像是一群受到压抑和损害的人。他们向着格瑞里广场方向去了。

次日早晨,杰克把为琼找房子的难题出给他的秘书,秘书便给房产经纪人们打起电话来。到下午,说是在西二十几街找到了两三处,可以去看看。过了一天,琼来电话道谢,说她已选定了一套房间。

直到下一年的夏季,杰克才再次见到琼。那天参加完华盛顿广场附近的一次鸡尾酒会,杰克准备步行一段路到第五大道去乘公共汽车,路过布里乌尔特餐馆的时候他听到了琼在招呼他。琼和一个男人坐在餐馆外人行道的桌旁,她看起来稳重而又鲜亮。那个男人的仪表令人尊敬,他名叫皮特·布里斯托。他邀请杰克与他们坐在一起,参加他们的"庆典",就在这个周末,德国人进入俄国了,琼和皮特正在饮用香槟酒以庆祝俄国人对战争态度的转变。三个人共饮香槟直到天黑,然后吃晚饭,吃饭的时候又喝起香槟来。喝了更多的香槟以后他们去了法耶特,之后又去了两三个其他地方。琼总是那么轻巧和精神奕奕,她不愿意结束这夜晚的活动。直到午夜三点,杰克才摇摇晃晃地回到自己的住所。早晨醒来,杰克憔悴而且恶心,记不得前一个晚上,最后一小时或前后的任何事情,他弄脏了自己的上衣而且丢了帽子。直到十一点他才去到上班的地方,琼早已经给他打过两次电话了。他上班后不久,她又来了电话。她的声音毫不嘶哑,她说她需要与他见面。他邀请她到五十街的一家海鲜餐馆共进午餐。

当她轻盈地走进餐馆的时候,他站在酒吧前等着她。她看起来好像没有参与昨天那个倒霉的夜晚。她要和他商量卖掉她的首饰的事。她的祖母留给她一些首饰,她想把它们换成钱但是不知道该怎么做。她从她的手包里拿出一些戒指和手镯,给杰克看。杰克说他对首饰的事一无所知,但是他可以借些钱给她用。"噢,我不能跟你借钱,杰克。"她说,"要知道,我是为了皮特而搞一些钱,我要帮助他,他打算经营一个广告公司,他需要一大笔钱才能开业。"杰克没有再坚持自己的出借的建议,这以后午饭当中没有再提这件事。

此后他是从一位年轻的医生那里听到琼的消息的。这位医生是他们的朋友。一次他与这位医生一起吃饭,医生问:"最近你见过琼吗?"他说没有。"上星期我对她进行了全面身体检查。"医生说,"她经历了足以致常人于死命的事情——你永远也不会知道她经历了什么——而她的体格仍然像一个贞洁而又健康的女人一样好。你没听到她最近的事吗?她卖掉了她的首饰,为了让那个男人去经商。而他呢,钱一到手就离开了琼,去找另一位女孩子了,那个女孩子有一辆汽车——带活动车篷的呢!"

一九四二年春天,杰克被征召入伍。有差不多一个月的时间,他驻扎在狄克斯要塞。这段时间,只要得到允许,他就在傍晚到纽约来。他强烈地感受到这些夜晚带给了他一种"死刑缓期执行"的滋味,这种感受在坐火车的时候有增无减,因为,来自特灵顿的女人会递给他折了页角的《生活》杂志,递给他吃了一半的糖果盒,就像他穿的黄褐色军服整个就是裹尸布似的。一天晚上他在宾夕法尼亚车站给琼打电话。"马上就来吧!"琼说,"马上就来!你见一见拉尔夫!"

她还住在西二十几街,那是杰克为她找的房子。邻近是贫民窟。她的房前立着垃圾筒,一个老妇人在那里捡破烂,然后把破烂杂物塞到一辆儿童车里。琼所住的住宅是破旧的,但她的房间还是令人感到亲切。家具是原来的,琼仍然是高个随和的姑娘。"你能给我打电话,真让我高兴。见到你太好了,我要给你倒一杯酒,我也再来一杯。拉尔夫就该回来了,他说过要带我去吃晚饭的。"杰克建议和她一道去卡瓦纳,她说当她不在的时候也许拉尔夫会回来。"如果到九点他还不回来,我就做个三明治吃。我并不太饿。"

杰克说军队里的事,她则谈论商店。她在这同一个地方已经做了——做了多久的事了呢?他不知道。他从来没见过她在她的办公桌旁,也无法想象她工作的情景。"我实在是太遗憾了,拉尔夫不在。"她说,"我相信你一定会喜欢他。他不年轻了,他是心脏病专家,喜欢拉中音提琴。"他打开一些电灯,夏日的天空正变得昏暗。"在河边公路那边,他有一个乏味的妻子和四个不知恩的孩子。他……"

空袭警报的笛声打断了她。警报的噪音是这样痛苦,发出的好像是全市的悲惨与犹豫,好像由于被刺痛而突然跳起喊叫。其他地方的警报器也叫了起来,直到噪声充溢在黑暗之中。"让我再给你倒酒吧,该熄灯了。"琼说着,拿起酒杯。她拿了酒来,然后关掉所有的灯盏。他们走近窗子,他们注视着城市黑暗了下来,像孩子在注视暴雨雷电的天空。漆黑无光之中,只有一盏灯还在亮着。空袭警戒人员吹响了他们的哨子,远处的一座院子里传来了一声怒喝:"关灯关灯!你这个法西斯!"一个女人大叫道:"关灯!你这个纳粹法西斯德国佬!关灯!"最后一盏灯熄灭了。他们离开窗子,坐在没有光亮的房间里。

　　黑暗中琼谈起了那些离她而去的情人。从她所说的故事,杰克知道他们都过得很不好。尼尔斯,那位令人怀疑的伯爵,已经死了。休·巴斯康姆,那位醉鬼,随商船出海,在北大西洋失踪了。德国人弗朗茨,就在纳粹轰炸华沙的那个晚上,服毒自杀了。"我们一起听了广播,"琼说,"然后他回到他居住的旅馆并且服了毒。第二天早晨,仆役发现他已经死了,在卫生间里。"当杰克问起那位打算经营广告公司的人的时候,她好像一下子想不起来了。"噢,是皮特。"停顿了一下,她说。"是的,他总是多病。你知道,他是打算到萨拉那柯去的。但他一再推迟……一再推迟……"她停下来,听着楼梯上的脚步声,他猜想她希望那是拉尔夫回来了。脚步声近了,却在楼道的尽头转了弯又继续向房屋的顶层走去了。"我盼着拉尔夫回来。"她说,叹了一口气,"我愿意你们能够见面。"杰克再次邀请她一道出去,她拒绝了。警报解除以后,他道别了。

　　杰克乘船离开了狄克斯要塞,到卡罗里纳斯一个步兵的训练营地,然后从那里到了驻扎在乔治亚州的步兵师。他在乔治亚呆了三个月,他与一位住得起奥古斯塔学校的贵族女孩子结了婚。过了一年左右,他乘一辆日行汽车穿越了大陆。他感慨地想,在这个他所爱的国家,他看到的最后的城市是巴斯托这样的沙漠市镇,他听到的最后声音,大概就是海湾大桥上的有轨电车的铃声了。他被派往太平洋,二十个月后返回,别来无恙。得到一次休假的机会之后,他去到奥古斯塔,送给妻子一些纪念品,他是从太平洋的小岛上带回的。他与妻子以及她全家大吵了一场,在阿堪萨斯州办好了与她的离婚手续,之后,他到纽约去了。

她的鲜亮的面孔、黑色的衣装和柔和的声音有力地消除了他的三年时光和过去一切面目全非的感触,如果他有过这种感触的话。她邀他去参加鸡尾酒会,他在星期六下午来到她家,她的房间和客人使他回想起初到纽约她在家里举办的几次聚会的情形。有个女人戴着色彩艳丽的帽子。一位年长的医生。一个男人坐近收音机,听着来自巴尔干的新闻。杰克闹不清哪个男人是与琼在一起的,他断定是那个英国人,他从袖子里抽出一块手帕,然后对着手帕不住地咳嗽。果不其然,"斯蒂芬不是很出色的么?"过了一会儿,当琼和他同在一个角落的时候,琼问。"他了解波利西尼亚群岛,比任何人都知道得多。"

杰克不光是工作照旧,薪水也照旧。由于生活费用翻了一番,又由于他要给两个前妻付赡养费用,他不得不动用他的存款。他另找了一个工薪高一些的差事,但好景不长,他失望了。这没有使他慌乱。银行里他还有存款,再说无论如何他不难从友人处借到钱。他满不在乎,不是来自精疲力尽或者绝望,恰恰是来自过度的希望。他有这样一种感觉,似乎他是刚从俄亥俄州来到了纽约。那种他很年轻、最好的岁月还在他的生活之路的前面的感觉,几乎是他难以摆脱的一种臆想。在世界上他有的是时间。他住在旅馆,每五天换一次旅舍。

春天,杰克迁入了一处带家具的房子,在中央公园西侧荒凉的地方。他把钱花光了,当他感到一个职业确是十分必要的时候,他得了病。开头,他看来只是受了凉,然而总不见轻,后来又发烧和开始咯血。高烧使他终日昏昏沉沉,时而他醒过来勉强外出去咖啡店吃点东西。他断定没有任何友人知道他的下落,他为此而高兴,他没有考虑到琼。

一天早上,他听到琼与他的女房东在门厅说话的声音。过了一小会儿,她来叩叫他的房门。他躺在床上,穿着衬裤,裹着肮脏的睡衣。他没有应声。她又敲了敲门,走了进来。"我到处找你,杰克。"她温柔地说,"当我发现你来到这样一个地方的时候,我估计你经济情况不妙或者是病了。我去银行拿了钱,怕你万一是缺钱用。我给你带来了一些苏格兰威士忌。我想喝一点酒不会碍事的。不喝一点儿?"

琼的衣服是黑色的。她的声音低沉而且从容。她坐在他的床边的一张椅子上,倒像每天她都来护理他似的。他觉得她的面容有点粗糙了,但脸上的皱纹仍然很少。她丰满些了。她带着黑棉布手套。她拿了两个杯子,把酒倒到玻璃杯里。杰克贪婪地喝下了酒。"昨天晚上我三点才睡的觉。"她说。她的声音一度使杰克想起低唱的忧伤的歌。如今,也许是由于他生病的关系,她的温和,她穿着的丧服,她的隐秘的魅力,都使他不安。"那是一个这样的夜晚,"她说,"我们去了剧场,之后,有个人请我们到他那边去,我不知道他是谁。是一个有那么多陌生人的地方,有食虫植物,有一批中国鼻烟壶。人们为什么要搜集那么多中国鼻烟壶呢?我记得我们都在灯罩上签了名,可记不清许多了。"

杰克试图从床上坐起来,似乎有必要保护一下自己,接着,他重新倒到了枕头上。"你是怎么找到这儿来的,琼?"他问。

"很简单。我打电话给一家你住过的旅馆,他们告诉了我这个地址,我的秘书查出了电话号码。再喝一点好吗?"

"要知道,以前你从来没到我住的地方来过,从来没有。为什么现在来了呢?"

"我为你来了,亲爱的,这算个什么问题?"她问。"我认识你已经三十年了,你是我在纽约的最老的朋友。记得那个夜晚吧,在村里,下雪了,我们一起呆到了天亮,喝了柠檬威士忌酒算晚餐,那并不像十二年前的事呢!还有,那天晚上……"

"我不愿意你到这样一个地方来看我。"他严肃地说,一面抚摸着自己的脸与胡须。

"还有那些好模仿罗斯福的人。"她说,就像她是个聋子,没有听见他说的话。"还有斯泰顿岛上的那家餐馆,在亨利有了一辆车以后,我们常去那里吃晚饭。可怜的亨利!他在康涅狄格州买了一处房子,一个周末他自己一人去了。他点上一支烟睡着了,他的房子他的车库,所有的东西都烧掉了。埃塞尔带着孩子去了加利福尼亚。"她往杯子里加了一些酒递给杰克。她点起一支烟叼在嘴唇间。她的亲密的姿势使杰克心烦意乱。因为她不仅像是来看一位重病号,倒像是来看她的情人。

"等我病好些了,我会找一个好旅馆住,那时我会给你打电话的。谢谢你好心来看我。"

"噢,别为这房间而不好意思,杰克。"她说,"房子从来不让我介意,我才不管我是在哪儿呢。斯坦利在切尔西有一所糟糕的房子,至少是旁人告诉我那房子很糟糕,我从来没注意过它。莱茨常常吃我带去的食物,他常常把食物用灯链挂在天花板上。"

"我一见好就会打电话给你。"杰克说,"我想如果留下我一个人,我会睡的。我需要睡一大觉。"

"你是真的病了,亲爱的。"她说,"你大概是发烧了。"她坐到他的床边,把手放到了杰克的前额上。

"那个英国人现在怎么样了?"杰克问,"你还和他见面吗?"

"什么英国人?"她说。

"你知道的,我是在你家见到他的。他袖子里放着一块手帕。他老是咳嗽。你知道我说的是哪一个。"

"你大概是记错了人。战争开始以来没有什么英国人在我那儿呆过。当然,我可不能记起每一个人。"她转过脸,拿起他的一只手,把自己的手指插到他的手指里。

"他死了,是吗?"杰克说,"那个英国人死掉了。"他把她从床边推开,坐了起来,"出去!"他说。

"你病了,亲爱的。"她说,"我不能把你一个人留在这里。"

"出去!"他再次说,她一动不动,他喊了起来,"你究竟是一种什么样的下流鬼,你有办法闻得着疾病和死亡的气味?"

"我亲爱的可怜人!"

"观察死亡能使你年轻吗?"他叫道。"是这卑劣能保持你的青春吗?你是因为这才穿戴得像个乌鸦一样吗?噢,我知道无论我说什么都不能刺痛你。我知道不论是肮脏、下流、卑鄙、野蛮、淫荡……没有什么词别人没有说过你。可是这次你错了!我还不想死呢!我没有活到头!我才开始生活!美好的岁月还在我的前面!非常非常美好的岁月!等这一切过去,等时间到了,我会找你的。那时候,作为老朋友,我会叫你,给你一种观察死亡的肮脏的满足。可是在此之前,你连同你的丑陋阴郁的外表给我滚得远远的!"

她喝完自己那杯酒,看了看表。"我想我该在上班的地方露露面了。"她说,"晚些时候我再来,晚上我会回来的。那时你会好一些,亲爱的可怜人!"她走出并且关上了门。杰克听到了她踏在楼梯上轻盈的脚步声。

杰克把瓶子里的威士忌倒到了污水槽里。他穿起衣服。他把脏衣服塞到一个袋子里。由于病痛和恐惧,他颤抖而且呻吟。从窗口望去,他看见了蓝蓝的天。惊恐之中的他惊讶地发现,天空原来是那么蓝,白云竟使他忆起了雪花,人行道上仿佛有孩子们在尖声叫喊:"我是山大王!我是山大王!我是山大王!"他把烟灰缸里的烟蒂和他的指甲屑倒进卫生间。他用一件衬衫擦净了地板。这样,等那个下流的、寻觅死亡的形迹的女人傍晚到来的时候,再也不会有他的生活、他的身体的任何痕迹留下了。

发表于《世界文学》1990 年第 6 期

天　　鹅

詹·傅瑞姆〔新西兰〕原著

她们正准备外出,妈妈和费依和托迪站在门口,穿着几乎是她们最好的衣服。妈妈戴着缀有贝壳的草帽,费依穿着妈妈替她做的花格衣服,而托迪——噢,托迪到哪里去了?刚才她还在这儿呢。

"托迪!"妈妈唤道,"你要是不赶紧,我们就会误了火车!十分钟后就要开车了。还有,别忘了在海滨街下车。我想至少你爸爸说的是海滨街。快点,托迪!"

托迪拐过墙角从洗衣室跑了过来。

"妈,快点!我找到了盖普西,她的头耷拉下来了,就像别的猫那样,我看她快要死了。她现在在洗衣室里,妈,快点,她叫得可厉害了!"

妈妈慌张地瞧了瞧。"赶紧,托迪!回来,费依!盖普西没事儿。我们给她喝点牛奶,呶,牛奶罐子里还有一些。再给她裹上一条毯子。等我们回来,她就会好了。"

她们三个人急急忙忙赶回洗衣室。那儿很暗,只有一个有裂缝的小方窗,上面糊着褐色的纸,从那儿透过来一点光亮。那只猫躺在墙角处铜盆边的一堆口袋上。她的头下垂着,眼睛因为发烧中毒或别的原因而闪着光,不过还活着。她们找到了一个干净的旧锡盖子,倒进去一些热牛奶,又从一个架子上拽下一条满是灰尘的折叠起来的毯子。毯子每一层之间都相互粘连着,长满了绿色的毛。一条潮虫从它的沟沟棱棱里掉落到地面,沿着水泥地的裂缝慢慢爬到墙边一个隐蔽的地方。托迪甚至忘记了把它捡起来。她收集各种东西,包括潮虫、蚰蜒和蜘蛛。不过对付蚰蜒时要特别当心,当你躺在草地上打盹的时候,它们会悄悄地钻入你的耳朵并在耳朵里筑起巢来,害得你还得去找医生在耳朵上开刀。

她们给盖普西盖好,又一次拍了拍她。对她说:"盖普西,别担心,今晚上我们会回来照顾你的。我们现在去海滨了,再见。"

母亲不耐烦地在门口等着,再次催促:"快点。盖普西现在没事了。"

母亲总是说一切都会好的,不管是猫是鸟还是人,好像她都知道。她也真的知道,她一向是有把握的。

但是费依再一次溜回去朝洗衣室里看了看。她向小猫说:"我保证,我们就会回来的,你等着吧。"

紧接着,母亲、费依和托迪三个人来到了门外,母亲用胳膊做出一个扫地的姿势,把两个女儿轰到自己的前边去了。

火车和车站里的彩色图片,还有南美洲和澳大利亚。这瓶汽水你只能喝下一半,因为你已经吃得太饱了,火腿三明治由于不新鲜已经卷起了边,爸爸是这样说的,他什么都懂。兔子、母牛和公牛呆在外面的围场里,羊听到响声从房子边上跑开了。这一切都像是个梦。喀啦喀啦喀,咔嚓嘎嗒咔嚓嘎嗒。火车停下了,喘着气。一个人拿着棍棒敲打着车轮。橡皮管子正用来给机车上水。车厢里人声嘈杂。

"别忘记海滨街,妈,爸爸说过的。"爸爸早上六点就出去上班了,而且他赶不回来。没有爸爸怪别扭的,他总是很有办法。他搞来茶和汽水还有三明治,他知道火车到了哪一站,知道每一站在什么地方,为什么会在那里,怎么回事。母亲却不行,她总是拖拖拉拉,连汽水也来不及喝,她先要咳嗽,然后便压低嗓门和孩子们说话,以防车厢里的人听到而对她们想入非非。当孩子们问她站名的时候,她总是说我不知道。但她的身体巨大而且温暖,她会喂猫,会看猫的小小的环形的眼睛。而爸爸是严厉的,瘦骨嶙嶙,当他亲吻孩子们的时候,满脸的胡子扎人。

哎,海滨一定就要到了。

列车猛地一摇就停下了,吐出一团烟云,仿佛死去一般,仿佛停在海边再也不到别的地方去了,虽然这里还看不到海水。而车厢会渐渐走空,渐渐锈掉,人们再不会回来,好像他们已经到了头,好像他们发现,经过年复一年一再的旅行,他们终于到达了目的地。然而他们因为被迫移动而感到烦乱和气恼。他们的嘴里依然流连着烟味。他们伸出手去拿帽子、大衣和箱子。他们需要梳头和再次梳妆打扮。当然是已经到了,但这时你要显得干净利索,鞋刷得锃亮,头发整齐,还要擦掉鼻子上的油腻。费依和托迪注视着小箱子拉开又关上,这两个小姑娘知道,如果她们穿得鼓鼓囊囊,就肯定永远不算长大成人。人们打着平针和反针,毛线球整洁而安全地放在一个棕色的提包里,提包上有蜀葵和罂粟的图像,还有一个红色的大写字母,表示你就是你而不必担心是别的什么人。但是费依和托迪不用为这个操心,因为她们要去的地点是海滨。

这就是海滨。为什么大家不都去海滨呢?当她们走上两边长着云杉的大路的时候,她们觉得好像只有她们来这里。大道通往传来海水声响的地方,再没有别人在这条路上行走。他们都到哪里去了呢?为什么没有别的人呢?

"怎么回事,妈妈?"

"今天是工作日,小家伙。"妈妈微笑着说,"上班时间过了,人们在工作,我想是这样的。我不知道。可是我们到了。累了吗?"她看了看孩子们,用她们俩喜欢的那个样子,正像夜晚在别人家里,她们已经和表兄弟姐妹们玩腻了,想回家睡觉的时候那样。她会问:"累了吗?"那么费依和托迪就打哈欠,好像世界上再没有什么东西能帮助她们不困,而妈妈就会体谅而又溺爱地说是瞌睡虫钻到她们鼻孔里去了。但是她们现在可没疲劳,现在是白天,太阳和鸟都起床了,虽然天有点雨意。白天是不会困倦的,晚上人们才睡觉。

她们争着跑在母亲的前面,渴望把那悲凉的哭泣般的海水声转变成令人赏心悦目的海滩景色,泛着白沫的绿色长浪永不停息地在沙滩上涌来涌去。她们过去没到这儿来过,没到过这个海。她们到过别的海,那里离旋转木马、秋千和滑梯很近,去那儿的人们当中,有男孩子、女孩子和母亲们。这些母亲会议论我们是怎样喜欢嬉水,议论我、你、他——父亲或者别的老人,他们或许无所谓,但母亲对此总是相当在乎的。

道路是用石块铺成的,当女孩子们拎着篮子走到终点时,鞋底都磨平了。不过,这挺有趣,又有点莫名其妙,因为这里只有她们自己,没有别的家庭。费依想了一会儿,要是这儿没有海,也没有别的东西,又会怎么样呢?

但是大海在她们的耳边咆哮,这是真正的海。看,浪花打在沙石上散成白色的泡沫,海鸥叫着掠过水面,像是一片飞翔的白点。还有彩色的贝壳,一个粉红色的贝壳如扇,另一个像猫的眼睛——盖普西!再看水草,瞧,我找到了一片圆形的能劈啪作响的水草,一踩它就发出响声。你踩了这一脚,听到它发出响声。女孩子们都跑来跑去,踩个不停,劈里啪啦,随后又到处去寻找,找到便踩,听它发出的声音。母亲也踩了一下水草,瞧,妈妈也干了,她还捉到了一只螃蟹。

可总不能一直不停地往前走。

哪有地方我们能放东西呢?哪儿有旋转木马?哪儿能脱衣服?还有哪儿能买到冰激凌?

没有这样的地方。只有像是棚子的东西,上面落满了鸟粪,一堆旧报纸堵塞着一角。墙上歪歪扭扭地写着字。

"妈,我们要找的大概不是这个海吧?"

母亲看来也感到迷惑不解,"我不知道,孩子们,我准是……"

"找错了地方了吗?"托迪哭起来了。

"要找的不是这个海。是的,孩子们。"母亲说,"真奇怪,我肯定记得你们的父亲是怎样对我说的,但是我没有能找到。但是我记得,一定的。这真可笑,是吗?我没想到会是这样的,唉,事情并不像人们所想的那样,它们常常完全不同,令人伤心不已。我也说不清。"

"瞧,我找到了一块最大的海草!"费依叫道,她走到一边,专心致志地寻找会响的水草,"最大的海草!"她重复说,"你们来做证,快过来!"

这就好了,真的,这儿的海很好,你可以在泡沫变黄之前捧起它们,你可以脱下鞋,把脚伸到潮湿的沙子里,直到你几乎完全消失,并在西班牙出现为止。如果你向下一直沉下去,你就会到达西班牙。这儿还有一个小棚子可以进里面去吃饭,可以躲在那灯心草丛后面换衣服,但是你不能去游泳。

"不能下这个海!"母亲坚决地说。

她们觉得骄傲,这是一片出色的海,啊,很可爱。海的喧嚣传入你的耳朵,海水是绿色的、蓝色的和棕色的。海草漂浮。有鲸鱼、鲨鱼或海豹吗?我们要去的正是这样的海。一整天在沙上玩、跑、跳、翻跟头,寻找贝壳,用沙子做城堡,把自己埋进沙滩里,再钻出来,死去又活过来,像《圣经》上描写的人们那样。然后到小棚子里吃东西。因为天阴了,冷风摇着杉树冠,好像在说:"我要教训你。"把它前后摇晃着,就像在进行一种精力过盛的操练。

吃着番茄,火焰烤着你的脸孔。一阵烟冒了出来,这正是你所期望的阿拉丁和神灯。你盼望什么来着?

我希望永远像今天这样,而且父亲让我们坐在他的膝上颠上颠下。这就是那被遗弃的挤奶少女的故事。①

"托迪,现在轮到我了。不是吗,爸爸?"

"你们俩人都轮到了,来。"父亲没有外出工作。他在这儿生起

---

① 被遗弃的挤奶少女故事,不详。译者注。

了火,撅折了树枝,又快又好。父亲给我们看这看那并且给我们讲些东西的道理。为什么?世界上可有人了解一切吗?或者他们只是假装了解一切,因为他们不希望别人知道他们并不了解?为什么?

她们正要回家的时候看到了天鹅。"我们抄近路吧。"母亲说,她正在找路。"让我们穿过这段狭长的地带那边的咸水湖,很快就会到车站,然后便回家睡觉。"她微笑着,搂着她俩。一切都是温暖可靠,唾手可得的。外面的世界越是黑暗,你便越会感到安全,因为父亲和母亲在你的身旁,永远永远。

她们开始穿越咸水湖。天很快就黑了,黑暗悄悄地弥漫开来。啊,坐在火车上回家,列车员点亮了灯,光滑的座椅变硬了,眼睛越来越睁不开,海涛声在耳边回响,装满了贝壳的提包落在座椅背后,有的破碎了,流出沙子和海水。你抓的小蟹已经死了,僵直地落到地板上,发出一股咸咸的气味。

"我们就要到家了。"母亲说,随后一片沉默。幽暗而神秘的水。空气中充满了低语与沙沙声响。她们好像正在进入另一个世界,这个世界对于众人都是神秘的,而现在,被她们找到了。黑暗成团成片,越过水面,直向东方,浓密得仿佛一伸手就可以触摸到似的,很快它会膨胀弥漫到整个地球了。

孩子们不再说话。瞌睡虫是真的来了,她们累了。母亲忧伤无语,找错的海扰乱了她。她怎么了?她本来有把握发现不同的东西,就像她说过的那样。会有旋转木马、秋千和滑梯,都是孩子们喜欢的,还会有别的母亲,她们为自己聪明年幼的孩子而沾沾自喜。她怎么了呢?她们的目光穿过咸水湖,看到了天鹅,黑色发亮的羽毛,好像前来造访的夜幕厌倦了自己的形质,变成了鸟儿,成百的天鹅在水面上轻捷地憩息和移动着。为什么咸水湖上布满了天鹅,就像那神秘的忧伤之舟,神秘而又寂静。嘘,小声点,水说。呜——嘘,风儿吹过水面,除了草丛摆动的声响之外,万籁俱寂。远处,海似乎在呼啸,一个神秘的海,仿佛它已永远地钻入了你的脑海。还有天鹅,它们也在那里，在你的心里，平静而又安宁地注视着，睡着了，又注视着。除了平安、温暖和镇静，这里什么都没有，没有火车、大海、母亲、父亲，也没有潮虫、蚰蜒和蜘蛛。

那么盖普西呢？

当她们回到家里的时候，盖普西已经死了。

发表于《小说界》1991 年第 2 期

天 地 之 间

帕·格里斯〔新西兰〕原著

　　早晨,我走出院子,伸开双臂。看呀,我对我自己说。因为,我是孤独的,我只有你。而你是听不到我的话的。
　　看看天空吧,我说。
　　看看绿色的大地吧,我说。
　　我怎么会觉得这样的欢乐,又是这样自由呢?怎么会拥有这样的一天?这究竟是怎么回事?
　　这一刻,当我从室内走出的时候,寂静无声。完全没有声音,没有鸟鸣,也没有拖拉机辗磨。没有火苗劈里啪啦,也没有树枝折断的声响。在我清晨外出的时候,这寂静时刻似乎是单独为了我而准备的,为什么这样一种美好的感觉以及浑身的轻快,促使我把两臂伸开,再伸开?多蓝呀,多绿呀,我对着这寂静的时刻诉说。但同时为什么我又感到背部深处骨骼尖利地硌疼,而腹部的肌肉也不住地痉挛。
　　独自一个。朱丽和托玛蒂还在我身后的房间里睡着觉。其他人则是在沼泽地那边抓鳗鱼。里克依在围场以外砍劈去年秋天他伐倒的一棵树。
　　我开始缓慢地越过围场去找他,迈着沉重打结的双腿。穿过大半个围场的时候,我几乎唱起歌。由于喘气没唱出来,可是仍然充溢着唱歌的感情。怎么回事,一面是背部深深的扭曲和痉挛,一面又是歌唱的情绪?

他看起来有多么强壮、多么健康呀!他充满活力地、强壮地俯身向着树干,沉稳地握住锯子。许多天来我总是讨厌他,现在不知为什么,我突然又爱起他来了。锯子锯开了树,撒下了温暖的锯末。紫色的烟团升上了天空。当他抬眼看时,把手搭到背上,他从锯子的尖齿中看出了我的意思。他关上电门,声音震颤着消失了。

我要他们来,他说。

我们可以从这里看到他们,他们倾身向着沼泽地,寻找着鳗鱼洞。三声长长的口哨以后,他们抬起头,朝我们望着,不知就里地勉强地走来。

妈妈要走了。他说。

我们差一点就逮住一条,图利说。是吧,吉米?是吧,帕斯蒂?是吧,瑞尤本?

是的。他们说。

哪儿有①呢?丹尼说。

我再次告诉他。但是他跟着别人急速离去了。看着他们跑着叫着穿过草地是很愉快的。昨天,他们的活泼和喧嚷曾经惹得我心烦,但是今天看到他们在大草地上又叫又跳,在他们的胳膊上、腿上,粘着沼泽的渐渐干了的泥巴,我又觉得很高兴。

让爸爸把它赶出来!瑞尤本转过身叫道。他可以砰的一声把小羊赶走,是不是妈妈?

朱丽和托玛蒂醒过来了,他们走向我们,拽着一块毛毯。

你们别再来了。他们说着,从他的手里拿下了我的提包。

你们俩别再闹了。我说着,拉怀特和琼斯。

你们不能那样,两点的时候。

---

① 似指鳗鱼。译者注。

我们两点就走的。

你的男朋友会等着你。

我们的睡意可不能等。

我把脸孔贴近他的脸,感到他的手搂住了我的肩。

照顾一下我的妻子。他对他们咧着嘴笑了。

当然。还能有什么别的?

去吧,回家,给奶牛挤奶去。下回你见到她,她就劈成两半了。

我亲吻了所有从汽车车窗中伸出的面孔,然后站到了台阶上,挥了挥手,直到他们离去。接着感受到了水流的冲击。

"快!"我说,"水!"

浇湿了脚。是尿了。

你要干什么?在这么干净的走廊撒尿?蹲下!

抱到一个轮椅里,走开,抱到那边的棕色亚麻油毯上去。

等等。我会好的。我有话和姐姐说。

姐姐没空。

敢情,你们俩美了。等等……

那是个误会。夏天,你会穿着比基尼泳装回来的,麦肯度博士。

我们还要去一起滑水,跟我一起。正是这样。好吧,早晨与你们俩再见。

门撞开了,摇动着。姐姐跟随着。

女孩子们走光了,麦特兰德很快就会过去了。

好的,姐姐。

是的,姐姐。恭敬地说。

门撞开了,摇动着。

你①呆在桌案的尽头,潮湿而又灰暗,血污沾染着你脉动的头

---

① 这里的"你",似乎仍指鳗鱼,是"我"对鳗鱼说的话,因物而寄情。译者注。

颅。你的胳臂在新的环境里抽打着,而你的嘴圆圆地张开又闭上,拼命地吸着空气。所有的一切包括头、肩和张大的嘴都在大叫。它们被一根几英寸的绳子捆绑起来,就这样离开了你往日的生活。它们吸取黏液而且沐浴着你的头。

别动它,就让它在这吧,我说。

为什么?你的小家伙还不够多吗?

当然。但那并不表明你可以鼓捣它。

我们应该叫你收拾好你自己的小家伙吗?想想,在我们让她整整齐齐地骑乘以后,她会心满意足的。瞧这个小无赖!上帝也会吃惊的。

他们用亚麻布裹起你,并且把你和我一起放在这儿。

好吧,反正你在这儿了。他完全安排妥当了,你也是精疲力尽。我们要走了。我们会叫他们拿一杯喝的,"自由人"牌的。

门撞了一下,关上了。

现在剩下你跟我了。我要对你说,我今天早晨走出门来,你瞧,我说,可不知道为什么,感觉是这样好,尽管脊骨内里深处还硌得那样疼。不过现在我知道了,现在我要告诉你,你不会介意的。那并不是因为认识你,有你在这儿呆在我身旁才叫我高兴。不是因为这而使我今早扬头张望并且走了出来,以及其他的一切。快乐是由于我终于自由了。自由地甩掉了那个大包袱,那就是你。自由地脱离了疼痛和肿胀的四肢,那就是你。这样,今天早晨肌肉的每一个伸展就都使我开心了。

还有从嫉妒中解放出来。这些天我一直注视着他,他走过这些围场,健康又强壮。我赶不上他的脚步。我嫉妒他的光彩的跨越。但是今天早晨,我又能爱他了。

这就是为什么当我走进摇篮的那一刻,我的肌肉的每一个扭结都使我开心的原因,看看天空是多么蔚蓝,大地是多么碧绿。但是关于你,我没有什么想法。

而现在,你睡了。多快呀,你已经学会了这样平静而且有节奏地呼吸。很快他们就会来了,往我的手里放一杯水,然后把你带走。

你睡了,在我们的事情以后我也累了。你和我,我们曾经工作得很吃力,我们现在要睡了。靠近一点,我们要睡一小会儿。是吧?你还有我。

发表于《小说界》1991年第2期

白 雪 公 主

伊恩·夏普〔新西兰〕原著

简单的几根线条,艳丽的颜色,编织成锦绣风光,呈现出一帧色彩绚烂而又矫揉造作的画片,在暮色中闪闪发光。温柔的清风从野草丛中穿过。肥胖的猫头鹰点缀着精瘦的树干。星星在天上闪烁着亲切的光辉。山谷是静谧的。

小矮人们却注意不到这些。他们再也不把环境的美丽放在心上。对于他们来说,星星不过是天空的头皮屑。他们的小屋外露在外面的污水沟真是他们的幻想王国的耻辱,它污染了这里令人向往的氛围,亵渎了它的高雅,降低了它的品级。从早餐麦片袋上粗暴地撕下来的厚纸片胡乱地堵塞了破烂的窗户。灰尘的风暴覆盖了每一间房屋。洗碗池周围堆放着一叠叠歪歪斜斜、油腻不堪,足以传染伤寒病的盘子。粪便堵塞马桶已经一个星期,水箱不再能冲洗。到处都是耗子,它们在鸡舍里跑来跑去,搬运着饿死的鸡仔们的尸体碎屑。断了瓶颈的酒瓶乱丢在没有修剪过的草地上。

矮人们在污秽中坐下来,叹着气,他们放弃了清洗。他们除了悲哀地呻吟外什么也不做。他们成了七个污秽腐烂的小垃圾筒。他们的法兰绒衣服变成了跳蚤们的大蹦床。在他们的帽子上,蜘蛛凭借网丝荡来荡去。虱子舒舒服服、无动于衷地依偎在他们的胡须里。

小矮人们为了与白雪公主的离别而苦想、呻吟。他们怀念她从事家务时的欢快和活泼,怀念她欢乐的圣诞小铃铛的笑声。他们怀念她的发着月儿青光的眼睛、她的像平静的南极极地一样的皮肤和她的甩在颈后像黑色火焰一样的秀发。他们记得她高大的丈夫怎样用一双跳舞的大手突然把她永远地带走了。他们毫无希望地发着愁。他们注视着放在破烂的壁炉上的已经发黄了的明信片。这是最近一次白雪公主给他们的消息,那是一年多以前潦草地写来的。明信片写道:

　　唉,我真不能想象,在离开你们可笑的矮房子以前我的日子是怎么过的。现在我和我的丈夫把很大一部分时间消磨在电子水床上。我们打着可口可乐的嗝儿,沉浸在凯丝·夏绿蒂的唱片之中。说来难以置信,我丈夫用整整一支队伍来打扫我们的官殿,他们是由一帮低能儿组成的。再没有锅碗瓢盆,不再用臭肥皂,也不用硬毛刷子给小宝贝洗澡。不管怎么说,好好地过吧,对于你们这些形体不全的小傻瓜们来说,还能有什么别的选择呢?

　　　　　　　　　　　　爱你们并吻你们的白雪

　　矮人们哭泣着。他们没有未来,情况表明他们的聚合是徒劳的和空洞的。他们打开了煤气烤箱,但是没有点燃它。他们七个小小的身体蜷曲在烤箱门口,腿和屁股伸在外边。矮人们等待着,他们喘着气。他们的潮乎乎的眼睛变得越来越红。他们的腮帮子一鼓一鼓的,渐渐转成青色。他们小小的肺停止了呼吸。

　　　　　　　　　　发表于《外国文艺》1991 年第 5 期

天　赐　马

伊恩·夏普〔新西兰〕原著

我打开我的雪柜，发现了一只独角马。不，我不是指一种冷冻甜点心的新商标。我指的是一匹小马，鼻子上长着一只角。是一匹死马。我无法想象它是怎么来到这里的。我一人独居。

说实话，我本来指望它更纯净、更洁白、更神奇。这只长着铜色毛皮的小兽其貌不扬。它的牙齿发黄，眼睛充血，犄角破损、灰暗、弯曲。粘附在它下巴上的唾液活像一团糨糊。黑色的粪便堵塞着它的多毛的屁股。一支弩箭从它的脖子上的一圈伤痕中凸现了出来。

我应该给谁打电话？警察局？博物馆？动物园？皇家森林爱鸟协会还是消防队？我给阿诺德打了电话，他是我最好的友人。他是一个管子工，经常忙着去疏浚下水道、洗碗槽和抽水马桶，这使他对于人性的秘密获得了特殊的洞察。

阿诺德建议把它加上咖喱与杏子炖熟。

我决定去请教邻人。默夫和莫拉格·琼斯夫妇正忙于养育后代去填充少年教养院的空缺，说不定这只独角兽是他们某个讨人嫌的孩子闹的小小的恶作剧。

莫拉格·琼斯站在她的大门前，活像一座宏伟的石碑。她交叉着她短棍一样的小臂，把庞大身体的重心从一只脚丫子移向另一只脚丫子。她用她的灰眼珠审视着我，好像我是一条涂上了奇异颜色或有所暗示地夹起来的狗尾巴。她说话了。

"你疯了,脑子有病了,伙计。真他娘的疯了。你看上去是被我的孩子们附了体了。你就是这样一块料吗?"她挥动她的肥胖柔软的手腕子。"滚吧,要不我叫默夫来收拾你!"

默夫·琼斯用他的烂嘴叼下了一个褐色的酒瓶塞。"嘿,倒霉鬼!"他对我说,"你等着我踹你一脚吗?"

有什么办法呢?我最好忘记这一切,开车去找阿诺德玩牌。

但是没能去成。我不知道我到底对我的汽车做了什么,它也嫌弃我。它受了凉,它头疼,它拒绝拉我。我伸出钥匙去找发动机的锁眼,塞进了几厘米,又拔出来,重复这个过程。接着我把整个钥匙插到锁眼里面去了,转动了,抚摸着变速器的摇杆,轻轻地搬上搬下,骂了几句,没有任何反应。我的汽车情绪不佳,一动也不肯动。

我回到自己的住房。我从冰柜里拿出这只独角马,啪的一声折断了它的前左腿,把它抛到电锅里,然后到碗橱里寻找杏子。

发表于《外国文艺》1991 年第 5 期

简 明 三 联 画

弗朗西斯·庞德〔新西兰〕原著

　　她趴在花布床单上。她披着薄纱衣服，系着灰紫色的缎带。它们紧贴在她的臀部，遮挡了她纤细的腰身和她那按照透视原理显短的背部，叠盖在她的看不见的那一侧。她的面孔是白色的。她的眼睛是透明的。从她的左嘴角血液流淌到她的下巴上。她的头发从带着血迹的头顶缠绕开去，金色的发丝伸展出去越过了枕头。她的右面的枕头与被褥是白色的。血液缓缓地在另一边流淌。她死了，她绝对是毫无知觉的。

　　她仰面躺着，展露出她眼睛的玻璃迷宫。他看向眼睛里面，只看到了自己小小的影像、盾和挡板。在她的前额上，几条新鲜的血液向右转去，它们和另外一些干涸了没有转弯的血液一样，最后汇集到一个血团那里。一只手垂在床边，它的手指弯曲着，三个手指并在一起，小指与它们分离开，像是花瓣，大拇指弯向手心，血液滞留在掌缝和手指的间隙之中。

　　她趴在花布床单上，她披着薄纱的衣服，系着灰紫色缎带。它们紧贴在她的臀部，遮挡了她纤细的腰身和她那按照透视原理显短的背部，叠盖在她的看不到的那一侧。她的面孔是白色的。她的眼睛是透明的。从她的右嘴角血液流淌到她的下巴上。她的头发从带着血迹的头顶缠绕开去,金色的发丝伸展出去越过了枕头。她的左面的枕头与被褥是白色的,血液缓缓地在另一边流淌。她死了,她绝对是毫无知觉的。

发表于《外国文艺》1991年第5期

八 角 形

弗朗西斯·庞德〔新西兰〕原著

这间屋子是八角形的。在八面墙的每一面的上方,窗子占据了三分之二。有一扇门通向白色的、八角形的阳台,阳台围绕着房屋四周。门靠上三分之二的地方也装着玻璃。每一面内墙都是白色的,用黑漆在墙顶处刷写了数字:一面墙上是从一到四十五,下一面墙是四十六到九十,再下一面九十一到一百三十五,依此类推,每面墙四十五度,总共标示出三百六十度来。第一面墙,即标示了一至四十五的,有一个 N 字(表示北方)写在数字之前。第三面墙有一个 E 字(代表东方)写在九十一这个数字之前。第五面墙上则有一个 S 字(代表南方)写在一百八十一之前。第七面墙则是 W(代表西方)写在数字二百七十一之前。在天花板的 E 中心悬挂着一个铅锤,把铅锤拉长,可以用来校正任何物体,使它们获得一个基准以与地平线保持垂直。这间房子事实上成了一台罗盘。它的家具不多,一张单人床放置在靠墙三百一十六至三百六十之间。床上有一只绿色的尼龙睡袋,睡袋面料上有两个洞,填充睡袋的泡沫材料从洞中显露了出来。在发黑的睡袋口边缘,有一些蜡滴。往上,窗台上摆着上釉的白色蜡烛托盘,上面放着一支蜡烛。屋中央摆着一台由红色塑料贴面和钢管制成的桌子,旁边有两只椅子。靠一百三十五至一百八十之间的那面墙边,有板凳、洗碗池、炉灶、碗橱。板凳上摆着一台黄铜碗油灯、一台无线电话、一个盘子、一个碗,以及刀、叉、勺、杯、茶碟。唯一可以勉强称为装饰物的是一张邮政明信片,用图钉钉在二百七十一至三百一十五之间那面墙的顶端。它的画面是苏拉特的一个港口,那是贝辛港的星期天。尽管画面上有人,看来画面努力在表现一种绝对的寂静,只有一面旗帜在飘扬。通过窗户,可以看到松林,延伸到地平线的各个方面。东北方向三四英里处,有几英亩桉树,构成了唯一明显区别于松林的景观。一个男人坐在屋子中央的桌子上。他把头低着,埋在两只手里,你看不到他的脸。消防警报器正在呜咽。

发表于《外国文艺》1991年第5期

费 伯 镇

詹尼弗·康普顿〔新西兰〕原著

我打算给你们讲一个关于费伯镇的故事,这个城镇位于一个国家正中心的死点上,它与这个国家的其他城镇并无二致。

它有一个城镇广场

一个邮政局

一个志愿消防队

一个可以买到短袜、香烟和袋泡茶的铺子。

费伯镇与其他城镇并无二致,只除去一点——它没有孩子。在这个地方也有许多许多年幼的东西,说起来看起来倒也像孩子,但那些东西根本根本不是孩子。他们是无名者。他们没有姓名。他们没有灵魂。他们不知道日子时间。他们需要保护,因为街上有卡车

有蜜蜂

有湍急的河流。

这样,他们当中每一个的内心,都有着一个已经死去的人的灵魂。所以他们没有姓名,因为那些生活在这个城镇的人不能准确地肯定,到底是哪些人离开了这座城镇

这宁静的街道

这四周的绿色田野

他们的友人与亲属中的什么人正从这些无名者的眼睛望出来,

并保护着他们不受剪刀和过亮的阳光的伤害。

而那些死去的灵魂守护着他们自身的无名者是那样仁慈

幽默

无限忠诚

直到他们保护、警卫、照顾着的无名者已经六七岁了

十九或二十岁了

也许是三十三岁。

死去的灵魂们知道什么时候他们将要去别的地方,因为,那一天这儿有

空中的雷声

云雀疲惫得不再在天空行进甚至干脆不再嬉戏,而所有的绵羊都在荆豆丛的阴影中喘气。无名者将会停步于她或他的路程中并问:"什么?"气呼呼地。有时她或他问:"怎么回事?"甚至问:"见什么鬼?"这可能意味着一切的一切,但反正是气呼呼地。这样灵魂就可以得知时间到了,他们要像鸟儿一样从无名者们的心中飞出,到他们要到的地方去。那个地方

崎岖变成了平坦

河流倒流

光阴停滞

万物都是不可思议而又熟悉的。

于是无名者们死了。不。他们没有离开那宁静的街道与四周的绿色的田野。但他们是真死了。再也没人从他们的眼睛里望出来。再也没人给他们指路。当一辆卡车在这些宁静的街道当中横冲直撞叮叮当当地开过的时候,他们内心不再有什么在保护他们。他们中一部分人迷失了。然而他们的绝大多数仍在近处逗留着,但他们未必当真就在那里,他们没有形体,没有形状。他们丢弃一些东西。他们弄坏一些东西。他们不会说话。他们讲不出意思。城镇上的每一个人都知道是什么事情发生了,故而他们举行了盛大的葬礼。人人

都参加了葬礼。店铺关了门。连邮票也买不到了。让牛吃过饮过以后就让它们四散了,因为人人都去参加葬礼。人们和无名者们都来了。只有那位死者没有来,可能是他超速驾车在一个角落逆行,也可能是由于他不了解水深就贸然跳水,或者没有考虑到去年冬天洪水泛滥时淹没的柳树还遗留在水下挺立着。但是没有人哭泣,因为那只是一个短暂的葬礼。而结束了这个不长的仪式以后,大家将要到死去的那位家里吃火腿三明治

奶油圆面包

并喝一杯又一杯茶或姜汁啤酒,闲聊一番。

"我说从摘醋栗的季节以后一直没有见到你呀?"

"大概是吧。醋栗现在是早摘完了。苹果怎么样呢?"

"昨天夜里起了风,可是不妙呀。"

每个人都过得相当愉快。

然后,把死了的那位的衣服拿出烧掉,再把他们的玩具熊扔到阁楼上的大箱子里。这样,就再没有任何死了的那位(这是他们对他的称呼:死了的那位)知道过或使用过或号称自己有过的东西留下来了。有一套式样很特别颜色也很特别的衣服摆放在那里,这衣服他或者她打算一直穿到那个时候……

现在说说那个时候。

那个时候——这个名叫费伯的城镇有一个地方,关于它,我刚才还没有讲给你们听。它被称为"疑问之家",一个叫"疑问者"的女人独自生活在这里。她是费伯镇唯一的单独生活的女人,而所有的其他人以及无名者死者则与猪

与猫

与马

与火鸡

与金鱼等等

伙同而居在大屋与小屋里,在各种形状、面积与颜色的房屋之

内。但是"疑问者"在这个地方或这所房屋中独自过活,可这里实在既算不上一个地方也算不上一所房屋,这是"疑问之家"。她靠在门框上或者盘着胳膊肘从窗户向外望,观察发生在大街上的所有的事情。当然,时常有死者穿一套奇特的(比肮脏和破烂还要严重的)服装自言自语着走过来,同时视而不见地凝视天空,或者看一些东西或者寻找某个东西看或者诸如此类。人们以及无名者们根本看不到、感觉不到、不知道也不了解死者们,所以就有许多奇异的碰撞。

你瞧,这么多的马拉着运煤的车辆,狗跑来跑去。它们外出闯荡挡住了他们的路。它们根本看不到,感觉不到,不知道也不了解他们。也许他们确实感到孤独——死者是孤独的。也许是感到压抑。谁对死去的那位——她或者他——都一无所知。但是"疑问者"盯视着他们。这就有足够的特殊理由叫他们停顿一下。于是她说了一声"哈啰",这声"哈啰"就足以使她立即收住脚步。就在大街上。而其他的东西继续运转,正像一大堆无忧无虑的原子在再次返回这里的路上一样。

(我被她还是他着实搞糊涂了,故而从此后我准备只说她了,除非我想讲某个特别的他。好吗?)

接下来,"疑问者"打算邀请她进"疑问之家"喝杯茶,或者请她看小猫玩尾巴,或者任何其他好的借口,疑问者对找借口十分在行。某个时刻"疑问者"会向"死去的那位"提个问题,什么问题都可以,可以是任何问题,可以是"你对蓝色是怎么想的?"可以是"你怎么回家呢?"她不问别的问题,不问"你的茶要不要加糖?"也不问"你一向可好?"那样问就会有点别扭。不是当时别扭,是事后。就这么个问题,可以问任何事情。你看,甚至当"疑问者"邀请她进屋时,她不说"请进!"也不说"进来坐坐如何?"而是说"进来!"非常彬彬有礼,极其彬彬有礼。所以,尽管这么一个问题显然是随便泛指的,却又是有所指的。怎么回答是无所谓的,而且又显然,死去的那位不懂这个,一般都是含糊其辞地作出应答。这可是不好的。什么又是好的呢?

作为回答,说"蓝色是蛮好的"或者说"我步行回家",又好在哪里呢?闭着眼瞎蒙,信口开河,比讲废话还糟嘛。"疑问者"摇摇头,转过脸去。说到底死去的那位并不存在(在他们家里、在街上、在店铺、在邮局,以及外出在费伯的绿色田野上未曾看见未曾感觉未曾知道也未曾了解之后大概开始做这样的猜疑了)并且显然他们不存在,尚未存在。如果已经存在的话,他们就不会在中午时分围着这所"疑问之家"晃悠,浪费时间,这时正需要给卷心菜浇水,需要晾晒洗过的物品。但是他们存在的某些东西,属于他们的不多的那些东西,从"疑问之家"的门口悄悄地逝去了。或者是经过后门昂首阔步而去。因为"疑问之家"既有前门又有后门。反正他们离去了而且找到了某种出路。尽管如此,他们当中也还会有一两个就地坐下来。就地坐下,就地躺下,非常不愉快不幸福地就地呆下来,缩在一角或是日复一日地靠着墙。但是如果他们走开,常常走开,他们会一次又一次地受到邀请,直到他们弄懂进门的诀窍,他们会带着种种借口和说辞在屋里踱步,"蓝色不是粉红色","心安就是家"。他们用肯定的回答来骗某些人,又用否定的回答在一些人面前显得高深莫测。反正肯定或否定都不作数。没门儿。

与此同时,生活在城镇及其四周进行。季节更迭,卷心菜浇上了水,吃掉了。洗过的衣物一次又一次地晾晒好。死者们继续栖身于他们之中,但又不是他们中的一分子。他们消耗却不生产。他们无故大笑,倒着走路,离开城镇,跳下桥梁。事情恰恰会这样发生,多次发生。(我瞎说呢,事情常常发生,惯常发生,几乎是一向发生。)

有一天当

罂粟花谢了,它的光洁的嫩绿的子房在微风中摇动

鱼狗扎入河中去获取它应得的鱼

黑麦苗用舌头说话其实所有的苗草都会用舌头说话

有一天死去的那位会向"疑问之家"走去径直对着它走去然后进屋然后径直进屋,然后向疑问者说一句"哈啰",疑问者就会问:

"对于蓝色你是怎么想的?"或者是别的,随便什么别的,可以是任何东西,本来就这样这样就可以,死去的那位什么也不说,压根没说什么。他们不置可否。他们一言未发,根本未发一言。他们可能微微一笑,他们可能眉毛一挑,也许他们会和解地坐下。他们用不回答来回答。他们不发一言而说出了一切。他们没有必要回答,也没有回答。他们确实应该回答,也确实回答了。好吧,这事很难办,所以对于我来说,这事也很难描述。它可能占用了很长时间也可能快得如同天气变化。但是如果它当真发生了,它也就完全过去了。疑问者拥抱他们并且称呼他们——是的,称呼他们的名字,仅限于名,不包括姓。因为,居住在这个城镇的老居民们是这样被称呼的——玛丽、春天的小雨、邻居丫头、蕾拉的朋友、朱迪·蒙他妈、住在大路下面老磨坊后面那位——她是一位老女人,为这个城镇和她的名字的负担而不胜疲劳。

  接着发生的事情是,苏珊(或彼得)知道了他们各自的姓名,镇上的每一个人也知道了他们的姓名,同时他们在街道、在商店、在邮局互相以姓名打招呼,同时他们各自住进乡镇里一所房屋,穿上随便什么他们喜欢的衣服,他们也能够拿出他们放在阁楼的大箱子里的玩具熊,如果他们想要这样做的话,但他们通常并不想这样做,因为他们现在太忙,顾不上玩玩具熊,现在他们要

  喂牛

  割饲草

  天旱时给卷心菜和苹果树浇水

  卖邮票

  买邮票

  烤面包与纺织羊毛

  做计划

  在圆月下与城镇上所有的人一起喝葡萄酒和啤酒,注视无名者快活地奔跑在树影下,在河边草地内外,在每个人的影子下

他们互相告诉:"有一个办法去看到那个曾经……那边那个,那几乎就是……"

别人或许点点头,什么话也不说。

就这样生活和时间过去了,正像河流流下山峰,流向大海,穿过所有陆地,经过所有城镇和城市,尤其是经过他们生活居住并称之为费伯的这个乡镇。

附注:一九八九年三月我访问新西兰时,承蒙当地作家赠送给我一九八五年出版的新西兰小说集《新小说》(The New Fiction)。书中共收十七位作家的三十四篇小说,卷首有编者麦克尔·毛里西(Michael Morrissy)写的长篇介绍,是把这些新小说与"新批评派""新浪潮电影""新小说"(法国)相提并论的。这里介绍的《白雪公主》《天赐马》《简明三联画》《八角形》《弗伯镇》等便是其中的五篇。

伊恩·夏普(Iain Sharp,1953—)的小说《白雪公主》可以算是一篇翻案文章。作者一扫以白雪公主为中心的传统诠解,并讽刺了这种诠解的贵族意识,而以同情底层人民的语调写了七个小矮人的命运的悲苦,文章做得出人意料却又合情合理,也算是为世界、为社会、为历史,也为文学乃至为童话而鸣不平。他的另一篇小说《天赐马》内容荒诞,寓意也很有新意。

弗朗西斯·庞德(Francis Pound)的小说追求一种绘画的效果,含义比较蕴藉乃至晦涩。《简明三联画》似是在提供一点关于生命、死亡、暴力乃至性的暗示,上下颠倒,左右转移,而基本要素与构成不变的写法给人颇具特点的印象。《八角形》的写法也很怪,可以解释为对于数学化、自然科学化乃至工业文明化的环境与生活的讽刺吗?生活已经被机械地分割了,人是被动的。但是火警报警器在鸣咽。是一场什么样的大火会发生呢?这两篇小说虽然不大好解释,但画面清晰,用语简练,读之获得鲜明、深刻而又极为独特的视觉印象。从某种意义上说,这样的小说比画还像画,还留得下画面,还给视觉以"内刺激"。

女作家詹尼弗·康普顿(Jennifer Compton,1949—)的《费伯镇》,语式怪诞中透露出潇洒与讽刺。小说开宗明义说明费伯镇位于"死点"上,似在讽刺那里的生活的停滞、不开化、不发达与人的浑浑噩噩,乃至存在与不存在,生与死,回答与不回答,单数与复数也分不清,也混淆成一团一片。小说的结尾既光明又无奈,作者虽然嘲讽却并不偏激。费伯(fable)者,寓言也,究竟寓什么言呢,还需要读者共同辨析。

发表于《外国文艺》1991 年第 5 期

七　　年

爱德维琪·丹尼凯特①〔美国〕原著

　　下个月,他见不着妻子就满七年了。七,这是一个他瞧不上的,然而他发现是十分有缘的数字。每七天发一回钱。七个小时,午餐时间在外,算是他的白昼工作日。另七个小时是他的夜班工作时间。七,还是他的岁数的尾数:他三十七岁。而现在呢,再有七个小时,他的妻子就该到达了。也可能需要多一点时间,她必须等待行李,排长长的队入境,过海关,然后从肯尼迪机场滑动门的外面拥挤的接人的面孔中寻找丈夫。而且,这还要看从海地太子港②飞来的飞机是不

---

① 爱德维琪·丹妮凯特(Edwidge Dannicat),美国当代著名青年女作家,一九六九年出生于海地太子港,两岁时随父移民美国纽约。两年后被送到姨妈家抚养,学习法语,在家则讲海地的克里奥尔混合语。从小她就与姨妈一问一答地讲故事。十二岁时迁至布鲁克林父母处,又开始学英语。入大学时曾想学护理,后终于投身写作。在布朗大学她获得了法国文学人文硕士学位,此后任教于纽约大学等地。著有描写海地妇女生活的长篇小说《呼吸、眼睛与记忆》。短篇小说集《噼噼啪啪》曾获美国国家图书奖。

　　在小说《七年》里,爱德维琪·丹妮凯特描写了移居美国的海地人卑微和无奈的生活,也写了他们的美好的内心与对故国的怀念,读之令人慨然。作者笔触细腻,叙述与描写、现实与回忆、行为与内心、欢乐与辛酸结合起来写,此中有彼,灵动自如,但还不够精炼。译者翻译时采取先逐字逐句"硬译",再润色"软化"的方法。对小说中有关海地与纽约一些地点的具体描写,译者尽其所能从网上与地图册上查找了一些资料,作为注释,列于正文下面。译者注。

② 海地:东加勒比海国家,人口五百多万,多为黑人。太子港是海地的首都。

是延误或者干脆被取消,那也是常有的事。

他与另两个男子合住纽约布鲁克林东弗莱特布什的一处地下室。为迎接夫妻重聚,他清扫了他的卧室。他扔掉了一些樱桃红色的T恤衫,据他所知那是妻子最讨厌的。现在呢,他沿着裂了缝的木板梯阶爬上一层,去告诉女房东他妻子快到了。他的女房东也是海地人,是个会计个体户。

"你老婆要来,我这儿倒没有什么事,"她说,她正在微波炉里加热冷冻的甜食,"我只是希望她能讲卫生。"

"嗯,她是干干净净的。"他说。

厨房,是他唯一看到过的位于这所房子主体部分的房间。它一尘不染,所有的餐具整整齐齐地摆放在玻璃橱里。有一种松枝的香味从通气孔中传过来。

"告诉他们了吗?"她问。她打开微波炉,挪动两个塑料盘子,里头装着类似草莓乳酪蛋糕的东西。

"我告诉他们啦。"他说。

他等着她宣布要涨他的房租,她原来协议的是租给他一个人,不是两个人,她也许觉得一个男人应该意味着就是一个光棍汉吧。

"我不认为我可以继续这样安排,如果每一个男人的妻子都来到的话。"她说。

他无法向那两个人说什么。迈克和丹尼也有老婆,他无法想象他们的妻子会来或什么时候来和他们生活在一起。

"一个女人和三个男人生活在一块儿,"女房东说,"你老婆恐怕会觉得不怎么样吧。"

他想对她说她用不着判断他老婆的感觉是否会怎么样。其实对此他是有准备的,就在他宣布妻子要来的时候,他已经开始找房,而一旦找到房子,他就会搬走。

"那好吧,"她拉开了她的放银餐具的抽屉,"记住,从这个月开始,你得付全部款项了。"

"谢谢您,夫人。"他说。

当他走下楼梯,他责骂自己不该叫她"夫人"。为什么他的举动活像一个被辞退了的仆役呢?按照那个阶层的人的规矩才这么叫,没有办法。再说,即使他想表达自己对这个女人的尊敬,也并不是因为她属于上等人,会讲法语(虽然从未对他讲过),或者是因为他已经在同一间屋子里住了五年了,月租仍然仅仅是三百五十美元;如果说这一天他表现得彬彬有礼,那是他为妻子的到来所做的牺牲。

与女房东谈话后,为了把事情做细,他去找那两个住在地下室另两间房屋的男子。妻子到达的前一天,他曾去厨房找他们,发现他们穿得极少,裤衩松松垮垮,睡眼惺忪,摇摇晃晃,令他担心。

"你们想,她是个女人。"他告诉他们。他并不担心妻子会受到他们的吸引,他们只剩下了皮包骨,只是他们近似裸体的穿着会使妻子别扭的吧,如果妻子仍然像当初他记得的那样敏感的话。

两个男人表示明白。

"如果那是我老婆,我也会这样想的。"迈克说。

丹尼则只是点点头。

过了一会儿,迈克声明说,他们有长袍,他们会穿上的。

其实三个人都明白,他们没有长袍。可能迈克会去买一件,以表达对人家妻子的尊敬。迈克四十岁了,是三个人中的年长者,他建议把屋子收拾得漂亮一些,买一点绢花,往墙上挂一点装饰性的印刷品——当然不是裸体女郎。再点上点香草香,楼上的女人最喜欢的。

丹尼说他们俩再也不能共度良宵了。过去的日子,他们常常一起去"今日有约"跳舞,现在那儿已经改成塞内加尔夜总会了。从那个地方变得有名以后,他们还没怎么去过。阿伯内尔·路易玛①是在那儿被捕的,然后在附近的警察局里挨打和被鸡奸了。

---

① 阿伯内尔·路易玛:美国海地移民,一九九七年八月在布鲁克林一家夜总会外面被捕,后被纽约警察局三名警员殴打,并受到一名警察的野蛮的性侵犯。

他告诉丹尼往后不要再提这些个夜晚了,他妻子只知道他每天干活,白天的工作是在梅德加·埃弗斯学院当看门人,夜晚的工作是在金斯县医院当看门人,此外不知道他还有别的事。他没有对她讲过那些偶尔在凌晨和他一起回住处的女人。那些女人大多数也是有丈夫、男友、未婚夫或者情人的,但她们的男人是在世界的另一个角落里,他呢,也从来没有真把她们当回事。

迈克担任了靠近"今日有约"的一个浸礼会小教堂的非神职牧师,从来不去那种地方跳舞。他边听边笑着说:"青春一去不复返,你还是把余年交给耶稣吧。"

"耶稣也不会知道这位哥们儿做什么,能留点什么呀,"丹尼说。

别了,深夜的多米诺骨牌;别了,那个电话号码:自从他有了电话的这五年来,他是用得着的;现在不用了,再不要别的女人给他打电话了。现在只剩下了站在拥挤的人群中,等待着同时到达的来自金斯顿、来自圣多明各、来自太子港的飞机。同时他也不再担心妻子脸上没有相认的喜悦表情了。这儿,他开始感到了真正的快乐,甚至是兴奋,这使得他希望冲向前去,抓住所有长得沾点边、即有点像他妻子近来寄到的照片的女人相认。这些照片,他已经整整齐齐地装上镜框挂在自己房间的墙壁上了。

他们翻腾她所带的小提箱。为什么呢?一个破烂箱子里,存放着给她丈夫带的礼物,还有一些东西她差点就带不上了,她的亲戚不让她拿,说是到了她要去的地方,那里会有更多更好的物件。她仅仅保住了自己的内衣、一件睡衣、两套外衣,穿在身上的一套绿色紧身连衣裙,还有一件红色短装,是作为礼品打了包的,这才没有被什么人拿走。她原来的邻居告诉她把所有东西包成礼品包,这样就不会在纽约机场被打开了。现在呢,海关工作人员一边撕开她小心翼翼裹好的包装纸,一边用乱糟糟的克里奥尔语①,粗暴地呵斥着向她

---

① 克里奥尔语:海地通用语言,是土语与法语的混合。

提问。

"Ki sa l ye?"他抓起一个盒子,不等打开,叫道。

这是什么?她什么也想不起来了。她只能根据盒子的形状和大小来猜了。

海关关员打开了她所有包好的礼物:芒果、糖罐、剥了皮的柑橘与柚子、花生、腰果、椰子蜜饯、咖啡豆,把这些东西全扔进一个绿色垃圾箱,垃圾箱上画着打了大红叉的水果与蔬菜。唯一看来可能幸免于难的是一小包整整齐齐的鸡毛,她丈夫喜欢把它们缠绕在耳朵上。在丈夫离家不久的那些日子,她曾经也用鸡毛尖捅到自己的耳朵眼里,达到了过瘾、快乐和高潮。她曾经自思自想,外国电视台的夜间色情节目也许说得对:性感主要是在耳区。

海关工作人员检查到装鸡毛的小包的时候,低头对它看了一会儿,然后抬起头来用目光打量着她的面孔,更打量着她的耳朵,显然他过去也看到过类似的鸡毛。然后,与她提供的其他东西一道,它也进了垃圾堆。

人家在她的行李上鼓捣完了之后,她的东西已经所剩无几了,她的手提箱变得轻多了,现在她可以用左手提着它迅速地行走了。她跟着一个推行李车的男人走,他的行李车上放着三个大箱子。突然,她发现自己来到了一个自行滑动开启的毛玻璃分界门前,她站过去的时候门关了,而当她向前挪动了几步以后,门又打开了。马上她就看见了他,他立即向她冲过来,接着搂住了她的脖子,他拥抱她的时候,她感觉自己的双脚离开了地面,直到他把她放回到地上,她才确实感到已经来到别样的土地上,来到了另一个国家。

他在心里对自己说,她看到了那么多她的照片挂在墙上,面对着他的床,一定会感到欢喜。在驾车回家的途中,他有两次几乎与别人撞了车。他不明白为什么自己把车开得那么快。他们说着简短的话猛冲,一一说着他们的亲友的健康情况,谁还活着,谁已经死了,没有什么详情,他居然都想不起谁是谁来了。她比他离开她的时候是长丰满了,她现在的样子会被这儿的人称之为圆脸庞了,显然她去一家理发馆专门做了头发,她的短发优雅地定型在她的头皮上,脑后还凸着一个假发髻。她的口息清香,带着薰衣草与酸橙的混合香气。他只想快点带她回家,想离她贴近一点,再近一点,直到他与她都喘不过气来。

驾车使他想起了旧事,那个晚上他们到爱佛旅舍去度过甜蜜一夜,他一再要求驾车的大叔把车开快一点,因为第二天他就要登上飞机到纽约去了。在那个夜晚,他完全想不到他们的下一次见面会是在七年以后。他计划了一切,他不能很快带她过去,因为他拿的是旅游护照,他准备逾期不归。他打算拼命工作,找一个律师,弄上绿卡,然后接妻子来。为了绿卡,他花了六年零九个月的时间。可此刻她在这儿和他在一起,凝视着墙上的照片,倒像照片上的他俩是另外两个人。

"你记得这一张吗?"他想安安她的心,指着一张装在八英寸乘十二英寸的镜框里,她躺在照相馆的红垫上,背靠着一棵小小的圣诞树拍的照片问,"这是你去年圣诞节寄来的……"

她说她想起来了。这张照片上她那急切的样子,像是拼命要让他记住她。

"我一刻也没有忘记过你。"他说。

她说她渴了。

你想喝什么呢?他列举了他从另一条街上古巴人开的小杂货店买来的果汁,他敢肯定她想喝那种混合的果汁,包括木瓜、芒果、番石榴、凤梨、西番莲果等等。

"只要一点水,凉一点的。"她说。

他真不想离开她哪怕只是一小会儿,他走进厨房,他本来想隔着墙叫他的同伴中的一个拿一点水来,但是他们都很知趣地躲到关着的房门后面去了,这倒是给了他们一个隐蔽的空间。

他带着一杯水回来了,她打量着杯子,似乎是察看杯子是不是很脏,然后咕咚咕咚把水喝下去了,好像自从他那天早晨离开她乘飞机走后她再也没喝东西似的。

"再来一点么?"他问。

她摇摇头。

他心想,真是太糟糕了,在克里奥尔语里,renmen 这个词表达的既是"爱"也是"喜欢",这样,当他说我爱你的时候他就还得添加一些形容词来说明 renmen 的程度。他爱她爱得胜过了他们分离的第二年,他喃喃着,他对她的爱比她刚刚穿越的大洋还大还深。为了避免说出什么无味的胡言乱语,他跳到了她的身上,把她放到床上。她不再像他们结婚时那样羞涩了,她刷地扯掉了他的黑领带,她那么用劲,他想他的脖子肯定弄伤了,他揪掉了她的几个纽扣,把她的衣服扔到了一边,而同时她解开他的浆过熨过的白衬衫的扣子,尽管在过往的白日梦里他曾经不止一次地排练过用手轻轻地捂住她的嘴,但现在他已经忘记了这样去做,他不在乎别人会听到她或他的声音,只有一小会儿他想到换了别人几年前就能这样做了,心里不觉有些难过。

当她抓住床单围住自己的时候,他感到十分疲劳。她表示,她要去洗浴间。

"让我带你去吧。"他说。

"Non non①,我会找得着的。"她说。

他站不起来去看她走去和消失了身影。

他听到了厨房里的声音,她与他们在说话,他一下子站起来,想起她唯一披挂的是那张床单,他跑到门边,急切地等她回来。

她告诉他说,有两个同伴在厨房里玩多米诺骨牌,穿着一模一样的粉红色缎料长袍。

第二天他和另两个男人一起去上班,走得很早,但他没忘记留给

---

① non:法语,不。

她一个钥匙,告诉她不要让任何人进来。他教给她如何使用炉灶,如何从台式夜光收音机里调出中波与调频里的海地电台。她起得很晚,重温着一夜的经历,笑他担心她会被人家看到赤身裸体,他解释说那两个同伴是为了她才急急忙忙购买那些长袍的。昨夜他们一而再,再而三地做爱,每次都强迫自己少出点声。他计算是他们一共做了七次爱,每次为了他们离分的一年。她的计算则少一些。他告诉她他们不必扭扭捏捏,他们是在上帝和神甫面前结的婚。对于她来说回忆这一点十分重要,他与她分手前也是这样说的。所以他们的关系比一个小小的保证更加具有约束力。甚至当他们的关系受到了空间与时间的阻隔,那也是不能轻易解除的。即使想那么做,他们也得签署协议,得不停地写信,得在电话里讲个没完没了。他告诉她他再也不离开她了,一秒也不离开。但是他请一天假的要求被老板拒绝了。他们至少还有周末,星期六和星期日去做他们想做的事,去跳舞、观光、购物和找房子。她能不喜欢有自己单独的房子吗?那他们就可以爱怎么做爱就怎么做爱,不必担心有什么男人穿着女人睡袍偷听他们。

中午电话响了,他打来的,问她在做什么,她躺着说是在做饭,在给自己做点吃的。他问吃什么。她说是鸡蛋,她猜想冰箱里总会有鸡蛋。他问她是不是闷得慌,她说不,她正打算去听广播和往家里写信。挂上电话以后,她打开了收音机,按他说的调对了频道,非常高兴听到了人家在讲克里奥尔语。她也听到一个名叫"顶级丑角"的乐队的演奏。她把收音机调到一个播送脱口秀的电台,她听到人们在谈论一个美国籍的海地人叫做帕特里克·多里斯蒙德的,他被杀死了,他在一个叫做曼哈顿的地方被警察抓住。她想给丈夫打电话,但是他没有留下电话号码。她躺下了,又用床单蒙住头坐起来,隔着床单她听到了电话铃声,一声比一声急。

等他回到家,发现她利用所有能在冰箱与厨房立柜找到的东西做了足够他们四个人用的一大堆饭菜。她坚持要等他们全回来再吃,尽管他还得去上夜班,剩下的时间已经很少了。

他们的大吃吃光了她的热情烹饪的全部成果,他还要说这顿饭使他们感到亲如一家,许多年来他们都没有经历过的那种亲近,通过一顿饭就体会到了。他们都很高兴,吃得津津有味而又充实满足,细细咀嚼,前所未有。惯常他们常到街边去吃东西或让中国或牙买加餐馆送外卖。今晚上他们说话不多,吃完就都去刷锅洗盘,他怀疑他们是要在洗前先舔一阵子盘子。

他和妻子回到房间,躺在床上解释他为何要找两份工作,一则是为了填满他离开她后的空闲时间,二则他需要挣两份钱,来维持他自己以及在太子港的妻子的生计。现在他正在为购买一套公寓、然后是一所房屋而积蓄钱财。她表示也愿意工作,她上过秘书培训班,如果有个工作或许不无小补。他提醒她她说不了英语,有可能去餐馆做饭,要不到一家工厂去当裁缝。说着说着他睡着了,九点时她叫醒了他。他急忙到洗浴间洗脸,然后一面换衣服一面咒骂自己,他太笨了,贪睡,现在已经晚了,他吻了她道了再见就往外跑,他最不愿意迟到,他最讨厌夜班经理的说教,那个家伙会说:"大街上有的是人,其中一半人都是找工作的嘛。"

整整一周她都呆在家里,怕是冒险出门的话会丢了自己,找不回来。她的日子过得如常,每天早晨起来听广播,听听这里与家乡发生了什么事情。离她所在地不远的某处,人们正在街上示威,抗议,男孩子多里斯蒙德被暴徒杀害了,他出生在美国,他的父亲是一个有名的歌星,他们在海地,从收音机里听过他的歌,这么说暴行愈来愈严重了。"没有正义,没有和平!"她一面炖鸡一面炸鱼一面反复念叨着。下午,她给家里人写信,也给童年的女伴写,还给一个在令人妒嫉的秘书培训班里新相识的人写,他们都为她终将去到丈夫身边而高兴。她与他们谈她做了什么饭,谈墙上挂着的照片。她还给一个男邻居写了信,他在她丈夫走后三天去拜访她,想弄清她为何把自己锁在家里。

那个男邻居当时敲了那么长时间的门,她无法不给他开门,她身上还穿着给丈夫送行时穿的衣服。当她晕倒在他的怀里的时候,他在她的额头上敷了一块冰冷的纱布,又给她倒了些水。她一下吞下了太多的水,以致呕吐了起来。这一夜,他躺在她的旁边,在黑暗中告诉她这就是爱情,有这么一种爱,为了它人们可以舍弃现时,追求仅仅是想象中的未来。他告诉她,他可以肯定,她的丈夫是爱她的。

一个下午,她写着信,听到了楼上一些人回来又出去。她慢慢踱着步子等他们回来,她想告诉丈夫那个男邻居的事。他曾一连几夜睡在她的身边,而此后在他的床上她也度过了许多夜晚。只有在那时,她才感觉到他们的未来是真实的。有人说,只是在开始发生关系的时候人们才说假话,中间一段是真实的,然而,她与她的丈夫没有中段,只有开头和预演的结尾。

他首次见到妻子是在牙买加的山区,在一个狂欢节上。他最喜爱的节日活动是最后的圣灰日①,一群疲劳的狂欢者聚集在海滨,在篝火里焚烧自己参加节日活动的面具和服装,假装痛哭,象征性地洗涤他们几天来一直寻欢作乐的自身。她是自愿的正式痛哭者之一,他们的痛哭使人们相信他们是为了狂欢节的文物瞬间变成了灰烬而痛不欲生的。

"众生之父啊,你到哪里去了?"她号叫着,泪流满面。

如果她能够伤心得如此激越,如此发自内心,那么她爱起来也许更加火热,他想。

在另一个哭者结束以后,她一直站在那里直到最后的篝火化为乌有,很难让她分心,让她嬉笑。她告诉他,她并不是假哭,每次她只要为任何事一哭,就会哭出许多别的值得一恸的事,虽然那些事尚没有伤着她。

---

① 圣灰日:各派基督教之四旬斋首日,常在星期三,由神甫在信徒额上用灰画一个十字,代表忏悔之意。

他曾在雅克梅尔①与太子港之间跑来跑去,他等待着去美国的签证,而等到最后他有了一个远行的日期以后,他向她求了婚。

一天下午他下班回家,发现她坐在小屋的床边,盯着墙上自己的照片,在他吻她的额头的时候,她一动不动。他没有说话就脱下外衣,躺在了床上,脸贴着她的后背。他不想闯入她的秘密。他只想让她心里的狂欢节之火熄灭下来。

她为周末终于到来了而高兴,虽然他一直睡到了中午。她早早起来了,赶在别人之前去了卫生间,穿上她的红色的无袖连衣裙和一件T恤,然后坐到床上直到他睁开眼。

"今天我们计划做什么呢?"她问。

他回答说,她想干什么,什么就是他们的计划。

她想在街上与他一道走走,看看各式各样的面孔。她想吃点东西,一个苹果或者一条鸡腿,在阳光照耀下的户外。

当他们走出房间以后,碰到了一个女人,一周来,她经常听到的头顶上的②这个女人的脚步声。女人假做谦卑地微笑着向他们问候,她礼貌地点点头,拉上自己的丈夫走掉。

他们走过一条街,那里的人们正在做星期日的食物采购,从露天的摊贩那里买进蔬菜和水果,堆放着它们。

他问她要不要搭乘公共汽车。

"到哪儿去呢?"

"哪儿都行。"他说。

从公共汽车上她计量着房屋的排数和架构,美丽的商店门面,陡峭的教堂,加油加气站。她把面孔贴到了窗子上,她的呼吸阻挡了她看飞速驶过的街上的景致。她转过了头看着他,他坐在她旁边,他的眼睛里仍然有瞌睡的痕迹,他注视着她,好像是他极力设身处地地想

---

① 雅克梅尔:海地南部城市,看来男主人公曾住在那里。
② 他们是住在地下室的,故听到的脚步声来自头部方向。

象第一次看到这一切的情景,但是已经做不到了。

他带她来到了位于布鲁克林中部的一个公园,普洛斯派克特公园,巨大的一块土地,还有树木和道路。他们漫步走到了深处,那里只能看得见少数周围的建筑,像是陆地上的几座山。在她所有的白日梦里,她没有想到过这里会有这样的地方。这个大花园,他对她说,是他进行深思的地方,在这里他思想着过往的岁月,失去的时间和过长的距离。

当他们离开了公园,已经是下午七点多了,他们来到了园边大道。从五点半,她就拉住了他的手,他注意到了这一点,再也没有松开手。现在,他们漫步在光线黯淡的大街上了,她睁大了眼,望着从公寓窗户内泛出的电视荧光屏的青蓝光辉。她说她有点饿了,他们走到了弗莱特布什大道,去找一点吃的。

手拉手地穿过陌生人,使他渴望着想起了狂欢节的某些其他篇章:一对打扮成新娘和新郎的人,穿着大模大样的结婚礼服,在大街上游荡。扫描着拥挤的寻欢者,他们会挑出一个最最冰冷的面孔去问:"愿意和我们结婚吗?"过上几天,换一个说法,他们会缓和地要求:"愿意与我们配偶吗?""不找我们当中的某一个吗?""不给我们的脖子套上一个爱情的绳结吗?"笑料在于,当某个人受到了他们的引诱和向他们近看去的时候,他或者她就会发现:那个着新娘装的人其实是个男的,而那个着新郎装的人,其实是女的。这一对人物装扮得那样老到,只有最富有观察力的眼睛才能把他们分辨出来。

在差不多空无一人的回家方向的公共汽车上,他隔着走道对着她,而不是早晨那样挨着她坐。她假装是在注视他身后的窗子里掠过的夜景。他再次注视她,这次试图像首次一样地看她,但是不能。

她也在想着狂欢节,想着他们见面以后的日子,他们也曾穿得像是新娘新郎,寻找愿意与他们婚配的人,她把自己装扮成新郎而他装扮成新娘,他们也从事过这个传统的猜谜游戏。

而在那个仪式的最后,她在篝火里烧掉了自己的礼服,他也烧掉了他的西服。现在,她多么想保存住它们呀,他们就可以穿上来演练自己的狂欢了。她不懂英语,这样她就不需要向周围的这些冷冰冰的面孔去说话去提问。他们将可以安安静静地演练他们的婚礼游行,这种安静的感觉此刻攫住了他们。

发表于《外国文艺》2002年第2期